교만의 요새

교만의 요새

성폭력, 책임, 화해

마사 너스바움

박선아 옮김

Citadels of Pride

민음사

딸 레이철 너스바움
위처트(1972~2019)를
추억하며

일러두기

1 성에 관한 법적 책임이 다루어지는 절차, 범위 및 수준은 각 국가별 역사적, 사회적,
   문화적 맥락 때문에 서로 상이하다. 따라서 외국의 법체계에서 사용되는 용어가
   직역될 경우 이를 접하는 국내 독자들은 한국의 사회적 정서로 인해 다소 거리감을
   느끼는 경우가 있다. 이에 본서는 같은 단어라도 국내 용례를 참고해 맥락에 따라
   다르게 번역하여 이러한 거리감을 다소나마 줄이고, 동시에 저자의 원래 의도에
   가깝게 표현해 표현해 보고자 노력하였다. 이 책에서 저자는 저명한 법윤리학자로서
   성에 관한 미국 사회 내 다양한 법적 문제에 대한 통찰력을 바탕으로 형사법상
   처벌대상인 범죄로서 'Sexual Assault'와 1964년 민권법상 징벌적 손해배상의
   대상으로서 'Sexual Harassment' 문제에 초점을 두고 있다. 그런데 이 두
   단어를 단순히 '성폭력' 및 '성희롱'으로 직역하는 것은 아쉽다. 한국법상 '성희롱'과
   미국법상 'sexual harassment'는 보호하고자 하는 법익의 범위에서 차이가 있기
   때문이다. 더욱이 제목의 'Sexual Assault'는 저자가 민사적 형사적 책임을 동시에
   초래하는 행위를 총괄하여 표현하기 위해 선택한 단어라는 점을 고려하면 그 의미는
   '성범죄'에 가깝다고 할 수 있겠으나, 이는 저자의 원래 어감을 약화시킬 우려가
   있다. 이에 옮긴이는 'sexual assault'를 '성폭행'으로 옮기되 여기에는 'sexual
   harassment'도 포함되어 있음을 밝힌다.
2 각주는 모두 옮긴이가 직접 단 것이다.
3 법의 위계에 관한 것은 한국법제연구원의 구분을 따랐다.

서문

　우리 시대는 미국의 여성과 남성 모두에게 혁명적인 시기다. 최근에 쏟아진 증언들은, 몇 세대가 지나도록 우리 사회가 성폭력과 성범죄를 은폐해 왔다는 것을 보여 준다. 많은, 정말 많은 여성들이 남성의 유희와 이용 대상으로 취급당해 왔고, 그들의 존엄은 경시되었으며 내면의 경험들 역시 무시당했다. 이 오래된 문제가 새로운 방식으로 전면에 드러나면서 비로소 대중도 널리 인식할 수 있는 사안이 되었고, 그리하여 미국인들은 오래도록 못 본 체했던 정의롭고 평등하게 존중받을 권리에 대한 여성들의 요구에 뒤늦게나마 주의를 기울이게 되었다. 우리 사회의 품위와 근본적인 정의는 아직도 미해결 상태다.

　2017년 시작된 미투(#MeToo) 운동으로 인해 밝혀진 정보들에 딱히 새로운 것은 없다. 반세기가 넘는 시간 동안 미국의 여성들은 성폭력과 직장 내 성희롱에 대한 이야기들을 털어놓으면서 모든 여성을 위한 정의를 도모해 왔다. 창의적이고 결의에 찬 변호사들과 정책 입안자들이 형법과 민법을 개정하고자 부단히 노력하기도 했다. 형사 범죄인 성폭행과 1964년 민권법 '타이틀 세븐(Title VII of the Civil Rights Act of 1964)'하에서 민사상의 성차별로 정의되는 성희롱을 보다 적절히 처리하기 위해서였다. 이 책의 목표 중 하나는 번번이 무시되었던 일련의 이야기들을 꺼내어 미국이 정의를 향해 오랫동안 행진해 왔음을 인지하는 데 있다. 최근에는 유명인사들의 기여가 크기는 했지만, 그들뿐 아니라 많은 익명의 공헌자들이 이루어 낸 작업이기도 하다는 것을 깨닫고자 한다.

아직 진행 중인 미국의 성평등 혁명은 수년간 진전되어 왔지만, 미투 운동은 그보다 더 큰 진전을 보여 주었다. 하지만 완전한 책임의 의무에 이르기까지는 여전히 거대한 장벽이 있기에, 이 책의 두 번째 목표는 그 고집스러움을 믿고 개정에 저항하는 이들의 논리를 분석하는 데 있다. 나는 이 심각한 장벽에는 무엇보다도 탐욕이 자리하고 있음을 논할 것이다. 대체할 이 없어 보이는 남자들, 특히 스포츠, 예술, 미디어계에 큰돈을 벌어다 주는 남자들은 지금도 완전한 책임의 의무로부터 보호받고 있어서 그들의 악행은 여전히 은폐되고 있는 듯하다. 연방 사법제도 역시 이와 유사하게 아주 최근까지도 충분한 요건을 갖추었다고 보기에는 까마득한 개정안을 이용해 이해관계로 얽힌 사람들에게 없어서는 안 되는 듯한 권력자들을 숨겨줘 왔다. 탐욕에 뿌리를 둔 책임의 결함은 제도적이고 구조적인 해결 방안이 필요하기에, 나는 영역에 따라 몇 가지를 제안할 것이다.

무엇보다도 나는 여성을 단순한 객체로 다루며 평등한 존중이나 온전한 자율성을 부정하는 일상적 경향 속에 교만이라는 악이 작동하고 있다는 사실을 논할 것이다. 곧 정의하겠지만, 교만이란 자신이 타인들 위에 있고 다른 사람들은 온전히 실재하지 않는다는 생각으로 구성되어 있다. 이 악은 인종적 우월감이나 특권 의식, 계급에 기반을 둔 무관심과 경멸을 포함한 우리 생활 속 가장 깊숙한 문제들의 근원에서 발견된다. 이 교만이 지배적인 공간 중 하나가 바로 남성과 여성의 관계다. 지배적인 남성들, 여성을 온전하고 평등한 사람으로 인정하기를 거부하는 이 남성들은, 여성에게 권력을 줌으로써 여성이 신체적 온전함을 수호하고 여성으로서의 행위자성을 확고히 할 수 있게 하는 법 제정에 저항해 왔다. 이 법들이 가까스로 만들어질 때조차도 많은 남성들은 이 동요에 저항하며 전초기지를 만들어 교만이라는 요새에서 책임의 의무를 회피했다.

다른 사회 정치적인 혁명들과 마찬가지로 우리의 혁명 역시 완전한 정의를 향한 희망이 싹트고 있다는 의미에서 '가장 좋을 때'이다. 하지만 동시에 '가장 안 좋을 때'이기도 하다. 이미 형성된 양식들이 도전받는 고통과 격변의 날들이기 때문이다. 사람들은 어떻게 나아가야 할지 확신하지 못한 채 과거의 불의와 변화의 규모에 맞닥뜨려 양측 모두에 대한 분노로 가득 차 있다. 찰스 디킨스가 프랑스 혁명의 특징을 설명하는 데 사용한 두 가지 묘사 중 하나는, 정의에 대한 요구가 정의를 제대로 수행하지 않는다는 보복적인 감정을 발생시킬 수 있고 이것이 결국 인류의 진보를 가로막을 수 있다는 것이다. 남성과 여성을 생각해 보면 오늘날 역시 이와 유사한 위험을 끌어안고 있다. 현시대는 여성이 분명하고 당당하게 정의와 존중을 요구하고 말하는 시대인 동시에, 일부 남성들은 공포와 분노로 응답하는, 잃어버린 특권에 분개하고 페미니즘을 그 불만의 근원으로 악마화하는 시대이기도 하다. 그리고 애석하게도 평등한 존중을 요구하는 데서 그치지 않고 보복에서 희열을 찾는 여성들이 일부 있는 것처럼 보이는 시대이기도 하다. 이 여성들은 정의와 화해의 예언자적 비전 대신 이전의 압제자들을 끌어내리는 종말론적 비전을 선호하며, 이를 정의라 내세운다.

하지만 틀렸다. 정의는 분쟁 당사자들을 평화의 테이블로 불러오기 위해 미묘한 차이나 분별, 미래를 내다보는 전략들을 필요로 하는 매우 다른 무언가이다. 이 책에서 다른 많은 문제들과 함께 논하게 되겠지만 보복 감정은 도움이 되지 않는다. 우리는 공유된 미래를 향해 함께 나아가야 할 필요가 있고, 여성과 남성인 우리는 시련을 회고하며 그 고통에 집착하기보다는 미래를 만드는 데 집중해야 한다. 그렇다고 해서 가해자 처벌을 제도적 해결책에 포함시키지 않겠다는 뜻은 아니다. 처벌은 도움이 되며, 종종 필요하다. 가해자들을 저지하기 위해, 사람들을 가해로부터 보호하기 위해, 가장 중요한 사회 규범을 보여 주기 위해, 선행의 중요성에 대해 전체적으로 교육하기 위해 필요하다. 하지만 처벌이라는 것은 법에 근거해서 가해의 심각성에 대해 공정하고 세심하게 가늠할 때에만 적

법한 목표를 성취할 수 있다. 우리는 미투 운동의 순간들로부터 처벌이 세심하게 매겨지지 않는 것을, 집단적으로 창피를 주는 행위가 절차적 정의의 자리를 대신하는 것을, 또한 보복주의적 승리를 위해 화해를 묵살시키는 서사들을 수도 없이 보아 왔다.

엘리자베스 케이디 스탠턴(Elizabeth Cady Stanton)*과 마틴 루서 킹 주니어(Martin Luther King Jr.)가 밟은 길을 따라 나는 평등한 인간 존엄성을 완전하게 인지하는 혁명, 새로운 세계를 창조해 내고자 전진하는 혁명을 요구하려 한다. 그 새로운 세계란 마틴 루서 킹이 이르듯 "남자들과 여자들이 함께 사는 곳"일 테지만, 이제 나는 "여자들과 남자들"이라 말할 것이다. 지금은 관성적인 사유의 순서를 바꿔야 할 때이다. 요컨대 이 책은 정의에 관한 책이되, 화해를 비롯하여 공유된 미래를 추구하는 정의에 관한 책이다.

이 정의라는 것은 법에 있어 핵심적인 역할을 한다. 법은, 그리고 '법치주의'는 평등한 존엄이라는 비전과 공정한 적법 절차를 구현한다. 비록 법이 완전하지도 않고 절차상 결함이 있긴 해도 미국의 여성들은 법과 법적 변화에 기댈 수 있게 되었다. 법에 근본적인 결함이 있거나 부패한 국가에 사는 여성들에게는 대체로 불가능한 방식이다.[1] 법은 사람들이 그것을 이해할 수 있을 때 비로소 제 몫을 하는데, 오늘날 미국에서 여성을 위한 정의에 관심이 있는 사람

---

* Elizabeth Cady Stanton(1815~1902). 19세기 중후반 미국의 여성 인권 운동, 특히 여성의 참정권 운동을 펼쳤던 선구적 인물.

들도 관련 법과 그 배경 지식에 항상 해박하지는 않다. 이 책을 통해 나는 해당 법의 영역과 그 역사에 대해 명확하게 설명하고자 한다. 그렇게 함으로써 법을 사용하려는 독자나 좀 더 깊이 공부하려는 독자를 위한 꽤 괜찮은 자리를 장만해 주려 한다. 이 의지는 나의 논의가 때로는 전문적일 수도 있음을 시사한다. 법의 공평성이란 실은 다양한 세부 사항들이나 개인적인 서사들을 피해, 사실상 전문적인 것을 의미하기 때문이다. 미국법은 소송 사건들을 통해 발달하는 '관습법' 체제이기에 나는 법의 진화에 크게 기여한 몇몇 주요 사건들을 언급하게 될 것이다. 하지만 나는 모두를 위해 존재하고 모두에게 공정한, 어떤 서사보다도 위에 있어서(있어야만 해서) 편견이나 편애로부터 면역력을 가진 체제를 만들겠다는 더 큰 목표를 독자들이 이해해 주기를 바란다. 관념적이라고 느껴지는 부분이 있다면 이 작업이 고결한 도덕관념을 구체화하는 일이라 생각해 주었으면 한다! 이런저런 구체적인 이야기들을 거쳐 모두를 위한, 편견 없는 정의의 비전으로 향하는 길을 닦고자 했던 우리의 오랜 노력이 있었으므로, 서사에 색을 입히려는 자연스러운 욕망이 이 투쟁을 배신하게 두어서는 안 될 것이다. 그런 면에서 법은 화해의 비전을 구현한다. 여성들은 자신의 이야기를 말하지만 자기 자신만을 위한 것은 아닌, 모두를 화해시키고 모두를 위해 존재하는 결과를 추구하기 때문이다.

　미국 사회 내 완전한 평등이 여러 층위에 걸쳐 여성에게는 작동하지 않고 있다. 임금 불평등, 완전한 정치적 대표성을 막는 지속적 방해물들, 좀먹어 들어가는 거대한 돌봄 노동의 문제 및 전국적으로 벌어지는 불평등한 가족 내 돌봄 노동 분배, 가정 폭력에 취약하다는 고질적인 문제 등등. 이 모든 문제들은 각각 책 한 권씩의 분량으로 다뤄야 마땅하지만[2] 이 책에서는 성폭행과 성희롱에 초점을 맞추기로 했다. 현재 정의에 대한 여성들의 요구가 가장 첨예하게 불거지는 영역이기 때문이며, 그뿐만 아니라 정의에 대한 요구들에 저항하거나 종종 도를 넘는 보복이 생기는 문제들이기도 하기 때문이다. (이 책의 주제는 분명히 가정 폭력 문제와 겹치지만, 가정 폭력이라는 주제는 별도의 중요성을 갖고 있기 때문에 여기서 집중적으로 다루지는 않을 것이다.) 나는 성폭행과 성희롱이라는 어려운 문제에 다른 문제들이 건설적으로 동시에 호명되는 것이 좋은 접근법이라고 믿는다. 나아가 내가 조명하는 문제들은 오랫동안 여성들을 제대로 보호하지 못하여 문제를 일으켜 온 장본인인 법에 대한 쟁점들이다. 최근 법적인 노력이 그 잘못된 역사를 해체하기 시작했다. 따라서 이 작업이 법적, 제도적 변화와 근본적인 사회적 투쟁 사이에서 오가는 상호작용을 연구할 귀중한 무대를 제공할 것이다.

I부에서는 미국인들을 이러한 위기로 끌어들이고 영속적인 평화를 지연시켰던 태도와 감정을 곧바로 다룰 것이다. 주요한 개념으로 가장 먼저 '대상화'를 살펴보려 한다. 사람을 단순 대상으로 다루는 태도, 그 개념 자체를 충분히 명료하게 분석하는 일은 우리가 가야 할 길을 많은 부분 밝혀 준다. 그다음으로 나는 여성들의

완전한 평등을 오랜 시간 폄하하도록 부채질해 온 교만이라는 특성에 주목할 것이다. 교만은 수많은 권력 남용의 기저에 자리한다. 친척뻘인 탐욕과 질투도 마찬가지다. 교만한 사람들은 오로지 자기 자신만을 보기에 타인을 객체처럼 다루며, 듣지도 보지도 않는다. 교만은 성차별뿐만 아니라 인종 및 계급 불평등에서도 근본적인 원인으로 작용하고 있어 한 형태의 남용이 다른 경우와 어떻게 관련되는가를 이해할 수 있는 길을 제공한다. 무엇보다도 이 시대에서는 용인될 수 없는 인종적 종속과 성적 종속이 어떻게 국가적 차원에서 병든 문화와 밀접하게 연관되어 있는지를 짚는다.

피해자들이 심리적인 피해를 입지 않고 건설적이고 도움이 되는 감정만을 갖는다면 삶은 훨씬 단순해질 것이다. 하지만 나는 3장에서 소득 없는 보복주의를 자극할 수 있는 피해자들의 감정을 고찰하며 반드시 보복주의로 귀결하지 않을 수 있다는 것을 주장할 것이다.

2부에서는 역사와 법을 본다. 성폭행과 강간에 대해 한층 적합한 기준을 갖추어 피해자 대우를 개선한 형법의 점진적 진화에 대하여 간략하게 설명하려 한다. 미국에서 대부분의 형법은 주법(state law)에 해당하기에 이 변혁은 필연적으로 복수형이자 산만하고 복잡한 형태로 존재해 왔다. 한편 페미니스트들은 1964년 민권법 '타이틀 세븐'과 '타이틀 나인'을 순차적으로 이용하여 직장 내 성희롱

으로부터 보호를 꾀하는 연방 정부 차원의 전략을 추구해 왔다.[*]
주요한 이론적 운동으로는 성희롱이 성별에 근거한 차별을 성립시
킨다는 데에 합의하는 작업이 있었다. 성희롱은 개별 가해자가 아
니라 기관 자체가 피고인 민사 범죄다. 이때 여성이 고용 환경 속에
서 어떤 종류의 '대가성'을 요구받았다거나 그 괴롭힘이 '적대적 근
무 환경'을 만들었음을, 또한 반복적으로 신고했음에도 아무런 시
정 조치가 취해지지 않았다는 사실을 입증할 수 있다면 원고는 소
송을 계속 진행할 수 있다. 나는 이러한 법적 발달을 불러온 성차별
이론을 살피면서 판례법의 주요 윤곽을 따라가고자 한다. 사실 성
폭행과 성희롱은 일정 부분 겹치는데, 반드시는 아니라 해도 성희
롱은 종종 어떤 유의 폭력을 포함하기 때문이다. 하지만 이 둘에는
전적으로 다른 법적 전략과 기준 및 개념이 연관되어 있기에 이를
구분하는 데에 만연한 혼란을 떨쳐 내는 것 역시 내 목표 중 하나
다. 마지막으로 막간 장(인터루드)에서는 대학 내 성폭행을 둘러싼
불확실성과 논쟁에 따른 현재 상황을 간략하게 짚는다. 진보와 동
시에 피해자를 위한 책임의 의무와 피고를 위한 적법 절차 사이에
서 어떻게 적당한 균형을 유지할 수 있을지 제안할 것이다.

　　미투 운동은 법과 함께하는 페미니스트 혁명의 시작도 끝도

---

[*]　1964년 민권법은 당시 인종차별 해소를 위해 기존 법령의 내용을 개정
하거나 보완할 목적으로 만들어졌다. 총 11개의 타이틀로 구성되어 있으며, '타이
틀 세븐'은 고용 차별(Discriminatino of Employment), '타이틀 나인'은 상소 및 법무
장관의 소송참가(Appeals and Attorney General Intervention)에 관한 내용을 다룬다.

아니다. 몇 년에 걸친 고단한 법적, 정치적 작업의 결과로 법은 여성들의 목소리에 한결 많이 응답하게 되었다. 최근 쏟아지는 미투의 목소리들, 즉 많은 여성의 신뢰할 수 있는 그 고발들은 다른 여성들이 계속해서 나설 수 있게 힘을 주었고, 한 발 나서면 사람들이 자신의 말을 들어줄 것이라는 환경을 만들어 냈다. 많은 가해들이 공소시효나 증거자료의 문제(법의학적인 증거들과 같은)로 더이상 기소될 수 없다 하더라도, 신고들이 이루어지자 많은 주에서책임의 의무를 가로막아 온 장애물을 없애는 작업을 시작하게 되었다. 따라서 우리는 신고 행위 자체가 다른 사람들을 도울 수 있는방법이 된다는 점 때문에라도 피해자들이 보다 신속하게 신고할 수있도록 독려할 방법을 생각해야 한다.

미투 운동이 책임의 의무를 쟁취하도록 도운 것은 분명하다. 하지만 미투 운동의 많은 부분이 법적이기보다는 사회적이라는 사실이 문제를 낳았다. 처벌이 공정한 법적 제도가 아니라 창피를 주고 낙인을 찍는 일로 수행될 때 평등한 존엄은 어떻게 보호하고 정의는 어떻게 확보할 수 있을까. 이러한 형태의 집단행동이 과잉 조치 금지의 원칙이나 적법 절차의 범주를 따르지 않았던 데에는 긴역사가 있다.[3] 대상화에 반대하는 운동으로 시작했던 것이 반전된형태의 대상화를 낳는 역설적인 일이 종종 발생하는데,[4] 피해자들의 감정을 다룬 I장의 분석은 이 문제를 해결할 수 있게 준비하는역할을 할 것이다.

근본적인 문제는 성별이 아니라 바로 권력이다. 페미니스트들이 오래도록 주장했던 것처럼 성학대와 성희롱은 자기가 다른 사람들 위에 있고 다른 사람들은 완전히 실재하지 않는다고 믿도록 부추김 당한 사람들의 권력 남용이다. 문화적으로 남자들은 권력의 위계에서 상위 그룹에 위치했기에 이 책에서는 권력을 남용하는 사람들을 남자로 상정한다. 하지만 권력의 위계에서 아래쪽에 위치하는 사람들은 남자든 여자든 피해자가 될 수 있기 때문에 이 책에서 보게 될 몇몇 사건들 속에는 남성 피해자도 있다. '교만'을 통한 나의 접근에는 세 가지 중요한 지점이 있다. 첫째는 성학대와 성희롱은 다른 권력 남용의 경우들과 같이 보아야만 한다는 점이다. 즉 인종이나 계급에 기반한 권력 남용과 매우 유사하다는 사실에 주목해야 한다. 둘째는 성학대 그 자체가 때때로 권력 위계의 하층에 자리한 남자들을 대상으로 삼기도 한다는 점이다. 셋째는 여성들이 인종화되거나 계급에 기반한 권력 남용의 대상이 될 때 성학대에 특히나 더 취약해진다는 점이다. 『교만의 요새』는 어떤 면에서 여성들에 대한 책이지만, 그보다는 권력의 위계 및 자신들은 법 위에 있고 다른 사람들은 충분히 실재하지 않는다고 생각하도록 자란 사람들을 양산한 그 권력의 남용에 대한 책이다.

　3장은 미국에서 깨뜨리기 힘든 영역을 다룬다. 미투 운동에도 불구하고 몇몇 영역에서 권력을 가진 남자들은 여전히 법 위에 있다. 오래도록 막대한 권력을 실어 준 제도적 구조에 의해 보호받으며 건재한 그들은 처벌도 받지 않고 계속해서 잘못을 저지른다. 이 '교만의 요새'는 여성을 대상화하고 비하하는 남성들을 처벌로부터 보호 격리한다. 이에 대한 일례로 나는 연방 사법제도를 살필 것이다. 처벌을 받지 않는 것은 교만이라는 악의 상습적 협력자인 탐욕에 의해서 더욱 좋지 않은 방향으로 강화되는데, 거액이 오가는 대학 스포츠계나 예술계의 셀럽 문화를 예시로 살피고 각 영역에서 해결책을 모색하려 한다. 이 모든 분석들은 특히 교만과 탐욕에 초점을 맞추고, I부의 주제인 지배라는 악덕에 근거한다.

따라서 이 책은 쉽지 않을 것이다. '부드러운 감정'이 책임의 의무로부터 물러나거나 변명하도록 내버려 두지 않으면서도 나아갈 길을 찾는 데 전념하는 책이 될 것이다. 3부는 보복적 감정과 태도와 요구들이 미래의 길을 제시할 수 없다는 점을 주장한다. 우리가 함께할 내일로 향하는 단 하나의 진정한 시작점은 책임의 의무에 대한 확실한 강조라는 점을 포함한다. 여기에는 건설적인 마음과 관용, 그에 대해 우리가 '적극적 사랑'이라 부를 법한 것들도 포함되어 있다. 상처받은 사람들은 보복하고 싶은 마음을 쉽게 품으며, 이는 깊은 트라우마에 의한 반응이라는 점에 공감해야만 한다. 하지만 공감은 정당함에 대한 증거가 아니다. 범죄라는 폭력에 아이를 잃은 부모는 대부분 사형에 집착하지만, 우리가 그 반응을 이해한다고 해서 사형이 정당화되지는 않으며 부모의 태도를 그들 자신에게 도움이 되도록 건전하게 만들지도 못한다. 일반적인 사법제도 내 피해자들은 건강하지 않은 복수에 자주 몰두하게 되고, '피해 결과' 진술은 도를 넘은 보복 심리로 인해 형사재판을 자주 오염시켜 재판 절차의 공정함을 위태롭게 한다. 피해자가 말하는 것이 무

조건 옳고 선한 것은 아니다. '화해를 동반한 책임의 의무'라는 문화를 만들어 내는 일은 감정보다 더 많은 것을 수반한다. 마틴 루서 킹 주니어가 알고 또 가르쳤듯이, 그 정신과 감정을 바르게 이해하는 것이 더욱 구체적인 노력을 기울이는 데 필수적이다.

미국 내전의 끝자락에서 에이브러햄 링컨은 가장 강력한 용어로 노예제를 비판하며 미국이 그 추악한 불의를 넘어서는 데 헌신했다. (명백히 오늘날의 우리는 그 불의를 아직 넘어서지 못했으나, 2020년 5월에 발생한 조지 플로이드 살해 사건에 뒤이어 나타나고 있는 한참 뒤늦은 책무들과 함께 미국은 완전한 인종적 평등을 목표로 삼고 나아가고 있는 중이다.) 하지만 링컨은 자기 편의 승리에 자만하지 않았다. 대신 그는 건설적인 노력과 긍정적인 사랑의 정신만이 지독한 과거의 죄악을 넘어설 수 있는 유일한 길이라 권고했다.

누구에게도 악의를 품지 말고, 모두에게 자비심을 베풀며, 옳은 것을 보도록 신이 우리에게 주신 단호함으로 우리의 임무를 완수하기 위해 분투해야 한다. 이 나라의 상처를 치유하고…… 모든 국가들과 함께, 또 우리가 힘을 합쳐, 정의롭고 지속적인 평화를 간직하고 성취할 수 있도록 모든 것을 하기를.

링컨은 악의로부터 자유로운 정의를 구했고, 같은 인간에게 있는 선의의 잠재성이 품은 사랑의 정신으로부터 발동하는 단호한 판단을 요구했다. 오랜 세월이 지나고 마틴 루서 킹 주니어는 평등과 존중의 약속을 지키는 데 실패한 국가의 소임을 새롭게 이어받아 평화의 세계를 만들기 위해서는 보복을 미루어야 한다는 혁신적인 링컨의 사상을 계속해서 심화시켰다.

마찬가지로, 여자와 남자도 그러한 평화가 필요하다. 이 책에서는 젠더 '전쟁'의 원인을 연구함과 동시에 평화에 닿기 위한 구조적, 감정적인 전략을 몇 가지 제안하고자 한다.

나로 하여금 이러한 주제로 글을 쓰게 했던 것은 무엇일까? 가장 먼저 30년이 넘는 시간 동안 진행해 온 페미니스트 강의와 연구가 있다. 1990년대부터 나는 정기적으로 '페미니스트 철학'이라는 수업을 진행하며 페미니즘의 주요한 다양성을 정중하고 공정하게 다루려는 시도를 했고, 내가 가르치는 수업에서 본 모든 글로부터 배웠다. 후속 세대 학생들에게도 배웠고, 특히 그들의 비판적인 이의 제기에서 더 많이 배웠다. 또한 내게는 미국 최고의 로스쿨 중 한 곳에서 25년이 넘는 시간을 보낸 행운이 있었기에 형사법과 민사법에 대해 마음껏 토론할 수 있었으며, 심지어 이러한 주제들에서 최고인 법사상가들과 매일 대화를 나눌 수 있었다. 그중에는 오늘날의 성희롱법 이론을 구축한 캐서린 매키넌(Catherine MacKinnon)이 있는데, 그녀는 우리 로스쿨에서 강의하기도 했다. 스티븐 슐호퍼도 있다. 나는 성폭행법의 가장 진보적인 비평가인 그와 함께 '성적 자주권과 법'이라는 수업을 강의하기도 했다. 판사 동료도 둘 있다. 지금은 은퇴한 전 미국 제7연방순회항소법원(U.S. Court of Appeals for the Seventh Circuit)의 판사 리처드 포스너(Richard Posner)와, 최근까지도 같은 곳의 판사로 있었던 다이앤 우드(Diane Wood)이다. 두 사람은 이 영역에서 중요한 법적 공헌을 이루어 왔다. 나는 철학자이지 법률가는 아니지만 최고의 법적 사유를 배웠고, 그 결과로 강간법과 성희롱법에 대한 논문들을 출판할 수 있었다.

나 역시 여성이다. 우리 사회의 다른 많은 여성들과 마찬가지로 나 역시 성희롱과 성폭력의 피해자이기도 하다. 하버드대 대학원 교육과정에 대해 쓴 글에서 나는 두 명의 저명한 교수들로부터 내가 (다른 많은 이들과 함께) 맞닥뜨려야 했던 성희롱에 대해 쓴 바 있다.[5] 빌 코스비(Bill Cosby)의 기소 직후 모두가 그를 유일한 '암적 존재'인 것처럼, 마치 그의 죄가 유별난 일인 것처럼 다룰 때, 나는 《허핑턴포스트》에 그와 유사한 경력을 가진 또 다른 유명 배우로부터 내가 당했던 성폭행에 대해 썼다. TV 드라마 「월튼네 사람들(The Waltons)」에서 아버지 역을 맡은 랠프 웨이트(Ralph Waite)에 대한 이야기였는데,[6] 그는 타인에게 돈을 벌어다 주는 재능과 권력으로 인해 책임의 의무로부터 보호받아 온 사람이었다. 이 밖에도 나는 또 다른 인물로부터 데이트 강간으로 피해를 입기도 했다. 이 경험들에 대해 다시 말할 가치가 없다고는 생각하지만 코스비 사건이 특이한 경우가 아니라는 것을 보여 주려는 목적으로 복기해 본다. 나는 나의 말하기가 피해자성 서사의 일부가 되는 것을 원치 않고, 관련된 모두에게 공정한 관점을 물색하고 있으며 살아가는 동안 늘 그래야 한다고 믿는다.

그보다 다른 여성들의 이야기를 주시하자. 법이 얼마나 둔감한 지 주시하고, 변화를 향한 용기 있는 노력들을 주시하도록 하자.

1부

투쟁의
현장들

I장   대상화 ─
사람을 물건으로 대하기

> 이것은 사실이며 핵심이다. 여성들은 대상이고,
> 상품이고, 어떤 여성들은 다른 이들보다 좀 더
> 비싸게 매겨진다는 것. 하지만 어떤 상황에서든
> 자신의 인간성을 단언해야만 우리는 무언가가
> 아닌 누군가가 된다. 결국 그것이 우리 투쟁의
> 핵심이다.
>
> ── 안드레아 드워킨, 『여성 혐오』에서

"무언가가 아닌 누군가"

성폭력은 저 멀리 있는 '역겨운' 개인들만의 문제가 아니다. 미
국 사회에 만연한 특성에 의해 자라난 것이다. 사실상 거의 모든 사

회와 마찬가지로 미국 역시 여성을 남성만큼 중요하게 여기지 않으며, 여성을 종속적인 존재로 정의하는 확고한 남성 특권 문화를 키워 왔다. 하지만 상황이 더 나빠졌다. 앞으로 보게 되겠지만 이러한 배경들은 (상당 부분 진정성을 보이더라도) 사랑과 존중이라는 주장들로 뒤덮여 있을 때마저 완전하고 동등한 인간성을 지닌 여성을 부정하며, 여성을 상품이나 남성의 이용 대상 같은 특정한 방식으로만 다룬다.

인간 존재에는 두 가지 핵심적인 특징이 있다. 주요 종교들과 널리 퍼진 세속적 문화가 오랫동안 바르게 가르쳐 왔던 자율성과 주체성이다. 다시 말해 인간 존재란 선택의 중심에 서 있고, 그 결과 타인의 결정에 지배받는 것이 아니라 자신을 위해 인생의 중요한 결정들을 내릴 수 있어야만 한다는 것이다.[7] 또한 인간은 깊은 내면의 경험을 중요시하므로 스스로의 느낌과 사유 역시 매우 중요하게 여기며, 모든 것이 좋을 때에는 이 사실을 함께하는 타인에게도 적용하고는 한다. 그러니 현대 민주주의에서 바람직한 사회 정치적 제도들은 자율성과 주체성을 모두 보호해야 한다. 건강한 민주주의는 종교, 발화, 정치적 의견, 직업, 유대, 섹스, 결혼과 같은 주요한 영역에서 사람들이 스스로에게 선택할 기회를 제공함으로써 자율성을 보호한다. 또한 자신의 신념을 형상화할 수 있도록(또 말하지만 종교나 발화의 자유), 충족감을 느낄 감정을 갖도록(또 말하지만 유대의 자유, 결혼하고 우정을 맺을 권리, 무엇보다도 성적 동의를 보호받을 권리), 사람들이 각자의 공간이 필요하다는 것을 인지함으로써 주체성을 보호하기도 한다.

　이러한 주요 기준들은 과거 여성들에게는 축소되어 있던 투표권, 교육, 결혼의 선택과 같은 각종 사회생활 영역에서 함의가 있다. 하지만 오늘날 우리의 주제에 대해 생각해 보면 이 기준들에는 특수한 긴급성이 있다.

　성폭행과 성희롱은 심원한 방식들로 자율성과 주체성을 침해한다. 여성들이 동의할 능력이 있다는 점을 짓밟고 무시하거나 위협으로 가짜 동의를 갈취하는 등 여성을 편리한 도구로 취급하며, 남성의 만족감을 위해 여성의 의사는 중요하지 않다고 여기는 전형적인 방식이다. 한편 성폭력은 여성의 감정과 사유를 무시해도 되는 것으로 여긴다. 마치 지배 남성의 욕망만이 실재하고 중요하다는 듯 말이다. 가끔은 설상가상으로 여성의 생각과 감정에 대한 무시가 너무도 깊어서, 위조된 주체성이 여성에게 전가되기도 한다. 남성의 소원과 딱 맞아떨어지는 그런 여성, 예컨대 '싫다는 건 좋다는 거야.(no means yes.)'와 같은 생각들, 여성이 강요된 성적 종속을 즐긴다는 따위의 생각 말이다.

　더욱 심각한 문제는 남성의 여성 지배가 여성을 순종적으로 복종하도록 몰고 가는 형태를 띤다는 것이다. 존 스튜어트 밀(John Stuart Mill)은 『여성의 종속』[8]에서 남자들(이 책에서 그는 노예제를 통한 비유를 강조하기 위해 남성을 '여성의 주인'이라 부른다.)이 여성의 육체만을 통제하는 것에 만족하지 않는다고 썼다. 나아가 여성의 자발적인 복종까지 원한다는 것이다. "그러므로 그들(남성

29

들)은 여성들의 마음을 노예로 만들기 위해 모든 것을 실행한다."
이어서 그는 여성들이 아주 어린 나이부터 그에 맞게 교육받는데,
그 이상적인 기질이라는 것은 "자기 본위가 아니고 그 통제가 자기
통제가 아니며, 종속의 형태로 주도권을 타인에게 넘기는 것"이다.
여성들은 자신들에게 걸맞은 유익한 정서가 자기 거부라고 배우며,
성적으로 매력을 끌 수 있는 유일한 방법은 "온순함을, 유순함을 함
양하고 모든 개인의 의지를 한 남성의 손아귀에 내주는 것"이라고
도 배운다. 그러므로 여성들은 반자율성, 어떤 의미에서는 반주체
적인 주체성을 계발하게 되고 자신의 경험과 느낌은 전혀 중요하지
않으며, 저항하거나 자기를 주장하는 것이 옳지 않다고 스스로 세
뇌하기도 한다. 이는 불평등한 성적 조건에 이의를 제기하는 일을
훨씬 더 어렵게 만든다. 때때로 여성들은 스스로를 상품화하고 남
성적 시선 앞에 선 만족스러운 객체가 된다. 완전한 빅토리아 시대
사람이었던 존 스튜어트 밀은 (다음 장에서 가정 폭력이나 부부 사
이의 강간을 금하는 법의 부재를 공격하기는 하지만) 성폭력에 관
한 자신의 통찰이 지닌 함의를 살피지는 않았다. 뒷장에서 보게 되
겠지만, 훗날의 페미니스트들은 그의 통찰들을 확장시킬 수 있도록
그 유산을 이어받았다.

존 스튜어트 밀 시대의 대부분 남성들은 우리 시대 대부분의
남성들과 마찬가지로, 그들이 자신의 부인이나 딸을 지배하고 있다
는 말에 분개하며 부정했을 것이다. 하지만 이 남성들은 자기들이
사랑한다고 주장한 여성들에게 기울어져 있는 법적 제도를 창조하

고 뿌리내리고 영속화했다. 그 제도하에서 부부 사이의 강간은 범죄가 아니었고 기혼 여성은 재산권과 투표권이 없었으며, 끔찍한 상황에서조차도 이혼할 권리가 없었다.[9] 이러한 권리들이 보장되고 여성이 독립적인 직업을 가질 수 있는 오늘날까지도 법은(앞으로 보게 되겠지만) 평등한 자율성이나 주체성을 부정하는 매우 완강한 모습을 지니고 있다. 물론, 우리의 일상 문화는 그보다 훨씬 더 심각하다.

물론 여성들이 진짜 사물이 되지는 않는다. 인간성이라는 것은 그것이 얼마만큼 경시되어 왔든지 간에 순응이라는 코르셋을 조이며 살아남는다. 밀이 알고 있었듯 많은 여성들은 본인의 마음을 예속시키려는 노력에 저항한다. 어느 정도 '노예화된' 마음일 때조차도 밀이 말한 유해한 자기 변형은 원상태로 되돌릴 수 있다. 그도 강조했듯이, 억눌려 왔지만 온전한 인간으로서 자신을 확신하고 싶다는 욕망은 이미 많은 여성들을 정체하지 않도록 추동해 왔으며, 또 많은 여성들의 내면에서 각성될 수 있다. 밀이 예견했듯 여성과 남성 모두에게 이롭도록 말이다.

페미니스트 사유의 오랜 전통은 인간이기에 갖는 완전한 인간성과 단순한 사물성 사이의 차이를 탐색해 왔다. 좀 더 깊은 분석과 정교한 언어를 경유하는 이 전통이 우리를 올바른 길로 이끌 것이다.

엘리자베스 케이디 스탠턴의 의회 연설

1892년 저명한 페미니스트들과 함께 하원 법사위원회의 연사로 초대받은 엘리자베스 케이디 스탠턴의 연설은 하원의원들뿐 아니라 다른 페미니스트들 역시 놀라게 했다. 당시 스탠턴의 타협 없는 급진주의, 특히 여성들의 보다 쉬운 이혼을 옹호하는 그녀의 태도는 스탠턴을 페미니스트 운동 사이에서 고립시켰다. 하지만 전기 작가인 비비언 고닉(Vivian Gornick)은 스탠턴을 1970년대 급진적 페미니즘의 선도자라고 보았다.[10] 이런 사실들로 미루어 짐작컨대, 우리는 스탠턴의 연설에서 참정권과 이혼권에 대한 확답을 요구하는 구체적인 페미니스트적 요구들을 기대하기 쉽다.

그러나 스탠턴은 전적으로 다른 연설을 했다. 그리고 그 연설은 매우 유명해졌다. 페미니스트 루시 스톤(Lucy Stone)은 연설의 전문을 《여성연구(Women's Journal)》에 실었고, 1915년에는 미국 의회가 이를 재발행해 전 세계에 1만 부를 발송했다. 스탠턴 본인도 이를 매우 자랑스러워했다. 하지만 이 연설은 기대한 만큼 급진적이지 않았고 오히려 구체적인 정치적 요구에 집중했다. 언뜻 보면 이 연설문은 이상하리만큼 정치와 무관해 보인다. 삶의 여정에서 "모든 인간의 영혼은 고립되어 있다."라는 개별 주체들의 고립에 대한 이야기이기 때문이다.

분석적이기보다는 시적인 연설이었다. 우리는 이 연설문을 재구성하여 읽어야 한다. 맨 처음 스탠턴은 영혼의 고독을 두려운 것으로 묘사한다. 우리 모두는 홀로 살고 홀로 죽는다는 것이다. "부유하든 가난하든, 유식하든 무식하든, 현명하든 멍청하든, 도덕적이든 악하든, 남자든 여자든, 모두에게 언제나 똑같은 것은 각각의 영혼이 스스로에게 완전히 기대어 있어야만 한다는 것이다." 고독은 때때로 고통스럽다. '행진'이고 '전쟁'이지만 피할 수는 없다. 그러므로 스탠턴은 여성들이 자신의 선택을 이루기 위해서는 교육과 정치적 기회들을 통한 자기 발전이 필요하고, 그렇게 함으로써 인생의 기로를 잘 지휘할 수 있는 자질을 갖춰야 한다고 결론 내린다.

연설에서 그리는 고독의 양상은 가장 앞에 그려진 내용과 갈등 관계에 있는 것으로 보인다. 스탠턴은 모든 인간의 삶이 어느 누구도 충분히 들여다볼 수 없는 귀중한 내면세계를 지니는데, 이 내면의 공간이 '양심'이자 '우리 자신'이라 불린다고 했다. 양심은 자율적인 선택의 힘과 풍요로운 주체성 모두를 포함하고 이러한 능력들은 "땅속 요정의 동굴보다도 더 깊이 숨겨져" 있지만, 오늘날 매우 귀중하게 여겨진다는 것이다. 스탠턴이 노골적으로 미국 프로테스탄트 전통과 연관시킨 이 고독함이라는 개념은[11] 여성이 왜 교육과 정치적 권리를 부여받아야 하는지에 대한 추가적인 근거들을 만들어 낸다. 내면세계란 귀중하고 숭고한 것이어서 존중을 요구하며, 내면세계를 존중한다는 것은 그것을 발전시킨다는 뜻이다. 여기서 스탠턴은 여성의 "개별적인 양심과 판단의 권리" 및 "생득적 자기 통치권"에 대해 말했다. 즉 여성이 남성에게 완전히 의지한다는 사실과 별개로 그들의 선택의 자유와 사유 및 감정을 발달시킬 기회를 부여받지 못한다는 것이 곧 심각한 모욕이라고 말했다.

이 연설의 두 부분을 어떻게 짜맞추어야 할까? 분명히 이 글의 규범적 요체는 모든 인간 존재의 귀중한 핵심인 내면세계를 존중할 의무가 있다는 주장이다. 그렇다면 이전의 문단들은 어떻게 작용했는가? 연설의 앞부분은 고독이라는 것이 소중한 자아의 숨겨진 영역이라기보다는 고통스러운 것으로 묘사되는 후반부의 내용과 상충하는 것처럼 보인다. 물론 고독에는 양면이 있을 수 있다. 그렇다면 나는 연설의 앞부분이 제 목적을 달성했다고 믿는데, 그 부분이 남성들의 방어적인 응답을 저지하기 때문이다. 이렇게 생각하는 관중석의 많은 남자들을 상상해 보자. '물론, 여자들도 양심을 가졌지. 근데 아이들처럼 미성숙하잖아. 그러니까 그걸 잘 실행할 수 있게 하려면 남성의 지속적인 감독이 필요해.' 이러한 남성적 관점에 기반하여 여성을 존중하는 데에는 고등교육이나 정치적 권리를 필요로 하지 않는다. 정반대로 부성적이고도 밀접한 보호를 수반한다. 연설 도입부는 그 누구도 자신의 전 인생을 다른 누군가의 돌봄 아래 두어서는 안 된다는 것을 상기시킴으로써 이러한 (남성들의) 반응을 저지한다. 프로테스탄트적 전통에 의하면 구원을 향한 모든 개인의 여정은 홀로 이루어져야 한다. 따라서 여성에게 교육과 정치적 권리를 제공해야 하는 주요한 이유는 규범적인 중요성, 양심의 소중함, 선택과 주체성의 힘에 근거한다. 하지만 여성에게 가부장적 비독립성이 주어지는 사회에서 양심을 새기고자 한다면, 고독의 필연성을 건실한 훈계로 받아들여야만 한다. 사실상 여성도 필연적으로 고독한 죽음과 준비되지 않은 심판을 맞닥뜨리기 때문이다.

정리해 보자. 남성은 여성의 완전한 자율성과 주체성을 부정해 왔다. 하지만 남성은 여성에게도 그들과 똑같은 영혼이 있음을 수긍해야 한다. (적어도 그들 종교가 그렇게 말하고 있다.) 그리고 그 수긍의 결과를 직시해야 한다. 선택이라는 능력을 함양하고 교육을 통해 내면세계를 더욱 깊이 있게 만드는 일로부터 더 이상 여성을 배제해서는 안 된다.

이와 같은 유형의 분석은 종교 선택의 자유에 대한 미국적 전통의 논쟁과 유사하다. 스탠턴과 로저 윌리엄스*는 사촌지간이었다.[12] (로저 윌리엄스는 동의하지 않는다는 이유로 그 사람에게 종교적 표현의 자유가 있음을 부정하는 것은 '영혼의 강간'이라고 말했다.) 그러니 당시 참석자들은 스탠턴의 주장을 듣기 위한 문화적 기반이 잘 다져진 상태였다고 볼 수 있다.

매리 울스턴크래프트(Mary Wollstonecraft)에서부터 캐서린 매키넌에 이르는 다른 많은 주도적인 페미니스트들과 마찬가지로, 스탠턴 역시 지나친 일반화로 인해 여성의 평등함을 존중하는 정중한 남성들을 주목하는 데에는 실패했다. 하지만 이러한 전략에는 두 가지 합당한 이유가 있다. 첫째로, 이 남성적 악습이 희소한 예외가 아닌 표준이라는 것을 보여 주고 싶었기 때문이다. 우리의 눈이 계

---

*   영국 식민지 시대 미국 로드아일랜드에서 스스로 총독이 되어 종교 관용 정책을 펼치면서 종교적 자유에 대한 책을 다수 저술했다.

속해서 예외들만 바라본다면 문제의 심각성이 도외시될 수 있다. 둘째로, 아무리 모범적인 남성이라 하더라도 여성의 권리가 지독하게 불평등한 치명적인 법적 제도하에서 그들은 어떤 변화도 주장하지 않으며 살고 있기 때문이다. 그렇다면 남성이 도대체 얼마나 모범적일 수 있단 말인가? 이 질문은 이 책에서 지속적으로 제기될 것이다. 직장에서 여성들을 위협하지 않은 남자들조차도 성희롱을 법적 문제로 가져가는 것은 지나치다고 생각한다는 식의 이야기들 말이다.

스탠턴은 참정권과 고등교육에 초점을 맞춘다. 그녀는 여기서 성폭력에 대해 말하지 않는다. 하지만 스탠턴의 독자라면 성폭력이 스탠턴의 전 인생에 걸친 중심 문제였음을 알 것이다. 그녀가 언제나 힘주어 말했던 여성의 이혼권 관련 주요 논의 가운데에는 잔혹한 결혼 생활이 있었다. 그리고 유명한 1868년의 연설에서 그녀는 여성의 참정권 옹호를 강력히 권고하면서 지금까지의 남성 지배가 올바르지 않은 폭력의 역사 위에 있다고도 주장했다. "남성적 요소란 불협화음, 무질서, 질병, 죽음과 같이 물질 세계와 도덕 세계에서 번식하는 전쟁, 폭력, 정복, 획득을 사랑하는 가혹하고 이기적이고 점점 커지는 파괴적 힘이다."[13] 여기서 스탠턴의 언어는 전적으로 수사학적이고 모호하며 남성의 본성과 여성의 불운을 요점화하려는 경향이 있지만, 그 의도는 매우 명백하다. 남성의 폭력은 법이 맞서야만 하는 매우 실증적인 사실이라는 점을 밝힌다. 반면 편지에서 스탠턴은 합의되지 않은 성관계에 반대할 권리가 없는 결혼이란 "합법화된 매춘이나 다름없다."[14]라는 등 매우 명료한 언어를 사용한다. 스탠턴은 지속적으로 혼인법을 개정하려 노력했다. 방금 이야기한 두 연설을 살펴보면 우리는 여성의 대학 교육이나 참정 권에 대한 남성들의 정중한 부정뿐만 아니라 성폭력에 대한 자율 성과 주체성을 부정하는 문제도 살필 수밖에 없다. 스탠턴을 계승 한 20세기 페미니스트들이 이 연결 고리를 명백하게 만들 것이다.

막간: 성차별주의와 여성 혐오

여기서 분명히 하자. 합당한 여성의 권리를 부정하는 것과 여성 의 특권을 부정하는 것은 성차별주의(sexism)와 여성 혐오(misogyny) 라는 두 가지 다른 방식으로 추동된다. 나는 이 용어들을 페미니스 트 철학자인 케이트 만(Kate Manne)이 그녀의 저서 『다운 걸: 여성 혐 오의 논리(Down Girl: The Logic of Misogyny)』[15]에서 구체적으로 정의 한 맥락으로 사용할 것이다. 나는 만의 분석을 많은 부분 받아들였 고(그 지점은 명확하고 효과적인 두 용어의 개념을 확정하는 것이 지 해당 용어의 일반적인 의미를 점유하려는 것은 아니다. 정의만으 로도 두 용어를 실질적으로 사용할 때 각각 무엇을 의미하는지 알 수 있다.) 내 최근작인 『타인에 대한 연민』[16]에서 이 개념을 확장시 켰다. 성차별주의는 여성이 남성보다 구체적인 면에서 열등하다는 것을 뒷받침하는 신념 체계라고 정의할 수 있다. 성차별주의자는 그 신념 체계를 이용해서 여성의 참정권과 고등교육 등을 부정한다. 여성 혐오란 그와 반대로 실행 메커니즘이다. 여성 혐오자는 견고한 특권 속에 들어앉아 여성을 그 안에 들이지 않겠다고 마음먹은 사람이다. (이 용어를 사용하는 사람들이 때때로 보여 주는 것처럼, 여성 혐오자가 반드시 여성을 미워하는 것은 아니다. 그의 전략은 대부분의 경우 남성 특권의 세계에 여성을 받아들이는 것에 대한 순전한 반항심과 이기심으로부터 촉발된다.)

여성의 권리 주장에 접근하는 이 두 가지 방식은 종종 결합한다. 여성을 가외에 두기 위해서 여성 혐오자들은 성차별주의적 주장에 호소한다. 하지만 좀 더 깊이 살펴보면 대체로 더 근본적인 접근이 무엇인지 밝혀낼 수 있다. 성차별주의적 신념은 유약하고, 그렇기 때문에 증거가 있으면 즉각 반박된다. 그 결과, 성차별주의적 신념에 과하게 기대는 일은 흔치 않다. 존 스튜어트 밀이 1869년에 이미 말한 바 있듯이, 남성들이 여성은 할 수 없다고 믿으면서도 여성이 무언가를 하지 못하게 배제하고자 그토록 열심히 노력했다는 것 자체가 여성의 무능력에 대한 성차별주의자들의 판단에 확신이 없었음을 방증한다. "본성이 그 목적을 달성하지 못할까 봐 본성을 내세워 간섭하려는 남자들의 불안은 전적으로 불필요한 걱정이다. 여성들이 본능적으로 할 수 없는 것을 하지 못하게 막아서는 일은 매우 불필요하다."

계속해서 존 스튜어트 밀은 분명하게 말한다. 만약 이 사회가 구성해 온 모든 금지 사항들과 요구 사항들을 살핀다면 우리는 남성들이 "여성의 자연스러운 소명이란 부인이 되는 것이요 어머니가 되는 것"이라고 믿지 않는다는 합리적인 결론을 내리리라는 것이다. 오히려 그들은 이 소명이 여성들에게 그다지 매력적이지 않음을 믿고 있음이 분명한 것 같다. "만약 여성들이 다른 것들을 자유롭게 할 수 있다면, 다른 삶의 방식이나 직업, 능력의 가능성이 열려 있다면······ 여성들에게 자연스럽다고 여겨지는 조건들을 흔쾌히 받아들이는 사람들은 많지 않을 것이다." 밀의 말은 여성들에게 주어진(이혼권, 참정권, 고등교육 접근권, 결혼 관계에서도 성관계를 거부할 권리 등을 포함한) 기본권을 거부하는 것은 여성의 열등함에 관한 성차별주의적 신념에 따른 것이라는 뜻이지만, 좀 더 깊숙이 들여다보면 이것은 파워 게임이다. 여성들에게는 쉴 곳과 보호가 필요하다는 남자들의 말이 얼마나 정중하고 다정하든 간에, 그들은 성차별주의적 수사를 이용해 여성들의 완전한 사회 진입에 장벽을 쌓고, 그래서 여성들이 오직 자기들에게 봉사하는 존재가 되도록 만들고자 한다.

(밀의 논리를 통해 성차별주의와 여성 혐오를 구별해 내는 데까지 발전된) 밀의 통찰은 성폭력과 성희롱에 대해 생각해 보게 한다. 대부분의 남자들은 그들이 이러한 범죄에 연루되어 있다는 것을 부정하고 자신을 여성을 사랑하며 존중한다고 말할 것이다. 하지만 남자들이 여성의 자율성과 주체성에 대한 충분한 고려를 구조적으로 부정하고 있는 법적, 사회적 구조를 지지하고 거기서 이익을 얻는 만큼 그들은 소극적으로나마 여성 혐오자들이며, 이러한

악습이 자라나는 특권과 권력의 불평등을 강화하고 있다.

대상화

이는 지난 50년간 페미니즘 연구의 핵심이었던 대상화라는 주요 개념에 이르게 한다. 스탠턴의 시적인 연설로부터 캐서린 매키넌이나 안드레아 드워킨(Andrea Dworkin) 같은 급진적 페미니스트들의 엄중한 열정까지는 거리가 꽤 있어 보이지만, 사실 그 사상과 분석은 매우 연속적이다. 1장을 열 때 인용한 드워킨의 말은 스탠턴으로부터도 나올 수 있는 말이었고, 최근 페미니스트들은 충분히 연구되지는 않았지만 성폭력이 스탠턴의 고민과도 맞닿아 있음을 분명히 밝힌다.

성별에 기반을 둔 대상화는 익숙한 개념이 되었다. 상대적으로 전문적인 용어였던 '대상화'는 매키넌과 드워킨의 작업과 긴밀한 관계를 맺은 이후, 이제는 평범한 말 속에서 쓰이는 규범적 평가 용어가 되었다. 광고나 영화를 비롯한 문화적 재현물들을 비판할 수 있게 되었을 뿐만 아니라 개인들의 발화나 행동을 비판하는 데에도 쓰일 수 있게 된 것이다. 대부분은 경멸적인 어조로 쓰여 발화자가 대상화할 수 있다고 보는 말투나 행동 양식들을 지적하며, 주로 젠더와 섹슈얼리티 영역에서 쓰인다. 우리는 여성들이 "성적 대상, 사물, 상품으로 비인간화"[17]되었다는 말을 듣게 되었고, 그들의 일상

적인 삶을 묘사하는 많은 여성과 페미니스트 철학자들에 의해 대상
화는 사회 문제로 불거졌다. 대상화는 페미니즘의 심장부에 놓여도
좋을 문제이다.

　매키넌은 여기서 조금 더 나아간다. 대상화라는 것은 너무나도
편만해 있어서 여성들은 대상화에 둘러싸여 있을 뿐 아니라 자신들
도 거기에 젖어 있다는 것이다. 매키넌은 "모든 여성들은 물고기가
물속에서 사는 것과 같은 방식으로 성적 대상화 속에 살아간다."라
고 기발한 은유를 사용하여 말하는데, 이는 대상화가 여성들을 둘
러싸고 있을 뿐만 아니라 여성들이 바로 그 대상화로부터 양분과
지속성을 끌어내는 존재가 되었다는 것을 의미한다. (여기서 그녀
는 이전에 동일한 지적을 한 존 스튜어트 밀과 메리 울스턴크래프
트에 동조한다.) 하지만 여성들은 물고기가 아니고, 매키넌에게 대
상화란 해로운 것이었다. 대상화는 사실상 여성들에게서 완전한 자
기 표현과 자기 결정, 인간성을 빼앗기 때문이다. 이 규범적 개념과
스탠턴의 급진주의가 갖는 연관성은 뚜렷하다. 하지만 좀 더 명확
하게 밝힐 필요가 있다. 대상화는 무엇이며, 그 중심에는 무엇이 놓
여 있을까?

　대상화한다는 것은 그것을 사물로 다루겠다는 뜻이다. 하지만
우리는 책상이나 펜을 사물로 다루는 것을 두고 '대상화'라 부르지
는 않는다. 책상과 펜은 그 자체가 사물로 존재하기 때문이다. 대상
화는 사물로 변환한다는 것을 의미하고, 실제로는 사물이 아닌 인
간 존재를 사물로 다루겠다는 의미다.[18] 그러므로 대상화는 그 대상

에 인간성이 존재한다고 여기기를 거부하는 것이며, 더 많은 경우 완전한 인간성을 적극적으로 부정하는 것까지 의미한다. 하지만 좀 더 깊이 파고들 필요가 있다. 누군가를 사물로 다루려는 생각의 기저에는 무엇이 존재하는가? 이 개념을 분석하는 데 반드시 필요한 명징성과 복잡성이 동반된 적이 없기에 나는 지난 25년간 좀 더 심화된 구별을 할 필요가 있다고 주장해 왔다.[19]

온전한 인간성이 부정당하는 데에는 많은 방식이 있기 때문에 대상화는 집합적인 개념으로 보아야 한다. 사람을 사물로 다루는 데에는 (적어도) 일곱 가지의 별개 개념, 일곱 가지의 방법이 있다.

1. 수단성(Instrumentality): 대상을 본인의 목적에 따른 (단순한) 수단으로 다룬다.

2. 자율성의 부정(Denial of autonomy): 대상에 자율성이나 자기 결정이 부재한다고 여긴다.

3. 타성성(Inertness): 대상에 행위자성 및 활동성 역시 부재한다고 여긴다.

4. 대체 가능성(Fungibility): 대상을 같은 종류의 다른 대상 A, 혹은 다른 종류의 대상 B와 교환 가능하다고 여긴다.

5. 가침성(Violability): 대상에 온전한 경계가 부재한다고 여겨 그것을 깨고, 부수고, 침입하는 것이 허용된다고 된다고 여긴다.

6. 소유권(Ownership): 대상을 누군가에게 소유되었거나 소

유 가능한 것으로 여겨 사고팔 수 있다거나 재산처럼 다룰 수 있다고 여긴다.

7. 주체성 부정(Denial of subjectivity): 대상의 경험이나 느낌을 (만약 있다고 해도) 고려할 필요가 없다고 여긴다.

한 인간 존재를 대상화하는 각기 다른 이 방식들은 성적 관계에서뿐 아니라 노예제, 노동 관계 등 다른 맥락에서도 발견된다. 일곱 개념은 모두 구별되며, 각각 다른 종류의 대상화를 발생시키고 수많은 복잡한 방식들로 서로 밀접하게 연관되어 있다. 우리는 이 개념들이 그 자체로 필요하고 충족되는 단일 조건들의 연쇄가 아니라, 개념적으로 독립적인 기준들이 조직적으로 뒤얽혀 관계한다는 사실을 보아야 한다. 한 개념이 독립적이라 해도 이 개념들은 많은 경우 인과 관계를 갖는다. 예를 들어, 누군가는 여성의 자율성과 주체성을 부정하되 그 대상을 다른 여성과 대체 가능하다고는 여기지 않을 수 있다. 외모나 움직이는 모습 등이 다르기 때문이다. 하지만 누군가 한 여성의 온전한 인간성이 지닌 핵심 요소를 부정하면, 그 여성은 다른 여성과 피상적인 차이만 가질 뿐이다. 이때는 단순 외형의 문제가 되어 하나가 다른 누군가로 대체될 수 있다는 개념을 향해 나아가게 된다. 반복하지만, 누군가는 여성을 시장의 상품처럼 소유 가능하다 여기지 않으면서도 그녀의 자율성과 주체성을 부정할 수 있다. 하지만 이런 식의 부정이 이루어진다면, 한 인간 존재의 껍데기로 추정되는 것을 사고팔지 못할 이유들이 점점 빈약해 보이기 시작한다.

페미니스트 래 랭턴(Rae Langton)을 떠올리며 1995년에 작성한 일곱 가지 목록에 한 가지를 더해 본다.

8. 침묵시키기(Silencing): 대상을 말할 수 없는 것으로 다룬다.[20]

'침묵시키기'는 두 번째로 언급한 '자율성의 부정'의 일종이지만 별도의 요소로 봐도 될 정도로 만연하다.[21] 다시 한 번 랭턴의 말을 빌려 위 목록 중 몇 가지 사이에는 분명한 차이가 있다는 사실을 말해야겠다. 특히 2번, 7번, 8번 항목의 경우에 성차별주의와 여성혐오에 대한 나의 구별과 유사하다. 즉 누군가는 여성에게 자율성이 있다는 것, 여성은 생각과 말을 또렷하게 전달할 수 있으며 주목할 만한 가치가 충분한 생각과 감정을 가졌다고 여기지 않을 수 있다. 혹은 위의 항목대로 누군가는 적극적으로 여성의 자율성과 발화, 내면세계를 알아 가려는 태도를 부정하거나 좌절시킬 수도 있다. 심지어 누군가는 한 여성의 내면세계를 침범하고 식민화함으로써 주체성을 침해하는 짓을 즐길 수도 있다는 것이다.

스탠턴은 대부분의 남자들이 많은 경우 아버지 같은 보호자라는 명백한 수사학적 표현으로 자신들의 행동을 은폐하지만, 보통 여성의 자율성과 주체성에 대한 적극적인 거부자들이라고 말한다. 따라서 여성의 완전한 인간성을 적극적으로 부정하는 행위를 남성의 탓으로 돌리지 않기 위해서는 이 인간 이하적 상태를 여성 혐오적인 방식으로 강제하는 것이 지나쳐 보이거나 편집증적으로 보여야만 하는 것이다. 존 스튜어트 밀이 여성의 종속이라는 현상을 정확히 이러한 방식으로 분석했다는 사실을 다시 한번 상기하자. "여성의 주인들"은 육체적인 지배에 만족하지 않고 여성의 자율성과 주체성을 침범하고 지배하기를 도모했다.

대상화의 여덟 가지 특성은 동등하지 않으며 동시에 존재하지도 않는다. 그렇다면 질문이 하나 떠오른다. 여성의 대상화에서 가장 해로운 일은 무엇인가? 세 가지 항목에 집중해 보자. 자율성의 부정, 주체성의 부정, 그리고 단순한 수단으로 다루는 수단성이다. 1995년에 나는 누군가를 목적이 아니라 단순한 수단으로 이용하는 것이 대상화가 갖는 위험의 핵심이라고 말한 바 있다. 이마누엘 칸트(Immanuel Kant)가 (자기 자신의 것이든 다른 사람의 것이든) 인간성을 목적이 아니라 단순한 수단으로 이용하는 것은 언제나 그릇됐다고 주장했을 때, 그는 이를 실패로 진단했다. 그러나 내게 이 주장은 여전히 옳아 보인다. 이 실패가 내 다른 항목들과 어떻게 관련 있는지에 대해 좀 더 이야기할 필요가 있겠다. 누군가 타인을 단순한 수단으로 본다면, 자율성의 부정과 주체성의 부정은 분명 자연스럽게 따라온다. 누군가가 당신이 원하는 것을 하고 당신의 목적에 봉사하기 위해 존재하는 것으로 보인다면, 그만큼 그녀는 당신을 위해 자신의 선택들을 포기해야(자율성의 부정) 할 것이고, 그녀의 감정들은 충분히 고려되지 않을(주체성의 부정) 것이다. 그러나 우리는 온전히 인간적 선택을 할 수 없고, 혹은 아직 할 수 없다고 볼 타당하고도 정확한 이유가 있을 때에조차 누군가를 수단화하거나 주체성을 부정하지 않고도 타인의 완전한 자율성을 부정할 수 있다는 사실과 늘 싸워야 한다. 아주 어린아이들은 중증의 정신적 장애가 있는 사람이나 길들여진 대부분의 동물들의 경우와 같이 완전한 자율성을 부정당한다. 그러나 우리가 그들을 전적으로 이해할 수 있는 한 그들은 목적으로서 사랑받을 수 있고, 우리는 그들의 감정을 최대한으로 보살필 수 있다. 요컨대 여성에게 역량이 없다는 성차별주의적 주장이 사실이라면 자율성과 주체성의 부정은 여성을 목적으로 다루는 것과 양립 가능하다는 것이다.

이쯤에서 다시 스탠턴의 논점으로 거슬러 올라가 보자. 여성에게도 영혼이 있고 운명이 있어서 개인의 선택이 추구되어야만 한다는 종교와 문화에 말로만 동의를 표하는 남자들이 있는 한, 여성들이 어린아이들과 같다는 성차별주의적 허구가 그저 거짓말처럼 들리고 잘해 봐야 여성 혐오적인 지배자의 특권을 강화시키는 이야기 정도로 들릴 뿐이다.

왜 남자는 여자가 어린아이 같다는 허위에 동조할까? 스탠턴이 주장했듯 그들이 가진 여러 신념들과 상충하는데도 말이다. 그 럴싸한 대답 한 가지는 남성은 여성을 완전한 목적으로 보지 않고, 거의 하인처럼 여기며 자신들에게 무언가를 해주기 위한 존재로 생각한다는 것이다. 그러므로 여성의 자율성 부정은 여성을 도구로 만들고자 하는 관심과 밀접하게 연관되어 있고, 남성은 여성이 자기들에게 맞추는 선택을 하도록 강요하고 싶어 한다. 주체성의 부정에 대해서 말해 보자. 지배적 남성들은 여성들이 무엇을 느끼고 생각하는지 굉장히 신경 쓰고 있다고 반박하겠지만, 어느 정도까지만 그렇다. 자신이 받아들일 수 있을 정도, 자기 위치를 위협하지 않을 정도라면 괜찮은 것이다. 그 밖의 다른 것들은 적극적으로 무시되거나 묵음 처리되기 쉽다. 노예들도 주체성을 항상 부정당하지는 않았다. 주인들은 노예들이 자신들의 운명에 정신적으로 잘 들어맞는 존재들이라 상상했을 것이다. 또한 노예들의 기쁨이나 고통에 한정적으로 공감할 수도 있었을 것이다.

다시 주지하지만, 사람을 그 자체로 목적이 아니라 단순히 수단으로 다루고자 하는 결심은 자연스럽게 상상력의 실패로 이어진다. 누군가 한 인간을 수단으로 쓰겠다 결심하기만 하면 '내가 X라는 행위를 할 때 이 사람은 어떻게 느낄까?', '이 사람은 무엇을 원할까?', '그 욕망들과 관련해서 내가 X를 했을 때 그에게 끼치는 영향은 무엇일까?' 등 주로 도덕성이 좌우하는 질문들을 하지 않게 된다. 군주제 또한 이런 게임을 해 온 것 같다. 어떤 면에서는 군주들도 하층계급을 인간으로 생각했지만 이 계급에게도 온전한 인간성을 이루는 주요한 요소가 있음을 부정해 왔다. 사람들이 더 자각할수록 그들이 군주의 이익에 봉사하기 위해 존재하도록 했던 방식들을 위협할 것이었기 때문이다.

말할 필요도 없겠지만, 이 분석을 따르는 페미니스트들은 남성들에게 대항적 기질이 있다고 생각해도 된다. 다만 수년간 매우 긍정적이었던 매키넌의 로스쿨 강의를 포함하여 많은 페미니스트들의 계도 운동은 남성들도 더 나은 신념들을 가질 수 있으며 자기비판 및 변화의 가능성이 있다고도 상정한다. 그들은 더 나은 목소리들이 나쁜 목소리들에 의해 쓰인 법이나 다른 사회적 규약들을 넘어서기에는 너무도 기회가 적었다고 주장한다. 이것이 과거 스탠턴 때와 마찬가지로 지금도 급진적 페미니스트들에게 법적 개혁이 핵심 과제인 이유다.

대상화와 성폭행

지금까지 나는 폭력에 대해서는 다루지 않았다. 하지만 한 여성이 단순히 가치 있는 수단으로 보이는 순간 그녀의 온전한 자율성과 주체성은 부정당하고, 그다음에는 그녀가 어떻게 다뤄지느냐 하는 기회와 환경의 문제가 대두된다. 유용한 수단으로 여겨졌던 노예들이(그것이 주인의 가정에 유용하고 좋은 인상을 주니까) 때때로 친절한 대우를 받고 잘 먹을 수 있게 되었던 것처럼 그렇게 "여성의 주인"도 여성을 비슷하게 대했다. 이러한 시각에서 법적, 사회적 종속의 구조 안에서 그로부터 이익을 취하는 부드럽고 다정한 남성과 여성을 강간하고 때리는 폭력적인 남성 사이의 차이는 환경과 정도의 문제이지, 기질적 차이를 가리키지는 않는다. 악한 명분과의 합작은 악한 행위의 적극성에 있어서 정도의 차이만 있을 뿐이다. 일반적인 중산층 기혼 남성이 자신의 배우자를 강간하는 일은 흔치 않다. 그가 원하는 것을 별 분투 없이 얻을 때는 결혼의 유용한 합의들이 잘 굴러간다. 하지만 그의 이익이 명령하는 일 앞에서는 어떤 장애물도 용인하지 않을 것이다. (존 갤스워디의 『포사이트 연대기(The Forsyte Saga)』는 그 스위치를 켜 버리는 것에 대한 심도 깊은 탐색이다. 어느 날 갑자기 소메스는 "남성으로서의 영예"로부터 아내 아이린을 강간하라 요구받는다. 아이린이 그가 원하는 순종적인 부인이 되기를 고집스럽게 거부하고 있기 때문이다.) 물론 이런 남성은 법 개정을 격렬하게 거부할 것이다.

다시 한번 대부분의 남성들에게는 폭력을 거부하고 사랑과 존중을 촉구하는 선한 목소리가 존재한다는 것을 덧붙일 필요가 있다. 하지만 (소메스의 경우에서처럼 아내를 강간해도 처벌받지 않는다고 말해 주듯) 법은 저만치 반대쪽에 있기 때문에 교만과 사리 추구에 맞서는 법이 사회 전반에 편만해질 기회는 없는 것이나 마찬가지다.

이제 그러한 연결들이 미국의 성문화에서 어떻게 작동하는지 보자. 친밀한 관계 사이의 폭력이 흔하고 대부분의 폭력이 모종의 관계 속에서 발생하는 이 나라에서 말이다. 질병통제예방센터가 가장 최근에 출판한 『친밀한 파트너와 성폭력에 대한 국가 조사(National Intimate Partner and Sexual Violence Survey)』는 이전 조사 결과들보다 더 높은 성폭력 발생 빈도를 보여 준다.[22] 전체 응답자의 5분의 1에 달하는 여성들이 강간이나 강간 미수를 경험했다고 응답했으며, 응답자의 4분의 1은 친밀한 파트너로부터 폭력을 경험했다고 고발했다. 여성 응답자의 6분의 1은 스토킹을 경험했다고 응답했다. 물론 성폭력이 여성만 향하고 있는 것은 아니지만 불균형적으로 여성들에게 큰 영향을 미치고 있었다. 여성 응답자의 3분의 1이 어떤 형태로든 성폭행 피해 경험이 있다고 답했는데, 남성 응답자의 경우 7분의 1이 성폭력을 경험했고 71명 중 한 명은 강간을 당한 경험이 있다고 대답했다. (그리고 대부분 어릴 때의 일이었다고 한다.) 여성 강간 피해자의 반 이상은 친밀한 파트너로부터 강간 피해를 입었으며, 이중 40퍼센트는 지인에게서였다.

이 수치들은 전통적인 가부장적 태도와 무관하지 않다. 당대 최고의 사회학자 중 하나인 에드워드 라우만(Edward Laumann)은 그의 저서 『섹슈얼리티의 사회적 구성(The Social Organization of Sexuality)』과 더 잘 알려진 저서 『미국의 섹스(Sex in America)』에서 미국의 성적 태도와 경험들에 대한 철저한 연구 과정에서 발견한 매우 충격적인 사실들을 밝힌다.[23] 급진적이지도, 심지어 페미니스트도 아니며 빈틈 없이 매우 보수적인 양적 연구자로서의 언급이다.

첫째로, 미국 남성들은 굉장히 잘 흥분하고, 한번 흥분하면 억누를 수 없게 되는 '남성적 섹슈얼리티'라는 상을 공유한다. 일단 흥분하면 남자는 그저 '멈출 수 없다'는 것이다. 여성은 보통 그 존재만으로도 유혹자가 되며 그 육체적인 매력은 남자들로 하여금 통제력을 잃게 만든다는 이야기이다. 그리고 난 뒤 남자들은 자신의 행동을 책임지지 않는다. 남자들은 이러한 신념에 여성과 연관된 신화를 결합시킨다. 여자들은 싫다고 말하거나 심지어 그것에 저항하며 싸울 때마저도 진심으로 섹스를 원한다는 신화. 라우만은 이러한 태도들이 어떻게 문제적인 공격 행위로 이어지는가에 대해서 다음과 같은 결론에 다다른다.

남성과 여성의 성적 상호 관계에는 애매함과 잠재적 갈등이 따르기는 하지만 몇 가지 오해를 넘어서는 자명한 사실이 분명 존재한다. 섹스가 강요될 때의 인식 속에서 젠더 격차가 존재할 뿐만 아니라 젠더라는 수렁이 존재한다는 것. 우리는 원치 않았던 성적인 행위를 남성으로부터 강요받았다고 말하는 많은 여성들을 볼 수 있다. 하지만 극소수의 남성만이 여성에게 강요했다는 사실을 인정한다. 여성과 남성을 젠더 이슈로 몰고가는 차이점과 여성과 남성의 섹스 경험에서 나오는 상이점이 보여 주는 사실은 이것이다. 바로 두 가지 분리된 성적 세계, 그의 세계와 그녀의 세계가 다르게 존재한다는 것이다.[24]

라우만은 여성의 22퍼센트가 13세 이후로 성적인 강요를 받은 경험이 있다고 구체적으로 밝혔다. (0.6퍼센트만이 다른 여성들로부터 강요받았다.) 남성은 2퍼센트만이 강요받았다고 대답했다. 성적 강요를 받은 적이 있는 여성의 96퍼센트는 그들을 강제했던 남성이 누군지 알고 있었으며, 그중 절반에 가까운 여성이 그 남성을 사랑하고 있었다고 말했다.

반면 남자들은 강요했다는 사실을 극도로 부인했다. 3퍼센트만이 여성에게, 0.2퍼센트만이 남성에게 강압적 성행위를 요구했다고 진술했다. 몇몇은 거짓말을 했을 수도 있겠지만 라우만과 동료 저자들은 이런 식으로는 이 큰 차이를 설명할 수 없다고 보았다. 그들이 제시한 좀 더 그럴듯한 설명은 "섹스를 강요했던 대부분의 남성들은 여성들이 그들의 행동을 얼마나 강압적이라 생각하는지에 대해 인지하지 못하고 있었다."라는 것이다.[25] 그들은 친구들과 술을 한잔 마시고 집으로 돌아와서는 지금 당장 섹스를 원하면서 그것을 마땅한 것으로 여기는 한 남성을 상상하기도 하고, 충분히 관계가 진전되었다고 보이지만 섹스만은 거절하는 섹시한 여성과 데이트 중인 젊은 남성을 상상해 보기도 했다. 라우만과 동료 저자들은 다음과 같이 요약했다. "남성은 그들이 한 섹스가 합의하에 이루어졌다고 생각한다. 여성은 그것이 강요당한 것이라고 생각한다."[26]

이제 라우만의 조사 결과를 대상화에 대한 우리의 이해와 연관지어 보자. 이러한 상호 작용에 대한 기본적인 사실은 남성들의 특권 의식이 여성들은 남성에게 무언가를 해 주기 위해 존재한다는 반쯤 의식적인 신념과 연결되어 있다는 것이다. (남편이 섹스를 '당연한 것'으로 여긴다거나 남성이 데이트 상대를 위해 돈을 지불하는 것은 여성이 결국 남성의 필요를 충족시켜 주어야 하는 거래와 비슷하다고 생각하는 것 등.) 이 남자들은 자신들이 강요한다는 생각조차 하지 않는다. 그들은 실용적인 사회적 합의 속에서 자신의 몫을 요구한다고 생각할 뿐이다. 이러한 배경에서 생긴 특권 의식과 도구화 때문에 (비동의를 무시함으로써) 완전한 자율성을 부정하고 ("싫다는 건 좋다는 것"으로 이해함으로써) 주체성을 부정하기는 너무나도 쉽다. 그 끝자락에는 '만약 이 여자가 내 이익에 복무하지 않는다면 그렇게 해 줄 다른 이를 찾을 것이다.'와 같은 대체 가능성 역시 도사리고 있다.

인터넷과 소셜 미디어 문화는 이러한 문제들을 확대시키면서 여성들의 자율성과 주체성을 너무나도 쉽게 부정할 수 있게 만들었다. 인터넷 포르노는 겉보기에도 완전 교환 가능한, 고분고분한 여성을 무수히 재현하고 그 모든 동작과 표현들은 남성의 통제감과 권력 의식을 고양시키는 데 초점을 맞춘다. 이 여성 재현물들에는 여성의 주체성이 결여되어 있고, 여성은 남성의 바람을 충족시키기 위해서만 존재하며 남성의 사양에 맞춰 제작된 가짜 주체성만을 띤다. 이는 분명 '진짜 세계'에 여파를 미친다. 그 규모에 대해 누군가 반박할지라도(그리고 누군가는 어떤 포르노는 페미니스트에게 필요하다 주장한다 해도) 말이다.[27] 인터넷 문화 역시 오랫동안 광고나 포르노 인쇄물 및 다른 매체들 속에서 여성을 묘사해 온 방식과 별반 다르지 않은 방식으로 여성을 재현한다. 하지만 그 정도에 있어서는 불안할 정도로 차이가 있다. 인터넷 포르노는 하나의 세계이기 때문이다. 시청자가 완전히 몰두해서 그의 요구에 맞춰 줄 준비가 된, 오로지 재현된 여성만을 바라보는 세계. 오늘날 많은 남성들이 이 세계에서 많은 시간을 보낸다.

그러므로 여성 파트너를 매혹하지 못한 남성들이 늘 있어 왔

음에도 불구하고 인터넷 시대인 오늘날에만 '인셀(incel)'* 현상이
일어나고, 인터넷과 소셜 미디어를 통해 퍼져 나가고 있는 것이다.
당연히 여성에게서 누렸어야 할 만족감을 여성들이 주기를 거부했
다고 믿는 남자들은 '실제 세계'의 여성들이 인터넷 포르노 세계 속
여성들처럼 고분고분하게 행동하지 않을 때 폭력적인 방식으로 상
대를 처벌해도 된다는 느낌 속에서 서로를 지지해 준다.[28]

　　대상화라는 페미니즘 개념은 스탠턴, 밀, 울스턴크래프트의 원
형적 개념들과 함께 성적 해악이 무엇인지, 무슨 일이 벌어지고 있
으며 어떤 면에서 문제가 되는지를 이해할 수 있게 돕는다. 우리는
이런 식의 행동들을 이끌어 내는 기저의 감정과 욕망의 형성에 대
해, 그리고 그 이유에 대해 여전히 이해할 필요가 있다.

---

　　*　'involuntary celibate'의 약어. 비자발적 독신주의자를 일컫는 인터넷 용어
로, 주로 자신의 구애를 거절하는 여성에게 분노를 표하는 남성들을 가리킨다.

2장   지배라는 악덕 ─ 교만과 탐욕

> "알다시피 나는 어린 꼬마 시절에도 슈퍼스타였다."
> ─ NFL 선수이자 성범죄자인 제이미스 윈스턴이
> 트로피 방 '붐붐룸'에서 찍은 홈메이드 비디오에서(8장 참조)

'대상화'는 다른 종류의 해악과 함께 성폭력의 핵심에 있다. 대상화는 습성이다. 이 습성은 성격적 특성의 기저에서부터 비롯되어 행동 양식 및 비전, 감정들과 함께 지속된다. 아리스토텔레스를 비롯한 많은 후대 철학자들이 강조했듯, 감정은 성격의 중요한 일부다. 하지만 감정은 지속 시간이 짧고, 지속되는 특성을 재현하지 않을 수 있다. 여기서 나는 우리 사회가 길러 온, 특히 남성들에게서 찾을 수 있는 일련의 증상을 주시한다. 교만은 우리 사회 내 만연한 성적 대상화를 이해하는 데 주요한 열쇠이기 때문이다.

교만은 습관적으로 자신이 타인들 위에 있다는 생각과 다른 사람들을 충분히 인정하지 않으려는 생각을 수반하는 특성이다. 교만에는 많은 형태가 있는데, 어떤 사람들은 교만의 한 가지 형태만 갖기도 한다. (인종적 교만을 보이는 사람들이라도 계급적 교만은 없을 수 있고, 그 계급적 교만 대신에 인종적 교만에 매달릴 수도 있다.) 하지만 남자들이 미국 내 위계질서 어디에 위치해 있든 간에, 오랜 전통들은 그들에게 여성은 충분히 중요하지 않으니 깔봐도 괜찮다는 젠더적 교만을 공급해 왔다. 교만은 탐욕과 질투 같은 다른 나쁜 성질들에 부추김 당하기도 하는데, 이 다른 성질들이 교만함과 결합하면 무엇보다도 사회적으로 유독해진다.

일반적으로 교만은 여성 종속의 근원이다. 이 장의 분석은 궁극적으로 왜 스포츠나 미디어, 사법부와 같이 특히 남성의 특권이 지배적인 영역에서 젠더적 교만이 걷잡을 수 없게 되었는지 이해하기 위한 준비 과정이 될 것이다. 전반적으로 교만이 강해질수록 그 영역에서 여성을 보지도 듣지도 않는 일은 더욱 쉬워진다. 상처받은 교만과 이에 잇따르는 수치 또한 여성에게 피해를 입히는데, 이는 가정 폭력에서 큰 부분을 차지한다.

우선 통찰력 있는 철학자이자 시인 단테 알리기에리(Dante Alighiere)가 제시했던 교만한 자들의 형상을 보자. 단테의 시는 인간의 선악을 깊이 캐물으면서 시적 이미지를 통해 아주 드문 방식으로 인간 이해를 수행한다. 『신곡』 3부작의 두 번째 작품 『연옥편』의 영혼들은 저주를 면했는데 이는 그들이 회개했기 때문이고, 비슷한

죄를 지었으나 회개하지 않은 이들은 '지옥(Inferno)'에 있게 된다. 로마 시인 베르길리우스에 의해 수행되었던 단테의 연옥 체험에서 그는 자신이 저지른 많은 죄들에 대해 알게 되며, 죽기 전까지 그중 몇 가지라도 면할 수 있기를 희망한다. 단테의 자성이야말로 이 시대 우리에게 필요한 시다. 우리 사회가 그 자체를 볼 수 있게 돕는 시라는 관점에서 더욱 그러하다.

연옥의 산에 오르면서 단테와 베르길리우스는 고적한 대지를 지나게 되는데, 거기에는 스스로를 바로잡으며 승천하려 애쓰는 영혼이 몇몇 등장한다. (『지옥편』을 본 독자라면 알겠지만 영혼의 숫자가 적은 것은 그들의 악습이 이미 전부 교정되어서가 아니라 아주 적은 수의 영혼만이 회개하거나 변화하여 지옥이 아닌 연옥에서 생을 마감하고자 했기 때문이다.) 그때 그들은 이상한 장면을 목격하게 된다. 인간과 유사한 형상이 고리 모양으로 제 몸을 굽혀서 세상을 내다볼 수도 다른 사람들을 볼 수도 없게 되어 버린 것이다. 그들의 얼굴로는 밖을 내다볼 수 없기에 오로지 자기 자신만 들여다보게 되었고, 밖을 볼 수도 밖에서 보일 수도 없게 된다. 놀란 단테는 "사람이 아닌 것 같다."(『연옥편』 10곡 113행)라고 외친다. 베르길리우스는 그에게 "그들 고통의 무거운 짐"이 그들을 땅에 닿도록 짓누른다고 말한다. 하지만 단테가 늘 그래 왔듯이, 그들의 처벌은 겉으로 드러나지 않고 그들이 누구인지, 어떤 사람이었는지에 부과된다. 윤리적으로 발전하지 않은 상태를 참으로 적절하게 표현했다. 그들은 인간이면서도 눈으로 다른 사람들을 온전하게 보지 않으며, 온전한 인간성을 받아들이지도 않는다. 그저 자기 자신만을 보는 것이다.

이 불운한 영혼들은 누구인가? 그들을 나르시시스트들이라 부를 수도 있지만, 단테가 이들의 무거운 악덕에 부여한 이름은 '교만'이었다. 그는 이 악덕이 나르시시스트적인 자기 집착의 다른 형태인 원망, 만성적 질투, 탐욕과 같은 것과 밀접하게 연결되어 있음을 분명히 했다. 하지만 교만으로 인한 자기 도취야말로 그 본연의 해악 외에도 다른 악덕들을 더욱 나쁘게 만든다는 맥락에서 가장 완전한 악의 수장이다. 교만은 단테가 그려 낸 고도로 경쟁적인 피렌체 사회에 만연했기에, 단테는 스스로에게도 교만이 있었음을, 적어도 문학적 경쟁이라는 맥락 속에서는 그랬다는 것을 잘 알게 되었다. 그의 이마에서 P가 지워졌을 때 다른 P(악덕이나 죄를 의미하는 'peccatum'에서 온 철자)들 역시 즉시 흐려졌다. (단테가 그려 내는 광경은 종교적인 것이지만, 인간에 대한 그의 통찰은 종교를 초월하여 형상화된다.)

나는 미덕과 악덕에 대해 말할 것이지만, 그 안에는 죄악이라는 언어 역시 공명한다. 기독교에서 말하는 7대 죄악은 철학적으로도 굉장히 가치 있는 자료일 뿐만 아니라 미국 문화에서 영향력이 있기 때문이다.[29] (이 글에서 '죄악'이라는 단어는 특정한 종교적 함의나 원죄에 대한 종교적 개념을 내포하지 않는다.) 여기서 거론되는 특성들은 각기 다른 관점에서 보았을 때 사회적으로 조장되고 형성된 것이다. 물론 서열을 만들려는 경향이나 순위를 위해 타인과 경쟁하는 것은 특정한 사회화에 앞서 인간 존재에 내재한 진화적 경향 때문일 수도 있다. 이는 곧, 그러한 성향은 키우기는 쉽지만 없애기란 어렵다는 것을 뜻한다.

교만이라는 감정

교만을 부정적인 성격상의 특성으로 이해하기 전에, 우리는 이것이 일시적인 감정이라는 것을 살필 필요가 있다. 교만은 일반적인 감정이지만 철학적으로 분석된 경우는 드물다. 데이비드 흄(David Hume)은 교만을 훌륭하게 분석한 철학자 중 하나인데, 그는 교만이라는 개념을 『인간이란 무엇인가』의 「정념」 장에서 가장 먼저 분석했다.[30] (흄은 정반대의 개념도 다루고 있는데, 오해의 소지가 있지만 그것은 '겸손'이다.) 철학자 도널드 데이비슨(Donald Davidson)은 교만에 대한 흄의 논의가 모든 감정을 단순한 인상 및 사유 체계로 밀어 넣으려 하는 한계가 있음에도 불구하고 풍부한 인지적 내용을 담고 있다고 말한다.[31] 흄의 논의는 많은 통찰을 담고 있지만, 가장 기본적인 주장은 교만이란 양쪽으로 향해 있는 사유가 쾌감과 조합되어 있다는 점이다. 양방향 사유 중 하나는 객체(당신이 자부심을 느끼는 대상)로 향하고, 다른 하나는 자아(당신이 자부심을 느끼는 이유)를 향한다. 흄은 전자를 감정의 '객체(object)'라 불렀고 후자를 '이유(cause)'라 불렀다. 즉, 아름답고 값비싼 집을 가진 사람이 그 집에 자부심을 느끼는 이유는 그 집이 자기 소유이기 때문이라는 것이다. 집은 쾌감을 불러일으키는 계기일 뿐, 그 쾌감이 미학적인 감정은 아니다. 다시 말해 그 집은 만족감을 주지만, 그 만족감이 집 자체에서 오거나 집이 전부인 것은 아니다. 그 만족감의 대상은, 즉 감정의 진짜 초점은 자아에 있다. 이렇듯 교만은 존경이나 사랑과 구별된다.

흄은 교만에는 여러 가지 이유가 있다고 덧붙이는데 일반적으로는 자아와 밀접한 관계를 지닌 개인의 성격이나 외모, 재산과 같은 것들이다. 똑같은 성질들을 타인에 대입하거나 타인의 소유물로 상상할 때는 교만이 발현되지 않는다. 게다가 교만은 보통 평범한 것이 아니라 '자신에게 특유한 것이거나 적어도 극소수의 사람들에게만 알려진' 것들에 의해 발현된다. 흄이 제시하는 이유는 교만이 대상의 내재적인 면에 집중하지 않는다는 것인데, 여기서 요점은 교만이 발생하는 이유가 근본적으로 상대적이라는 것이다. 당신에 관한 것이기는 하지만, 그 미지의 대상이 모두가 가진 것이라면 당신은 교만을 느끼지 못한다. 흄이 보기에 사회적 판단이란 어떤 경우에서든 내재적이기보다는 상대적인 것이고, 교만의 핵심은 한 사람을 다른 사람들 위에 놓는 데 있었다. 그러므로 훌륭한 만찬이 차려진 곳에 수백 명의 손님들이 와 있고 그들이 모두 기쁨을 느낄 수는 있으나 오직 그 '자리의 주인'만이 교만을 느끼게 된다. 그만이 "자화자찬과 자만심이라는 부가적인 정념을 가질 수 있기 때문이다." 게다가 이런 까닭에 교만의 이유는 타인에게도 뚜렷이 보여야만 한다. 흄은 교만이 전 사회적(pre-society) 인간 본성에 뿌리 내린 것으로, 주변의 사회 서열에 강하게 영향 받는다고 분석했다. 또한 경쟁적이고 지위에 예민한 사회일수록 더 두드러지게 번성한다고도 보았다.

감정으로서의 교만은 순간적일 수 있어서 무해하지만, 세상과 세상 속 자아를 바라보는 왜곡된 시선을 구현한다. 집이 아름답고 편안해서가 아니라 자신에게 사회적 차별성을 가져다주기 때문에 그 집을 좋아한다. 반려동물을 그 사랑스러운 천성과 능력 때문에 아끼는 것이 아니라 자신에게 우월감을 가져다주는지 여부로 그 가치를 판단한다. 자녀들에 대한 주된 감정이 교만인 부모들에 대해서도 생각해 보자. 우리 모두가 잘 알고 있는 그 현상 말이다. 어떤 부모는 자신의 자녀들을 사랑하기 힘들어하는데, 이는 부모가 아이를 자기 명망의 도구로 보기 때문이다. 남편들은 분명 수백 년 동안 자기 부인에 대해 교만을 느껴 왔고, 그 태도 또한 여성의 자율성과 주체성을 꾸준히 자각하는 것과 양립할 수 있는 것으로는 보이지 않는다. 말 그대로 여성을 전투에서 승리해 얻을 수 있는 트로피로 여겼던 호메로스 시대와 마찬가지로, 오늘날의 우리 역시 '트로피 와이프'에 대해 익히 알고 있다. 여성의 아름다움(혹은 아내다운 미덕)이 그녀를 '획득한' 남성의 남성성에 위신을 가져다 준다는 교만의 대상으로써 말이다.

요약하자면 감정으로서 교만은 이미 수단화를 수반하고 있으며, 완전한 자율성과 주체성을 거부하는 경향은 물론 대상화마저 동반한다. 이렇게 불안정한 사고방식은 폭력의 가장자리에 있다. I장에서 만났던 갤스워디의 인물 소메스 포사이트를 다시 떠올려 보자. 매력은 없지만 부유한 이 남자는 아름다운 아이린을 향한 구애에 성공함으로써 세계적으로 체면이 높아졌다. 아이린을 바라보는 그의 눈은 사랑의 눈이라기보다는 교만의 눈이었으며, 이후 아이린이 그를 거부하고 동침을 거부했을 때(대중에게 알려질 경우 치명적 흠이 될 수 있다는 위협이었다.) 소메스가 부부 사이의 강간을 통해 자신의 남성성과 그녀에 대한 지배를 입증하려는 시도에서 그를 망설이게 하는 감정적인 장애물은 전혀 없었다. (이것은 교만이 상처받고 수치를 겪게 될 경우 가정 폭력으로 이어지는 예시 중 하나다.)

특성이 된 교만: 젠더적 교만과 그 반대

이제 교만을 지속적인 성격적 특성이라고 가정해 보자. 감정과 신념, 행동 경향성의 복합체로서 말이다. 이 특성은 교만한 자에 대한 단테의 묘사에서 훌륭하게 그려진다. 그들은 마치 고리처럼 생긴 탓에 자기 자신에게로 굽어져 있고, 자신만을 볼 수 있으며 바깥 세상은 보지 못한다. 쾌감으로부터 눈을 돌려 지속되는 성격적 특성을 보고자 할 때, 우리는 특성이 된 교만이 언제나 유쾌하지만은 않다는 것을 발견한다. 이는 세상에 존재하는 습관적인 방식이기에 교만은 순간적인 기쁨보다 자아가 관여되어 있는 꾸준한 상태로 보아야 한다. 늘 교만한 사람은 자신의 교만을 깨닫지 못하므로 교만은 습관이라고 볼 수 있다. 소메스 포사이트의 경우처럼 한 유형의 자기만족이나 마찬가지인 이 자아도취는 한편으로는 불안도 안고 있다. 교만한 사람은 자신의 우월성에 가해지는 위협을 모두 고통스러운 상처로 느낀다.

단테와 같이 사람들 모두가 사랑이나 분투를 거쳐 선을 추구한다고 생각한다면(나는 이를 매우 옳은 가톨릭 전통이라 생각한다.) 우리는 그 교만이 매우 근본적으로는 사랑의 뒤틀린 형태를 재현한다는 것도 인정해야 한다. 단테는 사랑을 통해 선을 향해 손을 뻗는 갈망을 보이려 하는데, 이것은 인간됨의 기본이다. 반면 교만한 자들에게는 자기 외에는 그 무엇도 실재가 아니다. 교만은 그 어떤 죄악보다도 외부의 실재와 맺는 근본적인 관계, 인간성의 기본 특성인 그 관계를 앗아가 버린다. 교만한 자들은 외부의 객체들에 대해 잘못된 선택을 하는 지점에 닿지도 못한다. 그들은 별개의 사물을 전혀 보지 못하고 오직 자신만을 볼 수 있기 때문이다. 그들이 세계와 관계하는 모든 일은 수단화의 형태를 띤다. 이런 맥락 속에서 단테의 통찰에 비추어 보면, 교만한 자들은 단순히 대상화하는 사람에 머무르지 않는다. 그들은 완전한 인간보다 못한 존재가 된다. 그들의 얼굴은 밖을 향해 보지 않기 때문이다. 즉 "그들은 사람들이 아닌 것 같다."

전반적으로 교만한 사람들이 있다. 세상에서 벌어지는 문제들을 처리하는 과정에서 자기 자신만을 보기 때문에 그들은 자신보다 한참 아래에 있다고 여기는 사람들에 대한 동정심이 결여되어 있다. 단테는 전반적으로 교만한 사람일지라도 권력, 고귀한 태생, (그 자신의 죄이기도 했던) 예술적 탁월함 등 교만은 한 가지 특성에 집중되어 있음을 보여 준다. 이런 이들에게는 자신의 탁월함이 가장 중요하기 때문에 교만이 빨리 습득된다.

하지만 우리는 부분적으로 교만한 사람들 또한 상상해 볼 수 있다. 세상의 일부는 보되 타인들은 보지 않는다든가, 사안에 따라 진짜 인간성을 보면서도 타인에게서는 자신과 자신의 수단만을 보는 사람들 말이다. 자신의 피지배자들을 단순한 사물로 여기는 지배자들도 자기 가족 구성원들은 사랑하고 그들이 행복하기를 바랄 것이다. 남성이 우세한 대부분의 문화권에서 그들이 '아랫것'들의 인간성을 인정하지 못하는 동안에도 다른 남성들과는 수평적이고 우호적이고 공손한 관계를 지닐 것이다. 심지어 누가 그 '아랫것'들인지에 대한 해석은 다양할 수 있어서 다양한 집단적 교만을 일으키기도 한다.

그러므로 백인들은 남자건 여자건 수백 년 동안 계급적 교만 없이도 자신들이 백인이라는 인종적 교만을 가져왔다. 미국의 인종주의는 모든 사회계층을 가로지른다. 나아가 백인 여성은 젠더적 교만이 없는 채로 백인이라는 인종적 교만을 느낀다. 스탠턴은 개탄스러운 인종차별주의자적 태도를 유지한 채로 (백인) 여성의 완전한 인간적 비전을 위해 싸웠다. 인종적 교만 없이 계급적 교만만 가진 사람도 있다. 상위 계층 출신의 백인 노예제 폐지론자 중에는 육체노동자나 농부를 무시하고 수단화하면서도 교육받은 아프리카계 미국인들의 평등한 권리를 위해 싸우는 사람들도 있었다. 백인으로서 인종적 교만과 계급적 교만을 가지면서도 남성의 젠더적 교만은 완전히 거부하는 사람도 있다. 밀은 굉장히 드문 예였다. 그는 여성의 자율성과 주체성을 (이론에서나 실제로나) 인식할 필요를 위해 싸우면서 계급적 교만을 드러내는 태도를 지닌 채 인도의 인종적 열등함에 대한 글을 썼는데, 그 결과 그는 가정 폭력이 하층 계급에서나 일어나는 일인 것처럼 묘사했다.

단테의 말처럼 교만이란 일반적인 정신적 경향이다. 그럼에도 사람들은 구분선을 긋고, 어떤 집단의 사람들은 똑바로 바라보면서도 다른 사람들을 대할 때에는 통탄할 만한 나르시시즘을 지니기도 한다. 그들은 자신들의 구분을 정당화하기 위해 상대의 열등함에 대해, 심지어는 그들이 경시하는 '짐승' 같은 면에 대해 많은 논거를 든다. (성차별주의와 여성 혐오에 대한 구분을 기억해 보면) 이러한 논거들은 지배에 대한 순전한 사랑에서 기인한 행동들을 정당화하려는 조악한 술수다. 그러나 여기에 관련된 신념에는 종종 진심이 깃들어 있다. (오늘날 대부분의 사람들은 인간이 아닌 동물들이 열등하다고 진심으로 믿고 동물들을 단순한 사물로 다루는 것을 정당화하기 위해 그 믿음을 내세운다.)

때때로 사람들은 한 가지 종류의 교만에 좀 더 강력하게 매달리는데, 이는 다른 종류의 교만에 대해 불안을 느낄 때 특히 두드러진다. 계급, 인종, 정치 권력, 직업, 다른 지위상의 이점들에서 취약함을 느낄 때 남성들이 매달릴 수 있는 단 하나의 교만은 바로 남성이라는 젠더적 교만이다. 이러한 젠더적 교만은 모든 사회에서 그리고 그 사회 내 모든 집단 속에서 학습되며, 내세울 만한 다른 강점이 없는 남성들에게 우월감을 느낄 여지를 준다. 이에 대해서는 밀이 잘 설명한 바 있다.

공적이나 자기 노력 없이도(가장 바보 같고 텅 비어 있고 무지하고 둔한 인간이라 하더라도) 남자로 태어났다는 사실만으로 인간이라는 생득적 종의 절반인 다른 이들보다 우월하다는 믿음 속에서 소년이 되고 남성으로 자란다는 것이 어떤 것일지 생각해 보라. 매일 혹은 매 시간마다 실제 자기 자신보다 우월하다고 느끼는 사람까지 포함해서 말이다. (……) (그런 남자들은) 교만에 의해서만 영감을 얻으며, 최악의 교만은 스스로 손에 넣는 것이 아닌, 우연한 우세에 기대어 거기에 가치를 부여하는 것이다. 무엇보다도 다른 성별 전체보다 위에 있다는 느낌이 다른 개인들에 대한 사적인 권위와 결합될 때…….

밀은 이러한 교훈이 예외 없이 편재해 있다고 믿는다. 그리고 대부분의 경우 상당히 최근까지도 그가 옳았다. 마지막 문장에서 그는 남성의 자부심을 개별 여성에 대한 사악한 형태의 사적 권위와 연결시키는데, 여기서는 그 권위를 결혼 관계에서 성폭력을 행사하는 경향으로 연결 짓는다. 대부분 남자들은 그 방향으로 가지 않는다. 그들은 여성들을 사랑하는 자녀를 대하듯 잘 대하면서 여성의 완전한 자율성을 부정하는 방식을 선호한다. 하지만 일단 대상화가 발현되기만 하면, 감정적이든 육체적이든 폭력에 대해서는 감히 넘지 못할 장벽이 없다.

젠더적 교만은 여성을 법적으로 혹은 사회적으로 종속시키는 문화에서는 대가를 거의 치르지 않아도 되며 아주 손쉽게 공고화된다. 다른 형태의 교만을 갖기 위해서는 무언가 자랑할 만한 것을 갖추어야 하는데, 그것은 흄이 정확하게 말했듯 비교우위에 있는 상태로 모두에게 인식 가능한 것이어야만 한다. 그러한 비교우위를 가진 사람들은 단테처럼 여러 영역 전반에 걸쳐 교만을 품기가 더 쉽다. (나중에 보게 되겠지만 단테가 예로 든 트라야누스 황제의 경우를 보면, 그는 우위에 서 있어도 교만하지 않는 경우가 있음을 알고 있었다.) 하지만 밀은 단순히 남성의 2차 성징만으로 세상의 반이나 되는 사람들에게 일하지도 않고 얻은 특권을 주장할 수 있다고 말한다.

온순한 피지배자들을 원하는 지배자들은 이 손쉬운 교만이 갖는 매력을 이해하고 있다. 역사가 타니카 사카르(Tanika Sarkar)는 인도에 간 영국인 지배자들이 인도의 토착적인 개혁 의지에 반대하며 여성의 결혼 연령을 매우 낮게 유지하는 등(당시 12세였다.) 여성에 대한 전통적인 남성의 권위를 강화하고 신부가 어린이일 때조차 결혼 내 강간을 범죄로 보지 않았다고 말했다. 사카르는 영국식 수사법이 지배하는 인도에서 영국 당국이 여성에 대한 인도 남성의 권력 남용을 묵인해 줌으로써 영국의 인도 통치에 저항하는 움직임을 억제하려는 약삭빠른 계획이었다고 결론 내린다.[32]

교만에 반하는 미덕은 흔히 겸손이라 불린다. 이 용어를 당신이 타인들 아래에 있다는 고통과 결부시켜 이해하면 오해의 소지가 있다. (오해의 소지가 있으나 흄이 '겸손'이라 부른 감정은 그의 정의에 근거한다.) 스스로를 열등한 위치에 두는 일반적 경향은 특별히 도덕적으로 보이지 않는다. 그것이 교만의 결함을 교정해 주지도 않는다. 자신의 열등함에 사로잡혀 있는 사람들은 특별히 외부에 집중하지도 않고 타인의 자율성이나 주체성을 존중하는 경향도 보이지 않기 때문이다. 그 경향은 그만의 방식으로 나르시시스트적이어서 어떤 것보다도 경쟁에서 비교우위 상태에 있기를 우선시한다. 하지만 흄은 겸손이라는 용어를 기독교적 전통이 사용하는 방식으로 쓰지 않았다. '수치'라는 용어를 쓰는 것이 더 적합해 보인다. 수치를 미덕이라 부르지도 않았지만 말이다.

교만에 반하는 기독교적 미덕은 단테의 말처럼 기본적으로는 비(非)나르시시스트적인 인간적 품위이다. 서열상 위에 있는 자신을 장식하지 않되 다른 사람들을 내다보는 것, 동정 어린 태도로 그들을 보고 듣는 경향 등을 뜻한다. 단테는 세 가지 예를 들었는데 그중 두 가지는 종교적 교조와 연관이 있기에 나는 트라야누스 황제의 예를 주시해 보고자 한다. 트라야누스는 불행하게 아들을 잃은 미망인을 만나는데, 그녀는 그에게 정의를 요청한다.[33] 트라야누스는 자신의 여정을 마치자마자 그 요청에 주의를 기울이겠다고 약속하지만 그녀는 불신감을 보이며 고통에 차 있었다. 황제는 여정을 떠나기 전에 처리하겠다며 안심하라 다독였다. "정의가 그렇게 하고자 하고 연민이 나를 붙드는구나."(『연옥편』 10곡 93행.)

트라야누스는 이 가엾고 무방비한 미망인을 완전한 인간 존재로 여기고 그녀의 말을 진심으로 귀담아 듣는다. 그는 그녀를 열등한 존재로 생각하지 않으며 단순한 수단으로 다루지도 않는다. 그는 그녀의 감정을 살피고 연민을 느끼며, 스스로 충실한 행위자가 되고자 하는 그녀의 역량을 존중한다. 그리하여 그녀에게 그 문화권에서 다른 방법으로라면 부재했을 자율성을 준다. 트라야누스는 완전히 다르게 행동할 수 있었다. 실질적으로 그 위치에 있는 대부분의 남성은 그렇게 행동하지 못했을 것이다. 계층적 교만, 젠더적 교만, 순전하게 매달리는 자기 도취 때문에 그와 같은 선택을 하지 못했을 것이다. 가장 두드러지는 그의 미덕은 보고 듣기 위해 자아를 잠시 내려놓은 것이다. 우리는 이것을 연민과 결합된 존중 혹은 인간성에 대한 사랑이라고 부를 수 있을 것이다. 이는 꼬여 있지 않고 밖을 마주하며 세계를 두 눈으로 직시하는 것이다.

다시 한번 강조하지만, 사람들은 구분한다. 흑인과 백인을 모두 포함한 노예제 폐지론자들은 보통 인종적 교만을 매도하는 동안에도 젠더적 교만은 지니고 있었다. 여성들은 노예제 폐지 공론장에 들어서지도 못했기에 스탠턴 역시 입장을 거부당했으나, 평범했던 그녀의 남편은 참석할 수 있었다는 것이 그 일례다. 지금쯤이면 우리도 최소한 교만이 어떻게 작동하는지, 어떻게 젠더적 교만이 서서히 퍼지는 형태가 되었는지에 대해 가장 기초적인 자각은 가질 수 있어야 한다. 교만의 습관이 틀림없이 한 영역에서 다른 영역으로 퍼져 나가는 경향을 보이는 것처럼, 미덕의 습관 역시 그렇다. 그래서 타인들을 품위 있고 솔직하게 대하는 습관을 일단 들이게 되면, 이전에 당신이 교만하게 행동했던 영역에서도 같은 태도를 취하게 되기가 쉬워진다.

연옥은 영혼들이 점차적으로 자신의 악덕을 잃어 가는 곳이다. 과정은 다음과 같다. 먼저 그들은 자신들 특성에 있는 결함이 무엇인지를 알게 된다. 첫 번째로 교만으로 넘치던 이는 자신의 나르시시즘을 대면하고는 그 특성 때문에 자신이 다른 이들을 보지 못했다는 것을 깨닫는다. 두 번째로 그들은 정반대의 덕목을 알게 된다. 단테가 '교만의 채찍'이라 부른 것은 정말로 채찍 같은 것이었다. '교만의 채찍'은 더 애써야 한다고 영혼들을 괴롭히며 세계와 만나는 더 나은 방식에 대한 자각의 일환이다. 음침하고 보복적인 고통으로 벌을 받는 대신 그들은 재형성되고 개심하게 되는데, 이 개심은 역사적인 덕목과 동시대의 덕목들을 배우는 것에서 출발한다. 세 번째로 그들은 끝내 그 덕목을 수행한다. 아리스토텔레스와 마찬가지로 단테는 미덕과 악덕이 습관과 반복으로 형성되는 감정의 형성이자 선택이라 생각했다. 이때 반복은 아무 생각 없이 이뤄지는 것이 아닌 지적인 수행이며, 미덕과 악덕 사이에 존재하는 차이를 자각함으로써 실행되는 것이다. 트라야누스를 통해 우리는 이 수행이 열린 마음으로 존중에 찬 대화를 가능하게 만든다는 사실을 알게 된다. 특히 사회가 부당하게 취급한 피해자의 고통에 귀 기울인다는 것을 깨닫게 된다. 결론적으로 나는 이 개념에 기반한 화해의 그림을 그려 보고자 한다.

이제 미국을, 미국식의 교만과 탐욕의 결합을 살펴보자. 상층부 진입을 지향하는 남성(미국에서 상층으로 올라가려 하지 않는 이가 있기는 한가?)들은 사랑과 기쁨 대신 폭력의 씨앗을 뿌리고 있다.

미국의 단테: 교만과 탐욕

미국의 남성성은 돈벌이에 집중된 비교우위 경쟁에 지배된다. 미국은 작위가 없기 때문에 대부분 돈과 그것으로 살 수 있는 것들에 의해 상대적 우월성이 결정된다. 경제학자 로버트 프랭크(Robert Frank)는 그의 유명한 저서 『경쟁의 종말』에서 모든 현대 사회가 돈과 소유에 주력한 경쟁 우위를 위한 유사 다윈주의적 투쟁에 사로잡혀 있다고 주장한다.[34] 사실 나는 프랭크의 주장이 역사적 변화에 대한 감각이 부족하고(귀족 사회나 군주제 사회는 그렇지 않았다.), 현대 사회와 관련해서도 사회적 차이에 대해 관심이 부족하다고(핀란드는 미국과 현저하게 다른 상황이다.) 생각한다. 프랭크는 자기 이론에 다윈을 인용하지 말았어야 했다. 다윈은 전 인구와 시대를 가로질러 작동하는 보편적 메커니즘을 발견했기 때문이다. 하지만 그는 (만약 그런 게 있다면) 미국이란 국가적 특성에 있어서만큼은 통찰력 있는 묘사를 남겼다. 단테의 용어로 말하자면 그는 미국적 교만이 탐욕이라는 특성과 긴밀하게 연결되어 있다고 보았다.

프랭크는 미국의 삶이 돈을 향한 신분 경쟁에 의해서만 지배 된다고 보지 않았다. 미국에서 얼마간 강의했지만 미국을 좋아하지 는 않았던 지그문트 프로이트(Sigmund Freud)는 기자들이 그 이유를 물을 때마다 교묘하게 피하곤 했다. 그의 사후에 비로소 친구들이 그의 진짜 관점을 전해 주었는데, 1947년 뉴욕 정신분석학회(New York Psychoanalytic Society)의 한 연설에서 빈 출신의 분석학자 폴 페 던(Paul Federn)은 프로이트가 종종 이렇게 말했다고 전한다. "실제 로 발견하거나 느낄 만한 리비도가 별로 없었다."[35] 그렇다면 미국 의 모든 에너지는 무엇이 되었을까? 미술, 시, 철학이 되었을까? 프 로이트는 아니라고 대답했다. 그 모든 리비도적 에너지가 죄다 돈 벌기로 향해 있다는 것이다. 분석학자인 어니스트 존스(Ernest Jones) 또한 프로이트가 "미국에서는 상업적 성공이 모든 가치 척도를 지 배한다고 느꼈다."라고 말했음을 전했다.[36] 프로이트는 언제나 겸 허했지만, 어느 날 클라크대학교에서 미국에서의 꿈에 대한 강연을 하다가 강의 내용과 무관한 발언을 하기도 했다. 미국은 "실용적인 목적에 헌신적인" 국가라고 말이다.[37]

중세 피렌체에서 탐욕은 너무도 흔한 것이었고, 단테는 이를 교만과 가까운 것으로 상정했다. 식탐이나 과도한 성행위같이 한

가지만 집착적으로 추구하는 다른 특성들과는 달리, 단테가 보기에 탐욕은 그 너머에 있는 사랑 같은 것을 가리키지 않았다. 적어도 식탐가들이나 과잉 성욕자들은, 그들에게 있어 '선'이라 여겨지는 것들에 집중하므로 더 나은 면이 있다. 비록 선에 대한 그들의 개념이 피상적이라 할지라도 말이다. 그들은 그 '선'에 대해 좀 더 깊은 차원에서 평가하도록 교육받을 수는 있다. 이런 유의 인간들이 진짜 선을 보게 되면 또 다른 선을 행할 에너지를 충분히 갖고 있기도 하다. 친구를 만든다든가 시를 쓴다든가 하는 것들 말이다. (단테는 성적으로 난잡한 무리와 어울렸고 많은 '식도락가' 친구들이 있었다.) 반면 탐욕은 상위 가치와의 연계성이 적다. 돈은 비활성적이고 단순한 물체일 뿐, 인격적인 개인도 일반적인 사람도 아니며 음식과 같은 생필품도 아니다. 그저 경쟁적으로 얻으려는 토큰일 뿐 내재적인 가치가 없는 것이다. 탐욕은 극도로 집착적인 것이 될 수 있어서 다른 모든 가치를 잠식해 버린다.

교만의 형벌과도 같이 탐욕을 정화하기 위한 형벌은 죄의 재연 그 자체다. "탐욕이 무슨 짓을 하는지는 이렇게 바닥에서 회개하는 영혼들의 정죄 속에서 밝혀지는데"(『연옥편』 19곡 115-116행), 탐욕적인 사람들은 엎드려 길게 눕는다. "우리의 눈이 세속적인 것에 들어붙어서 위를 바라보지 못한 것처럼"(『연옥편』 19곡 118-119행), 그들은 비활성적인 것들을 넋놓고 응시했기에 사람이나 자연, 아름다운 한낮의 빛도 볼 수 없게 된다. 교만한 사람들과 마찬가지로 탐욕적인 사람들 역시 시각적인 손상을 입는다. 차이가 있다면 탐욕적인 사람들은 적어도 땅(돈과 소유물로 해석할 수 있겠다.)을 보지만 교만한 사람들은 몸을 휘어 자기 자신만을 본다는 것이다. 하지만 돈은 단순히 신분 상승을 위한 토큰이어서 그 자체로는 차이가 없다. 따라서 탐욕과 교만은 함께 잘 어울리고, 교만은 탐욕이 변할 수 있는 문을 열지 못하게 만든다.

교만과 탐욕은 에로티시즘을 망가뜨려 여성을 돈과 신분의 토큰으로 보는 뻔한 시선으로 이끈다. 이러한 태도는 단테가 말하듯 밖을 내다보지 못하게 하고, 유아기적인 나르시시즘을 수반한다. 명백히 자살로 끝난 제프리 엡스타인(Jeffrey Epstein)의 악랄한 이력과 유명한 부호 남성들이 참여했다고 알려진 그의 소아성애 사업의 역사를 되짚어 보면, 관련된 이들의 소아성애와 돈이나 신분에 대한 집착 사이의 연결 고리가 분명히 보인다. 소아성애는 성적 파트너에게서 성인의 자율성이나 주체성을 인식할 필요가 없으며, 본질적으로 성적 대상화의 형태를 띤다.

요약하자면 프로이트의 단테적 통찰은 다음과 같다. 교만한 미국 남성들, 신분 경쟁에 집착한 이들은 여성을 완전한 인간으로 보지 못한다는 것, 그리고 어떻게 사랑해야 하는지를 모른다는 것. 그들에게 성적 파트너란 다만 부와 사회적 지위의 토큰에 불과하다는 것.

그렇다면 사회는 어떻게 달라질 수 있을까? 나르시시즘은 일찍부터 고쳐야 한다. 단테라면 사람들이 독립된 존재들이며 그들의 진짜 가치, 그리고 각각의 느낌과 선택이라는 가치에 초점을 맞춘 교육을 통해 에로스가 타인이 있는 바깥을 향해야 한다고 말했을 것이다. 연옥에 이르러서야 뒤늦게 이 사실을 배운 영혼들과 같이, 이 작업들은 끊임없이 듣고 보는 실천을 요한다. 그제야 비로소 트라야누스 황제를 흉내내어 타인의 자율적인 선택을 지지하고 그들의 주체성을 상상하는 것이 가능해지는 것이다.

단테에게는 비범한 행운이 있었다. 그가 딱 "인생길의 한중간"(35세!)에 있을 때 신성한 무엇인가가 그를 여정에 오르도록 했기 때문이다. 더불어 그는 상상력이 풍부한 시인이었다. 7장에서 보게 되겠지만 위대한 예술가들조차 성생활에 있어서 교만의 변형을 피할 수 없었음에도 말이다.

젠더적 교만은 보통 미국식 경쟁 속에서 높은 수준의 성공과 결합되는 경우, 좀 더 다루기 어렵고 자만에 찬 경향을 드러낸다. 그런 교만을 가진 자들은 전 사회를, 심지어 법까지 자기들의 입맛에 따라 바꿀 수 있다고 믿기 때문이다. 단테가 교만한 자들 중 극히 일부만을 연옥에 배치했다는 사실을 기억하자. 대부분의 피렌체 '거물'들은 지옥에 있었고, 그들은 회한 따위를 보이지 않았다. 이 주제에 대해서는 미국의 삶에서 큰 성공을 부르는 세 영역 내에서 법적, 윤리적 책임의 의무가 실패한 사례들을 통해 3장에서 후술한다.

교만의 또 다른 사촌들: 시기와 분노

단테는 시기와 분노라는 두 가지 죄악 또한 교만과 밀접하게 연결시키며 이들이 교만의 나르시시즘을 공유한다고 주장한다. 시기가 왜 여기에 꼽히는지는 쉽게 이해할 수 있다. 시기하는 이들(순간적인 감정으로서가 아니라 지속적으로 시기심을 성격적 특성으로 드러내는 사람들)은 다른 이들의 행운에 집중하느라 스스로를 보잘것없게 만들며, 경쟁에 집착하고 상대적 지위에 매달리는 것처럼 보인다. 하지만 자세히 볼 필요가 있다. 『타인에 대한 연민』에서 나는 어떤 형태의 시기는 인간의 삶에서 진정으로 선한 것들에 접근할 수 있는 접근권의 불평등을 수반한다고 지적했다. 예를 들어 적절한 의료 서비스를 받을 수 있는 것이 인간의 존엄을 위해 살아가는 데 꼭 필요한 중요 선이라 생각한다면, 우리 사회를 비롯하여 어떤 사회에서는 많은 사람들이 이 선을 누리지 못한다는 것 또한 인지해야 한다. 부유한 사람들이 누리는 의료 서비스를 시기하는 사람은 나르시시즘에 결부되어 있는 것도, 내재적인 선을 자각하지 못하는 것도 아니다. 이런 종류의 시기는 중요 선이 모두에게 보편적으로 적용될 수 있는 적절한 정책으로 해결해야 할 일이다. 이런 시기를 죄악이라고 힐난할 수 있을까? (모두가 선을 누릴 수 있는 정치적 변화를 가져오려 하기보다) 의심스러운 선을 만끽 중인 사람들의 행복을 엉망으로 만들고 싶다는 소망에 집중하는 결함은 어쩔 수 없이 생기게 된다. 하지만 그 감정이 모두에게 진정한 선을 가져올 수 있게끔 투쟁하는 데 동기를 부여한다면, 그 또한 당연히 미덕이다.

교만과 가까운 시기는 대상이 지닌 진짜 내재적인 가치를 전혀 혹은 거의 자각하지 못한 채 상대적 지위에만 집중하게 만든다. 하지만 사회가 변화하는 때에는 가치나 자격에 대한 혼란이 종종 발생한다. 전 세계적으로 급격히 늘어났던 고등교육 및 많은 전문 직종 내 여성의 진출을 생각해 보면, 경쟁에서 성공을 시기하는 남성들의 반응은 너무도 일반적인 것이었다.[38] 사회가 상대적 지위를 통해 성공을 정의하고 일반적으로 '높은' 지위의 수가 한정되어 있을 때, 과거에는 배제되었던 집단의 갑작스러운 유입은 시기 어린 시선의 대상이 되기 쉽다. 포용성과 정의라는 점에서 진보로 환영받아야 함에도 그러하다. 남성들이 대학과 직장의 자리들을 생득적으로 본인들의 것이며 여성들은 그 아래에서 남성들을 보조한다고 배워 왔다면, 정의에 대해 생각하기란 쉽지 않다. 여성들의 갑작스러운 성공은 당연하게도 혼란스러운 반응을 불러왔고, 일각에서는 시기가 일어났다. 도덕적 주장인 "나도 대학 교육을 받을 자격이 있다."가 "마땅히 우리 것인 자리를 빼앗기고 있다."라는 시기 어린 자격 문제와 뒤섞였다. 이 혼란은 우리 사회가 전체적으로 탐욕적인 지위 중심의 사회라는 사실, 그리고 아주 소수의 사람들만이 중요한 '선'에 접근할 수 있다는 사실로부터 불거진 것이다.

삶에서 좋은 일들을 순전히 경쟁의 조건으로만 본다면 시기심 또한 커질 뿐이다. 사람들이 중요한 선을 분명하게 인식한다면, 즉 의료 서비스나 고등교육같이 내재적으로 선한 것들을 사회가 함께 안정적으로 누려야 할 것으로 본다면, 더 포용적인 사회운동을 지지하지 타인에 대한 시기로 들끓지는 않을 것이다. 새로 나타난 권리 청구인을 시기 어린 분노로 대응한다면(대학 교육이나 다른 중요한 선에 대한 접근을 확대하라는 운동에 반대하는 경우같이) 이것은 선에 대한 경쟁을 제로섬 게임으로 보고 있다는 신호다. 이것이 시기가 교만과 유사한 이유다. 다른 사람들의 성취가 나의 자아에 위협이 된다는 생각에 매몰되도록 자극받은 것이다.

시기가 띠는 많은 형태 중 하나는 성적 대상화이고, 심지어는 폭력으로 발전하기도 한다. 사회 경쟁에서 성공하지 못한 남자들은 그들이 욕망하는 여성들을 단순히 '창녀'로 묘사함으로써 보복하거나 여성들의 사회적 삶을 망치려고 한다. 가장 순수하고 명백하게 폭력적인 성적 시기의 형태가 바로 '인셀' 현상이다. 성적 정복을 경쟁으로 받아들이는 남자들이 스스로를 경쟁의 패배자로 여기고 자신들을 거부한 여성들에게 수치를 유발시켰다는 이유로 폭력을 표출한다. (그런데 이 피해 여성들은 남성들에게 문제가 있다는 것을 알아채지도 못할 때가 많다.) 온라인 교류에 지쳐 버린 이들은 한 여성 혹은 여러 여성에게 폭력을 표출하곤 한다. 폭력적으로 성애화된 모든 재현물들과 마찬가지로 온라인 세계가 얼마만큼의 폭력을 실제로 낳았는지는 알 수 없지만, 재현된 폭력이 실제 세계에 해를 끼칠 수 있다는 결론은 우리가 수긍한 많은 인과 관계들에 의해 강력하게 증명되고 있다.[39]

인셀이 병리적으로 보일 수 있지만, 그들이 재현하는 극단적인 형태를 살펴보면 지위에 대한 시기심의 결과로서 넓은 의미에서 성적인 명예 훼손을 통해 여성에게 보복하려는 경향을 띤다는 것을 알 수 있다.[40] 이런 경우, 그들 상상 속의 경쟁 목표는 사회적 지위를 향하는데, 상대적으로 자신보다 성공한 다른 남성을 겨냥한다. 일례로, 웹사이트 오토어드밋(AutoAdmit.com)의 경우 경쟁은 전문적인 영역에서 벌어졌지만 질투는 여성들 자체에게로 꽂혔다. 이 웹사이트는 원래 로스쿨 입학을 조언해 주려는 목적으로 만들어졌다가 순식간에 포르노 사이트로 타락했다. 이 사이트에 글을 쓰는 익명의 남학생들이 여성 법학도들의 이름을 대면서 '창녀들'이라고 묘사하며 포르노적인 시나리오들을 연출했기 때문이다. 문제는 그들이 단순히 높은 성취를 보인 동기들을 창녀라고 묘사함으로써 여성들에 대한 우월성을 선언한 데서 그친 게 아니라, 피해 여성들이 실제로 구직을 하는 현실 세계에서도 피해를 입었다는 데에 있다. 잠재적 고용주들이 그 이야기들을 믿었는지 여부와 관계없이 피해 여성들을 바라보는 시각은 이미 오염되어 있었던 것이다. 그 사이트는 심지어 어떻게 하면 해당 여성의 이름이 명시된 위조된 이야기를 구글 첫 페이지에 띄울 수 있는지 조언하기도 했다. 이 사이트는 강의실 내에 긴장을 조성했을 뿐 아니라(익명의 게시물을 올린 이들은 여성들의 이름과 신체적 특징까지도 알고 있었다.) 실제적인 위해를 가하기도 한 것이다. 실제로 예일대학교에서 높은 성취를 보였던 두 여성은 명예훼손 및 감정적 피해로 가해자들을 고소했다. 인터넷의 익명성은 큰 장벽이었다. 연루된 많은 이들 중 세 명의 남성들만이 추적되었고, 소송에 제기된 이름들은 다 가명이었다. 결국에는 합의가 이뤄졌지만 그 조건은 밝혀지지 않았다.

단테는 끓어오르는 분노를 교만과 연관 짓기도 한다. 그 연결 고리를 단번에 이해하는 것은 쉽지 않다. 분노란 누군가의 부당한 행위와 정의에 관한 것인데, 분노가 왜 나르시시즘과 연결된다는 것일까? 분노의 둘레길은 시커먼 연기로 가득하다. 단테는 사람도 사물도 볼 수가 없다. 분노는 교만한 사람들처럼 자기 자신의 격노라는 매캐한 연기에 휩싸여 다른 사람들을 볼 수 없게 한다. 여기서 그들에게 부재하고, 그러나 그들이 개심하기 위해 필요한 것은 사랑의 정신이다. 이 시 전체의 핵심인 사랑과 연민에 대한 유명한 연설이 바로 여기에서 나온다. 단테는 상처에 분노하는 습관(특성으로서의 분노)이 사람들로 하여금 자신의 권리와 그것을 업신여긴 사람들에게 집착하기 쉽게 만든다고 생각했다. 그러한 마음 상태에서 사람들은 다른 사람들을 보지 않는다. 그들의 분노는 '나, 나, 나'만을 외치며 타인을 단순히 자신의 상처받은 자아를 치유하기 위한 수단으로 본다. 연옥에서 그들은 기독교적 화해의 예시, 즉 고독하게 옹호하기보다 진보적으로 공동체를 추구하는 일을 배운다. 단테의 주장 속에서 진실을 보기 위해 모든 분노가 나르시시스트적이라 믿을 필요는 없지만 대개 분노는 나르시시스트적이다.

이 모든 것들은 시적 이미지이다. 하지만 분노에 대한 포괄적인 분석까지 보지 않더라도 우리는 이 이미지들이 과도기 속 위계사회에서의 젠더 관계와 들어맞는다는 것을 알 수 있다. 남성들은 자기들에게 자격이 있다고 여기고 여성들이 협조하지 않는다고 느낀다. 남성들이 마땅히 자기 것이라고 생각했던 그 많은 일자리들이 갑자기 여성들에게 가 버린 것이다. 설상가상으로 남성들은 여성을 자리 싸움에서 성공을 추구할 때 자신에게 도움을 주는 순종적인 조력자로 대하는 데 익숙해져 있다. 묵종하는 성적 대상, 쓸모 있는 가정부, 아이들의 양육자가 바로 그 관념이었다. 길지 않은 미국의 역사만 살펴봐도 법조차도 기어이 여성을 재산으로 취급해 왔다. 여성들에게는 결혼 생활에서 성관계를 거부할 권한이 없었고, 독립적인 재산권도 없었다. 그런데, 보라. 낡은 세계는 이제 무너지고 있다. 여성들은 낡은 규칙에 따라 행동하기를 거부하고 있다. 순종적인 사물이었는데 이제는 권리를 요구하기 시작했고, 온전한 인간으로 인식되기를 원한다. 이런 상황 속에서 남성들은 (상처받은 자아에 대한 모든 것에) 집착적이고 굉장히 보복적인 태도를(여성은 남성의 요구를 무시했다는 이유로 '처맞아도' 마땅하다.) 보이며, 인정과 책임의 의무가 공유되는 새로운 세계를 만들기보다는 자아를 떠받치는 데에만 초점을 맞추고 있다.[41]

대상화는 사회적으로 잘 알려진 현상이다. 자율성과 주체성의 부정을 수반한 수단화에는 깊숙한 내적 근원이 있다. 바로 교만이라는 악이다. 다른 사람들(그들 가운데 적어도 몇몇 집단들)이 온전하게 실재하지 않고 자아만이 실질적인 시야에 들어와 있으며, 노력의 초점이 된다. 시기와 분노는 교만의 사촌들이다. 인간성이라는 아름다운 비전은 거부하고 본질적으로 자신을 왜곡하는 경향을 복제하기 때문이다.

교만에서 비롯된 투사적 혐오

단테는 본 적 없는 교만의 먼 친척 중 하나가 오늘날의 병든 젠더 역학에서 중요한 역할을 한다. 이는 혐오감과 유사한 특성이다.

『타인에 대한 연민』을 비롯한 나의 다른 저서들에서 살펴보았듯이[42] 혐오에는 두 가지 면모가 있다. I차적 대상물 혐오는 배설물, 오줌, 부패해 가는 시체 및 그와 유사한 성질(안 좋은 냄새, 부패, 질질 흐르는 것, 끈적거림)을 가진 동물 등에 초점을 맞춘다. 진화론적 용어로 I차적 대상물 혐오는 위험을 피하는 태도라고 하지만 혐오가 정확히 위험만을 뒤쫓지는 않는다는 사실이 실험을 통해 알려졌다. 실험 과학자들은 혐오가 (우리와 동등한 동물적 아름다움이나 힘이 아닌!) 동물적인 취약성이나 연약함의 징표, 즉 '동물적인 것을 연상시키는 것들'의 실체를 겁내는 것이라고 본다. 그러한 이유로 인간 정신은 교묘하게 더 나아간 형태의 혐오를 낳았는데, 지배 집단이 스스로를 육체성을 초월하는 것으로 재현하는 반면 그들이 정의 내릴 수 있는 종속 집단에게는 혐오스러운 특성들(안 좋은 냄새, 과도한 동물성, 과잉 성욕)을 투사하는 것이다. 이른바 인간 이하의 인간들이 악취와 신체의 냄새를 형상화하는 이유는, 그들이 우리 아래에 있기 때문이며 우리는 그들과 같지 않다는 것이다.

18세기의 풍자가인 조너선 스위프트(Jonathan Swift)는 많은 작품에서 혐오에 대한 이야기를 썼다. 그는 인간 사회 자체가 그 내부에 있는 혐오스러운 유동체와 냄새들을 가리기 위한 일련의 연약한 술수들이라고 반복적으로 말한다. 청결하고 아름다운, 말과 같은 휴이넘들은 걸리버를 잘 받아들였는데, 이는 단지 휴이넘들이 옷을 입고 있어 청결한 외피가 그의 몸의 일부라고 여겼기 때문이다. 그들은 옷을 입지 않는 인간인 야후들을 혐오하며 결국에는 걸리버마저 혐오한다. 또한 스위프트는 인간에게는 혐오가 보편적이고, 궁극적으로는 스스로를 겨냥하게 되는 것임에도 특히 여성을 향하고 있다는 걸 알고 있었다. 「귀부인의 화장실(The Lady's Dressing Room)」에서 여성에게 이상적인 순수함을 투영했다가 그 이면의 동물성을 발견하고 실망하는 연인처럼 말이다.[43] 남자는 제 정부의 육체적인 실체(귀지, 콧물, 월경혈, 땀)의 흔적들과 냄새를 발견하자마자 "실리아, 실리아, 실리아의 변들"이라고 세 번 외치며 공포를 표현한다. 이때 실리아(라틴어로 '천국'을 뜻하는 단어 'caelum'에서 파생되었다.)는 천상의 이름에서 혐오스러운 실재로 전락한다.

투사적 혐오의 작동은 사회마다 다르게 변주되는데, 인종적 하위 계층, 카스트 제도의 하위 계급, 성적 소수자와 종교적 소수자, 노인들과 같이 각기 다른 종속 집단마다 각기 다른 투사를 사용하기 때문이다. 혐오의 형성은 유형마다 미묘하게 다르다.[44] 하지만 모든 사회에서 여성만큼은 늘 혐오의 대상이 되어 왔고 남성들이 스스로를 초월적 존재로 정의하는 동안 여성들은 줄곧 가차없이 출생, 성애, 죽음에 연관되었다. 여성의 월경, 수유, 성적 체액, 단순한 분비물과 같이 이미 알려져 있는 혐오의 대상들을 지속적으로 언급하는 것은 여성들을 저희의 공간에 가두는 방식들 중 하나였다. 도널드 트럼프는 특히 이러한 비유를 선호했다.[45] 투사적 혐오는 학습된 것이라 할지언정 실재하고, 여성의 신체에 진심으로 혐오(종종 욕망과 뒤섞인 유의 혐오)를 느끼는 이들에게는 여성을(직장과 정치에서) 종속시키고 분리시켜야 할 또 하나의 추가적인 이유가 됐다.

투사적 혐오는 여성들의 성폭력 증언에 대한 저항의 주요 원천이다. 여성은 보나마나 '창녀'일 것이라든가 '보나마나 자업자득'일 것이라는 것. 앞으로 보게 되겠지만, 법적 정의를 추구하는 여성들을 반복적으로 회피하기 위해 여성들을 단순한 더러움이나 점액질 같은 것으로 묘사하고는 한다.

투사적 혐오는 교만의 나르시시스트적 사촌이다. 스스로를 초월적이고 청결하고 순수하다고 여기면서 다른 인간 집단을 비인간, 동물, 혐오적인 것으로 재현하는 사람들은 스스로에게 거짓말을 하면서 세상을 있는 그대로 받아들이기를 거부하는 것이다. 우리는 모두 동물이지만 나는 동물이 아니고 당신은 동물이라고 말하는 것은 나르시시스트적 거짓이다. 하지만 혐오는 단테가 규정한 교만과 미묘하게 다르다. 교만한 자들은 구부러진 고리처럼 오직 자기만을 본다. 혐오하는 사람들은 스스로를 바라보기를 거부한다. 그들은 세상도 분명히 보려 하지 않고, 자아를 천사 같은 비동물적인 존재로 재현하는 마법의 거울만을 들여다본다.

지배 집단의 일원으로 태어나는 것은 행운이다. 자기 함양이나 정치, 직장, 사회적 참여에 있어 많은 기회를 얻을 수 있으니 말이다. 하지만 오늘날 우리는 그것이 도덕적으로는 불운임을 알 수 있다. 타인을 이용하고 대상화하는 심각한 악덕으로 몰아가기 때문이며, 극단적인 경우 폭력적인 행위로 가는 문마저 열려 있기 때문이다. 지배 집단의 일원은 교만이라는 유혹의 노래를 조심할 필요가 없다. 트라야누스는 보고 듣는 미덕을 통하여 계급에서나 젠더에서나 자기보다 '아래에' 있는 여성의 완전한 인간성을 인식했다. 하지만 위계 사회에서 지배 집단은 이런 도덕성을 갖기 어렵다.

교만에서 비롯된 행동은 나쁘다. 이런 나쁜 행위들은 비난받아 마땅하다. 행위는 법의 영역에 있기에 우리는 더 커다란 책임의 의무를 밀어붙여야 한다. 2부에서는 지금까지 존재해 온 법적 책무에 대한 노력들을 이야기하게 될 것이다. 하지만 또 기억해야 할 것은, 교만의 문제를 온전히 개인에게 책임 지울 수는 없다는 것이다. 교만한 자들은 교만에 빠지지 않기가 쉽지 않은 이 사회를 만든 장본인은 아니다. 많은 가능성을 가졌던 소년, 제대로 된 교육을 받았더라면 트라야누스가 될 수 있었을 그 소년이 잘못된 길로 빠졌을 경우를 생각해 보면, 우리는 자비심을 느낄 여지가 생긴다. 그래서 가능하다면 이 교만한 사람들을 얼어붙은 지옥으로 밀어 넣기보다는 화해와 개심이라는 대안이 나을 것이라 생각하게 된다.

연옥은 만만치 않다. 누구도 자신의 악덕을 면제받지 못한다. 하지만 도덕적 변화의 과정은 아이같이 애정을 베푸는 영혼의 이미지에 내내 초점을 맞춘다. "웃고 울며 재롱을 피우는 어린애처럼 (……) 그 단순한 영혼, 아무것도 모르는 영혼은…… 그 창조주의 기쁨에서 솟아올랐기에 그와 닮은 어떤 것으로 돌아갈 것이오." (「연옥편」 16곡 86~90행.) 그러고 나서는 이 사나운 세상의 다양한 압박에 의해 일그러진다. 이 영혼들은 눈을 뜨고 다시금 사랑을 배워야 한다. 하지만 단테 역시 알아야 할 것은 있다. 그들을 미워하지 않을 것. 온전히 그들만 탓할 수 없기에 인간의 가능성이 변형된 점을 염두에 두고 그 악행들을 해석할 것. 연옥은 자비와 인간의 가능성이라는 비전 속에서 찾을 수 있는 교훈이다. 오늘날 우리는 이 교훈에 대해 생각해 봐야 할 것이다.

3장　피해자 의식의 악덕 ─ 분노의 약점

그러므로 모든 유의 나쁜 실천이 그리스에 뿌리를
두었고, 내전들에 의해 자라났다. 고귀한 성격의
가장 거대한 일부였던 열린 마음이 침묵하게
되었다. 사라져 버렸다. 불신이라는 정신의
적이 승리했고 모든 신뢰를 파괴했다. 그들과 화해
하기 위한 그 어떤 연설도 힘이 없었고 그 어떤
맹세도 충분치 않았다. 그들이 우세할 때
모두가 똑같이 이러한 안전을 기원하지는
않았으며, 그들이 신뢰할 수 있었을 때
보다 더 큰 자기방어에 열중하게 되었다.
— 투키디데스, 『펠로폰네소스 전쟁사』(III. 82-83)에서

악행의 피해자들에게는 무슨 일이 벌어질까? 흠 하나 잡히지 않고 순조롭게 인생을 통과할까? 아니면 불의가 때때로 도덕적이고 감정적인 대가를 요구할까?

트로이아 전쟁의 끝물이었다. 트로이아의 고결한 여왕 헤카베는 많은 것을 잃었다. 남편, 아이들, 조국마저도 불길에 잃었다. 하지만 그녀는 감탄할 만한 사람으로 남았다. 사랑을 베푸는 신뢰와 우정이 가능한 존재였고, 스스로 남을 위해 행동할 힘이 있는 사람이었다. 그런데 이랬던 여왕도 심한 배신을 당한 후에는 큰 충격으로 성격이 완전히 변한다. 헤카베는 절친한 친구 폴리메스토르에게 남아 있는 마지막 아이를 돌봐 달라 부탁했는데, 폴리메스토르는 돈 때문에 그 아이를 살해했다. 이것이 에우리피데스의 『헤카베』(BC 424년)를 관통하는 핵심 사건이다. 트로이아 전쟁의 이면을 비추며 그 자체의 도덕적 추악함으로 충격을 주는 이 극은 비극 정전 가운데서도 가장 통찰력 있는 극 중 하나로 평가된다.[46]

폴리메스토르의 배신을 알게 된 순간부터 헤카베 여왕은 다른 사람이 된다. 누구도 신뢰하지 못하고 누구에게도 설득되지 않으며, 극도로 유아론적인 사람이 되어 자기 자신만을 들여다본다. 이후 그녀는 복수에 모든 것을 바치기로 결심한다. 여왕은 폴리메스토르의 아이들을 살해하고 그의 눈알을 뽑는다. 이 행위는 이전의 상호 관계와 돌봄이라는 품성이 완전히 말소된 것을 상징하며, 그의 자녀들마저도 온전한 인간으로 보지 않겠다는 여왕의 거절로 해석된다. 폴리메스토르는 장님이 되어 무대에 등장하고, 늘 그랬듯

야수같이 네 발로 긴다. 극의 마지막에서는 헤카베가 개로 변할 거라는 예언이 들려온다. 고대 그리스에서 개는 먹이를 광적으로 쫓으며 대인적 배려는 완전히 결여된 존재로 여겨졌다.[47] 단테는 헤카베의 이야기를 요약하며 이렇게 말한다. "개처럼 울부짖었다. 고통이 너무나 커서 마음을 쉽게 진정하지 못했다."(「지옥편」, 30곡 20-21행.)

헤카베는 단순히 슬픔에 시달린 것이 아니었다. 그녀의 도덕적 인격마저 상처를 입었다. 그녀는 자신을 인간 존재로, 친구로, 시민으로 정의했던 덕목들을 더 이상 유지할 수 없게 됐다. 에우리피데스는 그녀의 하향 변화를 묘사하면서 당대 아테네식 민주주의에 관한 창작물로 이름을 날린 아이스퀼로스의 『오레스테이아 3부작』(BC 458)의 마지막 극 「자비로운 여신들」에서 그려 낸 신화적 시민권 및 인간 공동체의 생성을 분명하게 암시하고, 또 전복한다. 이 작품에서 음침한 복수의 여신들은 사랑이나 정의를 구현할 수 없는, 먹이를 쫓아 쿵쿵대는 개로 등장한다. 그러나 극의 막바지에서 그들은 아테나 여신의 약속을 믿기로 합의하며 '온화한 성질'과 '공동 우정의 사고방식'으로 특정되는 새로운 사유 방식을 받아들인다. 그들은 일어서고, 성인 시민의 법복을 받아 안으며 법을 준수하는 도시의 정의를 찬양한다.[48]

아이스퀼로스의 도덕은 정치 공동체라면 복수에 대한 집착에서 벗어나 법치적이고 복지 지향적인 정의의 신념을 받아들여야 한다고 말한다. 먹잇감을 쫓는 것이 아니라 미래에 해로운 행동들을 그만두고 미래의 번성을 만들어 내는 데 초점을 맞추는 것이다. 에우리피데스의 도덕은 정반대다. 도덕적 트라우마는 신념뿐 아니라 다른 관련 덕목들까지도 무너뜨릴 수 있는데, 이는 진짜 정의가 아니라 복수에 집착하는 가짜 정의를 생산한다.

에우리피데스의 암울한 극은 그리스로마 세계의 오랜 전통에 위치한다. 이는 모든 주요한 덕목들에 준거하는 행동들을 포함하여 풍성한 인간적 삶을 살고자 노력하는 인간에게 자신이 통제할 수 없는 사건이 닥쳤을 때 그것이 남긴 폐해에 대해 곱씹어 보고자 하는 시도다. 이 전통에서 가장 눈여겨봐야 할 결론은 예기치 못한 사건들로 인해 사람들이 가치 있게 행동할 방도가 사라질 수 있다는 점이다. 정치적 시민권, 친구, 가족, 그리고 사회 활동 수단이 단절되어 한 인간의 삶이 완전한 번영, 즉 '에우다이모니아'(행복)에 이르지 못하게 가로막힌다. 아리스토텔레스 등이 강조했듯이, 내면에 미덕을 간직하는 것만으로는 행복에 이를 수 없다. 그 미덕을 실천할 수 없도록 근본적으로 차단당한 상황에서는 더더욱 그렇다. 하지만 『헤카베』에서 에우리피데스는 보다 더 본질적인 시점에서 급진적인 결론을 제안한다. 인간이 통제할 수 없는 사건들은 인간 내면의 미덕 자체를 좀먹을 수 있어서 오랫동안 지속되는 도덕적 손상을 만들어 내기도 한다는 것이다. 첫 번째 유형의 손상은 쉽게 회복될 수 있다. 망명 중인 사람은 시민권을 다시 얻을 수 있고 친구가 없는 사람은 새로운 친구를 만날 수 있다. 하지만 헤카베의 손상은 더 깊숙한 곳, 바로 자신의 성격 일부를 구성하는 오랜 행동이나 염원의 양식 속에 생겼다. 특히 관계적인 덕목, 우정과 신뢰의 양식들이 취약해졌다. 다른 사람들의 손에서 형편없이 다뤄지면 신뢰는 깎여 나가고, 사람들도 안 좋은 방향으로 변화한다.

　　어떻게 이럴 수가 있을까? 어떻게 폴리메스토르의 범죄가 헤카베의 미덕을 약화시킬 수 있을까? 아리스토텔레스는 선한 사람이란 성격이 굳건하여 "주어진 환경 어디에서나 가능한 가장 선한 일만을 할 것이라." 믿으며, 성쇠의 한가운데나 극한의 환경 속에서는 완전한 행복에 미치지 못할 수 있다는 가능성을 부정하는 것처럼 보인다.[49] 대부분의 비극이 그렇듯, 이 극 역시 운명의 부침 속에서도 고결한 사람들을 보여 준다. 에우리피데스의 『트로이아의 여인들』에서 헤카베는 고결한 인물로 등장하여 사랑, 리더십, 재앙의 한가운데서도 이성적인 신중함을 표현한다. 에우리피데스의 『헤카베』는 사실상 독특한 경우인데, 모든 잠재적 추악함이 드러날 수 있는 비극적 사건들을 제시함으로써 그로 인한 대가는 이야기에 드러나는 것보다 훨씬 더 클 수 있음을 보여 준다. 이러한 이유로『헤카베』는 현대에 들어 불쾌한 작품으로 치부되어 단순한 호러 쇼로 저평가되었다. 그러나 1952년 에른스트 에이브럼슨 박사가 목격했듯이 20세기의 암울한 사건들은, 선한 인물이란 우리가 믿고 싶어 하는 것보다 훨씬 더 취약할 수 있다는 사실을 재조명했다.[50]

불변의 미덕?

　여성을 포함한 불의의 피해자들이 언제나 순수하고 정당하다 믿는 일은 페미니스트들에게 매력적인 유혹이다. 이러한 관점을 수용한 사람들은 주로 현대에 널리 퍼진 철학적 관점의 영향을 받은 것이다. 즉, 선한 의지는 자신이 통제할 수 없는 예기치 못한 사태에 영향받지 않는다는 것이다. 칸트는 이런 관점을 가진 철학자들 가운데 가장 영향력 있는 인물이다. 물론, 기독교 윤리와 칸트에게 영향을 준 고대 그리스 로마의 스토아 철학이라는 선조가 있고, 또 기독교적 사유의 어떤 가닥과 상응하기도 한다. 칸트는 선한 의지가 그 어떤 것도 성취해 낼 기회를 얻지 못한다 하더라도 "그 존재만으로도 완전한 가치가 있는 무언가처럼 보석같이 자신이 가진 빛으로 스스로 빛날 것이다. 효용이 있다고 해서 그 가치가 증대되지도 않고, 열매가 없다고 해서 그 가치가 축소되지도 않는다."라고 믿었다.[51] 여기서 보석은 외부 환경에 의해 오염되지 않는다는 함의를 갖는다. 어쩌면 사람들은 불행을 당했다면 분명 당할 만한 일을 했을 것이고, 과실이 없다면 해도 입지 않으리라는 '공정한 세상' 가설로 잘 알려진 심리적 경향에 영향 받았을 수도 있다.

　이 칸트적인 사상은 일찍이 페미니스트 전통에서 의문에 부쳐져 왔다. 울스턴크래프트는 여성들의 인격과 포부가 불평등 아래서 어떻게 손상되는지를 분석했다. 그녀는 여성들이 굴종, 감정적 통제력 상실, 자기 합리성과 자율성에 대한 자기 신뢰의 부재를 지나치게 자주 드러낸다고 주장했다. 그리고 또한 이것들이 남성의 선의에 의존하게끔 내몰린 여성들에게서 보이는 도덕적으로 옳지 못한 특성이라 주장했다. 수줍고 순종적인 소피(Sophie)를 여성 인물의 규범으로 찬송하는 장 자크 루소를 비판하면서 울스턴크래프트는 여성도 남성과 같이 온전히 자율적 주체로 성장할 기회를 가져야만 하고, 그리하여 자신에 대한 존중과 타인에 대한 존중을 모두 획득함으로써 스스로의 품위와 선택할 권리를 확보할 수 있어야 한다고 주장했다.[52] 이러한 기회들이 거부당할 경우, 그들이 겪는 고통은 존재 자체에 해를 끼치게 된다.

꽤 다른 철학적 전통에 속해 있긴 하지만, 이와 유사한 맥락에서 존 스튜어트 밀 또한 남성에 의한 여성 '종속'이 지닌 최악의 특질 중 하나가 정신적이고 도덕적인 면에 있다고 주장했다. I장에서는 몇몇 구절만 살펴보았는데, 이제 밀의 전체 주장을 보도록 하자.

남성은 여성의 종속만을 원하는 것이 아니라 그들의 정서까지 소유하기를 원한다. 가장 난폭한 이들을 제외하고, 모든 남성은 여성들로부터 자신들과 가장 가깝게 연결된 존재를 소유하길 욕망한다. 즉 여성이 강요된 노예가 아니라 의지적인 노예이길 바라는 것이다. 그것도 단순한 노예가 아니라 총애할 만한 노예 말이다. 그러므로 남성들은 여성의 정신을 노예화하기 위해 모든 방법을 동원한다. 다른 모든 노예의 주인들은 그 종속을 유지하기 위해 주인에 대한 두려움이든 종교적인 두려움이든 두려움에 의지한다. 여성의 주인들은 단순한 복종 이상을 원하므로 교육을 남성들의 목적에 맞추는 데 온 힘을 쏟는다. 모든 여성은 매우 어릴 때부터 이상적인 여성이란 남성과 매우 상반된 존재라는 신념 속에서 훈육된다. 자기 의지도 없어야 하고 자기 통제도 불가하며, 오직 종속적이어야 하고, 그리하여 타인의 통제에 복종해야 한다는 것이다.

여성들은 이런 식으로 훈육되기 때문에 사회적, 법적 권력이 없는 조건에서 남성을 기쁘게 하는 방법 말고는 다른 어떤 것도 배울 수 없다. 그러니 남성에게 매력적인 존재가 되는 것이 삶의 주요한 부분이라 생각하게 된다.

일단 여성의 마음에 영향력을 행사할 이 엄청난 수단을 쥐고 나면, 남성의 이기심은 여성을 종속 상태에 묶어 두기 위해 그 본능을 최대한으로 이용한다. 그 방법은 여성들에게 유약함과 순종을, 그리고 개인으로서의 모든 의지를 남성의 손에 맡기는 것을 성적 매력의 중요한 부분으로 재현해 내는 것이다.

이 통찰은 불평등한 조건하에서 선호라는 것이 어떻게 변질되는지에 대한 사회과학자들의 최근 연구에서도 관찰되었다. 존 엘스터(Jon Elster)의 『신 포도(Sour Grapes)』는 '그냥 적응하기(adaptive preferences)'라는 개념을 이용해 봉건제의 오랜 지속성을 설명하면서 18세기의 혁명들이 새로운 권리를 획득하기 전에 의식상의 혁명부터 요구했다는 사실 또한 설명했다. 엘스터는 『이솝 우화집』에서 책의 제목을 따 왔다. 우화에서 여우는 먹고 싶은 포도가 손에 닿지 않는다는 것을 인지하고서는 포도를 원하지 않는다고 재빠르게 스스로를 속여 욕심 냈던 포도들이 신맛이 날 것이라 치부한다.[53] 이러한 현상에 대해 연구한 다른 학자들은 변형된 선호라는 것은 삶의 이른 시기에도 나타날 수 있어서 원래 탐냈던 것들을 절대 원하지 않는 법을 배우게 된다고도 강조한다. 이것은 여성에 대한 울스턴크래프트와 밀의 관찰과도 공명한다. 경제학자인 아마르티야 센(Amartya Kumar Sen)은 종속된 여성들에게서는 그들의 체력과 건강이 문제시되는 상황에서조차 변형된 선호가 발견됨을 밝혔다. 예를 들어, 인도의 과부와 광부에 대한 그의 연구에 따르면 (그들 문화 속에서 계속 살아갈 권리가 없다고 들어 온) 과부들은 영양실조나 다른 질병들로부터 고통받을 때조차도 자신의 건강에 대해 불평하지 못했다. 반면 시중을 들어주느라 늘 대기하던 순종적인 동반자가 있었던 홀아비 광부들은 건강과 관련한 불평들로 가득한데도 말이다. 나는 이와 비슷한 개념을 고등교육과 정치 참여 영역에서 발전시켜 왔다. 고등교육이나 사무실 운영 등은 여성의 몫이 아니라는 말을 들어 온 여성들은 중요 문제에서 배제될 때 거의 항의하지 못한다.[54]

현대 페미니스트들이 칸트적 사유를 고수했던 데에는 납득할 만한 이유들이 있다. 피해자에게 책임을 전가하는 것은 종속을 가능케 하는 만국 공통의 전략이다. 이는 교만한 자들이 손쉽게 자기들이 도덕적으로 우위에 있다는 허구를 만들도록 하며, 피종속자들이 그들의 종속을 마땅한 것으로 여기게 한다. 그들이 지적으로도 도덕적으로도 열등하다는 이유를 드는 것이다. 식민 지배는 피지배 국민이 아이들과 같아서 단호한 통제가 필요하다는 주장으로 '정당화'되었다. 대체로 명민한 편이었던 밀조차도 영국 동인도회사에 고용되었을 때 인도 국민과 문화에 대해서 이런 식으로 말한 바 있다. "오늘날 우리는 백인 지배에 대한 추악한 변명으로서 아프리카계 미국인들, 특히 가난하게 사는 이들, 그들의 문화를 지키며 사는 이들의 명예를 훼손하는 말들을 많이도 들었다."[55] 그런 식으로 피해자에게 책임을 전가하는 것은 보수적인 인종주의와 다름없는 비유다. 철학자 리사 테스먼(Lisa Tessman)은 이러한 분석에 대해 다음과 같이 말했다. "그 도덕적 문제에 대한 발언에는 억압적인 사회 시스템이 포함되지 않은 듯하다."[56] 이와 비슷한 이유로 많은 페미니즘 문학작품 또한 여성들에게 적용된 '그냥 적응하기' 개념에 문제를 제기했다.[57] 피지배 집단은 항상 내재적인 도덕적 결함이 있다고 체계적으로 세뇌받았으며, 그리하여 모든 피지배 집단은 지배 집단이 그들에게 가한 피해가 얼마나 컸는지에 대해 부정하게 된다.

가끔 이러한 부정들은 기본적인 사실에 대한 극도로 비현실적인 부정을 동반한다. 예컨대 노예제하에서 아프리카계 미국인 가정을 의도적으로 파탄 냈던 일이라든가 (재판 전 보석 체계와 유죄선고에 이은 징벌적 양형을 포함한) 과도한 투옥이라는 현실은 상

당수 아프리카계 미국인 남성들이 가정에 머물지 못하게 하는 결과를 낳았다.[58]

정의를 좇는 사람들이 이렇듯 암울한 사실이나 도덕적 대가에 대하여 장밋빛을 비추지 않는 것은 중요하다. 여기에는 까다로운 문제들이 있다. 사회적인 훼손이 어느 정도까지 불행을 부르며 어느 지점에서부터 도덕적 인격을 갉아먹을까? 종속된 사람들은 지배자들에 의해 공급받은 부정적인 자기 이미지를 어느 정도로 내면화하고 구현하는가? 그리하여 (울스턴크래프트와 밀이 주장했듯) 주요한 도덕적 규범들을 획득하는 데 결국 실패하게 될까? 이러한 문제들이 지닌 복잡성에는 영리하게, 그러면서도 솔직하게 접근해야 한다. 사람들이 노예근성을 교육받고 자율성을 고양하지 못하고 박탈당한 상황에서 모든 것이 장밋빛이라고 가정해서 좋을 것은 없다. 그러한 허위는 지배자들이 가한 훼손이 피상적일 뿐이라고 암시함으로써 지배자들에게 유리하게 작용한다.

내게 세상은 일반적으로 이렇게 보인다. 첫째, 지배자들은 보통 많은 방면에서 자기들의 지배를 합리화하려는, 특히 피해자에게 책임을 전가하려는 잘못된 도덕 문화를 갖고 있다. 둘째, 지배자들은 권력을 유지하기 위해 전형적으로 피지배자들에게 노예근성을 장려하고 자율성이나 용기는 억압하고자 한다. 또한 그들은 잔인한 행위를 통해 트라우마를 가하는데, 그 목적은 바로 피해자의 정신을 부수는 것이다. 강인한 회복력과 통찰력을 가진 사람들 혹은 최악의 환경 속에서도 빛나는 보석 같은 사람들을 상대할 때는 종종 실패하지만 대체로 그 의도대로 그들의 정신을 파괴하는 데는 성공한다. 그러한 성공은 지배자가 저지르는 가장 부도덕한 범죄다.

특히 여성들에게서는 도덕적 극복과 도덕적 피해가 복잡하게 얽혀서 드러나는 경향이 있다. 대부분의 종속 집단과 달리 여성은 자신의 지배자와 매우 밀접한 환경에서 산다. 어떤 면에서는 긍정적이다. 잘 먹을 수 있고 돌봄을 받을 수는 있고 교육을 받을 수도 있다는 뜻이기 때문이다. 하지만 동시에 부정적인 면도 있다. 밀접하다는 맥락이 품고 있는 잔인성의 깊이는 그 맥락 밖에서는 보이지 않기 때문이다. 「인종차별주의와 성차별주의(Racism and Sexism)」라는 논문에서 아프리카계 미국인 철학자 로런스 토머스(Laurence Thomas)는 인종차별주의보다는 성차별주의를 뿌리 뽑는 일이 더 어려울 것이라 말했다. 남자들이란 전형적으로('상남자'와 같은 관용구에서 표현되고 있듯이) 여성 지배라는 이해관계를 갖고 있으며, 이는 흑인들에 대한 백인들의 지배에서는 발견되지 않기 때문이다. (이에 나란히 견줄 '상 백인' 같은 표현은 존재하지 않는다. 적어도 그는 그렇게 말했다.)[59] 토머스의 논문은 냉철한 비평들을 받았고, 40년이 지난 오늘날 보기에 미국 문화 내 인종차별주의가 얼마나 뿌리 깊은가에 대해서만큼은 틀린 것처럼 보인다. 하지만 그가 성적 지향에 대한 편견에 대해 말한 것은 미국 사회 내 성차별주의와 여성 혐오에 대해 말한 것과 비교했을 때는 매우 사실적이다. 성적 지향에 대한 편견은 놀라운 속도로 약해졌다. 지배적인 헤테로 사회가 가져갈 몫이 없다는 것이 한 가지 이유였다. 계속적인

LGBTQ 집단의 종속화를 수반하는 '상헤테로' 같은 개념이 존재하지 않는다는 뜻이다. 반면, 젠더에 있어서 반복적으로 주어지는 밀접함이라는 맥락을 염두에 두었을 때 교만한 남성들이 순종적인 여성들을 생산함으로써 차지할 몫은 여전히 크다.

페미니스트적 사유의 도덕적 훼손

페미니스트 철학자들은 칸트주의자들에게 무비판적이지 않았다. 칸트와 백인 남성 칸트주의자들은 성폭력이나 배우자에 대한 지배, 혹은 자녀 돌봄이나 가사 노동이 여성의 열망에 제기하는 끝없는 문제들과 씨름할 필요가 없었다. 그들과 그들의 20세기 추종자들은 잘못된 미덕에 대한 것들을 태연하게 주장했다. 예를 들어, 두 가지 정당한 도덕적 요구들은 절대로 상충하지 않는다는 것 등이 그렇다. 그리스 비극 시인들이 잘 알고 있었듯 이러한 갈등이 일어나면 미덕은 운에 영향을 받게 되고, 그 갈등 속에서는 상충하는 도덕적 요구들 중 무엇을 선택해도 중요한 책무나 미덕의 주장을 소홀히하게 된다. 칸트는 이런 일이 일어날 가능성을 간단하게 부정해 버렸고 많은 이들이 그를 따랐다.

그러나 나와 같은 세대의 여성 철학자들은 그 부정을 의심한다. 육아와 일 사이에서 곡예를 부리는 우리는 두 가지 덕목이 매우 자주 갈등을 일으킨다는 것을, 특히나 불공평한 사회라면 더욱 그러하다는 것을 알고 있다. 선진적인 남성 철학자들 가운데에도 이에 공감하는 사람들도 물론 있다. 그 가운데에는 상당량의 육아를 전담하고 굉장히 드문 감수성으로 여성들의 요구를 이해했던 버나드 윌리엄스(Bernard Williams)라는 동료가 있었다.[60] 하지만 권력도 없는 젊은 여성이 지배 문화에 반하는 대담한 주장을 하기란, 지배적인 남성, 그것도 RAF 파일럿으로 군복무 중에 있는 남성이 주장하는 것보다는 훨씬 더 어려웠을 것이다.

그러나 우리는 집요했다. 칸트주의 전통 속에서 작업한 뛰어난 여성 철학자들(그들의 작업에 종종 그 복잡성과 긴장이 비친다.) 가운데서도 오노라 오닐, 크리스틴 코스가드, 바바라 허먼, 마르시아 바론, 낸시 셔먼(그는 아리스토텔레스주의자이기도 하다.) 등이 그러하다. 공개적으로 페미니스트 철학을 하는 여성들은 칸트주의자인 경우가 드문데, 바로 그들이 겪은 경험적 진실을 칸트가 부정한다고 느끼기 때문이다. 그러나 허먼은 놀랍게도, 그리고 매우 설득력 있게 칸트가 성적 관계에 내재한 지배 충동에 대해 중요한 통찰들을 보여 준다고 밝혔다.[61] 하지만 허먼의 통찰은 칸트가 보여 준 것들의 가능성을 일축해 버린 페미니스트들에게는 뒤늦은 시도였다. 대상화라는 주제에 대한 나의 접근에는 칸트적 사유가 스며 있으며, 허먼과 코스가드의 관점으로부터, 칸트로부터 영감을 얻은 존 롤스로부터 나는 많은 것을 배웠다. 하지만 다양한 관점을 지닌 페미니스트 철학자들은 대부분 다른 원전을 통해 접근했고, 지배가 주는 훼손을 진지하게 다루는 관점들을 통찰해 냈다.

산드라 바트키(Sandra Bartky)야말로 이 영역의 선구자였다. 1984년에 그녀는 이미 논문 「여성적인 마조히즘과 사적 변화의 정치(Feminine Masochism and the Politics of Personal Transformation)」에서 (울스턴크래프트의 뒤를 이어) 특정 지배 체제하에서 많은 여성들의 감정과 성격적 특성이 체제의 목적을 위해 형성되었다고 주장했다. 그녀는 그러한 훼손의 가능성을 부정하는 관점은 매우 피상적이라고도 주장했다.

어떤 여성이든 마음만 먹으면 자신의 의식 체계를 재편할 수 있다고 주장하는 사람들은 가부장적 압제의 본성에 대해 굉장히 얄팍한 관점을 가진 것이다. 무엇이든 가해진 것을 무효로 만들 수 있다는 말은 그 어떤 것도 영구히 손상되지 않았고 아무것도 회복하지 못할 정도로 소실되지 않았음을 암시한다. 비극적이지만 이 말은 틀렸다. 압제 체제의 악 중 하나는 언제나 무효화할 수 없는 방식으로 사람들을 손상시킬 수 있다는 것이다.[62]

또 다른 귀중한 논문 「푸코, 여성성, 그리고 가부장적 권력의 현대화(Foucault, Femininity, and the Modernization of Patriarchal Power)」에서 바트키는 밀과 유사한 방식으로, 하지만 진일보한 구체성을 들어 남성의 관심사에 복무하는 "이상적인 여성성의 몸", 말하자면 큰 몸보다는 날씬한 몸, 근육질이기보다는 약한 몸과 같은 이상형의 생산에 대해 설명한다.[63] 당시는 여성의 연약한 재생산 장기에 부담을 지울 수 있다는 것을 근거로 여성의 마라톤 참여가 금지되어 있었던 시대였으며, 여성 테니스 선수들이 근육질로 보이는 것 또한 질책받던 시대였다는 점을 덧붙이고자 한다. (크리시 에버트는 '착한' 여성을 대표했고, 테니스 식이요법에 진지한 웨이트 트레이닝을 도입했던 마티나 나브라틸로바는 '나쁜' 여성을 대표했다.)

내가 『선의 연약함(The Fragility of Goodness)』에서 다룬 '도덕적 운'에 대한 논의들에서는 페미니스트적 태도를 노골적으로 드러내지 않았지만 다른 여성들의 삶과 대화로부터 영감을 받은 것이었다. 더불어 이 주제에 대한 중요한 작업들이 스포츠 관련 직종에서 여기저기 나타나기 시작했다. 클로디아 카드는 캐럴 길리건이나 넬 노딩스 같은 사람들의 작업물에 등장하는 돌봄을 도맡는 배우자 같은 이상적 여성상을 비판했다.[64] 프리드리히 니체의 말을 제대로 인용한 카드는, 자기 거부의 안정화가 일종의 노예적 도덕관이라고 주장했다. 스스로에게 힘이 없다고 여기는 여성들은 자신에게 부여된 그 힘없음에 '미덕'이라는 이름을 붙이고자 한다는 것이다. 1973년에 이와 관련하여 논의가 이루어졌음을 살펴볼 필요가 있는데, 남성 칸트주의자인 토마스 힐은 그의 논문 「노예근성과 자기 존중(Servility and Self-Respect)」에서 남성 주도 사회가 노예와 다름없는 여성의 행동을 필요로 하는 방식에 대해 분명하게 논한다.[65]

같은 맥락에서 저명한 아리스토텔레스 연구자 마르시아 호미

악(Marcia Homiak)은 진짜 미덕이란 자기 자신의 행위를 향유하는 것, 그리고 타인들과의 자신감 있는 관계 속에서 자라나는 '합리적인 자기애'를 필요로 한다고 주장하면서 성차별주의가 너무도 자주 여성으로부터 그 기쁨과 자신감을 앗아 간다고 주장했다.[66] 그녀의 통찰은 오랫동안 묻혀 있었기 때문에 페미니스트들이 앞으로 이 논의를 주요하게 만들어야 한다.

2005년 리사 테스먼은 페미니스트의 투쟁과 저항이라는 맥락에서 도덕적 훼손 전반을 체계적으로 연구함으로써 중요한 공헌을 했다.[67] 고대 그리스 사상에 기댄 이들의 예들과 동시에 주목할 만한 동시대 해석을 곁들인 『강요된 미덕(Burdened Virtues)』에서, 그녀는 다양한 방식을 통해 성차별주의가 종속된 주체들을 훼손시킨다고 주장한다. 그녀는 평등에 대한 진지한 고찰이야말로 지배 권력에 의해 억압되었던 미덕들을 회복하면서 훼손된 자아를 복구할 수 있게 해 준다고 주장한다.

테스먼은 이러한 전통에서 사상가들이 다들 그렇듯 피해자들의 이야기를 들어야만 하고 그들에게 어느 정도 우선권을 줌으로써 자신의 경험을 털어놓을 수 있게 해야 한다는 것을 강조한다. 이런 인식론적 교정은 매우 중요한데, 종속 집단의 구성원들은 보통 인식 주체나 증언자로서 동등한 위치를 거부당해 왔기 때문이다.[68] 여기서 듣는다는 것은 절대 비평적 문제 제기 없이 듣기만 하는 것을 의미하지 않는다. 듣는 과정에서 우리는 도덕적 훼손이 (종종 '조정된' 방향으로, 진짜 잘못들은 부정하면서) 서사를 왜곡할 가능성을 늘 염두에 두어야만 한다.

보복주의는 강요된 미덕인가?

테스먼은 미덕에 관해 좀 더 중요한 지점들을 짚는다. 체제의 오점들에 대항하는 일은 구체적으로 많은 특성들을 요구하는데, 그 특성들은 투쟁이나 목적을 향해 나아간다는 점에서는 미덕이지만 잘 살기 위해 애쓰는 행위자적 삶의 요소로서는 그다지 좋지 않다. 예컨대 무비판적인 충성과 유대는 정치적 투쟁에 필요할 수 있지만 서로 감싸 주는 우정과 같은 데에는 최선이 아닐 수 있다. 사례를 더 찾아볼 수 있다.

에우리피데스의 극으로 돌아가게 만드는 두 경우를 생각해 보자. 이 두 경우는 매우 긴밀한 관계를 가지고 있다. 첫째는 소위 다른 편에 있는 이들과의 우정이나 신뢰를 부정하는 경우고, 두 번째는 보복적 분노에 집중하는 경우다. 테스먼은 특히 두 번째 경우를 예로 들었는데, 피해자의 분노란 정치적 투쟁에는 아주 잘 먹히지만 과도해지거나 집착적으로 변하기도 하고, 자아를 변모하게 하기도 한다는 것이다. 그리하여 테스먼은 에우리피데스의 인물들 앞에 비극적인 선택이 놓여 있다고 본다. 자기 자신을 최대한 투쟁에 걸맞게 만드는 데 실패할지, 아니면 덕망 있는 온전한 성격의 풍요함을 일부 포기해야 할지에 대한 선택이다.

나는 두 경우 모두 개인의 개성에 변형을 일으킨다는 테스먼의 주장에 동의한다. 하지만 이 변형이 자유와 평등을 위한 투쟁에 유용하다는 데는 동의하지 않는다. 독이 스민 무기 하나 없이 어려운 전쟁을 치러야 하는 극도로 고된 투쟁이 되기는 하겠지만, 결국 우리에게 비극적 선택이란 없다. 우리가 원하는 것이 장기적으로 화해와 공유된 미래라면, 품위 있는 정치 공동체를 탐색하는 데 있어 궁극적으로는 독을 타게 되는 특성에는 기대지 않는 방법을 찾는 게 나을 것이다.

'다른 편'에 있는 모두에 대한 불신에 대해 먼저 생각해 보자. 헤카베는 폴리메스토르가 믿을 만한 사람이 아니라는 것을 알게 되었다. 하지만 결국에는 모든 남자를 믿을 수 없다고 결론 내렸다. 이것이 페미니즘의 일반적인 양상이다. (평등권 투쟁 양상도 같다.) 내가 더 젊었을 때 이성애자 여성은 페미니스트 명분에 불충한다는 죄목이 종종 따라붙었고, '여성 지향적(woman-oriented) 여성'이란 말은 페미니스트와 레즈비언 모두를 가리키는 것으로 사용되었다. 존경할 만한 페미니스트 집단에서도 구성원들에게 남성들과 직업적으로 협력하지 말라고 조언하는 곳도 있었다. (이는 평등을 추구하는 다른 집단에서도 찾을 수 있는 경향이다.)

유니스 벨검이 비극적 자살로 생을 마감한 1977년으로부터 몇 년 뒤, 1983년 추모 강연에서 나는 내 책에서 『헤카베』에 대해 한 챕터로 썼던 내용을 이야기한 적이 있다. 유니스는 재기 넘치는 내 박사과정 동료였고 인문대에서 괜찮은 일을 구했다. 당시 그녀는 페미니스트였던 남성 교수와 함께 페미니즘에 대한 수업을 공동으로 가르쳤는데, 유니스가 회원이기도 했던 여성철학협회(Society for Women in Philosophy, SWIP)의 한 모임에서 그녀가 남성 교수진과 협업함으로써 배신했다는 비난을 받은 적이 있었다. 유니스의 부모님은 유니스가 자살한 날에 여러 곳에 전화를 걸었다고 내게 말해 주었다. 통화 상대 중에는 그 수업을 들었던 여학생들이 포함되어 있었고, 자신이 남성 교수를 믿는 바람에 수강생들의 인식을 더럽혔다는 사죄가 통화의 목적이었다. 나는 그때도 지금도 유니스가 (애초부터) 옳았고 여성철학협회가 틀렸다고 느낀다. 우리가 '다른 편'에 서서 선의를 가진 이들과의 협업을 이루어 낼 수 없다면 (무작정 믿는 것이 아니라 확실히 하기 위한 철저한 조사 후에도) 우리는 궁극적인 화해를 희망할 수 없다. 따라서 테스먼적 의미에서 신뢰에 대한 거부는 '강요된 미덕'조차 아니다. 신뢰를 거부하는 일은 유용하지도 않을뿐더러 투쟁의 진보를 지연시키기 때문이다.

어떤 순간, 투쟁은 순수성에 대한 증명 없이도 신뢰를 필요로 한다. 넬슨 만델라는 쉽게 속아 넘어가는 사람이 아니었다. 타인을 믿는 그의 능력은 탄탄하게 발전한 그의 비평적 역량과도 균형을 이루었다. 남아프리카공화국의 투쟁 전반에 걸쳐 그는 백인 협력자들(리보니아 재판에서 만델라와 공동 피고인이었던 데니스 골드버그나 나중에 유명한 판사가 된 앨비 삭스와 같은 이들을 포함한다.)과 긴밀한 유대를 만들어 냈는데, 이 우정들은 만델라가 긴밀하게 유지하고 있던 남아프리카공화국 내 유대인 공동체와의 유대 관계를 통해 몇 년에 걸쳐 면밀히 검토한 후에 조심스럽게 발달된 것이었다. 여기서의 신뢰는 잘 구축되었지만, 만델라는 이러한 신뢰의 영역에서 위험을 감수한 적도 있다. 나는 2013년 그의 장례식에 대한 보도 기사 중 1994년 만델라의 대통령 취임식에서 눈물을 보인 한 중년 경찰의 회고를 기억한다. 당시 만델라는 차에서 내려 젊은 경찰 집단과 대화를 시도했는데, 그들은 모두 백인이었다. 만델라는 그들과 악수를 나누며 말했다. "우리는 당신을 신뢰합니다. 당신을 믿어요." 그들은 만델라로부터 적대감과 보복만을 예상했지만, 만델라는 신뢰를 내밀었다.[69] 이 경우의 신뢰는 삭스나 골드버그 및 다른 많은 관계들의 경우와 달리 힘들여 검증받고 얻어 낸 것이 아니었다. 이 남성들은 젊고 유연했으며, 만델라는 친근하게 신뢰감을 주는 방식으로 행동하며 우정과 신뢰의 가능성을 제안했다. 이 글의 결말부에서 보다 자세히 말하겠지만, 나는 이것이 옳은 방향이라고 믿는다. 『헤카베』는 우리에게 신뢰 없이는 (절대로 완벽하게 안전하지는 않지만) 공동체의 희망도 없음을 상기시킨다.

이제 분노에 대해서 이야기해 보자. 페미니스트들의 사례에서 분노란 노예적인 무저항의 반대 개념으로서 격렬한 저항으로 상상된다. 그처럼 분노는 힘이 세고 본질적인 것이다. 하지만 이 이야기는 구분을 지어 가며 시작할 필요가 있다. 서구와 비서구 사상의 철학 전통들이 오랫동안 그래 왔듯이 우리가 분노를 구성 요소로만 분석한다면, 분노는 그 당사자나 그가 매우 소중히 여기는 것에 영향을 끼친 부당하다고 여겨지는 행위에 대한 인식의 고통을 수반한다. 여기에 이미 많은 오류의 가능성들이 있다. 분노한 사람은 어떤 행위가 우연한 것인지 잘못 가해진 것인지에 대해 판단을 잘못 내릴 수 있다. 또한 그 의의에 대해 잘못 알고 있을 수도 있다. 하지만 이러한 생각들이 정밀한 조사를 거쳤다고 가정해 보자. 그렇다면 이때까지의 분노는 잘못된 행위에 대한 적절한 응답이 된다. 그 행위는 잘못되었으며 재발해서는 안 된다는 요구를 표현하고 있기 때문이다. 적절한 분노는 과거를 시사하지만 앞을 바라보면서 미래로 가고 있는 세계를 개선하자고 제안한다.

이것이 내가 '이행 분노(Transition-Anger)'라 불러 온 유형의 분노이다. 이행 분노는 이미 벌어진 일을 밝히고, 동시에 개선책을 위해 미래를 향한다. 이런 유형의 분노는 가해자를 벌하자는 제안이 동반되기도 하지만, 처벌을 미래 지향적인 방법 중 하나로 이해한다. 개혁으로서, 중요한 규범들의 표현으로서, 해당 가해자에 대한 '구체적 제지'로서, 그리고 유사한 범죄를 생각하고 있는 다른 가해자들에 대한 '보편적 제지'로서 말이다.

이행 분노는 불의에 대항하는 데 있어 정말 중요하다. 그것은 분노 어린 저항이고, 저항은 잘못된 일들에 관심을 환기시켜 그 문제를 다루게끔 북돋는다. 이런 종류의 분노는 성격에 변형을 일으키는 '부담'을 주지 않는다. 오히려 문제를 대면하고 해결책들을 상상하도록 활력을 주고 해방시킨다. 이런 종류의 분노는 집착하거나 왜곡되는 위험을 무릅쓰지도 않는다.

그러나 현실을 직시하자. 사람들이 흔히 말하는 분노는 이런 것이 아니다. 분노는 (분노에 대한 간디의 정의를 포함하여 모든 철학적 정의에 내재하는) 여타 요소에 의해 오염되는 것으로부터 자유롭기 힘들다. 즉 공격한 이에게 상응하는 고통을 되갚아 주려는 소망에 사로잡힌다. 내가 이행 분노에는 (제지와 교육, 그리고 교화를 이유로 한) 처벌의 소용도 있다고 말했듯, 미래 지향적인 분노와 순전히 과거를 지향하는 보복적 유형을 구별해 내는 것은 까다로운 일이다. 하지만 보통 사람들은 미래의 안녕을 위해 순수하게 애쓰지 않는다. 맞았을 때 사람들은 되돌려 주려는 충동이 인다. 사람들은 너무도 쉽게 다른 편에 고통을 주어 균형을 맞추는 것이 그들의 고통이나 잘못을 무효화하거나 혹은 원상태로 돌릴 수 있을 거라 생각한다. 이런 이유로 살인 피해자의 친지들 다수가 사형을 지지한다. 하지만 사형은 한 번도 제대로 된 억제력을 보여 준 적이 없다. 사람들은 살인이라는 범죄가 갖는 비례적 보복으로서 사형이 알맞다고 생각하기 때문이다. 자녀의 죽음이 범죄자의 죽음으로 보상된다는 또 쉬운 생각을 하게 마련이다.

우리 모두는 보복에 대한 환상을 갖고 가해자에 대한 계획을 짜는 데 집착하는 피해자들을 알고 있다. 사실상 거의 모든 이혼 소송 및 자녀 양육권 소송 당사자들의 마음속은 보복적이며, 평등이나 모두의 복지를 목표로 하는 일은 드물다. 주요 종교들도 보복적인 판타지를 키운다. 「요한계시록」이 추악한 복수 판타지라는 니체의 평가는 꽤 들을 만했다. 피해 결과에 대한 진술이 형사사건 재판에 등장하고 그것이 공인되는 방식에 대한 연구는 대부분 피해자들이 보복적인 종류의 가혹한 처벌을 요구하는 것으로 확대된다는 사실을 보여 준다.[70] 그러나 지나간 상처는 과거일 뿐이다. 고통은 더 많은 고통을 만들어 내며, 상처를 회복시켜 주지 않는다. 고통의 비례 원칙은 미래에 대한 해결책으로부터 한눈을 팔게 만든다.

서구와 인도 철학 전통들은[71] (인도는 비서구 전통 중 유일하게 내가 말할 수 있는 분야다.) 일반적인 분노를 보복적이라 판단한다. 내가 말한 이행 분노는 예외적인 경우다. 결혼이나 우정의 실패를 연구하다 보면 한쪽은 동의할 의향을 보인다. (물론 이제는 대부분의 부모들이 적어도 제 아이들에게만큼은 보복적인 분노를 품지 않고 자녀들의 나은 미래를 위해 노력하고자 한다.) 그러나 숫자가 중요한 것이 아니다. 분노의 유형이 나뉜다는 점이 중요하다. 이러한 구분은 철학 전통을 통틀어 분명하게 이루어지지 않았다. 이행 분노는 투쟁에서 유용하고, 인격을 왜곡시키는 부담도 주지 않는다. 반면에 보복적 분노는 인격에 부담을 주고, 자유를 향한 투쟁에도 그다지 유용하지 않다. 마틴 루서 킹 주니어는 이 구분을 인식하고 강조했던 유일한 서구 철학자로, 운동을 일으킬 때 일어나는 사람들의 분노가 "정화되고" "결정화되어야" 한다고 말한 바 있다. 1959년에 그는 분노의 두 유형에 대한 특징을 생생하게 설명한 적이 있다.

하나는 진보를 막아서는 그 어떤 힘에도 효과적이고 견고한 방식으로 저항할 수 있도록, 건전한 사회 구조가 되게 한다. 또 하나는 혼란스러운, 분노에 의해 추동되는 충동으로써 폭력적으로 되받아쳐 피해를 주고자 한다. 주로 부당한 고통에 보복하기 위해 피해를 일으키고자 하는 것이다. (······) 그것은 징벌적일 뿐 급진적이지도 건설적이지도 않다.[72]

나는 그의 말에 동의한다. 보복적 분노는 투쟁에 걸맞지 않다. 새로운 것, 더 나은 것을 만들어 낸다는 의미에서 급진적이지도 않다. 마틴 루서 킹은 책임을 원했고, 법적인 처벌을 원했고, 공적으로 공유된 가치관이 표현되는 것을 원했다. 그는 손쉽고, 유약하고, 어리석은, 고통을 위한 고통은 거절했다.

분노의 약점

오늘날 페미니즘에도 이런 구분이 필요하다. 정당한 근거를 바탕으로 미래를 향할 때, 그리고 건설적인 생각을 띠고 보복주의를 거부할 때, 분노는 힘을 갖는다. 그리하여 함께할 때 우리로 하여금 근본적인 신뢰를 만들어 낼 수 있다고 희망하게 한다. 눈앞의 보복주의를 따른다면 분노는 강력함과 중요성을 모두 잃는다. 우리는 보복주의에 갇히는 것이 인간의 약점임을 잘 알고 있다. 사형 제도의 맥락에서 보복주의의 약점을 제대로 볼 수 있다면(나는 대부분의 페미니스트들이 제대로 보고 있다고 믿는다.) 페미니스트 투쟁에서 보복적인 분노가 주요하다고 옹호하는 게 이상하게 여겨질 것이다. 하지만 묘하게도 마틴 루서 킹과 그의 정신을 공유하는 사람들이 그랬던 것처럼, 보복적인 분노와 내가 이행 분노라고 부르는 것이 분명하게 공표되고 중심 논의가 될 때에도, 분노의 가치에 대한 페미니즘 논의는 이 구분을 무시하고 거칠게 짓밟는 경향이 있다. 응징만을 위한 분노도 있다는 사실에 적응하기는 꽤나 어려운 일이다.

우리는 미래를 준비해야 한다. 그리고 이를 위해서는 분명하지만은 않은 신뢰와 근본적인 사랑이 필요하다.

2부

문제를 직면하기
시작한 법

소송의 영역

법은 모두에게 말한다. 집행에 잘못이 있거나 완전히 평등하지 못할 수 있어도, 그래서 중대한 구조적 개혁이 시급할지라도, 법은 시민권의 언어, 권리의 언어로 말한다. 여성은 강간당하지 않게 해달라 **간청**할 수 있다. 직장에서 괴롭힘이 없기를 **희망**할 수 있다. 하지만 법은 간청하거나 요구할 필요가 없다고 말한다. 이런 요구들은 당신에게 권리로 보장된다고 일러준다. 일터에 해당 사항이 보장되어 있지 않다면 당신은 법정으로 가서 요구할 권리가 있다. 당신이 특별한 사람이라서가 아니라 모든 이가 권리를 지니고 있기 때문이다. 따라서 의식 있는 여성들은 성범죄를 법적 영역으로 가져가서 법이 여성들을 폭력으로부터 보호하도록 만드는 것을 주요 목표로 삼는다.

법과 개인의 행동은 다방면으로 상호작용한다. 법은 사회적 규범과 우리가 생각하는 선과 악을 전한다. 또한 나쁜 행위들은 처벌받는다고 단언하고, 확실한 집행으로 이를 **억제**하는 데 목표를 둔다. 법은 범법자가 유사한 행위를 다시 저지르는 것을 막고자(이를 '구체적 제지'라고 부른다.) 하고, 또한 다른 사람들이 그러한 유형의 나쁜 행위를 저지르지 않게 하려(이것을 '보편적 제지'라고 부른다.) 한다. 법의 **선언적** 속성은 억제적 기능을 높일 수 있다. 근원적인 사회적 약속임을 표명함으로써 법이 말하는 것은 전부 진짜임을 알게 하는 것이다. 법은 범죄자들을 **교화**시킬 수도 있지만, 미국의 현재 수감 제도가 개선을 장려하는 일은 드물기에 이 목표는 좀처럼 성취되지 못했다. 하지만 법은 무엇이 옳고 그른지 사람들을 교육함으로써 전반적인 방면에서 개선을 이룰 수 있다. 그리고 이 가르침은 진화하고 있다. (살인이 잘못이라는 것은 사람들이 수천 년간 알고 자랐지만, 성희롱이 잘못이라는 것은 최근까지도 보편적 상식이 아니었다.)

법은 항상 보편성을 띤다. 다양한 범주에서 개별적 사안들에 지침을 주어야 하기 때문이다. 하지만 동시에 법률 제도는 주로 기소, 재판, 판결, 그리고 유죄라면 선고라는 메커니즘을 통해 개인에게 공정하게 집행되는 데 뜻이 있다. 미국 형법 아래에서 (양형 거래* 등으로 사건이 무마되지 않은 경우) 배심원이나 판사 앞에

* 피의자가 자신의 유죄를 인정하고 검사 측에 협조하는 대신 검사는 구형

서 재판받게 된 개인은 누구든 매우 정확한 '합리적 의심의 원칙 (reasonable doubt)'*에 비추어 유죄 판결을 받아야만 한다. 이것은 대부분의 비관습법 국가(일본은 예외다.)에서는 쓰이지 않는 방식 이나, 관습법을 적용하는 전통(영국이나 과거 영국의 식민지였던 국가들)에서는 선호하는 방식이다. 그 중대성으로 인해 관습법 전 통의 사상가들은 결백한 이들에 대한 처벌을 피하는 데 주안점을 두었다. 반면 미국 민법에서는(차별법은 여기에 속하는 한 분과이 다.) '증거 우위의 법칙(preponderance of the evidence)'**에 기반한 다. 이 기준은 민사 소송이 범죄와 결부되어 있는 경우에 쓰이기도 한다. 그러므로 형사상의 죄목에서 무혐의를 받은 피고가 동일 사 건에 대한 민사 소송에서는 패소할 수 있다. (O. J. 심슨 사건이 그 랬다.) 전통적으로 누군가의 자유를 박탈한다는 것은 너무나도 엄 중한 문제이기 때문에 형사 사건은, 대체로 처벌이 돈으로 해결되 는 민사사건보다 더 정확한 기준을 요구한다. (심슨은 민사 피해에 대해 3350만 달러의 벌금형을 받았다.)

다시 말해, 관습법 국가인 미국 전통에서는 일반적인 것과 구 체적인 것이 섞여 있다. 관습법 전통에서 법은 시간이 지나면서 지

량을 낮춰 주기로 하는 합의를 일컫는 미국 형사소송 실무상 언어.

    ★   형사사건에서 검사 측이 제시한 증거가 판사나 배심원에게 피고인이 해 당 법행을 저질렀을 것이라는 분명한 확신을 주지 못할 정도로 의심스럽다는 뜻으 로, 그 개연성에 대해 90퍼센트 이상 확신을 주어야 한다는 기준을 의미한다.

    ★★   재판에서 판사나 배심원이 재판정에 제출된 증거를 바탕으로 사실관계 에 대해 갖게 되는 내적 확신의 수준을 표현하는 기준이다.

어진 현명한 사유들의 저장소이고, 새로운 구체성들에 의해서 언제
든 보완되고 조정된다고 여겨진다. 즉, 법은 고정된 것이 아니며 증
대한다. 자연스럽게 문서(성문법, 어떤 경우에는 성문 헌법)가 따
라붙지만, 그것들은 진화하되 상대적으로 안정적인 지식의 일부로
작용하는 것이다. 성문법이란 대단히 일반적인 것이지만 선례 구속
의 원칙을 존중하고, 판결들을 통해 구체성과 치밀도를 발전시키는
것이기도 하다. 따라서 "당신이 결정해 온 것을 지지하며"라는 표현
은 새로운 사건에 있어서 이전 판례의 법리 해석을 적용할 때 전형
적으로 쓰이는 말이다. 미국적 전통에서 성문법(대의 기관에 의해
제정된 법들)과 성문 헌법은 모두 이런 식으로 형성되었고, 둘 다
성학대 영역에서 큰 역할을 하게 되었다.

　　법의 관습법적 사유는 야누스의 얼굴을 하고 있어서, 앞과 뒤
를 모두 보고 있다. 함의를 드러내면서 억제력을 발휘하기 위해서
법은 이상적으로 앞을 향하며 더 나은 미래를 만들도록 노력해야
한다. 하지만 관습법 체계 속에서 법은 과거의 판결과 신념들이 집
적된 것이기도 하므로 안정성과 타당성의 근원으로 작용한다는 규
범적 의의도 담겨 있다. 하지만 여성들은 이 '타당한' 전통 가운데
완전히 속할 자격을 오래도록 박탈당해 왔기 때문에 이러한 이상
에는 문제가 있다. 관습법 비평가들, 특히 18세기 제러미 벤담을 비
롯한 영국의 공리주의자들은 바로 이 이유로 관습법이 퇴보적이며,
시대에 발맞추지 않고 진보에 더디다고 경멸적인 어조로 비판한다.
그들은 최대한 미래 사회의 안녕을 위해 관습법의 점진주의를 대체

할 이상적인 성문법적 체제를 연구했다.

지금쯤이면 우리는 엘리트라고 할 수 있는 사람들이 단번에 사회의 안녕을 구상해 낼 수 있다고 생각한 것 자체가 무지에 기반한 것이라는 점과 적어도 오랜 시간에 걸쳐 진화한 원칙들에는 타당성이 있다는 주장이 어느 정도 진실되다는 것을 알 수 있다. 특히 공리주의자들이 대담한 개혁주의자들이기도 했던(그들은 사형과 고문을 반대했으며, 18세기에 이미 동성 간 성행위의 비범죄화를 주장하고 여성 참정권 운동을 벌였다.) 형사법에 있어서 우리는 외부자의 목소리와 비판이 관습법의 형성에 큰 역할을 한다는 것을 알 수 있다. 공리주의자들은 과거의 '타당한 판결'들이 일부 엘리트들에 의해 만들어졌으며, 상류층 남성의 기준을 대변한다는 것을 알고 있었다. 이 기준은 여성과 가난한 사람들이 종속된 존재라는 것을 전제한다. 그들에게는 그들만의 진실이 존재한다. 과거의 엘리트적 판결에 기댄 법은 다른 목소리들이 그 대화에 참여하지 않는 이상 제 몫을 잘 해낼 수 없다. 성폭력이 바로 그러한 영역이다. 오랫동안 유지되어 온 관습법은 남성의 전통이고, 여성들의(그리고 젠더 평등과 LGBTQ의 평등을 염두에 두는 남성들의) 목소리가 규범을 형성하는 작업에 반영되는 일이 극히 드물었다.

이제 법에 대한 보편적인 관찰을 했으니 성폭력과 성희롱이라는 두 영역 속에서 미국의 법이라는 구체적 지형을 살펴보자. 미국의 법 체제에는 자주 오해받거나 간단하게 이해되지 않는 독특한 특징들이 있다. 과거의 시위들이나 법적 변화들이 어떻게 작동했고 미래에는 어떤 방향이 설정될 수 있는지를 이해하기 전에 이 특징들을 살펴볼 필요가 있다. 하지만 최근 대중서라 주장하며 출판된 몇몇 책들은 기본적인 사실에 바탕한 이 정보들에 대해서는 언급하지 않는다.[73]

　일반적으로 사람들은 성희롱과 성폭행 사이에 교집합이 많다고 인식하고 있음에도 미국에서는 이 두 범죄를 법적으로 굉장히 다르게 취급하고 있음을 우선 짚고 가자. (성희롱범은 성폭행을 저지르겠다고 위협하거나 혹은 실제로 저지를 수 있다. 성폭행은 '퀴드 프로 쿼(quid pro quo)', 즉 대가성의 일부 또는 적대적 근무 환경이라는 성희롱의 두 가지 주요한 징후를 모두 보일 수 있다.)

　성폭행은 범죄 행위로 다루어지는 형법의 영역에 속하는 문제다. 이는 자기 사건의 증인이기도 한 피해자가 가해자를 고발하면, 가해자에 대한 형사 재판에서 국가(검사)가 원고가 된다는 것을 의미한다. 피고인은 보통 개인으로, 변호인의 조력을 받을 권리 등 헌법상 권리를 인정된다. 양형 거래가 없는 한, 유무죄는 합리적 의심 기준에 따라 재판을 통해 결정된다.

　반면 성희롱은 1964년 민권법 '타이틀 세븐'에 근거한 민사 범죄다. '타이틀 세븐'은 일반적인 시민의 평등권에 대한 것으로, 차별을 금지하는 법규다. 성희롱은 인종차별처럼 성별에 기반을 둔 유해한 차별 범주로 인식되어 왔다. 5장에서도 살펴보겠지만, 여기서 피고는 개인이 아니다. 피고는 회사나 근무지로, 성차별 방지에 방만했다는 죄목을 얻는다. 성희롱 사건에서 이름이 거론된 개인들의 구체적 행동들 역시 중요하지만, 대부분의 경우 검찰 측에서는 회사가 성희롱 문제를 해결할 기회가 있었음에도 그러지 않았다는 것을 증명해야 한다. 반면 통상적인 민사사건이 그렇듯 간혹 집단이 원고가 되는 경우도 있지만, 원고는 주로 개인이고 정부가 원고인 경우는 없다. 개인 범죄자는 추가적인 형사 고발을 당할 수도 있지만, 전형적인 성희롱 사건에서 개인에 대한 징계는 회사나 기업의 몫으로 넘겨지기 때문에 조직들의 책임 의무가 법적으로 주요한 국면이 된다. 따라서 성희롱법의 억제 요소는 대체로 조직을 향해 있다. 기업들이 성희롱을 예방하거나 근절하지 못한다면 심각한 벌금을 맞닥뜨려야 한다.[74]

하지만 현실은 이보다 더 복잡하다. 성희롱은 연방법인 '타이틀 세븐'에 적용되는 사안으로, 미국 전역에서 동일하게 적용된다. 다시 말해 연방법원이 연방 관습법의 방식으로 성희롱 사건을 해석한다는 뜻이다. 보통은 피고 측이 연방지방법원에서 1심 재판을 받고, 항소하는 경우 사건은 연방항소법원에 회부되며, 그 결과에 불복할 경우 연방대법원에서 다툴 수 있다. 반면 성폭행은 각 주에서 주 형법으로 다스려진다. 항소나 상고 등 유죄 판결에 대한 불복은 주법에 따른 절차를 가진다. 만약 해당 사건에 연방헌법 관련된 문제가 있다고 판단되면 최종적으로 연방대법원에서 다뤄진다.

연방 형법이 있기는 하나 이는 주들 사이에서 일어나는 문제들에 적용되며, 대부분 사기, 기업, 안보 같은 사건들을 다룬다. 성범죄 유형 중에는 연방법에 적용되는 경우도 있다. 연방법의 일례로 '비도덕적인 목적'으로 여성을 데리고 주의 경계를 넘는 것을 금지하는 맨법(Mann Act of 1910, 복서였던 잭 존슨은 그의 백인 아내와 함께 여행을 했다가 유죄를 선고받았다.)이 있다. 오늘날 가장 주요한 연방법은 아동보호법(Child Protection Act)으로 아동 포르노나 온라인 아동 착취 사건을 다룬다. 매우 엄정한 이 법은 2012년 12월 오바마 대통령 서명으로 발표되었다. 그런데 이 법은 성생활 규제의 문제에 있어서 다른 주법들과 마찰을 빚고 있다. 특히 성관계 동의 가능 연령이 문제다. (연방법에 따르면 18세 이하의 미성년자 나체 사진 유포는 명백한 범죄다. 따라서 대부분의 주에서 법적으로 성관계 동의 연령을 16세나 17세로 규정하고 있다 해도 이들의 나체 사진을 타인에게 보낼 경우 연방법 위반에 해당한다. 이 법규는 핸드폰에 자신의 나체 사진을 저장하는 것도 금지하는 것으로 해석되기도 한다.)

마리화나 규제에 대한 연방 정책과 주 정책 사이에도 비슷한 긴장 상태가 현존한다. 운송이나 판매와 관련하여 주법으로는 합법인 행위들이 연방법에서는 불법일 수 있다. 최근 일리노이주에서 오락용 마리화나가 합법화된 이래, 시카고 오헤어 국제공항에는 밝은 파란색의 '대마초 자진 반납함'이 생겼다. 연방 정부 구역으로 가기 위해 공항 보안을 통과하기 전, 일리노이주에서는 합법이지만 연방법상으로 불법인 물건을 자진 반납해야 하기 때문이다.

성희롱과 성폭행의 차이는 개정 자체를 위한 전략에는 물론, 개정 운동에서 학문적 이론이 수행하는 역할에도 영향을 미친다. 성희롱이 연방법상 불법으로 진화하는 과정은 세간의 이목을 끄는 대법원 사건들이 이어짐에 따라 논의의 중심이 되었는데, 여기서 주요한 역할을 맡은 것이 학문적인 법이론이었다. 맥키넌의 1978년 저서 『일하는 여성들이 겪는 성희롱(Sexual Harassment of Working Women)』과 그녀가 변호사로서 맡았던 두 개의 큰 사건들은 커다란 차이를 만들어 냈다.

형법은 매우 다르다. 모든 미국 형법이 헌법상의 문제를 제기할 수 있지만 법정대리에 관한 권리나 적절한 경찰의 경고, 고소인을 대면할 권리 등 대부분의 조치들은 주 차원에 머무르며, 주 형법은 범죄 분류 방식과 가해의 구체적인 요소들로 인해 매우 달라진다. 말하자면 개정론자들을 위한 대부분의 조치 또한 주 수준에 머물러 있어야 한다는 뜻이다. 물론 각 주는 서로 협의할 것이고 강간법 개혁은 조만간 각 주를 통과해 마땅한 방향으로 흘러가겠지만, 여기에 긴급한 필요성은 없다. 여전히 유의미한 변주들이 남아 있고 주들은 진보적인 변혁에 정도의 차이만 있을 뿐 수용적이다. 1962년 미국법률협회(American Law Institute)가 개발한 미국 모범 형법전(Model Penal Code)은 범주화와 판결의 균일성을 도모하려한 것으로, 대부분 진보적인 개정론자들이 주도했다. 하지만 여기에는 파란만장한 역사가 있고, 무엇보다도 몇몇 주에 의해서 저지당한 역사도 있었다. (어째서인지 뉴저지주는 진보적인 성폭행 개정의 전형을 보였다.) 법학도들은 일반적인 지시문들을 통해 형법을 배우게 되는데, 좋은 판례집은 언제나 구체적인 주 법규를 인용하고 그 사건에서 자구들이 결과에 어떻게 영향을 미쳤는지를 보여 준다.

　이런 상황 속에서 우리는 유명한 영웅들을 기대해선 안 된다. 학술적 글은 성폭행법을 가치 위주로 밀어붙여 왔다. 그중 하나가 2부에서 살펴볼 스티븐 슐호퍼(Stephen Schulhofer)의 『원하지 않은 섹스(Unwanted Sex)』[75]다. 그와 함께 공동 강의를 하면서 이 영역에 대해 배우게 된 것이 내게는 큰 행운이었다. 또한 변호사이며 학자인 수전 에스트리히(Susan Estrich), 특히 그녀가 쓴 『진짜 강간(Real Rape)』[76]이 가장 핵심적인 기여를 해 주었다. 그녀는 "아니라면 아닌 것이다.(no means no.)"라는 기준을 세운 주요 지지자이다. 그러나 전장의 참호들 속에서, 법 개정을 논의하던 주 의회에서, 폭행당한 피해자들의 정의를 위해 변호사들이 논쟁하던 법정에서, 법적 쟁점에 대해 갑론을박하던 평범한 사람들의 배심원 평결에서, 무비판적으로 관행을 따르지 않고 자신만의 판단을 내리려던 1, 2심 판사들의 판사실에서 많은 일들이 일어났다.[77] 4장에서는 이런 직접적이고 보복적이며 미완성인 개정 운동의 주요한 지점들을 따라가 볼 것이다.

4장　성폭행에 대한 책임의 의무 — 간략한 법률사

　　1970년대 페미니스트들이 미국 형법에 이의 제기를 시작하기 전에는 강간을 고발하려는 여성은 해당 남성이 무력을 사용했는지, 그 힘이 성행위 자체를 완성하기 위해 필요한 것 이상이었는지를 입증해야만 했다. 보통은 죽음에 이르는 위협이나 심각한 신체적 부상 등이어야 했고, '단순히' 무력을 가하는 위협은 해당되지 않았다. 또한 여성은 자신이 저항했으며 그 무력 또는 무력을 쓰겠다는 위협에 맞섰음을 보여야 했다. 그 저항만이 비동의의 증거로 채택될 수 있기 때문이었다. 어떤 주는 저항을 법으로 정한 공적 필요조건으로 규정했지만 대개는 무력과 비동의라는 개념에 암시적으로 드러난 필요조건으로 해석될 뿐이었다. 과거의 필요조건이라는 것은 피해자가 '가능한 최대로' 저항하는 것이었고, 나중에 이 구절은 '합리적인 저항'이나 '진심 어린 저항' 같은 용어들로 대체되었다. 그 시기를 전형적인 사례로, 1965년 뉴욕주의 어떤 주법은 남성이 "진심 어린 저항을 넘어서는 신체적 무력"을 사용했거나 "심각한 신체적 상해나 죽음에 가까운" 위협을 사용했을 때에만 강간으로 인정했다.[78] 신체적으로 저항하지 않았거나 작은 위협에 굴복한 여성은 동의하는 것으로 간주되어, 남성의 행위가 범죄로 취급되지 않았다.

　이 기준은 기이한 판결들을 낳았다. 한 사건에서 피해자는 남성이 자신을 식칼과 커터 칼로 위협했기 때문에 성행위에 굴복했다고 말했다. 그녀는 남성이 흉기를 내려놓게 했고, 그가 여성의 목을 조르며 죽일 수도 있다고 재차 말했을 때에야 성행위를 하게 되었는데, 1973년 뉴욕 법원은 항소심에서 남성의 유죄 판결을 무효화하고 다음과 같이 말했다. "강간은 여성이 자신의 힘을 최대치로 저항하기 전까지는 성립되지 않는다. 그 저항은 진심 어리고 적극적이어야 한다. 본 고소에서는 여성의 명예를 인정하기 위한 단호한 저항이 이루어졌다고 결론 내리기 어렵다."[79] 일리노이주에서는 체구가 작은 여성이 인적 드문 자전거 도로에 멈춰 서서 한 남성에게 구강 성교를 해 준 사건이 있었다. 여성에 비해 두 배는 무겁고 키가 30센티미터나 더 큰 그 남성은 여성의 어깨에 손을 얹고 불온하게 말했다. "1분밖에 안 걸릴 거야. 여자 친구가 내 욕구를 충족시켜 주지 않아서 그러는데, 널 해치지는 않을게."[80] 이 말이 암묵적인 위협인 것을 이해한 여성은 맞서 싸우지 않았다. 일리노이주 어느 항소법원은 "사건 기록으로는 고소인이 강제로 굴복당했다는 사실을 암시할 만한 어떠한 부대 정황도 발견할 수 없다."라며 남성에게 내

린 유죄 판결을 내린 원심을 뒤집었다.[81]

여성의 입장에서는 공격받는 상황에 맞서 싸우는 것이 현명하지 않다고 믿었던 법률 집행 전문가들은 이러한 필요조건들을 비판했다. 하지만 1981년에도 치안이 나쁜 어느 마을의 한적한 곳에서 여성의 자동차 열쇠를 뺏고 그녀의 목을 "가볍게 조르는" 위협적인 제스처들을 취한 피고인을 두고, 법원은 1심에서 여성이 비동의를 표명했다고 여길 만큼 충분히 저항하지 않았다고 결론 내렸다.[82] 이 판결은 항소심에서 다시 논의되었는데, 4대 3이었던 판결에서 세 표를 던진 사람들의 의견은 피해자에 대해 "낯선 사람이나 반갑지 않은 친구에 의해 자신을 침해받는 일에 말보다 더한 것으로, 모든 당당한 여성들의 자연스러운 본능을 따라 저항해야 마땅했다."[83]라는 것이었다. 고등학교 교장이 한 여학생에게 곧 다가올 졸업을 미루겠다고 협박하며 수차례 성관계를 강요한 사건도 있었다.[84] 이 사건은 기각되었는데, 그 이유는 교장이 피해자를 신체적인 힘으로 위협하지 않았기 때문이었다.

성범죄에 대한 조처와 재산죄에 대한 우리의 보편적 태도 사이에 존재하는 이 이상한 불균형을 주목하자. 만약 내가 당신의 확실한 허락 없이 당신의 지갑을 가져간다면 나는 범죄를 저지르게 된다. 당신이 나와 싸우려 들지 않았다는 사실을 지적하는 것으로 나 자신을 변호할 수는 없다. 하지만 한 남자가 여성과 성관계를 가질 때, 그녀의 사적인 신체 공간을 침범할 때, 이 체제는 그녀가 육체적인 저항을, 심지어 위험을 마주한 상태에서 자주 드러내야만 그것을 범죄라고 생각한다. (무력 행사가 상황을 악화시키는 요소는 될 수 있겠지만) 절도에 대한 유죄 선고는 절도범이 절도 행위에 필요 이상의 힘을 사용했음을 입증해야 한다고 요구하지 않는다. 1992년이 되어서야 뉴저지 법원에서는 명백하게 이전의 전통을 거부하는 이례적인 판결을 통해 강간에서의 '무력'을 단순히 "그 행위를 낳는 데 필요한 힘을 포함한 비동의 삽입 행위"로 정의했다.[85]

이제 대상화로 돌아가 보자. 대상화는 자율성과 주체성을 부정하여 한 사람을 완전한 인간보다 덜한 존재로 다루도록 귀결된다고 I장에서 분석한 바 있다. 이 두 가지 부정은 과거 법 전통에서 분명히 드러난다. 원하지 않는 성관계에 굴복하거나 신체적인 위험을 맞닥뜨리는 두 가지 선택지만 주어진 경우에 자율성이라는 것은 존재하지 않기 때문이다. 자율성에 대한 선두적 이론가 조지프 라즈(Joseph Raz)는 작은 섬에서 포식자에 "쫓기는 여성"을 상정한다. 이 여성은 아주 낮은 층위에서 자유 선택지를 갖고 있다. 이쪽 아니면 저쪽으로 도망갈 수 있기 때문이다. 하지만 그 누구도 이 여성에게 유의미한 차원에서 선택의 자유가 주어졌다고 결론 내리지는 않을 것이다. "그녀의 정신력, 지적 독창성, 의지, 신체적 자원은 모두 살아남기 위한 투쟁에 국한된다. 그녀는 야수로부터 어떻게 도망칠지 말고는 어떤 것도 생각할 기회조차 갖지 못한다.[86] 또한 라즈는 한 인간을 그러한 상황에 두고 그것을 문제 삼지 않는 정치 체제가 자율성을 존중하는 것이라 결론 내려서도 안 된다고 주장한다.

게다가 과거의 법적 제도는 주체성을 존중하지 않았다. 여성의 두려움, 소극적 저항, 진정한 동의의 부재, 이중 어떤 것도 진지하게 받아들여지지 않았다. 새삼스럽지만 그러한 법들은 여성들이 대체로 재산으로 정의되던 시대에서 유래했다. 여성은 사람의 형상을 띤 사물이었다.

법의 주체성에 대한 부정은 더욱 심화되었다. 강간을 고발한 여성은 보통 그녀의 과거 성생활에 대해 수치스러운 질문을 받게 되었다. 이상하게도 여성이 '순결하지 않다'는 사실은 문제가 된 특정 성관계에 대한 동의로 간주되었다. 왜 이러한 추정이 성립되는가? 우리는 고급 레스토랑에서 식사를 하는 사람들을 보고서 그들이 상한 브로콜리 한 접시를 허겁지겁 먹을 것이라 추정하지 않는다. 하지만 대부분의 강간 재판에서는 이런 종류의 '추론'이 만연해 있었다. 이러한 추론의 기저에는 여성에 대해 오직 두 가지 이미지만 있다는 것을 상정한다. 혼외정사에 대해서는 죽기까지 저항할 정도로 순결한 여성이거나 아니면 뭐든지 허락하는 '창녀'이거나. 여성에 대한 이러한 이미지가 우리 문화에 뿌리 깊게 박혀 있어서 우리가 특정 사건을 보는, 혹은 잘못 보는 방식에 편견을 갖게 한다. 문화적 권위자라고 할 수 있는 새뮤얼 존슨(Samuel Johnson)*은 "한 번 순결을 잃은 여성이 완전히 망가지는 일이 그리 어려운 일일지"를 묻는 제임스 보스웰(James Boswell)에게 이렇게 답했다. "어려

★   18세기 영국의 시인이자 평론가. 근대적 형태의 영어 사전을 최초로 집필하였을 뿐만 아니라 영국 시인 52인의 전기와 작품 비평을 집대성한 말년의 작업 등을 통해 영국 역사상 가장 뛰어난 문필가로 알려져 있다.

운 일이 아니지, 보스웰 경. 그건 여성이 배운 중요한 원칙이라네. 그녀가 그 원칙을 저버렸다면 여성의 명예와 미덕에 대한 모든 관념을 저버린 것이지. 그 모든 건 순결에 포함돼 있으니 말이네."[87] 위험을 무릅쓰고라도 저항하지 않은 여성은 동의한 것과 같으니 불평할 권리가 없다는 인식에서는 분명 이런 관념이 작동하고 있는 것이다. 이러한 신념은 여성이 포르노적으로 묘사됨으로써 더욱 강화된다. '순결을 지키지 않는 것'이 곧 모든 것에 동의함을 의미하는 여성은 포르노에만 존재하지, 현실에는 존재하지 않는다. 다만 반복적인 학대로 인해 자아가 완전히 파괴되어 선택권을 발휘하지 못하는 사람에게서만 제한적인 예외가 있다.

우리의 추악한 인종차별주의 역사를 생각해 보자. 아프리카계 미국 여성들은 섹스를 했든 안 했든 단순히 창녀이거나 동물이라는 부당한 취급을 받았으며, 흑인 여성들에게는 범죄성 폭행이 적용될 수 없다는 듯한 관점이 견지되어 왔다. 이런 식의 시선은 모든 아프리카계 미국인들이 당연히 동물과 같은 섹슈얼리티를 가졌으며 더러는 단순한 재산에 불과하거나 어떨 때는 둘 다이기도 하다는 신화에 뿌리를 둔다.[88] 가난한 여성 또한 모욕적인 고정관념에 시달렸다. 여성으로서 '명예' 같은 것이 없으니 누구와든 섹스할 수 있다는 식의 관점이었다.

여성에 대한 왜곡된 판단들은 강간의 정신적인 요소를 해석하는 데도 영향을 끼쳤다. 여성에 대한 정형화된 시선을 가진 남자들은 여성이 싫다고 말하는데도 성관계에 동의한다고 믿게 되었다.

법은 매번 우리가 이제껏 봐 온 신념이 '타당'한가에 대한 질문과 맞닥뜨려야 한다. 그 '타당성'의 기준은 도저히 종잡을 수 없는데, 이 기준은 종종(대부분 남성인) 판사들이 자신들이 생각하는 적절한 사회적 규범을 투영하는 스크린으로 기능한다. 많은 이들이 마이크 타이슨의 강간 재판을 기억할 것이다. 그 자리에서 그는 (성공하지 못했지만) 데지레 워싱턴이 기꺼이 자기와 함께 방으로 가려 했으니 응당 동의했다고 믿기에 충분하지 않느냐고 주장했다. 격렬한 저항과 빠져나가려 한 시도들이 증거로 있었는데도 말이다.[89] 동의와 관련된 이러한 왜곡된 신념들은 1993년이 되어서야 타당하지 않다고 여겨지게 되었다. 그 전까지는 아마 타당해 보였을 것이다.

1980년대 초, 이런 여성에 대한 낡고 모욕적인 시선들에 대한 비판이 퍼져 나갔다. 1982년에는 보스턴의 의사들이 간호사 한 명을 차에 태워 록포트까지 끌고 가서 반복적인 저항에도 불구하고 계속 강간한 일로 재판장에 섰다. 매사추세츠주 판사인 프레데릭 브라운(최초의 아프리카계 항소법원 판사)은 항소심에서 동의와 관련하여 '타당한 실수'라는 변호를 거절할 때가 되었다면서 다음과 같이 말했다.

이제는 한 남성이 '아름다운' 여성과 성적 관계를 맺으려 할 때, '약간의 무력은 언제나 필요하다.'는 사회적 신화를 끝내야 할 때가 되었다. (……) 나는 여성이 누군가에게 싫다고 할 때 비동의의 표현 이외에 상대의 마음에 떠오를 그 어떤 함의도 법적으로는 무관하며, 그러므로 변호가 되지 않는다고 말할 준비가 되었다. (……) 1985년, 나는 성적 접촉에 있어서 좀 더 공격적인 자의 자의적인 (사실상 그러길 바라는) 시점에 기반하여 비동의 성관계 여부를 정의하는 것은 더 이상 사회적인 효용이 없다고 본다.[90]

브라운 판사가 인지했듯이, 남자들은 자신이 희망하는 대로 여성의 의사를 타진하며, 그런 상황에서는 공격적인 행동이 필요하다는 확신을 (위선적이든 진심이든) 가지려고 든다. 만약 남자가 '타당한 실수'라고 말할 때 '타당한'을 남성들에게 퍼져 있는 사회적 관념으로 해석한다면, 우리는 그들의 '희망 사항'에 의거한 사유를 장려하는 꼴이 된다. 브라운 판사는 정말로 급진적인 결론을 내렸다. 한 여성이 싫다고 말할 때는 좋다는 의미를 내포했다고 믿을 만한 법적 타당성이 있을 수 없다는 것이다.

그릇된 신념은 남성의 성적 욕망과 성적 행위들에 영향을 미친다. 여성이 성 경험이 있다고 해서 상대가 누구라도 성관계에 동의할 것이라고 추정하기에 이를 때나,[91] 여성의 옷차림, 행동에 자극을 받았거나 키스를 했다는 사실이 성적 무력을 써도 된다는 허가로 이해되는 상황 등이 그러하다. 그릇된 신념은 여성 자신의 선택이나 선호까지 해로운 방식으로 형성하기도 한다. 강간당한 여성들은 그 사건이 아무리 폭력적이었고 동의 없이 자행된 범죄였을지라도 스스로 수치스럽다거나 더럽혀졌다고 느끼는 경우가 많고, 그래서 법에 도움을 구할 생각조차 하지 못한다. 피해 여성들은 종종 자신들의 성적 욕망에 죄의식을 느끼거나 키스나 애무에 동의한 것에도 죄책감을 느끼며, 자업자득이라는 생각에 사로잡힌다. 심지어 그 강간이 폭력이나 상당한 육체적 피해를 동반했을 때마저도 그렇다. 게다가 성관계에 동의한 여성들은 성관계 도중에 일어난 폭력적 행위에는 동의하지 않았는데도 불평하면 안 된다고 생각한다. 성관계에 동의한 여성들에게는 그다음에 벌어진 모든 일에 대해 불평할 권리가 없다고 보는 시선들 때문이다. 그런 여성이 경찰에게 폭행을 신고했다면 틀림없이 조롱과 학대를 겪었을 것이다.

여성들이 이런 비극적인 반응을 자주 보이는 이유는 욕망에 대한 왜곡된 관념 때문이다. 1970년대 페미니스트 운동이 그 왜곡을 밝혀 냈었다. 페미니스트 운동은 반복적으로 여성의 성적 욕망과 매력이 '자업자득'이라는 비판을 받을 근거가 되지 않는다고 주장했고, '자업자득'으로 볼 수 있는 단 한 가지 경우는 오직 문제가 되는 그 행위에 여성이 동의를 표현했을 때뿐이라고 주장했다. 누군가에게 당신의 지갑을 받아 달라고 '청하는' 유일한 방법은, 노골적이든 암시적이든 어떤 위협이나 협박 없이 지갑을 꺼내서 그 사람에게 주는 것뿐인 것과 같다. 이렇듯 잘못된 관념들이 폭로되고 법정에서도 더 이상 받아들여지지 않게 되었음에도 대중문화에는 여전히 이 관념이 널리 퍼져 있다. 법조계 종사자들도 여성들의 선택을 충분히 보호하는 법적 장치를 성취하기 위해 여전히 더 노력해야 한다.

'싫다.'라는 말이 거절을 의미하지 않는 체제는 단지 여성의 자율적인 선택을 무시하는 데 그치지 않는다. 그 체제는 허구를 만들어 낸다. 섹시한 옷을 입은 여성, 남성과 춤을 추는 여성, 즉 빅토리아 시대의 처녀들처럼 세속과 격리된 것처럼 행동하지 않는 여성들은 모든 남성과 섹스를 하겠다는 선택을 표명했다는 것이다. 이 것은 무척이나 우스꽝스러운 허구로, 남성의 자아를 충족시킬지는 몰라도 전혀 타당하지 않다. 여성들은 '보호받아야 하는 처녀'도 아니고 모든 남성과 섹스하는 데에 좋다고 대답하는 '창녀'도 아니다. 오늘날 여성들은 매력적인 옷을 입고 연애를 즐기고 춤을 추고 데이트를 하고 싶어 한다. 자신의 성생활을 스스로 통제하면서 말이다. 사실 성노동자들도 모든 남성과의 모든 섹스에 동의하지는 않는다. 근무 조건에 대한 결정권이 있는 한 그들 역시 위험해 보이거나 폭력적이거나 콘돔을 거부하거나 값을 지불하지 않는 남성들에게 '싫다.'라고 말한다. 성노동자들도 강간을 당할 수 있고, 실제로 그런 일은 자주 벌어진다. 여성의 자율성을 가볍게 무시하는 것은 당연히 나쁜 일일 가능성이 크다. 더 안 좋은 일은 포르노에 의해 자주 조장되는 것처럼 한 여성의 존재 자체가 '좋다'를 의미한다는 허구를 열렬히 수용하는 것이다.

주체성도 마찬가지다. 주체성은 무시될 뿐만 아니라 가짜 주체성으로 대체된다. 여성의 진짜 욕망이 무엇인지 찾는 대신, 남성들은 모든 여성이 모든 남성과, 아니면 적어도 자신과는 섹스하기 원한다는 허구적 세상에서 성장했다. 자신에게 무관심하거나 주저하는 여성의 경우처럼 세상이 남자들의 이러한 환상에 장애물을 놓을 수록, 오히려 남자들은 더더욱 '싫다는 건 좋다는 걸 의미한다.'는 허구의 세계로 후퇴하려 든다.

여성의 자율성과 주체성을 가로막은 더욱 심각한 장애물은 배우자에 의한 강간을 인정하지 않는 것이었다. 영국 관습법 아래에서 남편에 의한 강간은 개념적으로 불가능했는데, 이는 결혼이 섹스에 대한 동의를 함의하며 따라서 개별적인 법적 존재로서 기혼 여성의 권리를 무효화하는 것이기 때문이다. 배우자에 의한 강간은 많은 개혁가들뿐 아니라 『여성의 종속』에서도 밀에 의해 격렬하게 비판받았고, 또 도덕적으로 나쁜 것이라 널리 인지되었음에도, 19세기 페미니스트들이 기혼 여성들에게 '개인으로서 스스로 통제할 권리'가 있음을 자주 말했음에도, 기혼 여성은 1970년대까지 법적으로 기댈 곳이 없었다. 1976년 네브라스카주는 미국 전역에서 최초로 강간법에서 '결혼 생활 제외'라는 조항을 삭제했다. 다른 주들도 이를 따랐다. 1984년에는 진보적 재판정을 대표하는 뉴욕 항소법원이 이렇게 말했다. "결혼 생활 중 강간 면제 옹호를 주장하는 데 거론된 다양한 이유들은, 결혼에 따르는 동의 및 재산권과 관련한 구식 개념에 근거한 것이거나 최소한의 검토도 버틸 수 없는 빈약한 근거들이다."[92] 그러나 이 재판이 표명한 혁명은 여전히 미완의 숙제로 남아 있다.

'싫다'는 '싫다'를 의미한다

1983년에 있었던 셰릴 아로호(Cheryl Araujo) 사건은 페미니스트 법적 투쟁의 분수령이 되었다. 1988년 조디 포스터 주연의 영화 「피고인」이 이 주제를 다루었는데, 나는 이 영화를 최고의 법정물로 꼽는다.[93] 「피고인」은 사건을 충실하게 그려 내면서 하나의 커다란 변화를 보여 준다. 실제 강간범들은 포르투갈 출신의 노동 계급 남성들이었으나 영화에서 이들은 대학생들로 나온다. 개인적으로 이 선택은 현명했다고 보이는데, 감독은 특정 계급이나 인종을 폄하하지 않으면서도 강간 문화가 보편적이라는 것을 그려 내고자 했다. 물론 실제로도 그러하다.

1983년 3월 6일 저녁, 키 165센티미터, 몸무게 49킬로그램 정도였던 21세의 여성 아로호는 매사추세츠주의 뉴베드포드에 위치한 빅댄스태번에 담배를 사러 들어선 참이었다. 여기서부터는 재판 기록을 인용한다. "거기서 그녀는 음료를 한 잔 주문하고 다른 고객과 가벼운 대화를 나누었다. 두 여성은 공동 피고인인 존 코데이로와 빅터 라포소가 하고 있던 당구 게임을 보고 그들과 대화하기도 했다."[94] 당시 술집에는 열다섯 명 정도의 남자들이 있었다고 했다. "함께 있던 여성이 떠나고 얼마 되지 않아 피해자 또한 떠날 준비를 했다. 코데이로와 라포소는 그녀에게 집까지 데려다 주겠다고 했고, 그녀는 거절했다. 피해자가 술집에 서 있는 동안 대니얼 실비아와 조지프 비에이라가 뒤에서 접근해 그녀를 바닥에 쓰러뜨려 눕히고 바지를 벗겼다. 코데이로와 라포소는 피해자에게 구강성교를 강요했다." 그때 그녀는 끌려다니며 "발을 구르며 소리를 지르다" 당구대 위로 올려졌고, 거기서 그 남성들에게 붙들린 채 차례로 강간을 당했다. "결국 옷은 셔츠와 신발 한 짝만 남았고, 피해자는 도망쳐 도로까지 달려 나왔다. 거기에서 지나가던 트럭을 멈춰 세웠다."[95]

당일 근무했던 바텐더의 증언에 따르면 남자들이 옷을 벗기려 할 때 아로호는 "바닥에 누워서 소리를 지르고 있었고", 두 남자의 떠들썩하게 외치는 "해! 해!"라는 소리를 들을 수 있었다고 한다.[96] 피고인들은 그녀가 먼저 유혹했으며 춤을 춘 뒤 키스해 주었다고 증언했다. 피해자를 보호하려던 법정의 노력에도 불구하고 아로호의 이름은 반복적으로 케이블 방송에 오르내렸다. 저명한 페미니스트들이 이 사건에 대해 논하고자 모였고, 곧 전국적으로 논란을 불러일으키게 되었다.

결국 피고인 네 명은 강간으로 유죄를 선고받았고 두 남성은 무혐의로 풀려났다. 배심원들 중 하나는 다음과 같이 말했다. "그녀가 아주 모범적인 여자는 아니었다. 아마도 남자들을 어느 정도 부추겼을 것이고, 그들은 제어할 수 없게 됐다. 하지만 그녀가 싫다고 말한 후부터라면 명백히 침해받은 것이다. 이게 그들이 법을 위반한 점이다."[97]

배심원의 발언은 혼란스럽다. 유혹받은 남성들이 "제어할 수 없게 된다."라는 유서 깊은 관념을 포함하고 있으니 말이다. 하지만 그 후 완전히 다른 관념으로 방향을 틀었다. 그녀가 싫다고 말했다는 것은 가해자들이 그 행위를 계속함으로 인해 여성이 침해받았다는 것을 의미하며 따라서 법을 위반했다는 것이다. 몇 년 뒤 아로호가 거리로 뛰어나왔을 때 그녀를 차에 태웠던 목격자의 발언이 이러한 생각에 깊이 공감하게 한다. "이 사건으로 인해 많은 것들이 드러났다. 그녀가 매춘부라는 둥 하는 많은 거짓말을 포함해서 말이다. 하지만 내 생각에는, 무슨 일이 있다 하더라도 한 여성에게는 언제나 싫다고 말할 권리가 있다. 그리고 솔직히 말해서 그녀가 매춘부라 하더라도 상관 없다. 왜냐하면 그녀는 싫다고 말했으니까."[98]

이 두 발언에서처럼, 해당 사건은 미국법에서 변곡점이 되었으며, 대중을 교육시키는 데도 주요한 사건으로 남았다. '싫다'고 말하는 것이 '싫다!'를 의미한다는 사실을 정립한 것이다. 섹시한 춤이나 노출이 있는 옷차림 등도 원하지 않는다고 했을 때에는 성적 행위에 대한 동의가 아닌 것이다. 즉 남성들은 여성들의 말을 그대로 받아들여야만 하며 멈추라고 했을 때에는 멈춰야 한다는 통보를 받은 것이다.

남성이 좀 더 나아가기를 바랄 때도 여성이 '싫다'고 말했던 시절에 따른 문화적인 혼란이 있었음에는 의심의 여지가 없다. 이 여파에 대한 경험적 증거들도 있다.[99] 하지만 새로운 기준을 이용하는 데 무슨 문제가 있겠는가. 최악의 경우라고 해도 진짜로 성관계를 원하는 여성들이 남성에게 스스로를 어떻게 보일 것인가에 대해 조금 덜 혼란스러워할 때까지 시간이 필요할 뿐이다. 이렇게 될 때 결과는 좋을 수밖에 없다. 여성들은 자신의 자율성을 존중해야만 하고 동시에 다른 여성들도 그렇게 하자는 이야기다. '싫다는 싫다를 의미한다.'가 아직 미국 전역에 적용되는 법은 아니다. 스물세 개 주는 강간법 판결에서 여전히 성적 행위를 완수하는 데 필요 이상의 힘이나 그러한 힘을 쓰겠다는 위협 이상의 물리력을 요구하고 있다.[100]

우리가 있는 곳과 우리가 가야 할 곳

페미니스트 비판의 압박하에 강간법은 매우 크게 바뀌었다. (1) 여성의 '싫다'는 그녀가 동의하지 않음을 의미하며 그녀가 '은근히 넘어가려' 하거나 '청하는' 게 아니라는 점, (2) 그녀의 성적 이력은 특정한 경우에 대한 동의의 문제와는 무관하다는 등의 통찰을 크게 반영했다. 피고인의 정당한 법적 절차를 보호하는 것과 동시에 진정으로 여성의 평등한 자율성을 보호하고 그들의 온전한(허구의 투영에 반하는) 주체적 소망과 느낌들을 보호하는 법적 문화를 생성해 나가는 과정에서 변화는 느렸고, 풀어야 할 문제점들은 많았다.

'싫다'고 말하지 않은 비동의
'싫다는 싫다를 의미한다.'를 여러 해 강조해 왔지만, 아직도 (일리노이주의 사이클 선수 조엘 워런의 강간 사건과 같이) 공포에 질려 침묵했던 피해자들이 연루된 사건을 잘 해결해 주지는 못했다. 침묵이 동의를 표한다고 가정하는 경향이 여전히 남아 있기 때문이다. 하지만 우리는 의료 절차에 대해 묻는 질문에 환자가 침묵으로 반응하는 경우에는 그것을 그가 동의한다는 증거라고는 절대 생각하지 않는다. 만약 환자가 침묵으로 동의했다고 주장하며 의사가 그 처치를 강행했다면, 그 의사는 비난받을 것이다.[101] 실제로 지난 100년간 이루어진 주요한 의료 윤리 혁명들도 환자의 자율성을 새롭게 강조하는 것이었다. 그전까지 의사들은 환자에게 가장 도움이 된다고 보는 자신의 관점만이 중요하다고 여기고는 했다. 그러나 오늘날의 규범은 분명하게 고지된 동의가 있어야 하는 것으로 바뀌었다.[102]

어째서 결장경 검사나 다른 의료적 처치를 진행하겠다는 의사의 결심에 분명하게 고지된 동의가 필요한가? 섹스에 대한 여성의 사적인 선택은 그처럼 존중받지도 못하고 예의 있게 다루어지지도 못하는데 말이다. 과거 의사들이 환자의 자율성과 주체성을 무시하면서 보인, 자기들이 다 안다는 듯한 거만한 태도는 많은 면에서 여성에게 군림하려 드는 남성들의 태도와 닮아 있다. (의사들은 보통 환자에게 유익한 조치를 취하려 한다는 점에서는 차이가 있다.) 그렇다면 미국인들이 성적인 영역에서는 한참 뒤처져 있으면서 왜 의료 영역에서는 '내가 다 안다는' 체제를 '자율성을 존중하는' 체제로 성공적인 전환이 이루어졌을까?

의료계에서 의사와 환자의 관계가 이렇게 발전하는 것과 달리 성적 관계에서 남성과 여성의 관계가 진전되지 않는 이유는, 보통 착한 여성이라면 가능한 한 끝까지 싸울 것이라는 사회적 신화의 유산에서 비롯한다. 그러므로 그런 싸움이 없다면, '그것만으로' 동의한 것으로 간주된다. 여자들이 자기 의사를 정확히 모르는 아이들과 같다는 시선 또한 여기에 일조한다. 더욱 큰 문제는, 섹스가 '결정'의 문제가 아니라 '정신없이 빠져드는' 유의 것이라는 생각이다. 많은 대학 캠퍼스와 몇몇 주법들이 이제는 말이나 행동을 통한 적극적인 동의의 표현에 대해 강조하고 있지만, 누군가의 재산을 취하는 것을 절도로 치지 않으려면 확실한 동의가 필요하다는 인식이 오래전부터 확립되었던 것과 달리 성의 영역에서는 아직까지 '이 정도가 가장 현명한 방식이다.'와 같은 완전한 의견 일치가 없었다. 많은 사람들이, 어떤 형태의 표현이든 승낙을 받아야 하는 게 성적 열정을 삭힐까 봐 두려워한다. 하지만 성적인 친밀감에 대한 의사 표현만큼 개인의 자율성을 드러내는 표현이 또 어디에 있단 말인가? 섹스와 수술에 공통점이 별로 없다 하더라도 궁극적으로는 개인의 가치에 대한 표현인 것이며, 선택에 대한 존중은 낭만적이지 않을지언정 예의 바르고 적절한 것이다.

　워런 사건에서처럼 적극적 동의를 뜻하는 요구 조건들 없이는 여성의 자율성을 보호하기 위한 방식으로 동의라는 법적 개념을 만들어 내는 것이 쉽지만은 않아 보인다. 공식 계약일 필요도 없지만 성적 영역에서 오해와 오독이 그토록 자주 발생하는 것을 생각해 보면, '좋다'는 말을 요구하는 것이 과도하지도 않고 열정이 시들해질까 두려워할 필요도 없다. 오히려 '좋다'는 말 없이 하려는 사람들의 열정이야말로 시들 것이고, 그건 별로 나쁜 일이 아니다. 아직까지는 소수의 몇 개 주들만 적극적 동의를 기준으로 삼고 있다. 2020년에 개정된 미국 모범 형법도 해당 내용은 담고 있지 않다.

성적 자율성과 주체성은 복합적이다. 하지만 오늘날 과도하게 성애화된 문화 속에서 성적 욕망은 법이 적극적 동의에 주의를 기울이는 것으로 인해 잘못된 방향으로 굳어질 가능성이 거의 없어 보인다. 의료 현장의 '고지된 동의'와 같이 이 규범도 일단 적용되면 내면화될 수 있고, 그렇다면 모두가 오직 '좋다'만이 '좋다'를 의미한다는 것을 알게 될 것이다.

권력의 부당한 사용

"싫다는 싫다를 의미한다."라는 말이 권력의 부당한 사용을 제대로 다룰 수 있게 해 주지는 않는다. 때때로 실생활에서 '좋다'라는 말이 발화되기도 하지만, 그것은 위계의 압박에 따른 경우가 많다. 졸업을 대가로 성관계를 요구했던 고등학교 교장의 경우를 보자. 이 사건에서 학생은 워런 사건과는 다르게 육체적인 강압을 두려워하지 않았고, 실제로 성관계에 '동의'했다. 금융계에서였다면 분명 불법이었을 부당한 권력에 따른 것이다. 성적 착취는 이론화하기가 어렵다. 법은 사건마다 권력의 불균형이 작용했는지 물어 가며 각각의 시나리오를 볼 수 없다. 이때는 어떤 관계가 위계 질서를 내재하고 있었는지 물어야 한다.

이런 질문이야말로 성희롱법의 핵심이다. 성폭행 관련 형법에도 역시 관련이 있다. 모든 주가 법정 강간으로서 미성년자와의 성 관계를 금하는데, 그러한 성관계는 '좋다'는 말이 있든 없든 그 자 체로 위법이다.[103] 대부분의 주들은 더욱 세세하게 구별하는데, 나 이 차이가 크지 않은 10대끼리의 성관계는 나이 차가 있는 사이에 서보다는 문제가 덜하다는 것 등이 그렇다. 대부분의 주들이 교도 관과 수감자의 성관계도 불법으로 본다. 교도소 강간 근절법(Prison Rape Elimination Act, PREA)은 교도소 내 성폭행을 근절하기 위해 2003년에 만들어진 연방법이다. 또한 많은 주에서 교육, 의학, 정신 의학 등 권위나 신뢰에 기반한 맥락 속에서 벌어지는 성관계를 범 죄로 보고 있다. 어떤 주들은 이 책임을 해당 직군들의 감독 기관에 맡기기도 한다.

나이와 상관 없이 정신 장애 영역에서도 법적 진화가 이루어 지고 있다. 주 별로 인구 고령화의 복잡한 상황에 맞게 유연한 권한 기준을 발달시키는 중이다. 개인에 따라 그 권한이 다양해질 수 있 기 때문인데, 성관계에 동의할 능력이 있는 사람도 재산에 대한 결 정 능력은 부족할 수 있다. 이 모든 사안들은 극도로 복잡하기에 법 은 착취당하기 쉬운 개인을 보호할 필요와 함께 성적 자율성과 주 체성을 존중하는 데 균형을 맞춰야 한다.

배우자에 의한 강간 면제도 여러 주에서 무효화되어 왔다. 2019년 스물여덟 개 주에서 배우자 강간 면제를 완전히 철폐했다. 하지만 다양한 층위에서 구체적인 문제들이 남아 있다. 어떤 주에 서는 남편이 무력을 쓰거나 위협하는 경우에만 배우자 강간을 인정하며, 혼인 관계가 아니었다면 범죄로 인식되었을 부당한 강압(예를 들어, 재정적 위협을 착취에 이용하는 경우) 등은 여전히 강간으로 성립되지 않는다. 해야 할 일들이 여전히 많이 남아 있다.

공소시효

미투 운동은 강간과 성폭행에 대한 법령의 한계들에 대해 마땅한 문제들을 제기했다. 여성의 증언을 들어준다는 새로운 분위기에 힘입어 여성들이 (또한 어린 시절 성적으로 학대당했던 남성들이) 나서기로 결심했을 때 그들 대부분은 고소하기에 너무 늦었다는 사실을 깨달았다. 이는 주마다 큰 차이가 있다. 오직 서른네 개 주에만 강간에 대한 공소시효가 있고, 여기에는 전통적으로 보수적인 주(앨러배마, 알칸사스, 루이지애나, 와이오밍, 아이다호 등)와 진보적인 주(메릴랜드, 뉴욕, 뉴저지. 특히 뉴저지는 법적으로는 가장 진보적이다.)가 모두 포함된다. 강간과 성폭행의 정의, 이 범죄들에 대한 인식에 차이가 크다는 점과 각 범죄에 각기 다른 공소시효가 적용된다는 점이 문제를 더욱 복잡하게 만든다. 어떤 주는 아동 범죄보다 성범죄 공소시효 기한이 길고 또 어떤 주는 DNA 데이터베이스에서 일치하는 증거가 발견되면 일반적인 공소시효가 지났더라도 고발할 수 있는 예외를 둔다.

그렇다면 왜 공소시효를 두는 것일까? 무엇보다도 일정한 시간이 지난 뒤에 기소하는 데에는 실질적인 어려움이 있다. 목격자들은 사라질 수도 죽을 수도 있고 DNA 증거 같은 주요 증거들을 채집하기 불가능해지거나 증거가 변질될 수도 있다. 다들 가망 없는 업무에 수사관들을 투입하기를 꺼린다. 공소시효가 있다는 정보는 신속한 신고를 장려하는 기대도 있다. 하지만 범죄가 즉각 신고된다고 해도 성폭력 증거 채취 응급키트의 보관 문제가 있다. 이러한 문제들로 인해 공소시효가 없는 주에서도 먼 과거의 강간 사건을 고소하는 일은 드물다.

하지만 여기에는 보다 이론적인 이유들이 있다. 혐의자 혹은 실제 가해자가 평생 그 상황에 놓여 있어서는 안 된다는 것이 핵심이다. 불안에 시달리는 시간이 지나고 나면 다른 모든 사람들과 마찬가지로 가해자 역시 다시금 삶을 살아야만 한다. 살인에는 공소시효가 없고, 우리는 살인자가 평생토록 평화롭게 잠들어서는 안 된다는 데 동의한다. 강간에 대한 공소시효를 철폐하자거나 그 기한을 연장하자는 운동 너머에는 강간이 인생을 뒤바꿔 버리는 끔찍한 행위이며, 살인과 똑같지는 않아도 주법 체계가 제시하는 다른 무엇보다도 더 살인에 가깝다는 생각이 존재하는 것이다. 한편, 많은 주들이 '범죄에 강경한 입장'을 취하겠다는 열정적인 결의에 의거해 강간법 공소시효를 두지 않고 있는데, 이러한 '범죄에 강경한 입장'이라는 정책들 중 일부는 인종차별주의적 색채를 띠고 있다는 결론을 피하기 어렵다.

미투 운동의 부상 속에서(특히 흉악한 성범죄에 있어서만은) 공소시효를 없애자는 광범위한 요청이 있었다. 2017년에 내가 있는 일리노이주에서는 18세 이하 피해자가 연루된 범죄를 포함한 일련의 성범죄에 공소시효를 없앴고, 2019년에는 모든 종류의 중죄 성폭행 및 성희롱에 대한 공소시효가 없어졌다. 이상한 법령이 하나 있는데, 바로 2016년 캘리포니아 법이 2017년 1월 1일 이후로 자행된 강간에 대해서 공소시효를 없애겠다고 한 것이었다. 이 법이 지닌 잠재된 선언적 속성과 억제적 기능과는 별개로, 상황은 후퇴하는 것과 마찬가지다. 여성이 여러 이유로 나서기 어렵거나 실제로 거의 나서지 못했을 때 필요한 것은 과거에 벌어졌던 강간 사건을 고소할 수 있게 하는 것이다. 한 걸음 더 내딛는 것은 여전히 어려운 일이지만 이제까지보다는 한결 쉬워졌고, 여성들은 대부분 영역에서 실질적 선택권을 갖게 되었다.

여기서 무엇을 말해야 할까? 나는 공소시효를 없애자는 운동을 지지하는 편이다. 첫 번째 이유는 여성들이 나서기가 여전히 어렵다는 것이고, 또 다른 이유는 시효 자체를 없앰으로써 기소하는 검사들로 하여금 각 사건의 배경(증거가 지닌 성격이나 피해자가 즉각적으로 나서지 않았던 이유와 같은 것)에 대해 생각해 볼 수 있는 여지를 남겨 주기 때문이다. 물론 증거가 불충분하다는 문제 때문에 오래된 성범죄 중 극소수만 기소될 것이다. 또한 우리는 오래된 성범죄들이 기소될 때 인종과 계급에 따른 차별에 저항하고자 바짝 경계해야 한다. (차별은 두 경우 모두 적용될 수 있다. 부유한 백인 피해자에게는 도움을 주고 가난하거나 소수자인, 또는 가난하며 소수자인 피해자들은 무시할 수 있다. 또 오래된 성범죄를 다룰 때 부유하거나 권력 있는 남자들은 기소하지 않고, 유사한 범죄의 피고인 중 가난하거나 소수자 혹은 가난한 소수자는 기소할 수도 있다.) 하지만 공소시효를 없앤다면 여성의 자율성을 증대시킬 수 있으며, 동시에 신속한 신고를 저해하는 감정들을 존중할 수도 있을 것이다.

증거의 개선

증거의 사용과 그 성질에 있어서 한 가지 개선되고 있는 점이 하나 있다. 법적 문제라기보다 사회적 변화에 가까운데, 바로 여성의 증언이 이전보다 신뢰도가 높아졌다는 점이다. 다른 종속 집단들과 같이 여성들은 물리적인 범행의 피해자일 뿐만 아니라 인식론적으로도 부당함을 당한 희생자였다.[104] 현시점에 와서 분위기가 바뀔 수 있었던 것은, 많은 여성들이 목소리를 내게 되었고, 그래서 사람들이 성폭행은 매우 흔하게 일어나고 있다는 사실을 깨달았기 때문이다. 또 성폭행이 우리 사회 전 분야에서 벌어지고 있으며 특히 면식 있는 사이에서 자주 벌어지고 있다는, 친구나 친척, 이웃들 사이에서도 벌어지고 과거에 벌어졌던 많은 문제들이 고발되지 않은 채 사라졌다는 사실 등을 각성하게 되었기 때문이다.

이제 여성이 나서서 과거의 사건을 이야기해도 이전보다 훨씬 더 큰 신빙성을 갖는다. 재판까지 가면 더욱더 확실한 믿음을 얻는다. 2018년 브렛 캐버노(Brett Kavanaugh) 청문회* 이후 다수가 보

★ 현 미국 연방대법원의 대법관인 브렛 캐비노(Brett Kavanaugh)는 2018년

았듯 외부에서 제삼자의 보강증거들(보통은 획득하기 어렵다.) 없이도 많은 유죄 판결이 났는데, 이는 여성의 증언에 신빙성이 있다고 여겨졌기 때문이다. (사건 당시 피해자가 다른 사람들에게 더 많이 말했으면 더욱 도움이 되었을 것이다.) 이제 한 여성이 성생활에 대한 치욕적인 질문들, 고소를 막았거나 혹 고소가 있었더라면 배심원들 눈앞에서 증언이 오염되었을 유의 질문들을 맞닥뜨리게 하지 않는다는 점에서 법은 어느 정도 도움이 되었다. 하지만 아직 갈 길이 남았다. 대중은 여성의 진술에 대해, 강간 피해자가 강간 이후 어떻게 행동하는지에 대해 더 많은 교육을 받아야 한다. 배심원들 중에는 여전히 여성들의 이야기를 회의적인 시선으로 바라보는 경우가 있는데, 이는 그들도 이러한 교육을 받지 못했기 때문이다.

증거의 구성과 관련해 또 다른 긴급한 이슈는 성폭력 증거 채취 절차다. 대부분의 주에서는 많은 사건들이 밀려 있고 예산이 충분치 않아 제시간에 검사를 하지 못한다. 그러다 보니 DNA 증거가 중요한 사건이나 그 증거가 미래의 범죄를 예방할 수 있음에도 불구하고 성폭력 증거 채취 응급키트 결과는 분석되지 않은 채로 남아 있다. 어떤 때는 공소시효가 지날 때까지도 분석되지 않는다. (공소시효 기준에 DNA만 예외로 두는 주가 몇몇 있는 이유다.) 적

당시 대통령이었던 트럼프에게 대법관 후보로 지명되어 청문회를 가졌다. 이때 크리스틴 블레이지 포드(Christine Blasey Ford)가 고교 시절 캐비노에게 성폭행을 당했음을 고발했고, 이후 여성 피해자 세 명의 추가 고발로 그의 대법관 인준이 불투명해졌으나, 상원에서 50:48의 결과를 얻어 인준안이 통과되었다.

합한 절차를 보장하는 것은 모두에게 이익이 되지만, 많은 주와 시에서 감당해야 하는 큰 예산 문제 중 이 문제는 논의도 거의 되지 않고 가시성도 떨어져 사람들의 이목을 집중시키는 더 선정적인 사건들 속에서 길을 잃고 있다. 특히 죄수 한 명당 연간 5500달러 이상이 소요되는 매우 높은 수감 비용을 생각해 보면 범죄를 줄이기 위해 다른 방법으로 예산을 쓰는 것도 고려해 봐야 한다. 사법적 정의에 도달하기 위한 시도로서 시장과 주지사 들이 필요한 입안을 하도록 대중이 압박할 필요도 있다. 오늘날 주와 시 차원에서 예산을 집중하고 있는 많은 것들을 생각해 보면, 이 문제를 대중 토론의 영역에서 배제하는 것은 사법 체계가 여성들의 자율성과 안전을 중요하게 평가하지 않고 있다는 강력한 신호라고 해도 과언이 아니다.

장려하는 정보

광범위한 사회 변화에도 불구하고 제시간에 신고가 들어오는 경우는 극히 드물다. 흔히 발생하는 문제들도 여전히 중요하다. 수치심은 물론 강간 피해자 보호법에도 불구하고 익명성이 보장되지 않으리라는 두려움도 있으며, 고용주나 친구들, 가까운 동료들이 이 고발에 어떻게 반응할까에 대한 걱정도 있다. 사회적 변화가 이러한 장벽들을 천천히 부수고는 있지만 여전히 지리한 법적 절차에 말려드는 것에 대한 망설임이 남아 있다. 강간당한 여성은 이미 피해를 입었는데 고소를 통해 그녀가 얻고자 하는 것은 무엇일까? 많은 사람들은 이에 '종결' 혹은 자신의 권리를 확고히 하는 것에 대한 만족감이라고 대답하지만, 이것들이 격렬한 반대 심문과 확증 부족과 같은 상황들을 맞닥뜨리게 되리라는 것을 알고 있는 상황에서 질질 끌 게 뻔한 불확실한 법적 절차로부터 얻게 될 이점이라 보기는 힘들다. 시간적 부담도 존재한다. 어떤 여성들은 강간으로 큰 트라우마를 얻어서 법적 정의에 호소하지 않고는 지나칠 수 없지만, 또 다른 이들은 직장, 친구들, 치유 과정, 혹은 그저 삶에 몰두하는 일이 법적인 투쟁보다 낫다고 느낀다. 강도 피해자라면 법의 힘을 빌리는 것으로 재산을 되찾는다거나 적합한 보상을 얻는 등 확실한 이득이 있다. 반면 강간 피해자가 얻게 되는 개인적 이득이라고는 스트레스와 온통 모호한 것들뿐이다.

그러나 여성이 고발하지 않는다면 다른 여성들이 고통받을 가능성이 높다. 성폭행은 대개 연쇄적인 가해이며, 이후에 발생하는 피해자들은 신고하지 않았던 과거의 피해자들에게도 원한을 품을 소지가 있다. 법학자들과 정책 입안자들은 최근 신속한 신고를 유도하기 위한 다양한 안들을 제안해 왔다. 확실한 접근 방식 중 하나가 의무 신고다. 아동 학대나 가정 폭력과 같은 영역에서 각 주는 의료계나 교육계 같은 특정한 인적 자원들에게 학대 증거를 신고하도록 꾸준히 요구해 왔다. 관련법인 '타이틀 나인'은 우리가 성학대의 '비명 목격자'*라 부를 법한 모델을 따르고 있는데, 이는 피해자

＊　학대 현장의 소리나 신고를 가장 먼저 들은 사람을 뜻한다. 주로 아동 학대의 경우에 쓰이는 용어로, 피해 아동들의 비명(outcry)을 들은 사람을 가리키기에 'outcry witness'라는 명칭이 붙었다.

가 성폭행 신고를 친구나 가족들에게 하는 것이 아니라 관리 감독의 위치에 있는 대학 교직원에게 해야 한다는 것이다.

그러므로 어떤 학생이 교수인 내게 와서 강간을 신고하면 나는 '타이틀 나인'에서 지정하는 책임자에게 연락해 피해자의 이름을 알려야 할 의무가 있다. 이 조치는 피해자 스스로 고발을 진행할 수 있도록 장려한다. 책임자는 해당 여성을 불러 그녀의 익명성을 보장하며 고발 절차를 설명하고 고발 진행 여부를 확인한다. 피해자가 진심으로 조언을 구하기 힘들 수도 있는 방식이라는 우려에도 불구하고 지금까지는 원만히 해결되어 왔으며, 대부분 피해자가 절차를 밟는 과정에서 겪는 고통을 경감시켜 주었다. 하지만 절차에 많은 구멍이 있는 것도 사실이다. 비명 목격자들이나 사건의 목격자들은 피해자가 그들을 목격자로 호명해야만 신고 의무가 생기기 때문이다. 목격자로 호명되면 진술을 위한 연락을 받게 된다. 대학 교정은 신고처로 향하는 모든 이들의 신고와 직접 목격자의 신고가 적법 행위이며 무례한 '고자질'이 아니라는 것을 확신시키기 위해서는, 지금보다 더 많은 노력을 기울일 수 있다.

내부 고발도 최근 뉴스에 많이 등장하는 주제다. 일반 연방 정부(1989년의 내부 고발자 보호법(Whistleblower Protection Act of 1989))와 6장에서 논의될 연방 사법 제도 개정안은 내부 고발자들을 보호하고 그들이 윤리적인 규범을 위반했다는 혐의로부터 방어하기 위한 절차들을 밟고 있다. 학생들의 경우에 '고자질'이 아니라고 말하는 기준과 사법적 맥락에서 비밀 보장이라는 기준을 세웠다. 그러나 이런 조치들로는 충분하지 않아 보인다. 세금 사기와 같은 경우 내부 고발자는 그들의 정보가 옳다는 것이 입증되면 보상을 받을 수 있다. 최근 논문에서 사울 레브모어(Saul Levmore)와 나는 이 문제를 대학 내 성폭행의 맥락에서 의도적으로 탐구하고 개방적인 태도로 조사하며[105] 공개적 찬사를 통한 보상, 고발하지 않을 경우의 벌칙 등 많은 가능성들을 살폈다. 그 결과 우리는 고발에 채찍보다는 당근이 효율적이라고 결론 내리며, 내부 고발자에 대한 공개적인 찬사는 포괄적이고 특정 개인과 무관할 수밖에 없어서 동기가 미약하다고 보았다.

사울과 나는 보험 계약에서 영감을 얻었다. 대학이 로펌이나 전문 조사관처럼 평판이 좋은 제삼자와 계약을 맺으면, 이 외부인은 점차 보험 회사처럼 행동하게 된다. 그렇다면 대학은 모든 입학생들에게 보험 가입을 권할 것이다. 보험 계약자인 학생이 대학 내에서 성적인 폭행을 당하고 그 사건으로부터 한 달 이내에 지정된 책임자에게 가서 신고한다면, 그 보험업자는 명시된 액수만큼을 지불한다. 시간이 흐르면 보험업자는 남학생 사교 클럽같이 특히 위험 성향을 보이는 집단들을 가려 낼 데이터를 쌓을 수 있게 되고, 그런 대상에 대한 보장은 거부하게 된다. 보험업자는 또한 대학별로 기록을 축적할 수 있고, 남들보다 성폭행을 많이 저지른 사람에게 우선적으로 혐의를 둘 수도 있을 것이다. 그럼으로써 대학 측에 성폭행 발생 건수를 낮추는 전략들을 실행하도록 장려할 것이다. 이때 드는 비용은 피해자들이 경험한 손해에 대한 보상의 개념보다 미래에 고통받을지도 모르는 다른 여성들을 위한 빠른 신고를 장려하는 포상이 될 것이다.

이 아이디어에는 찬반 논란이 많을 것이다. 한 가지 우려가 있다면 허위 고발을 부추길 수도 있다는 점인데, 그럼에도 불구하고 신속한 신고를 장려하기 위한 새롭고 대담한 아이디어들이 필요하다. 미국은 오늘날 피해자가 아닌 내부 고발자도 공공의 선을 위해 중요한 역할을 하고 있다는 것을 인지해야 할 때다. 3부에서 우리는 대단히 요새화된 남성 특권의 영역, 그 '교만의 요새'를 무너뜨리는 데 특별히 중요한 역할을 할 내부 고발자들에 대해 살펴보게 될 것이다.

남성과 남자아이의 강간

우리 사회는 남성과 남자아이도 성폭행의 대상이 될 수 있다는 사실을 어렵게 받아들이고 있는 중이다. 이 문제는 사람들이 남성 간의 성관계에 대해서는 생각조차 하기 싫어하는 동성애 혐오에 일부 원인이 있다. (대부분의 남성 강간이 다른 남성으로부터 자행된다.) 또 다른 문제는 피해자의 수치감인데, 그들은 자신이 더럽혀졌으며 남성성을 의심 받는다고 느낀다. 또한 폭력의 피해자로 존재한다는 것이 실제로 그러든 그러지 않은 간에 자신을 동성애자로 만들게 될 거라는 불안감도 있다. 하지만 내가 줄곧 주장해 왔듯, 강간은 권력 남용의 문제다. 강간은 일차적으로는 성적 욕망도 끌림의 표현도 아니다. 소아성애자인 성직자와 감방 내 강간범들이 애당초 동성애자인지도 의심스럽다. 그들의 범죄는 권력 남용에서 비롯된다. 3부에서 우리는 '교만의 요새'에 대해, 즉 여성들과 젊은 남성들이 일상적으로 학대받는 곳에 대해 살펴보고자 한다. 2003년에 만장일치로 의회에서 통과된 교도소 강간 근절법은 이 문제를 마침내 인식하게 된 경우다. 이 법안은 집행 위원회를 설립하기도 했다. 교회와 학교들도 망설이고 있지만 불완전하게나마 이 문제를 짚기 시작하고 있다. 하지만 여전히 할 일이 많다.

성폭행은 우리 사회에서 엄청나게 큰 문제로 남아 있다. 지난 50년간 법이 많은 진보를 이루어 냈음에도 불구하고 여성들과 남성 피해자들의 자율성은 너무도 자주, 그리고 여전히 남성의 권력 남용과 특권의 인질로 잡혀 있다.

5장 교만한 남성들의 직장 속 여성들 — 성차별적 성희롱

> 여성들은 물론, 남성들도 살고 있는 그 사회의
> 질서를 다스릴 법적 제도를 기획하는 데 있어서
> 어떤 여성도 목소리를 갖지 못했다. (······)
> 여성들이 자발적으로 법에 관여했다는 것은
> 경험에 근거한 투지의 승리다.
> — 캐서린 매키넌, 「법률상의 성평등에 대한 고찰」에서

일은 중요하다. 첫째, 일은 수입의 원천이기 때문에 여성에게 일은 남성의 지원으로부터 독립을 의미한다. 하지만 오늘날 대부분의 사람들에게 일의 의미는 그보다 더 크다. 일은 우리가 보내는 시간에서 많은 부분을 차지한다. 그래서 좋든 싫든 일터에서 일어나는 일들은 개인의 자아 감각에 커다란 영향을 끼친다. 현대 사회가

여전히 풀지 못한 오랜 쟁점 중 하나는 자신의 업무를 스스로 결정할 자유가 거의 없는 대부분의 노동자들에게 어떻게 일의 의미와 성취감을 줄 수 있을까 하는 것이다. 일이 흥미롭지 않거나 개인적으로 보람을 느끼지 못한다 해도 업무 조건은 노동자의 인간으로서 위엄을 결정지으며, 특히 개인을 정의하는 주요한 영역(예컨대 누군가의 몸이나 성생활에 대한 통제의 영역)에서라면 개인의 자율성까지 좌지우지한다. 여성은 직장에서 자율성과 위엄을 보장받기 위해 오래도록 투쟁해 왔으며, 법과 법이론은 여기에서 분명한 역할을 해 왔고, 여성들이 그러한 법적 창의성을 주도해 왔다.

미국이 이제 정상회되어서 가정도 온전해졌다는 낭만적인 이미지로 종종 그려지던 평화로운 전후 시기에, 집 밖에서 일했던 여성들에게 (여기서의 일이란 임금 노동을 의미한다. 물론 그들은 집에서 엄청난 양의 쓸모 있는 일을 했다.) 일터는 권한을 거의 주지 않았고, 대부분의 경우 여성들은 서열상 낮은 위치에서 반복 노동에 종사했다. 남성에게 지시를 받는 직무에서 일했고, 지시를 내리는 남성들은 여성들로부터 존경을 기대했다. 직장은 남성들에 의해 구성되었으며, 남성들은 선호하는 대로 그리고 자신들이 행동하고 싶은 대로 직장을 구현했다. 고용 조건에서 성적 농담, 성적 유혹, 성적 호의와 같은 요구들은 흔했다.

물론 여성을 존중하고 절대 그런 행위에 연루되지 않을 남자들은 언제나 있었다. 하지만 이런 남자들도 불쾌한 성적 접근을 하는 남성 동료들, 즉 여성에 대해 항상 성적 암시를 상정하며 성별에 대한 고정관념들을 내비치는 말들(여자라서 목소리가 높다, 키가 작다, 멍청할 것이다 등)로 여성을 비하하는 이들을 어떻게 대해야 하는지는 몰랐다. 아주 최근까지만 하더라도 내가 일했던 모든 직장에 그런 남자들이 있었는데, 한둘만 있어도 전체 공간을 오염시키기에 충분했으며 삶을 괴롭게 만들었다.

선한 남성들은 악한 행동을 못마땅하게 여기고 종종 충격을 표현하기도 한다. 하지만 이들은 악인을 붙들고 말하는 것 외에 다른 방도를 전혀 모르고, 설상가상으로 그런 대화는 상황을 더욱 어렵게 만든다. (많은 경우, 이러면서 생각 없이 고발자의 이름을 발설한다.) 좋은 의도를 가진 남성들이 주저하는 것을 보면 시인 윌리엄 버틀러 예이츠의 유명한 구절을 떠오르게 한다. "최선의 인간들은 확신을 잃었고, 최악의 인간들은 강렬한 열정으로 가득하다." 파시즘의 발흥을 내다본 경고로 쓰인 구절이지만 이는 인간 본성에 대한 보편적 진실을 드러내는데, 즉 정의를 위해 개인적으로 위험을 감수하는 이는 거의 없다는 것이다. 보통 좋은 의도를 가진 남성들도 여성이 '배우자'인 지극히 평범한 삶을 살며, 근원적인 변화에 대해서는 관심이 없다.

그 결과 악인들은 처벌로 고통받지 않는다. 언제나 여성들만 처벌로 고통받았다. 호소 절차는 어디에도 없었다. 1980년 초 법이 이 쟁점을 받아들이기 전까지는 말이다.

절차와 법의 부재가 시사하는 바는, 일터에서 여성이 겪는 성적 문제들은 사적 영역의 문제라서 고용주의 책임이 아니라는 것이다. 원칙이나 정책의 문제가 아니며 아마도 운이 나빴던 것이므로 (결실 없는) 사적 권고 이상으로 회사가 할 수 있는 일은 없다는 뜻이다. 대부분은 더 심각했다. 이 일들은 여성이 직장에 들어서면 **벌어질** 일이다. 여성의 존재는 타고난 성적 충동을 자극하고 그 결과 남성들은 그 앞에서 사춘기 소년처럼 될 것이기 때문이다. 그들은 이런 일들이 자연스럽지만 토론의 장에 올리기에는 수치스럽다고 생각한다. 또 남자들은 예쁜 여자들이 자신들의 기분을 좋게 해 주어, 섹스나 가벼운 손장난을 언제든 시도해도 된다는 느낌을 주어 때때로 자신들을 자극하고 기를 살려 준다고도 생각한다.

성폭행과 관련된 범죄를 더 정확하게 정의하고 법의 영향이 미치는 영역을 확장하기 위해서는 많은 일들이 일어났어야 했다. 2000년이 넘는 시간 동안 법은 그 현장 어딘가에 있기는 했다. 반면 여성들이 법적 변화를 촉구하기 시작한 1970년대에 '성희롱'이라는 용어가 처음 소개되기 전까지, 성희롱은 이름조차 없었던 가해 행위였다.[106] 성희롱이 법에 의해 규제될 수 있는 사회적이고 정치적인 위해로 인지되기까지 많은 사람들이 수년간 노력했다. 매키넌의 말을 빌리면, 성희롱은 단순히 개인적인 차원의 일이 아니라 "사회적 잘못이고 법익 침해이면서 사적인 차원에서 발생하는 것"[107]이다. 과거에는 "그냥 일상"이었지만.[108]

그토록 둔감한 사회였기에, 내가 직간접적으로 아는 내 세대의 모든 여성들은 의지할 곳 하나 없이, 어떤 방식으로든 직장 내 성희롱과 맞닥뜨려야 했다.

그래서 법의 쓸모가 대두된다. 특정 개인과 상관이 없다는 점, 의지할 데 없는 선의의 사람들을 지켜 준다는 점, 여성의 평등을 위한 투쟁에 개인적으로 관여할 필요도 없고, 누군가의 행위에 대하여 명백한 법의 효용만을 보면 된다는 점이 바로 법의 유용함이다. 이제 우리는 성희롱의 영역에 있어서만큼은 법을 지향하는 것이 매우 효과적이라는 사실을 알 수 있다. 법은 과거에 존재했던 많은 행동들을 억제하고 여성 존엄의 중요성을 사회에 교육하고 그에 대해 의미 있는 발언을 만들어 내며, 의도는 선하지만 의지가 약한 이들이 동료들을 비판하고 싶어질 때 사용할 '무기'를 쥐여 줄 수 있다.[109] 나쁜 행위들은 여전히 많지만, 기준이 바뀌었다.

여성의 경험을 포괄해 본 적이 없었던 법이 과거 1970년대에는 어떻게 여성의 삶을 반영할 수 있었을까? 누가 이에 앞장섰을까? 논란이 있는 주제에 대한 법령을 통과시키는 것은 힘든 싸움이기 때문에 기존 법에서 이어지는 고리를 찾는 것이 도움이 된다. 새로운 형법을 모든 주에서 통과시키는 일은 엄청난 일이기 때문에 그 근거가 연방법이라면 더 좋다. 그렇다면 누가 이 일에 착수할 수 있었을까? 법학계나 사법부의 상위 궤도 내에는 여성이 없었지만, 이 일의 선두에 나서는 것은 여성이어야만 했을 것이다. 그리고 여성들은 실제로 그 걸음을 내디뎠다. 이론가로서, 변호사로서, 그리고 원고로서.

원문적 근거: '타이틀 세븐'

1964년 민권법은 고용 환경의 차별에 대해 길고 자세한 절을 포함하고 있다. 일부만 읽어 보면 이러하다. "어떤 고용주든 고용이라는 광범위한 맥락에서 한 개인을 인종, 피부색, 종교, 성별, 출신 국가로 차별한다면, 이는 불법적인 고용 관행이다." (이 법령은 당시 시대적 특징을 보여 준다. 공산주의자들은 모든 보호로부터 노골적으로 제외되었다.) "성별 때문에"와 "성별에 기반한"이라는 구절은 임신과 출산을 포함하는 (그러나 거기에 "국한되지 않은") 것으로 규정되고 있는데, 바로 뒤이어 모체의 생명이 위험에 처해 있을 때를 제외하고는 고용주가 임신중절 비용을 지불할 의무는 없다고 명시하고 있다. 하지만 동시에 고용주들의 임신중절 비용 지불을 제한하지도 않는다. 이 조항은 보호받는 집단에 '불평등 효과'를 미치는 관행들을 금지하는데, 이 관행들이 "사업적 필요와는 무관하고, 아직 논의 중인 직위와 관련"이 없을 때 한해서만 그렇다. 이 법령은 또한 법을 집행할 사명을 지닌 평등고용추진위원회(Equal Employment Opportunity Commission, EEOC)라는 행정 부처를 만들어 내기도 했다.

애초에 '타이틀 세븐'의 초안은 인종에 초점을 맞추어 만든 것이었다. '성별'은 논의 도중 더해진 것으로, 분리주의자였던 버지니아주의 민주당원 하워드 스미스(Howard W. Smith)가 제안한 수정안이었다. 기록을 보면 알 수 있듯이, 이 수정안을 더하는 데 가장 주요하게 작용한 동기는 원래 법안을 그대로 통과시킬 지지 기반을 약화시키려는 데 있었다. 또 다른 동기는 백인 여성들에게 특권을 주기 위함인데, 흑인들에게 주어진 새로운 보장이 백인에게 불이익이 될 거라는 논리였다. 이는 두말할 필요도 없이 이상한 소리다. 수정 조항이 덧붙여지지 않았다면, 아프리카계 미국인 여성들이 인종차별에서는 보호받았을지라도 성별 기반의 차별에서는 보호받지 못했을 것이다. 아프리카계 미국인 변호사인 폴리 머리(Pauli Murray)는 다른 비전을 제시했다. 수정안은 백인 여성들보다 아프리카계 미국인 여성들에게 더 필요하다는 것인데, 수정 없이는 오직 흑인 남성들만이 이득을 보리라는 것이었다.[110] 우리는 의회가 '그것'이 아니라 '그들'임을 늘 기억해야 한다. 이 입법 초안자들의 의도가 무엇이냐는 질문에 대한 답은 한 가지일 수 없다. 하지만 아프리카계 미국인 여성들이 백인 여성들보다도 성차별로부터 더욱 보호받아야 한다는 데 있어서는 머리의 말이 확실히 옳았다. 아프리카계 미국인 여성들은 직장 내 성희롱에 훨씬 더 많이 노출되어 있었다.

'성별'이라는 단어 자체를 통해 그들이 의도했던 바는 "국한되지 않은"이라는 구절에 의해 여러 가능성을 가진다. 법에 명시된 바에 따르면, 여성들이 '임신과 상관 없는 타인들'과 '일하는 능력' 면에서 비슷하다면, 분명 임신 때문에 차별받지 않았어야 한다. 하지만 적법 절차 중 다른 쟁점들이 더해질 수 있도록 본 항은 열린 상태로 남아 있었다. 우리가 오늘날 성희롱이라고 부르는 것에 대해 그 누구도 구체적으로 생각하지 않았던 것이다. 하지만 법은 명시적으로 몇 가지를 제외시켰고(대부분의 임신중절에 대한 지불 의무화 등), 이후에 성희롱으로 확장될 조항은 배제하지 않았다.

이 법령의 해석과 관련하여 입법자들의 의도를 참고하여 해석하는 것이 옳은지에 대한 법적 논의가 오랜 기간 있었다. 입법자들의 의도를 참고하여 해석해야 할까, 단지 문자 그대로의 의미를 파악하면 될까? 이것은 진보 진영과 보수 진영 간의 쟁점은 아니다. 앤터닌 스컬리아(Antonin Scalia) 판사는 법률 해석에 입법자의 의도를 중시하던 대법원에 큰 적이었다. 다수의 의도들이 명백히 상충하고 있는 경우, 스컬리아에게 동의하지 않는 것은 거의 불가능해 보였다. (나중에 스컬리아 판사가 사실은 '타이틀 세븐'을 이용해 성희롱을 소송 사유로 만들어 내는 강력한 옹호자였음을 살펴볼 것이다.) 원문 자체가 나중에 채워지도록 비워진 틈새가 있는 '타이틀 세븐'의 경우, 당시에 누구도 성희롱에 대해 말하지 않았다는 사실을 들먹이며 그 법령이 성희롱에는 적용되지 않는다고 주장하는 것은 타당하지 않다. 원문에 명시적으로 언급되어 있지 않다는 사실에도 불구하고, '타이틀 세븐'에 근거해 성희롱을 차별의 형태로 인식했던 대법원은 그런 주장을 한 적이 없었다.

이것은 현재 중요한 쟁점이 되었는데, 2020년 6월에 대법원이 '타이틀 세븐'의 '성별'을 고용 환경에서 성적 지향성과 젠더 정체성에 기반한 차별에 대한 반대를 포함하는 것으로 읽어야 한다고 여겼기 때문이다.[III] 이 쟁점 전체는 닐 고서치(Neil Gorsuch) 판사가 명확히 밝혔듯이 법령 해석에 대한 원문주의자적인 접근에 달려 있다. 분명 입법자들은 1964년 당시 이러한 쟁점들에 대해서는 생각해 보지 않았을 것이다. 하지만 여성 A가 남성이 아니라 여성과 섹스하기로 선택했다는 이유로 A가 차별받는 것은, 가장 문자주의적인 의미에서 **성별에 기반한** 차별이다. 만약 여성이 남성과 섹스하기로 결정했다면 차별받을 일은 없었을 것이다. 이에 대해서는 이 장의 뒷부분에서 역사적 견해들과 함께 좀 더 살펴보겠다. 성희롱법에 대한 대담한 페미니스트적 접근들은 소송에서 굉장히 큰 역할을 했다. '타이틀 세븐'을 의회의 의식적인 의도에 비추기보다 원문 그대로 읽는 명확한 예시였기 때문이다.[112]

요약하자면, 최근까지 제7연방순회항소법원장이었던 다이앤 우드 판사는 새로운 논문에서, 성차별과 관련된 부분에서는 '타이틀 세븐'의 일부가 여전히 '진행 중'이라고 말한 바 있다. 비록 지난 55년은 "문제들을 바로잡고 필요한 사람들 누구에게나 이용 가능한 보호 장치를 보장하기에 충분한 시간이었지만" 말이다.[113] 1970년대에 이 불완전성은 심각한 결함이었으나 동시에 창조적인 행동을 부르는 계기가 되기도 했다.

이 작업은 매우 신속하게 시작됐다. 매키넌은 1979년에 발간된 그녀의 획기적인 출간물을 1974년 후반에 쓰기 시작했다고 한다. 당시 그녀는 예일대학교 법대생이었다. (법학 박사 학위는 1977년, 정치학 박사 학위는 1987년에 취득했다.) 매키넌은 혼자가 아니었다. 페미니스트 변호사들은 이미 '타이틀 세븐' 아래 성희롱을 불법적인 성차별의 형태로 포함할 것을 주장하는 사건들을 가져오기 시작했다.

1974년에서 1976년 사이, '타이틀 세븐'에 의거하여 성희롱이 성차별이라는 이론이 많은 사건을 거치면서 발전해 나갔지만, 처음에는 성공적이지 못했다. 1974년 **윌리엄스 대 색스비(Williams vs. Saxbe)**[114] **사건***에서 워싱턴 D.C.의 지방법원 판사는 원고에게 유리한 판결을 내렸다. 성적 접근을 거절했다는 이유로 윌리엄스를 해고한 상사의 행동은 성차별로 간주되며 따라서 고용주가 '타이틀 세븐'을 위반했다는 것이 골자였다. 이 판결은 항소심에서 기각되었지만 이 판사의 의견은 항소 과정에 영향을 미쳤으며, 정반대 방향에 있던 몇몇 사건의 판결들을 뒤집는 데에도 영향을 끼쳤다.[115]

'타이틀 세븐'에서 성차별 이론을 진일보시키는 데 큰 공을 세웠으나 궁극적으로는 성공하지 못했던 사건은 **앨릭젠더 대 예일 (Alexander v. Yale)**[116] **사건**이다. 이 사건은 법령의 교육 항목인 '타이틀 나인'을 처음 적용한 경우로, 성희롱이 교육계 내 성차별을 구성한다는 이론을 발전시켰다. 첫 단계에서는 예일대 학부생 다섯

---

*   1972년 이 사법부 공보 보좌관이었던 다이앤 윌리엄스(Diane R. Williams)가 당시 상사의 반복적인 성적 접근에 불복했다는 이유로 해고당하여 이를 고소한 사건이다. 당시 법정은 윌리엄스의 손을 들어주었고, 이 사건은 대가성이 성별이나 젠더에 기반한 차별의 형태로 발생한 성희롱임을 인식하게 된 지표가 되었다.

과 예일대 교수 한 명이 학생들이 성희롱으로 고통받았다는 내용으로 소송을 제기했고, 교수는 이러한 괴롭힘의 풍조가 '서로 불신하는 분위기' 속에서 학업을 방해한다고 주장했다. (이 교수는 저명한 고전학자인 존 윙클러로, 게이 활동가이기도 하다.) 페미니스트 그룹 뉴헤이븐 법 공동체(The New Haven Law Collective)와 페미니스트 변호사였던 앤 사이먼이 변론을 맡았고, 당시 예일대학교 법대 대학원생이던 매키넌이 원고 측 고문을 맡았다. 원고 측에서는 예일대가 성희롱 고발을 위한 분쟁 해결 절차를 수립하도록 요청했다.[117] 그동안 매키넌과 윙클러는 계속해서 미디어를 응대했고, 예일대 스캔들을 키우는 데 앞장섰다. 이렇게 해서 그들은 전국적으로 관심을 일으킬 수 있었다.

지방법원은 원고 여섯 명 중 다섯의 주장을 기각했고, 한 사람만이 소송을 진행해 나가도록 허가하면서 이 사건이 "성적 요구에 굴복하는 조건하에서 학업을 계속해 나가는 것이 교육계의 성차별이라는 주장은 전적으로 타당하다."라고 부연했다. 법원 명령에 의한 진상 조사 이후, 법원은 학생들이 어쨌거나 나쁜 성적을 받을 만했다고 결론 내렸고, 여기에 대가성은 없었다. 여섯 중 윙클러를 제외한 다섯은 항소했으나, 한 명을 제외한 모두가 법원이 항소를 심리할 때쯤 졸업했기에 그들의 피해는 미결로 판결 났다. 그럼에도 불구하고 이 사건이 가져온 달갑지 않은 광범한 대중적 관심으로 인해 예일대는 원고들이 원하는 바에 귀를 기울임으로써 분쟁 해결 절차를 수립했다.

선의를 가진 사람들에 대한 내 주장은 바로 이런 경우에 입증된다. 당시 예일대학교 고전학과 소속의 품위 있는 남성들의 전형적인 관점에서, 존 윙클러는 극단적이고 타당한 것 같지도 않은 정치적 운동을 벌이는 것으로 보였다. 이들 중 대부분은 나쁜 행실을 탐탁지 않게 여기면서도 그게 실존법을 위반했다는 개념에 대해서는 말도 안 된다고 생각했다.[118]

성의 불평등에 대한 모든 작업이 '타이틀 세븐'과 '타이틀 나인'에만 의존하고 있는 것은 아니다. 인종차별 관련 소송들이 1950년대 중반부터 연방수정헌법 제14조의 평등 보호 조항에 기초하여 발전해 왔던 것처럼, 성차별에 관한 주장들도 천천히 진보를 이루었다. 1971년 **리드 대 리드**(Reed v. Reed) 사건에서[119] 대법원은 성별에 기초한 불평등이 평등 보호 조항 위반을 구성할 수 있음을 인지했다. 재산 운용에서 남성에 대한 우위를 법적으로 규정한 아이다호 법*을 우려한 것이었다. 원고를 위한 변론 취지서를 함께 작성한 두 사람은 머리와 루스 베이더 긴즈버그(Ruth Bader Ginsburg)였다. 1976년이 되어서야 대법원은 성별을 포함한 구분이 사실상 정부가 매번 승소하는 '합리성 기준 심사'라는 지극히 요식적인 검토로만 조사될 것이 아니라, 인종 문제에서 이미 적용되고 있는 '엄격 심사 기준'과 같이 보다 철저한 심리로 다뤄질 필요가 있다

---

*   사망한 자녀 소유의 부지가 부모에게 넘어오는 과정에서 남성에게 우선권을 주는 것이 법적으로 명시되어 있던 아이다호 법의 판례가 성별에 근거한 차별에 해당한다며 대법원이 판결한 사건이다.

고 보았다. 그러나 성별에 기반한 이 구분은 그들이 '중간 심사 기준'*이라고 부르는 약한 종류의 심리로 인지되었다.[120] **리드 대 리드 사건**은 여전히 페미니스트 변호사들에게 있어 획기적인 사건으로 남아 있다.

매키넌이 황야에서 홀로 울부짖는 고독한 목소리는 아니었다.[121] 그녀는 거대한 법조계 페미니스트 네트워크의 일원이었고, **그중에서도** '타이틀 세븐'을 성희롱에서 보호받기 위해 사용하겠다고 마음먹은 이들 중 하나였다. 매키넌은 이론적으로 가장 창의적이고 분석적인 사람이었지만, 다른 이들에게 많은 공을 돌렸다. 이일이 매키넌의 어마어마한 통찰력과 변호사로서의 기술을 앗아가지는 않았으나 역사적인 저서를 발간한 후에도 몇 년이 지나도록 법학계에서 정교수 직책을 받지도 못하고 관련 직업을 갖지도 못했던 것을 보면, 법학계에서 외면당했다는 사실을 부정할 수는 없을 것이다.[122]

---

　*　미국 연방대법원 위헌 심사 기준은 요구하는 엄격성에 따라 '엄격 심사 기준', '중간 심사 기준', '합리성 기준 심사'로 나뉜다. '엄격 심사 기준'은 미국 연방대법원 위헌 심사 기준 중 입법 목적의 합헌성을 가장 높게 요구하는 기준으로, 합헌 판단이 나올 가능성이 매우 낮다. '합리성 기준 심사'는 입법 목적의 합헌성 요구가 가장 낮으며, 합헌 판단이 나올 가능성이 매우 높다.

인종과 성별

'타이틀 세븐'은 무엇보다도 인종차별을 종식시키는 데 목표가 있었다. 그러나 인종차별 문제를 차별의 핵심적인 경우로 집중하는 것은 다른 종류의 차별들, 특히 성차별에 영향을 미쳤다. 인종에 대한 강조는 어느 정도 전략적인 효과가 있었다. 인종차별과 같은 용어가 사람들로 하여금 잘못을 인지하게 함으로써 수사학적 가치가 있다는 점이 드러났기 때문이다. 또한 인종 문제는 유색 인종 여성들이 중요한 역할을 해준 덕에 더 부각된 면이 있는데, 특히 페미니스트 변호사인 머리가 나중에 원고가 된 메셸 빈슨(Mechelle Vinson)이 성차별에 대한 법적 접근을 정교히 하고 심화하는 과정 속에서 그러했다.[123] (머리는 이를 두고 '제인 크로법'*이라 불렀다.) 하지만 좀 더 심오한 차원에서 인종에 대한 비유는, 성차별이 종종 겉으로는 온건해 보이지만 인종차별만큼이나 종속에 관한 문제라는 개념을 생생하게 표현해 냈다.

성별의 영역에서 여성이 남성과 똑같은 대우를 받게 해 달라

---

*　과거 미국 남부에서 합법적으로 흑인과 백인을 분리하던 짐 크로법(Jim Crow Laws)을 성차별의 맥락 속에서 여성형으로 바꾸어 쓴 용어. 짐 크로법은 인종 분리를 법으로 강제하려는 목적으로 미국 남부 대부분의 주에서 시행했던 법을 가리킨다. 19세기 말에 제정되었다가 1965년 흑인 인권운동에 힘입어 폐지되었다. 짐 크로법은 교육기관과 대중교통을 포함한 공공시설에서의 인종 분리를 옹호한 차별 정책이다. 짐 크로는 1830년대의 백인 배우 토머스 라이스가 우스꽝스러운 흑인 노예 남성을 연기할 때 만든 가상의 인물이다.

고 요청해야만 한다는 것은 제법 솔깃한 이야기였다. 법의 개념을 남성에게 적용하는 그대로 여성에게도 적용하자는 식이었다. 하지만 인종의 영역에서는 이러한 접근에 한계가 있다는 것이 판명되었다. 교육만 봐도 '분리 평등 정책'은 언제나 거짓이었다. 아프리카계 미국인 어린이들을 위한 학교는 절대로 평등하지 않았기 때문이다. 설사 평등하다 하더라도 분리 자체가 공평하지 않다는 것은 지극히 명백하다. 백인들에게는 최악이라고 해 봐야 불편함이나 결사의 자유를 부정하는 정도가 흑인 아이들에게는 열등함의 표식이었기 때문이다. 1954년 대법원 판결로 유명한 **브라운 대 교육위원회**(Brown v. Board of Education) 사건*에서[124] 우리는 강제로 분리된 학교에 다니게 된 흑인 아이들에게 가해진 피해를 통해 종속적인 현실의 모습을 꿰뚫어 볼 수 있었다. 다시 한번, 결혼을 생각해 보자. 만약 주에서 흑인과 백인의 결혼을 금하고 있다면 흑인도 백인과 결혼할 수 없고 백인도 흑인과 결혼할 수 없으니 이 금지는 대등해 보일 수 있다. 하지만 현실에서는 전혀 대칭적이지 않다. 다른 인종 간의 결혼에 대한 주 차원의 금지를 폐지했던 그 유명한

---

 *   1951년 캔자스주에서 흑인 올리버 브라운이 자신의 딸 린다 브라운을 집에서 더 가까운 백인학교로 전학 보내기 위해 신청했으나 피부색을 이유로 거절당하여 교육위원회를 대상으로 소송을 걸었다. 연방 대법원까지 이 소송이 올라가는 동안 사우스캐롤라이나주, 버지니아주, 델라웨이주에서도 유사한 소송 사건이 있었고, 이에 대법원은 네 사건을 병합하여 공립학교의 흑백 분리 교육이 위헌이라는 판결을 내렸다.

1967년의 **러빙 대 버지니아**(Loving v. Virginia) **사건***에서 대법원
은 이것이 '백인 우월주의(White Supremacy)'라는 이데올로기의 표
현이라고 일갈했다.[125] 다시 말해서, 한 집단을 제도적으로 종속시
키는 위계가 유지되고 있는 한 법은 그 적용이 대칭적일지라도 평
등 보호 조항을 위반할 수 있다는 뜻이다.

적어도 처음에는, 차별(그리고 평등 보호 조항)에 대한 반(反)
위계적 사고방식인데도, 이 논리는 일반적인 합의를 도출해 내지
는 못했다. 언제나 가장 자주 인용되는 법 논문 중 하나인 1959년의
「헌법의 중립 원칙을 향하여(Toward Neutral Principles of Constitutional
Law)」[126]에서 연방 항소법원 판사 허버트 웩슬러(Herbert Wechsler)
는 **브라운 사건**에서 분리 정책으로 흑인 아이들에게 부과된 불공정
한 낙인은 잘못되었다고 주장한다. 법이란 정당 정치를 대표해서는
안 되며, 중립적 원칙을 추구해야 한다는 것이다. 여기까지는 괜찮
다. 하지만 웩슬러는 그의 논지를 이어가면서 분명한 근거를 탐색
하는 이 작업은 현재의 상황과 역사로부터 객관적으로 떨어져 있기
를 요구하기 때문에 특정한 사회적, 역사적 요소를 무시하게 된다
고 생각하게 되었다. 즉, '분리 평등(separate but equal)'** 관련 시설

---

* 흑인 여성 밀드레드 러빙과 백인 남성 리처드 러빙의 결혼이 버지니아
주의 인종보전법(Racial Integrity Act of 1924)상 불법이라며 징역 1년형을 선고하
자 이에 러빙 부부가 대법원에 항소하여 승소한 사건이다.

** 흑인 호머 플래시가 열차의 백인석에 앉으려다 루이지애나 주법에 따
라 체포되었는데, 대법원이 1896년에 루이지애나주의 손을 들어줌으로써 공공시
설에서 흑인과 백인의 자리를 합법적으로 분리할 수 있다는 '분리 평등(separate but

들에 대해 판결을 내리는 판사들은 소수자들이 맞닥뜨리는 특정한 난점들의 구체적 맥락에 대한 이해를 스스로 거부해야만 한다는 것이고, 따라서 흑백 분리에 담긴 비대칭적 의미 또한 거부해야 한다고 주장했다. 판사들은 그들이 분명히 알고 있는 역사적인 맥락들마저 잊어야 한다는 뜻이다.

웩슬러는 "대법원에서 찰스 휴스턴(Charles H. Houston)과 같이 소송을 진행하던 시절…… 휴회 시간에 점심을 먹으러 유니언 역에 가야만 한다는 사실에 대해 그가 나보다 더 고통스러워하지는 않았다."*라고 여담을 풀어 놓았다.[127] 그리고 나서 웩슬러는 백인 남성과 흑인 남성이 백인 레스토랑에서 함께 식사할 수 없다는 사실은 두 사람 모두에게 똑같은 짐을 지우는 것, 즉 단순히 결사의 자유를 부정하는 일이라는 의견을 암시했다. 백인들은 언제나 흑인 레스토랑에 완벽하게 자유롭게 방문할 수 있다는 사실(할렘의 재즈 클럽 역사로 인해 유명해진 사실)을 애매하게 외면해 온 것은 차치하더라도 그가 열정적인 분리 정책의 반대자였음을 고려해 볼 때, 이 예시는 이상할 정도로 배려가 없다. 웩슬러에게 이 부정은 불편함 혹은 죄의식의 근원이었을 것이며, 휴스턴에게는 공공연한 열등함의 낙인이었을 것이다.[128] 이 자명한 사실을 인지하는 것은 정치적 편향성도 아니고 보편적 원칙으로부터 괴리된 것도 아니다.

equal)' 개념이 생겼다.

    ★   웩슬러는 백인, 휴스턴은 흑인 변호사였다.

웩슬러의 둔감함은 **브라운 사건**에서만이 아니다. 해당 사건에 대해 그는 다음과 같은 수사적인 두 문장으로 마무리한다. "강요된 성별 분리는 그저 그에 분개하는 것이 여성이고, 대부분의 판단을 남성이 했기 때문에 여성에 대한 차별이라고 할 수 있는 것일까? 인종 간 출산 금지는 결혼을 원하는 커플의 유색 구성원에 대한 차별인가?"[129] 이러한 질문들은 바로 반론에 부딪히게 될 것이며, 그러므로 **브라운 사건**을 추론하는 방식에서 **귀류법***으로써 기능할 법하다. 하지만 물론 우리는 웩슬러에 반대한다. 그리고 **브라운 사건**에서처럼 인종에 대해 숙고하는 것이 성차별에 대한 생산적인 사고방식을 낳을 수 있다고 결론 내리면서 그의 **귀류법**을 기각할 것이다.

페미니스트들은 웩슬러의 도전을 이어받아 인종차별에 대한 반위계적 사고방식을 성차별법에 도입하고자 했다. 매키넌은 성희롱의 '지배' 이론을 구축하기 위해서 웩슬러를 먼저 잘 포장한 위장말**로 내세워야 했다.

인종은 성차별에 대한 사유에 있어서 중요한 패러다임이다. 하지만 성희롱에서 완벽한 패러다임은 아니다. 성적인 호의를 요구하

---

* 귀류법(reductio ad absurdum)은 어떤 명제가 참임을 증명하기 위해 그 명제의 결론을 부정하면 가정이나 공리가 모순됨을 보여줌으로써 간접적으로 결국 그 명제가 참임을 증명하는 방법이다.

** 사냥꾼이 몸을 숨겨 사냥감에 다가가기 위한 말 모양의 위장. 훗날 웩슬러의 논리에 결함이 발생했지만, 인종차별과 성차별을 같은 맥락에서 해석한 공을 앞세워 성희롱법 이론 구축에 도움을 받았다는 비유로 쓰였다.

면서 흑인 여성과 백인 여성 모두를 모욕하고 굴욕감을 주는 특정한 방법을 포함하지 않기 때문이다.

여성들에 대한 직장 내 성희롱

1979년, 오랫동안 기다려 온 매키넌의 책이 출간되었다. 그리고 그 책은 오늘날에도 법학계 역사에서 가장 영향력 있는 저서이다. 긴즈버그 판사는 이 책을 두고 "폭로였다."라며 "그 전까지 존재하지 않았던 영역의 시작점이었다."라고 말했다.[130] 긴즈버그뿐만이 아니었다. 좌파와 우파 모두 이 책이야말로 유일무이한 방식으로 정교하게 법을 만들어 냈다는 데 동의했다. 평소 우파로 간주되던 저명한 연방법원 판사도, 연방 사법제도에 가장 큰 영향을 미친 것은 법학 교수가 쓴 이 책 한 권이라고 자주 말하곤 했다.[131] 오늘날 매키넌은 파격적인 급진주의자로 여겨지는데, 이는 대부분 포르노에 대한 저작 때문이다. 지금은 완전히 주류가 되었지만 그녀의 1979년 책이 당시에는 용감하고 대담했다는 것을 기억할 필요가 있다.

매키넌이 가장 먼저 한 작업은 직장 내에 성희롱이 얼마나 만연해 있으며 그 위해가 어떤지 전혀 모르는 이들에게 상세하게 알려 주는 일이었다. 그러고 나서 세세하고 설득력 있는 법적, 이론적 논지를 통해 왜 성희롱이 '타이틀 세븐'에 의거한 성차별로 간주되어야만 하는가를 밝혔다. 비록 매키넌이 열정적으로 자신의 이론을 설파하는 사람으로 명성을 얻었고, 종종 대중에게 보이는 면모 역

시 그러했지만, 『일하는 여성들이 겪는 직장 내 성희롱』은 감정을
실어 생생하게 쓰였음에도 조심스럽고 신중한, 게다가 일류 변호사
다운 방식으로 몰두하여 논의를 이끌어 낸 작업이다. 매키넌은 언
제나 변호사였고, 그녀의 경력 내내 법이 여성들을 평등하게 존중
하는 것을 절차에 따라 표현해 내는 것을 목표로 삼았다. 이 작업에
앞서 **앨릭젠더 사건**이 있었고 이어서 1980년에는 성희롱에 대한 가
이드라인에 대해 조언했던 미국 평등고용추진위원회와의 작업이
있었으며, 몇 년 뒤에는 대법원에서 획기적 사건으로 남은 **메리터
대 빈슨(Meritor v. Vinson) 사건**을 맡기도 했다.[132]

　『일하는 여성들이 겪는 직장 내 성희롱』은 종종 부정확하게 기
억되거나 잘못 인용된다. 많은 경우에 차별의 '차이' 이론이라 부를
법한 것을 부인하고 '지배' 이론을 옹호한다고 이야기되는데, 이 해
석은 틀리다. 매키넌은 이 책에서 차별에 대한 이 두 이론 모두를
보여 주고 성희롱이 성차별이라는 것을 보여 준다. 또한 훗날 '지
배' 이론이라 불리게 되었으나 매키넌이 이 책에서 '평등' 이론이라
고 썼던 그 이론*이 어째서 생각해 보기에 더 좋은 이론인지에 대
한 근거들을 제시한다. 그녀는 이 대담한 이론적 논의들에 설득되

---

　*　매키넌은 생물학적 성별에 차이가 있기에 여성과 남성 사이에 사회적 차
이가 발생한 것이라는 기존의 차별 기제가 남성의 여성 지배를 정당화하는 구조에
이용되면서 역설적으로 차이가 생겨나는 구조 자체를 논점으로 보았다. 차이 자체
가 아닌 지배 구조를 논점으로 삼은 것이다. 이 관점은 초기 연구에서 평등으로 쓰
이다가 훗날 매키넌이 이론을 가다듬으며 지배로 부르게 되었다.

지 않은 이들에게 빠져나갈 구멍조차 주지 않는다. 우리에게 친근한 '차이' 이론만으로도 그녀가 원했던 결론을 얻기에는 충분하다.

'차이' 이론은, 두 당사자가 비슷하다면 두 당사자 모두 비슷하게 대우받아야 하지만 다르면 다르게 대우받아야 한다고 말한다. 그 후, 글은 **유의미한** 유사성과 차이에 대해 설명한다. 규범적인 이론 작업은 모두 유의미성을 제시함으로써 가능해지기 때문이다. 다시 웩슬러를 생각해 보자. 그와 휴스턴은 똑같았다. 둘 다 연방법원 판사였다. 그러니 두 사람이 함께 점심 먹는 것을 금지한 법은 똑같은 사람들을 같은 방식으로 다루고 있기 때문에 허용 가능하다고 웩슬러는 말한다. 하지만 누군가는 두 사람이 명백하게 유의미한 사항에서 완전히 다르다고 대답해야만 한다. 결정적으로 역사적, 사회적 요인들이 그들을 다르게 만들고, 그렇기 때문에 결사의 자유를 부정당하는 부당함은 두 사람 각각에게 전혀 대칭적이지 않다. 그러니 이 이론이 적실성을 요구한다는 사실을 고려할 때, '차이' 이론이 민감하지 못하다고 말할 수는 없다.

매키넌은 차이 이론을 비판했다. 웩슬러적인 방식, 즉 고의적으로 역사와 맥락을 간과하는 방식으로 자주 적용되기 때문이다. 그녀는 보험 회사가 임신 보조금을 거부했던 악명 높은 사건을 논하면서 이 사건이 가짜 중립성에 의해 장려된 것이라 보았다. 모든 '비-임신자들'은 유사하게 대우받고(의료보험이 제공되고) 모든 '임신자들' 또한 유사하게 대우받았던(의료보험이 거부되고) 것이다. 하지만 차이에 의한 접근은 어떤 방법으로도 이러한 가짜 중립성을 수반하지 않는다. 매키넌은 출산 휴가에서 복직한 여성에게는 누적 근속이 적용되지 않으면서 질병이나 장애로 인한 휴가를 쓴 사람에게는 누적 근속이 주어진다는 것을 성차별이라고 본 대법원의 판결을 짚는다. 그녀는 차이 이론이 그 자체로 어떤 차이가 유의미한지에 대한 명확한 설명을 제공하지 않는다는 데에서 문제를 찾았다. 아무리 좋게 보아도 이 이론은 보완이 필요하다는 것이다.

그러나 우리가 차이 이론에 기대고자 한다면, 그리고 이 이론의 장점들을 보존하고자 한다면, 성희롱은 성차별이라는 것만큼은 드러내 보일 수 있다고 매키넌은 말한다. 피고용인으로서 여성들은 젠더로 규정된 집단으로 지목되고, 남성에게는 제한되어 있지 않은 것들이 여성에게는 제한되는 불합리한 방식으로 특별 대우를 받기 때문이다. "그렇게 하는 과정에서 두 가지 고용 기준이 생겨난다. 성적 요구를 포함하는 여성이라는 그룹과 그런 것이 없는 남성이라는 그룹." 매키넌은 남성들도 성적으로 괴롭힘을 당할 수 있다는 점을 부인하지 않는다. (훗날 매키넌은 **온케일 대 선다우너**(Oncale v. Sundowner)[133] **사건**에서 이 사실을 생생하게 드러냈다.) 하지만 그녀는 대부분의 경우 성적으로 괴롭힘을 받은 사람들은 여성들이므로, 성적 가해는 대부분 여성을 목표로 삼는다고 꾸준히 말한다. 피해자의 성별이 달랐다면 대부분 벌어지지 않았을 것이라고 피력한다.

이 책에서 매키넌이 선호한 이론은 나중에 '지배' 이론이라 불리게 된 '평등' 이론이다. 이 이론이 평등이라는 목표에 있어 가장 핵심적인 차이가 무엇인가에 대한 구체적 설명을 동반한, 차이 이론의 일종이라 보는 사람도 있을 수 있다. 매키넌은 실제로 두 이론에 겹치는 부분이 있다는 것을 목격했다. 평등 이론은 차이 이론의 모호한 지점에서 좀 더 깊이 있고 분명한 규범적 논지를 제공한다. 주어진 상황이 차별적인가 아닌가를 묻는 데 있어(혹은 헌법적인 맥락 속에서 평등 보호 조항을 위반하고 있는 것은 아닌가를 묻는 데 있어) 우리가 보다 더 큰 사회의 권력 구조라든가 그들의 역사를 보아야 할 필요가 있다는 것이다.

러빙 대 버지니아(Loving v. Virginia) 사건으로 돌아가 보자. 흑인들이 백인들과 결혼하는 것을 금지하고 백인들이 흑인들과 결혼하는 것을 금지한 것은 대칭적이지도 중립적이지도 않으며, 그 반대로 차별적이며 평등 보호 조항을 위반한다. 이는 부정에 대한 역사적, 사회적 의미가 완전히 비대칭적이기 때문이다. 대법원의 말을 빌리자면 다른 인종 간에 결혼할 권리를 부정하는 것은 "부당한 인종차별로부터 독립적이고 타당한 우선적 목표 같은 것은 없고" "백인 우월주의를 유지하기 위해 고안된" 방법이므로, 마찬가지로 여성 고용인들을 남성들의 잠재적인 성적 장난감으로 배치하고, 남성에게 종속되는 방식으로 고용하는 것은 정당한 목적을 가지고 있지 않을뿐더러 여러 해에 걸쳐 젠더화된 권력의 위계 구조를 유지할 뿐이라고 매키넌은 주장한다. 이 권력 구조는 오래도록 관심 밖에 있었는데, 그것이 자연스럽다고 여겨졌기 때문이다. 하지만 매키넌의 결론은 이러하다. "불평등을 만들어 내는 분리는 자연스러워 보일 수 있다. 그 불평등이 너무도 만연해 있어서 문제 제기를 받아 본 경우도, 이성적으로 미심쩍다고 여겨진 경우도 드물기 때문이다." 평등 이론은 더 큰 사회 구조에 초점을 맞추어 이 금지에 좀 더 깊은 해석의 근거를 제공한다.[134]

여기에 나는 평등 이론이 무엇이 잘못인지에 대한 더 심도 깊은 설명을 포착하고 있다고 덧붙이고자 한다. 내가 교만과 대상화에 대해 담아내려 했던 그 잘못된 생각들 말이다.[135]

대부분이 남성인 반대자들은 매키넌의 이론을 반(反)성별적으로 묘사할 방법을 즉시 찾아내어 에로틱한 애착의 공간이 되어야 할 직장에서 그녀가 이 멋진 기회를 앗아가 버렸다고 말했다. 아니, 전혀 그렇지 않다. 나는 오히려 그녀가 책 속에서 직장 내 관계에 대해 너무 관대하게 그리고 있다고 생각한다. 그녀의 법적 규범이 에로티시즘을 막을 것이라는 반대 의견을 맞닥뜨리자, 매키넌은 "동기가 선의에 의한 것이었고 어떤 강요도 없다면, 단 한 가지 금지 사유로도 충분해야만 한다."라고 말하면서 부연하지 않는다. '금지'가 없는 곳에서 일어나는 관계는, 직장 내에서 발생하는 성적 문제들을 허용하고 있다는 것이다. 불균형한 권력 상황 속에서 확실한 동의를 받는 것에 대한 어려움은 차치하고서라도 이러한 환경은 서로에게 가장 열정적인 관계마저 무너뜨릴 수 있고, 고통받는 쪽은 언제나 힘 없는 쪽이다. 그러므로 오늘날 대부분의 대학과 직장은 현명하게도 직속 관계 간 성적 관계를 전면적으로 금하고 있다.

법에서의 성희롱

매키넌의 이론은 곧바로 EEOC 지침의 뼈대가 되었다. 이 다음 도전은 법원에서 벌어지는 일들, 이미 시작된 사건들을 마치는 것이었다. 첫 번째 획기적인 사건은 1986년 **메리터 저축은행 대 빈슨(Meritor Savings Bank v. Vinson) 사건**으로 매키넌이 변론 취지서를 작성한 사건이다.[136] 메셸 빈슨은 1974년 수습 은행원으로 메리터 저축은행에 고용되었다. 이듬해 5월, 상관이던 시드니 테일러는 그녀를 희롱하기 시작하며 성적인 호의를 요구해 왔다. 보복이 두려웠던 그녀는 수차례 그와 성관계를 가졌고 그중 몇 번은 동의했으나 몇 번은 강압적인 강간이었다. 그는 공공장소에서 그녀를 만지기도 했으며 스스로 신체를 노출해 그녀에게 내보이기도 했다. 빈슨은 테일러가 '적대적인 근무 환경'을 만들어 냈다며 그의 괴롭힘을 고소했고, 이것이 '타이틀 세븐'에 의한 불법적 차별의 형태를 구성한다고 덧붙였다.[137] 결론적으로는 그녀가 이겼다. 이 사건은 오늘날 우리가 '적대적인 환경'이라고 부르고 매키넌의 책에서 '고용 환경'이라 부르는 성희롱을 확립했고, 이는 '타이틀 세븐'에 근거한 성차별 중 하나이다. 피고용인은 고용된 상태로 남아 있기 위해서 '원치 않는' 성적 행위를 마땅히 견뎌야 한다고 믿는다. 대법원은 유익하게도 '비자발적인'과 '원치 않는'을 구별해 냈다. 빈슨은 성적 행위에 자주 동의했지만 마음속으로는 '원치 않았'다. 법원은 직장 내 괴롭힘에 대한 올바른 법적 기준은 '달갑지 않음'이지

'비자발성'이 아니라고 말했다.

그렇다면 형법에서 내가 규명한 차이를 받아들였던 법원의 결정을 살펴보자. 일터에서의 성희롱은 즉 착취적인 권력의 사용이라는 것이다. 우리가 성희롱을 어떻게 이론화하더라도 결국 성희롱은 권력 남용이다. 교만에 대한 분석대로 법정이 인식해 온 성희롱의 두 종류는 '대가성'과 '적대적인 환경'이다. 둘 다 비대칭적인 권력을 수반한다. '대가성' 괴롭힘에서 원고는 성적인 최후통첩을 받는다. '적대적인 환경'에서는 성적 관계에 대한 압박이 얽혀 있든 업무 관계에서 보다 확산되어 있는 성애화가 얽혀 있든 간에, 원치 않는 무언가를 견뎌 내야 한다는 압박이 퍼져 있다. 두 경우 모두 여성이 실제 덫에 걸리기 전까지는 무엇이 잘못됐는지 우리는 알 수 없다. 그녀는 폭력적인 상황을 견딘다. 왜냐하면 그것이 그녀의 고용 환경이 되었기 때문이다.

법원은 적대적 근무 환경이 인정되기 위해서는, 그 괴롭힘이 '극심'하거나 '만연'해 있어야 한다고 말했다. 한 번은 이 '극심'해야 한다는 조건이 중대한 정신적 상해를 가해야만 성립한다고도 했다. 또 한편으로는 그 상황에서 상상할 수 있는 '합리적인' 사람에게도 상당히 모욕적인 것이어야 성립한다는 것이다. 첫 번째 요구 조건은 두 번째 요구 조건보다 더 강력하고 더 충족시키기 어렵다. 극도의 가해를 당하는 도중에도 현재적이지 않을 수 있는 정신적 상해의 증거를 요구한다는 점에서 그렇다. 과연 어째서 정신적인 상해가 기준이 되어야만 하는가? '원치 않음'과 '가해성'은 강인한 여성이 그것들로 인해서 무력해지지 않는다 하더라도 그 자체로 존재하는 악이다. 1993년의 중요한 사건 **해리스 대 포크리프트 시스템스(Harris v. Forklift Systems) 사건***에서[138] 법원은 객관적인 가해성에 유리한 판결을 내렸다. 행위가 "객관적으로 적대적이고 착취적인 근무 환경을 만들어 내기에 충분할 정도로 심각하고 만연해야" 하지만 고려 사항이 될 수 있는 원고가 심각한 정신적 상해를 증명할 필요는 없다고 말한 것이다. 이러한 사건의 법정 판결들은 모든 정황을 살피게 되어 있고, 여기에는 "차별적인 행위의 빈도, 그 심각성, 신체적 위해이거나 모욕인지 혹은 단순한 가해성 발언인지, 혹은 고용인의 업무 수행에 비이성적으로 관여했는지" 여부가 포함된다.

이러한 법적 기준에 의하면 판사 클래런스 토머스가 애니타 힐에게 한 행위는, 1991년 힐의 증언에 의하면 현행법 기준으로는 다소 불분명한 사건이다. (그는 미 교육부에서, 나중에는 EEOC에서 힐의 상관이었다.) 여기서 힐의 증언을 사실로 보면 그녀가 묘사한 행위는 신체적인 가해나 위협은 아니었으나 공격적이며 일상에 스며 있었고, 힐은 토머스가 포르노에 대해 떠들거나 성적 착취

---

*   미국 대법원이 '타이틀 세븐'에 따라 '적대적 근무 환경'의 정의를 명확히 한 사건. 포크리프트 시스템에 고용되었던 테레사 해리스가 고객과 다른 직원들 앞에서 사장 찰스 하디에게 성희롱을 당해 이에 항의했고 하디는 사과하며 재발 방지를 약속했다. 그러나 곧 다시 성희롱을 시작하여 해리스는 직장을 그만두고 포크리프트 사를 고소했다.

를 과시하는 등의 언행이 그녀와 사귀는 것을 목표로 하고 있었다고 진술했다. (물론 힐처럼 품위 있고 총명한 인격을 가진 사람에게 접근하는 데에 이만큼 역효과를 낳는 방식은 상상하기 어렵다!) 힐은 대답하지 않았을 때 받게 될 보복이 두려웠다고 주장했다. 다른 한편으로 그녀의 상황은 빈슨처럼 극도의 신체적인 위협이 있었던 것도 아니고 해리스가 겪었던 것 같은 (성적으로 빈정거리거나 성차별주의자에게 "멍청한 여자들" 같은 말을 반복적으로 들었던) 적대적인 괴롭힘도 부재했다. 그러나 다른 목격자들이 침묵했기 때문에 우리가 모르는 만연함은 더 많을 것이다. '타이틀 세븐'은 집단이 아니라 개인에 초점을 맞추고 있어서 힐은 토머스가 모두를, 혹은 다른 많은 여성들을 괴롭혔다는 사실을 입증할 필요가 없었다. 여전히 괴롭힘의 정도와 빈도에 의해 결과가 좌우되는 적대적 환경 관련 사건에서는 근무지에 만연한 성애화에 대한 다른 증언들이 유용할 것이었다.

내가 보기에 그 사건이 법정으로 간다면 (물론 소송으로 간 적이 없지만) 힐은 토머스가 아니라 교육부와 EEOC를 상대로 승소해야만 한다. 왜냐하면 '타이틀 세븐'은 개별 상사가 아니라 고용주에게 소송 사유를 묻기 때문이다. 물론 힐이 실제 소송을 했다고 해도 승소 여부는 장담할 수 없다. 다른 유사한 사건의 고소인들은 패소했기 때문이다. 배심원단은 토머스의 행위가 객관적으로 심각했고 충분히 자주 일어났음을 확신할 수 있어야 했다. EEOC의 지침은 "성적인 추파나 접근, 심지어 사소하거나 단순히 짜증을 유발

182

할 뿐인 저급한 언어 사용으로는 적대적인 환경이 성립되지 않을 수 있다."라고 말하고 있다. 하지만 실제 판사들과 배심원단은 토머스 사건에 대해 뭐라고 말했을까? 이 지점이야말로 기록들이 다양한 결과를 보여 주는 장이다. **배스커빌 대 컬리건**(Baskerville v. Culligan) 사건에서 이를 간략하게 살펴볼 것이다.[139]

이어지는 몇 해 사이에 현행법상 큰 공백들이 있다는 점이 점차 지적되었다. 매키넌의 이론과 관련한 판례법들은 성별과 성적 관계에 어떤 방식으로든 관련이 되어 있는 성희롱에 집중했다. 과거에는 '개인적'이라거나 '자연스러운' 것이라고 여겨지던 종류의 일들이었다. 하지만 누군가는 성관계에 대한 강요 없이도 자신의 성별 때문에 괴롭힘을 당할 수 있다. 인종적 소수자가 인종 때문에 지목되어 인종 박해를 당할 수 있는 것과 똑같다. 인종적 고정관념을 활용할 필요도 없을지 모르겠다. 그 지목이 인종에 기반한 것이라고 타당하게 여겨지기만 한다면 증거가 된다. **메리터 사건**이나 **해리스 사건**과 같은 초기 사건들이 성관계에 집중하였던 것으로 인해 법정은 종종 혼란스러워하며 '적대적 환경'이라는 주장을 부인했고, 그것이 성적 압박의 증거가 될 수 없다고 보기도 했다.[140] 그러다가 다행스럽게도 이런 흐름에 수정이 가해져 널리 퍼지게 된 것이 바로 1994년 **카 대 제너럴모터스사의 앨리슨 가스 터빈 부서**(Carr v. Allison Gas Turbine Division, General Motors) 사건이었다.[141] 인디애나주에 세워진 제너럴모터스사의 가스 터빈 부서에 고용된 최초의 여성 메리 카는 그곳에서 일하는 남성들로부터 위협적이고 노골적인 괴롭힘을 당했다. 당시 그들은 여성에게 직업이 있다는 것이 남성의 일자리 감소를 의미한다고 생각하여 두려워했다. 보행자용 통로에서 카에게 소변을 보거나 외설적인 말들을 일삼았고 도구 상자를 훼손하거나 작업복을 찢는 등 그들은 그녀의 삶을 비극으로 만드는 데 앞장서서 그녀를 직장에서 몰아내려 했다. 이들이 그녀를 성적인 관계로 압박한 것은 아니었다. 젠더 고정관념에 바탕한 비하 발언이나 모욕을 하지도 않았다. 하지만 그녀가 여성이기 때문에 그들은 그녀를 괴롭혔다는 점은 분명하다. 만약 카가 남성이었다면 이런 일을 견딜 필요가 없었을 것이다. 포스너는 다수결에 찬성하면서 카의 성희롱 사건이 명백한 성차별 사건이기에 그녀의 반복적인 신고에 대한 제너럴모터스사의 침묵은 법적 책임을 묻기에 충분하다고 판결했다. 그는 성적 제안의 부재가 원칙적 문제라는 데에는 아무 답도 하지 않았다. (포스너는 또한 지배이론에 문제가 없는 것처럼 단언했다. 사실 확정에 대한 지방법원 판결을 기각하기도 했는데, 지방법원 판사가 해당 사건에 대한 해석에서 직장 내 권력 비대칭을 감안하지 않았기 때문이었다.)

성희롱에 대한 전체적인 개념은 여성의 직장 내 경험과 남성에 의한 여성 지배에 초점을 맞추고 있다. 다만 오늘에 와서는 환경에 따라 남성도 성희롱으로 고통받을 수 있다는 것이 명백해졌다. 1998년 **온케일 대 선다우너 오프쇼어 서비스**(Oncale v. Sundowner Offshore Services) 사건이 주요 사례였다.[142] 조지프 온케일은 멕시코만의 석유 굴착 장치에서 여덟 명의 남성들과 일했다. 그는 다른 남성들로부터 지속적인 괴롭힘과 모욕을 받았고, 강간 위협에 시달렸으며, 한 번은 비누로 항문 성교를 당하기도 했는데, 전해지는 바에 따르면 이 사건은 명백히 그의 여성적인 특성 때문에 발생했다. 온케일은 '성별 때문에' 괴롭힘을 당했다고 주장하며 '타이틀 세븐'에 의한 보상을 원했다. (상술했듯이 2020년 전까지도 대법원은 성적 지향에 근거한 차별을 '타이틀 세븐' 위반으로 인식하지 않았다. 지방법원은 인정했음에도 불구하고 말이다. 어쨌든 **온케일 사건** 속 가해자들은 모두 이성애자였다.) 지방법원과 항소법원은 온케일의 주장을 받아들이지 않았는데, 다른 남성으로부터 괴롭힘을 당한 남성에게는 소송의 사유가 없다는 것이 그 이유였다. 이 사건이 대법원 항소심으로 갔을 때, 매키넌은 온케일을 지지하는 소송 참고 의견서*를 작성했다.

대법원은 만장일치로 온케일의 손을 들어 주었다. 스컬리아 판사가 판결문을 작성했다. (토머스 판사는 한 문장으로 된 동의서를 덧붙였다.) 그는 인종차별에 대한 판결이 원고와 피고 모두 같은 인종이라는 사실을 배제하지 않는 것과 마찬가지로, 적대적인 환경 역시 관련된 모두가 남성일 때도 '성별로 인한' 것이라 판결할 수 있다고 썼다. 평생토록 원문 너머에 숨은 입법 취지를 찾는 것에 반대해 온 스컬리아 판사는 이렇게 말하기도 했다. "법에 명시된 금지

---

* 'amicus brief' 또는 'anlcus curae brief'는 개인이나 단체가 특정 소송의 쟁점에 대해 자신들의 입장을 재판부에 전달하고자 제출하는 의견서를 뜻한다.

는 종종 비슷한 종류의 악을 덮어 주기 위해 더 큰 악을 넘겨 버린다. 궁극적으로 우리를 통치하는 것은 입법자들의 주요 관심사가 아닌 법 조항들이다." 그는 성적 욕구가 추동한 괴롭힘만이 적대적인 환경을 만드는 것은 아니라고 보았다. **온케일 사건**은 그 명백함 외에도 중요한 의의를 갖는다. 지방법원들은 그 사건이 확립한 범위를 기준으로 운용되기 때문이다. 어쨌거나 성희롱이 생물학과는 별개인 권력 남용의 문제라는 인식은 환영할 만하다.

오늘날의 성희롱: 법이 가야 할 곳

성희롱법이 페미니스트 이론화와 페미니스트 변호사 실무에서 업적을 이루었다는 데에는 의심할 여지가 없다. 성폭행과 관련해서는 여전히 해야 할 일이 많지만 말이다. 이제 고심해서 다루어야 할 필요가 있는, 혹은 주목받기 시작한 문제점 세 가지를 살펴보자.

적대적인 환경이란 무엇인가?

관습법의 전통은 누적된다. 새로운 사건들이 흐릿했던 경계들을 갈수록 뚜렷하게 만든다. 그러나 오늘까지도 '적대적인 환경'이라는 개념과 관련된 주요 부분들이 불분명하게 남아 있어서 유사한 사건들도 각기 다르게 다루어지고 판사와 자문들도 각자 생각이 다른 것으로 보인다. 한 중요한 논문에서 다이앤 우드 판사는 순회법정에서 원고가 진 일련의 성희롱 사건들을 분석하며 적어도 몇몇 결과들에는 문제를 제기할 여지가 있다고 결론 내린다. 그녀는 '타이틀 세븐'의 감시 대상이 단순히 무례하고 상스러운 행위뿐이라는 대중의 오해에 대해 이렇게 말한다. "현실은 다르다. 무해한 행동들은 절대로 소송까지 가지 않는다. 소송에 간다 하더라도 빠르게 기각된다. 진정으로 끔찍한 행위들이 법의 범주에 포함되지 않는 동안……." 이 글에서 우드는 이제 법을 제대로 살피고 개정을 고려해야 할 때라고 결론 내린다.[143]

우드는 다양한 문제적 사건들을 살펴보는데, 우리는 그중에서도 **배스커빌 대 컬리건 사건**을 보기로 하자.[144] 밸러리 배스커빌은 정수 처리 제품 제조사인 컬리건사의 마케팅 부서 비서였다. 7개월이라는 기간 동안 그녀는 상관에게 성희롱을 당했다. 1994년에 메리카의 편에서 인상적인 의견서를 남겼던 포스너 판사는, 1995년 배스커빌에게는 불리한 판결을 내렸다. 포스너는 번호를 매긴 목록으로 상관의 행위들을 나열하였는데 1번에서 9번에 이르는 목록은 다분히 조소하는 태도로 묘사되어 비위협적이고 우둔해 보였다. 예를 들자면 "안내 말씀 드리겠습니다." 하는 장내 방송이 들려올 때마다 상관은 밸러리의 책상에 가서 "너 저게 무슨 말인지 알지? 예쁜 애들은 벗고 돌아다녀야 한다는 거야."라는 식이었다. 포스너는 "일곱 달 동안 있었던 이런 경우들이 궁극적으로 성희롱으로 발전하리라고는 보이지 않는다."라고 결론 내렸다. 또한 포스너는 **메리 카 사건**에서 보여 주었던 자신의 통찰을 스스로 도외시하는 분석을 덧붙이기도 했다. 성희롱이 "직장을 지옥처럼 만들 수 있는 남성들의 관심으로부터 직장 여성들을 보호하기 위해 고안된" 개념이라는 것이다. 나아가 그는 그러한 압력을 심각한 것(폭행, 비동의 신체 접촉, 외설적 언행 등)과 "거칠고 못 배운 노동자들이 가끔 성적인 접근을 함의한 저속한 농담을 하는 것" 두 종류로 분류한다. 포스너는 상관의 경우 후자의 경우에 속하는 것으로 결론 내리고는, 카의 경우는 "예민한 여성에게는 불쾌한 것"이었겠으나 "빅토리아 시대에서처럼 여린 정서를 가진 여성들"*에게만 심각하게 괴로울 수 있는 것이라며 괴롭힘이라는 주장이 성립되지 않는다고 결론지었다.

하지만 포스너 판사는 컬리건의 경우 사내 권력 구조에 대해서는 어디에서도 분석한 흔적이 없다. 비서와 상관의 위치 사이의 비대칭성이 상관의 말과 행동에 어떤 영향을 끼쳤는지도 묻지 않았다. "'상사의' 기습적 농담들이 위협적이라거나 심각하게 불안하게 만든다는 맥락을 상상하기가 어렵다."고 말한 포스너는, 그 맥락을 구성하는 남성과 여성 사이의 비대칭적 권력 구조라는 요소에 대해서는 생각하지 않았다. (예를 들어, 우리는 그 회사에 여성 직원이 몇 명 있었는지도 알지 못한다.) 이것이 우드가 우려했던 일이며 나역시 그녀에게 동의한다. 남성 판사들은 합리적인 여성이 진심으로

---

　*　빅토리아 시대의 여성들에게는 남성들의 강압적인 성적 언행들이 괴로워도 감내해야 한다는 풍조가 있었다. 포스너 판사의 판결은 지금은 빅토리아 시대가 아니기에 현대의 여성들은 그러한 고통을 감내하지 않을 것이라는 추측을 전제한 말이었지만, 이어지는 너스바움의 논지처럼 그의 판단은 틀렸다.

적대적이라고 볼 수 있는 상황을 너무도 성급하게 희극으로 본다. (배스커빌의 경험은 애니타 힐의 상황과는 또 달랐고, 나는 힐이 제기한 사실들에 근거하면 힐은 승소했어야 마땅하다고 말한 바 있다.) 게다가 우드가 지적하듯, 포스너 판사는 고리타분한 기준을 적용했다. **해리스 대 포크리프트** 사건에서는 반려되었던 적대적인 환경이 피해자에게 '지옥 같은 곳'이 되어야만 성립한다는 그 기준 말이다. 이렇듯 우리는 기준을 좀 더 심도 있게 명료화할 필요가 있다.

법적 책임을 바르게 하기

성희롱법의 역사를 관통하는 여러 가지 불확실성은 고용주의 법적 책임에도 많은 혼란을 끼쳤다. '타이틀 세븐'은 고용주에게 불리한 구제 방안을 만들어 왔고, 따라서 고용주와 연계하는 것이 중요하다. 문제적인 행위를 고용주에게 환기시키기 위해서, 소송 명분을 갖기 위해서 원고는, 어떤 조치를 취해야 할까? 그 고소는 얼마나 시의적절해야 할까? 고용주는 필요한 경우 성희롱 관련 정책으로부터 어떤 종류의 격리를 도출해 내는가? 고용주의 입장에서 어떤 개선 방안들을 만들어야 혐의에서 벗어나기에 충분할까? 이 모든 의문과 관련된 사건들이 존재하지만 여전히 명료하지는 않다. 축소 신고된 사건들과 민사소송 건 98퍼센트 이상이 재판 없이 해결됐다는 사실을 미루어 보았을 때는 특히나 더 그러하다. 최근 우드는 노인 주거 시설의 거주자로부터 괴롭힘을 당한 레즈비언 여성의 사건을 통해, 이 법적 책임을 이해시키는 데 창의적인 기여를 했다.[145] 문제 해결을 위해 아무 대책도 내놓지 않았던 것만으로 법적 책임을 지기에 충분하다는 것이다. 해당 사건은 '타이틀 세븐'이 아니라 공평주거권리법(Fair Housing Act)에 근거하였는데, 두 법규 모두 성차별을 정의하는 데 있어서 매우 유사한 언어를 사용하고 있어 종종 같이 묶인다.

이제는 고용주의 법적 책임이 갖는 제한들에 대해서도 다시 생각하고 그 법적 책임이 가해자 측에까지 확장되어야 하는지 여부를 논의해야 할 시간이다.[146] 그러한 변화가 가져올 억제적 가치는 막대할 것이다. 물론 신체적인 폭행이 있는 경우 원고는 가해자 측에 형사 고발을 할 수 있지만, 두 가지 다른 조치를 취하는 것은 어렵고 만만치 않은 비용이 든다.

성적 지향 차별

온케일 사건은 동성 간의 괴롭힘에 내재된 차별을 주지함으로써 '타이틀 세븐'의 범주를 넓혔다. 스컬리아의 의견은 이 결과를 문서화하여 확실히했고, 이 작업은 이전의 성희롱 판결들에 대한 근거가 되었다. 하지만 많은 직장에서 차별과 괴롭힘에 노출된 피고용인들은 성적 지향성이나 트랜스젠더 정체성에 기반한 차별에 대해서는 보호받지 못하는 것으로 나타난다. 이 주제는 일반적으로 정의를 추구하는 데 있어 LGBTQ 사람들과 공동의 명분을 가진 페미니스트들에게 언제나 중요한 문제였다. 그리고 온케일이 보여 주듯이 이 쟁점들은 늘 논쟁거리와 겹쳐 있다. 보수적이었던 대법원 원문주의자들에게는 **온케일 사건**에 대한 스컬리아의 의견이 이후의 사건들을 해결하는 데 있어서 선구자적인 역할을 했다.

2020년 6월, **보스톡 대 클레이튼 카운티**(Bostock v. Clayton County) 사건에서[147] 대법원은 '타이틀 세븐'의 '성별'을 성적 지향이나 젠더 정체성에 기반한 고용 차별을 방지하는 것과 관련해서도 동일하게 읽어야 한다고 선언했다. 판결이 상충되었던 항소법원의 판결에 불복하여 상소한 사건이 세 건 있었다.

- **보스톡** 사건은 조지아주 클레이튼 카운티의 직원이었던 제럴드 보스톡에 관한 것으로, 그는 게이 소프트볼 리그에 참가하기 시작했다는 이유로 카운티의 직원으로 '적합하지 않은' 행위를 했다며 해고당했다. 제11연방순회항소법원은 '타이틀 세븐'의 성차별에 근거한 그의 고소를 기각했는데, '타이틀 세븐'은 고용주가 피고용인들이 게이라는 이유로 해고할 수 있음을 금지하지 않기 때문이라는 것이 이유였다.

- **앨티튜드 익스프레스사 대 자르다**(Altitude Express, Inc. v. Zarda)[148] 사건은 스카이다이빙 강사인 도널드 자르다에 관한 사건이다. 강의 중 여성 고객이 그와 너무 가까워지는 것을 우려하자 그는 자신이 '100퍼센트 게이'라며 그녀를 안심시키려 했는데, 그러고 나서 바로 해고되었다. 그는 '타이틀 세븐'을 근거로 들어 고소했고 제2연방순회항소법원이 그의 편을

들어 소를 진행할 수 있게 허가했다.

• **R. G 앤드 G. R 해리스 장례식장 대 평등고용추진위원회**
(R.G. and G. R. Harris Funeral Homes, Inc. v. Equal Em-
ployment Opportunity Commission)[149] 사건은 남성으로서
장례식장에 고용되었던 에이미 스티븐스가 '여성으로서 근무
하고 살아갈 것임을' 계획하고 있다고 말하자마자 해고당한
사건이다. 자르다와 마찬가지로 스티븐스 역시 제6연방순회항
소법원의 항소심 단계에서 승소하였다. 이렇듯 순회법원 간의
분열은 대법원의 심리에서 흔히 발견된다.[150] (2020년 6월에
자르다와 스티븐스는 모두 사망하였는데, 자르다는 스카이다
이빙 사고로, 스티븐스는 오랜 지병으로 사망했다. 하지만 그
들의 친인척들이 소송을 진행해 나갔다.)

온케일 사건 이후 대법원의 역사적 판결에 공헌한 또 다른 두
사건이 있다.

• **필립스 대 마틴마리에타사**(Phillips v. Martin Marietta
Corp.)[151] 사건에서 회사 측은 어린 자녀가 있는 여성의 고용을
거부하고 같은 나이대의 아이들이 있는 남성은 고용했다. 사측
은 어머니인 경우만 제외하고는 자신들이 대체로 여성을 선호
하며, 회사가 여성을 차별하지 않는다고 말했지만 패소하였다.

일자리를 거절당한 여성과 똑같은 상황일지라도 남성이었다면 고용되었을 것이기 때문이었다. 다시 말해 법은 집단이 아니라 개인에 대한 고의적인 처우에 대한 것이다. 여기서 알려져야 할 것은, 고소인의 성별이 고용 여부와 관련 있는 요인들 중 하나라는 점이었다.

● **로스앤젤레스 수자원부 대 맨하트(Los Angeles Dept. of Water and Power v. Manhart)**[152] 사건에서 고용주는 여성이 남성보다 더 큰 연금 기금액을 부담해야 한다고 말하며, 여성이 대체로 남성들보다 수명이 길다는 사실을 인용해 여성들이 대체적으로 기금으로부터 더 많은 금액을 받는다고 덧붙였다. 고용주가 여성에 대해 편견을 가지고 있다거나 그들의 업무 수행력에 대한 부정적인 관점이 있다는 증거는 발견되지 않았다. 그러더라도 집단 차원에서 타당하게 보이는 관행이 개인들에게는 여전히 부당할 수 있으며, 다시 한번 대법원은 '타이틀 세븐'이 집단이 아닌 개인에 관한 것임을 강조했다. 개별 여성 누구나 큰 금액의 연금을 지불하고도 남성만큼 빨리 사망할 수 있다. 그리하여 고용주는 여성 피고용인이 그녀의 성별과 상관없이 똑같이 대우받을 수 있을 것이라는 '간단한 시험을 통과'하지 못했다.

세 가지 판례는 이후 찾아올 사건들에 명확한 뼈대를 확립했다. (1)'타이틀 세븐'은 집단이 아닌 개인에 대한 것이며, 그러므로 집단 차별의 양상을 보일 필요는 없다. (2)성별이라는 요인은 고용 결정에 있어서 유일한 혹은 주요한 요인일 필요가 없고 '하지만(but/for)'으로 시작하는 원인이 없었다면 고용 행위는 일어나지 않았을 요소다. 사실 고용주는 자신이 완전히 다른 데에 초점을 맞추고 있었다고 믿을 수 있다. '어머니인 경우'라거나 '통계적인 기대 수명'과 같은 것 말이다. (3)고용주가 통과해야 할 시험은 이것이다. 피고용인과 완전히 똑같은 상황에서 생물학적으로 반대 성별인 사람도 같은 대우를 받겠는가?

고서치 판사가 착석한 법정이었다. 그의 의견서는 매우 직접적이었다. "한 법령의 표면적 용어들이 한 가지 답을 주고 원문 밖의 고려 사항들이 다른 것을 제안하고 있다면, 그건 대결이 아니다. 오직 쓰인 언어만이 법이고 모든 사람들이 그로부터 혜택을 받을 자격이 있다."[153] 상술한 요인들을 검토하면서 고서치 판사는 성희롱을 비롯한 여러 차별에 있어서 첫 번째 요인이 되는 독자성의 중요도에 대해 자세히 설명했다. 고용주를 상대로 한 성희롱 건에서 승소하기 위해 고용주가 모든 여성을 혹은 대부분의 여성을 괴롭혔다는 사실을 증명할 필요는 없다는 것이다. 그녀는 자신이 겪은 차별에 있어 자신의 성별이 주요한 요인이었다는 것, 똑같은 상황에 놓인 남성이라면 그런 식으로 대우받지 않았으리라는 것만을 드러내면 된다. 그녀와 고서치 판사는 자기 앞에 놓인 사실 관계들을 본다. 그 사실 관계들은 딱 보기에도 실질적으로도 단도직입적이다.

"동성애자이거나 트렌스젠더라는 개인의 상태는 고용 결정과는 상관이 없다. 동성애자이거나 트렌스젠더라고 해서 차별하는 것은 그 개인을 성별에 따라 차별하지 않고는 불가능하기 때문이다." 만약 고용주가 한 남성이 다른 남성에게 성적으로 끌린다는 이유로 해고하면서 그런 성향의 여성을 해고하지 않는다면, 남성 피고용인은 성별에 의해 차별당한 것이다. 혹은 트렌스젠더의 경우, 만약 고용주가 태생적으로 여성으로 정체화한 똑같은 조건의 다른 피고용인의 고용은 유지하면서 태생적으로 남성으로 태어났으나 지금은 여성으로 정체화한 피고용인을 해고한 경우, 고용주는 성별에 근거해 차별하고 있는 것이다. 고용주가 성적 지향이나 젠더 정체성에 근거해 차별할 때 성별은 "필연적으로 '하지만'으로 시작하는 이유의 원인"이다. 고용주는 성적 지향에 근거한 차별을 의도했을 수 있으나 "그 목적을 성취하려 한다면 고용주는 그 과정 내내 부분적으로는 개인의 성별에 근거해 피고용인을 의도적으로 부당하게 다루어야만 한다."

반대 측 판사들은 '타이틀 세븐'이 제정되었을 당시 입법자들의 목적과 신념을 반복적으로 내비쳤다. 그들은 원문주의자적 입장을 수호하기 위해 허약한 시도를 하긴 했지만, 그 입장의 핵심은 입법 의도를 존중하자는 것이었다.[154] 여기서 고서치 판사는 다시 한 번 **온케일 사건**에 대한 스컬리아의 의견을 참조한다. "하지만, 대법원이 만장일치로 설명하기를 '우리를 통치하는 것은 입법자들의 주요한 관심보다는 법 조항들'이라는 것이다." 실제로도 그 원칙은

'타이틀 세븐'의 역사 속에서 견고하게 확립되었고, 특히 성희롱과 관련해서는 가볍게 넘길 수 없다. 우리가 보아 온 대로 '타이틀 세븐'을 기획한 사람들이 모두 한 가지 의도를 가진 것은 아니었으나 그들 중 누구의 의도에도 없었던 것은(아마 분명히 그러했을 것인데) 직장 내 성희롱 문제였다.

보스톡 사건은 두 가지 의미에서 역사적이다. 첫 번째는 판결 결과가 그러했고, 두 번째는 이 사건이 이데올로기를 넘어 원칙의 승리를 대변한다는 이유에서다. 오늘날 우리 사회에 매우 필요한 점이다. 해당 쟁점의 양측에 있던 많은 이들은 고서치 판사의 판결에 놀라거나 충격을 받기도 했다고 말한다. 이러한 반응은 단순히 그들이 충분히 주의를 기울이지 않았다는 사실을 드러내는 것일 수 있다. 고서치 판사는 스컬리아 판사와 마찬가지로 원문주의자적 접근을 열렬히 옹호하기에 이 주제에 대한 그의 관점을 옹호하는 책을 쓰기까지 했다.[155] 나아가 스컬리아 판사는 이미 고서치의 이론으로 향하는 원문주의자적 길을 택한 상태였다. 그러나 조금 서글프게도 당시 반응은 현재 우리의 상황에 대해 시사하는 것이 있다. 바로 보수적인 판사들이 사법적 원칙보다 이데올로기에 근거해 표를 줄 수 있다는 것, 이데올로기를 위해서 오랫동안 짜여 온 원칙을 벗어날 수도 있을 것이라는 사실이다. 진보와 보수 양측 모두 그러한 태도를 기대하는 듯 보이는데, 다행스럽게도 민주주의에서는 불가능한 일이었다. 그 대신 그들은 원칙에 대한 강력한 확신과 함께 반갑게도 우리가 서로의 이해관계가 대립하는 힘의 장이 아닌, 법치 아래 살고 있다는 점을 상기시켰을 뿐이다.

　이 사건이 가진 중요성에도 불구하고, 고서치 판사가 의견서에 명백히 해 둔 것처럼 몇 가지 문제는 여전히 미해결 상태로 남아 있다. 해고나 고용 포기와 같은 형태의 직장 차별만을 다루기 때문에 라커 룸이나 화장실에서 일어난 사건들은 판결하지 못한다.[156] 직장 내 차별 금지로부터 종교 시설들은 얼마나 제외되어 있는가에 대해서도 발표된 바 없다. 고서치가 말한 바는 아니지만 제7순회법원에서 성차별을 금하는 해당 권리법이 성적 지향에 근거한 주거 차별 또한 금하고 있다고 말한 사건에서 공평주거권리법에 의해 제기된 평등 문제 또한 해결하지 못한다.[157] '타이틀 세븐'과 공평주거권리법은 유사한 언어를 쓰고 서로에 대한 참조로 해석되어 왔지만, 지금에 이르기까지 대법원 수준에서 이 문제들에 대한 판결이 내려진 적은 없었다. 미래에는 미래의 논쟁들이 소환될 것이고 암시적으로든 노골적으로든 대부분의 사건들에 있어 성희롱법이 선도적인 역할을 계속할 것이다.

　고서치 판사가 '타이틀 세븐'에 대해 썼듯, "가끔은 작은 행동이 기대하지 못했던 결과를 낳을 수 있다. 주요 발의들이 실제로 그것을 보장해 준다."[158] **보스톡 사건**은 제한을 두지 않은 '타이틀 세븐'의 언어로부터 기대하지 않았던 결과를 이끌어 낸 원문주의자 판사들의 대담한 성희롱 판결들을 따른 것이었다.

교만과 정의

교만의 시선은 안쪽만 향한다. 반면 평등한 존중은 서로의 눈을 바라보며 서로의 평등한 실재를 인지하기를 요구한다. 고정관념에 입각한 편협한 정의들과 부적당한 기준들은 늘 있었지만, 미국 역사 대부분에서 형법은 강간이 범죄임을 선언해 왔다. 그러나 법은 범죄가 여전히 도처에 있다는 것을 알기 때문에 사전에 법이 없었던 곳에서 새롭게 창조되는 게 아니라 재정비되고 재구성되어야 할 필요가 있다. 직장 내 성희롱은 달랐다. 범죄가 만연한 곳인데도 법이 그것을 단지 보지 못한 것이다. 그러니 법 자체가 이미 교만했다고 말할 수도 있겠다. 남성들은 다른 남성들을 들여다보되 여성들의 경험이나 직장에서 여성의 자율성이 천편일률적으로 부정되고 있다는 점은 주목하지 않았다. 법은 남성들과 함께 자기 내부만을 들여다본 것이다.

만약 형법 개정이 헌신적인 변호사들의 성과와 용기 있는 지적 저항들의 귀중한 성취였다면, 성희롱법의 성취는 비록 불완전할지라도 형법보다 더 경이로운 진보를 이룬 것이다. 그러나 새로운 법적 영역의 창조, 최초나 다름 없는 이 법은 '타이틀 세븐'의 초안과 해석이 열려 있는 원문만을 사용했다. 이전 시대에서 '자연스러운', '에로티시즘', '연애유희', 그리고 최악의 경우 '불행한 사적 상황' 등으로 보았던 것들에 대해 오늘날의 우리는 이론, 판례의 전통과 풀어 나가야 할 그 어느 때보다도 구체적이고 정제된 문제들이 있다. 기념해야 할 전통이다.

그것을 기념하는 일이 페미니스트들의 씁쓸한 터프(TERF)★ 전쟁에서 한쪽 편을 드는 것은 아니다. 린다 허쉬먼(Linda Hirshman)은 자신의 저서 『심판(Reckoning)』에서 매키넌의 편을 들거나 성희롱을 이해하는 법정의 편에 서는 것은 성적 혁명이나 포르노물의 법적 유용성에 의구심을 던지는 것이라고 말한다. 하지만 우리가 계속해서 지배와 자율성이라는 주요 쟁점들에 관심을 갖는다면, 현재의 성희롱법이 이러한 문제들에 대해서는 중립적이라는 것을 알게 된다. 포르노물이 적법하다고 해서 그것이 적대적 근무 환경 요소가 되지 않는다는 것을 뜻하지는 않는다. 다만 폭행을 범죄로 다루기 위해 망치를 금지할 필요는 없다는 것이다. 보다 명확히 말하자면, 성 정체성을 선택하는 데서 자유로운 새 기준들을 수용하는 일이, 일터에서 남성들이 지속적인 압박으로 여성의 성적 자율권을 부정해도 된다는 걸 의미하지는 않는다.

존 롤스의 정치사상으로부터 용어를 빌리자면, 우리는 현재의 법적 기준을 '중첩되는 합의의 영역'이라 부를 수 있겠다. 이는 젠더 관계의 지향점에 대해 '포괄적인' 관점을 가진 사람들이면 모두 수용할 수 있는 기준이다. 이런 원칙들이 캐서린 매키넌과 진보적 법관 루스 베이더 긴즈버그, 중도적 입장의 법관 샌드라 데이 오

★   Trans-Exclusionary Radical Femirism의 약어. 트랜스젠더를 배제하는 급진적 여성주의를 뜻한다.

199

코너, 원문주의자 법관인 앤터닌 스컬리아와 닐 고서치, 그리고 자유주의 실용주의자 판사 리처드 포스너에 의해 선포되었다는 것이 그리 놀랄 일은 아니다. 이 인물들이 갖는 공통점은 무엇인가? 그들은 모두 '타이틀 세븐'의 이상을 끌어안으면서 용감하게도 모호한 원문 속에서 법 적용의 확장 가능성을 찾아내어, 직장 내 여성의 (그리고 남성의) 근무 현실을 정면으로 마주한 인물들이다.

인터루드

대학 내 성폭행에 대한 단상

　이제까지 성폭행과 성희롱에 대한 법적 기준의 진화 및 현재 기준에 내재한 결함과 그 극복 과제들을 추적해 보았다. 그러나 복잡하고 불안정한 연방법(5장에서 다루었던 '타이틀 나인'의 문제)과 비공식 조사 위원회들이 얽혀 있어서 앞선 논의만으로는 완전히 해결될 수 없는 국가 차원의 중요한 범주가 남아 있다. 바로 대학 교정에서의 성폭행과 성희롱이다. 지금까지의 논의들이 각 법의 영역에서 가장 핵심적인 문제들을 다루었기 때문에 이 문제에 한 장을 통째로 할애할 필요도 없고, 대학에 진학하지 않은 여성들보다 대학에 진학한 여성들에게 더 큰 관심을 쏟아야 한다는 식의 암시를 던지는 부적절한 주의를 기울이는 것도 바라지 않는다. 고등교육 접근성의 불평등은 이미 인종과 계급에 근거한 불평등의 복합체로, 사회 정의와 관련한 중요한 문제다. 가까스로 대학까지 들어온 여성들의 문제에 더 많은 관심을 쏟음으로써 그러한 불평등을 영속화할 이유는 없을 것이다. 지금까지 살펴본 전통들이 보여 주는 강력한 힘 가운데 하나는 노동자 계급과 소수 여성들이(아로호, 빈슨, 카를 예로 들 수 있겠다.) 핵심적인 원고들이었다는 사실이다.

그러나 제도적인 구조가 다르기 때문에 대학 교정 내 폭행이라는 주제는 간략하게나마 별도의 주의를 필요로 한다. 누구도 그 문제가 얼마나 거대한지 정확히 알지 못하지만, 최근 미국대학협회 (Association of American Universities)의 조사에 따르면 여성 학부생들의 20퍼센트 정도가 대학 생활 중 특정 시기에 성폭행이나 성추행의 피해자였다고 응답했다.[159] 또 다른 연구에 의하면 남성들의 빈번한 성적 학대 또한 6~8퍼센트에 이른다. 방법론이나 정의에 있어서 논란이 있지만 이 문제의 엄중함에 대해서는 의심의 여지가 없다. 그러나 대학 진학이 여성을 성폭행으로 더 고통받게 만드는 것은 아니다.[160]

성폭행과 성희롱은 교수진과 학생들 사이의 권력 남용을 포함해 오래도록 존재해 왔지만, 전체적으로는 직장 내 권력 남용처럼 이해되었고 다른 직장에서처럼 명백한 공공의 규칙에 의해 처리되어 왔다. 5장에서도 기본적으로는 이러한 사건들에 대해 다룰 것이다. 인터루드에서는 학생 대 학생 폭행과 괴롭힘에 초점을 맞추고자 한다.

이 주제에 대한 문헌들은 방대하고 논란도 열띤데, 그중에는 오바마 정부의 가이드라인이 교육부 장관 베치 디보스(Betsy Devos)의 비호를 받는 교육부가 개발한 다른 가이드라인으로 대체되었다는 이유도 있다. 이 논란은 정치적 경계로 넘어갔고, 남성들을 고발하는 오바마 가이드라인이 정당하지 않다며 저항했던 하버드 로스쿨 교수 집단은 디보스의 비판을 예견하며(아래 두 번째 단계에 대한 이야기에서 이 문제를 논할 것이다.) 보수주의자뿐 아니라 좌파 교수진, 심지어 극좌파 성향의 교수진마저 포섭했다.

모든 논쟁을 구석구석 살피지는 않겠지만 핵심적인 쟁점들에 대해서는 간단히 설명해 보고자 한다. 이 간략한 논의의 목적은 포괄적인 논지를 구성하기보다는 나의 전반적인 관점을 통해 대학 내의 문제에 어떻게 다가갈지 모색하려는 데에 있다.[161]

술

성폭행 및 성폭행이라고 주장된 사건들은 많은 경우 한쪽 혹은 양쪽 모두 과음한 상황에서 발생한다. 과음은 기억 속에 빈 틈을 많이 만들어 내고 판결을 어렵게 한다. 대학에서는 술에 대한 교육이나 후속 조치에 더 힘쓸 필요가 있다. 하지만 대부분의 대학 행정가들이 지지하는 권고 사항 하나는 바로 **음주 연령을 낮추는 것**이다. 이러한 접근은 직관에 어긋나는 것처럼 보이지만 실은 합리적이다. 오늘날 성인이 있는 자리에서 미성년자가 술을 마시면(대부분의 학생들은 21세 이하이다.) 성인들은 미성년자의 비행에 일조했다는 혐의를 받을 수 있다. 따라서 음주로 의식을 잃은 학생들을 돕는 것을 포함하여 꼭 필요한 관리 감독까지 꺼리게 되는데, 만약 음주 연령이 18세로 낮아지면 성인들은 미성년자와 있는 파티에 참석해 그들에게 도움을 줄 수 있게 된다.

교육과 사법 판단 모두에 있어서 술과 관련해 주의가 필요한 또 다른 문제는 **의식을 잃은 사람 혹은 그 직전 단계의 사람과의 섹스는 폭행**이라는 의식이다. 이는 적극적 동의라는 기준에 대해 내가 주장해 온 것으로, 반복해서 말할 필요가 있다. 그러나 실제 적용에 있어서 이 기준은 선명하지 않다. 대학 조사위원회의 조사 대상이 되는 많은 사건들에는 곤란하면서도 풀리지 않는 문제가 있다. 바로 대상자가 인지 기능을 얼마나 상실해야 결정에 대한 책임이 없느냐는 것이다. 제 기능을 못하는 두 명에게서 증거가 제출되는 이러한 전형적인 사건에서 보통 당사자들은 자신이 얼마나 제정신이 아니었는지조차 기억하기 어려워한다. 제삼자의 증거가 도움이 되는 경우도 많지만, 언제나 제출되는 것도 아니다.

대학 조사위원회

학교가 왜 경찰에 고발을 넘기지 않는지에 대해 대중은 상당히 당혹스러워한다. 그러나 대학에는 보통 입학 계약서에 명시되어 있는 자격 유지 조건이라는 것이 있고, 이것은 법률 조문을 넘어 학교 당국에 의해 집행되어야 할 필요가 있다는 점을 짚어야 하겠다. 표절, 강의 결석, 시험 부정행위와 같은 일들은 범죄는 아닐지라도 종종 정학이나 퇴학과 같은 처벌 사유가 될 수 있다. 같은 맥락에서 대학들은 법을 넘어서 성 관련 행동 수식을 채택할 수도 있다. 이들 중 몇 가지는 극단적이기도 하다. 모든 혼전 성행위를 처벌하는 명예 교칙을 가진 종립학교도 있다. 나는 그러한 제약들이 역효과를 낳고 침묵의 문화를 만들어 낸다고 생각한다. 만약 한 여성이 자신이 강간당했다고 밝히면 성행위에 가담했다고 처벌을 받을 수도 있기 때문이다. 하지만 적극적 동의 같은 것은 국법일 필요는 없어도 합리적인 요건들이다.

게다가 형사 사법제도는 오랜 시간이 걸리기 때문에 피해자들에게는 트라우마에 대응하고 학업에 집중할 수 있도록 신속한 정의가 필요하다.

마지막으로 가해자가 형사 사법제도에 의해 유죄를 선고받는 경우, 그 기록은 미래의 삶이나 취업에 있어서 감당할 수 없는 것이 된다. 교내 유죄 판결에는 정도가 있어서 많은 경우 의무적 상담이나 상대적으로 가벼운 처벌들을 포함하고 있다. 이러한 이유로 형사 사법 제도를 유일한 선택지로 보는 것은 신고와 고발을 단념시킬 수 있다. 피해자들은 가해자의 삶을 망치는 일에 대해서는 많은 경우 머뭇거리면서도 사건 자체는 알리고 싶어 한다. 그들은 자신에게 벌어진 나쁜 일들을 사람들이 인지하기 원한다. 사건이 있었다는 사실과 그것이 잘못된 일이라는 것을 모두 알리고 싶어 하며, 가해자에게는 걸맞은 책임이 요구되기를 바란다. 대부분 극단적인 보복을 바라지는 않는다. 공식적인 형사 사법제도와 엮이는 지난한 수고도 원하지 않는다.

이것이 대학 조사위원회가 형사 사법제도로 대체될 수 없는 이유다. 그러나 이러한 조사위원회들이 일을 형편없이 처리한다는 점 또한 언급하지 않을 수 없다. 대학 조사위원 역할을 맡은 교수진과 행정가들은 이 문제와 관련하여 훈련받은 적이 거의 없으며, 이 유사 법적 문제들에 대해 언제나 명징하게 이해하고 있는 것도 아니다. 절차들은 많은 경우 형편없이 정의되고 대개 법정 대리가 부재한 피고는 불리한 입장에 있다.

조사위원회의 절차적 문제

그렇다면 어떻게 해야 이 조사위원회들이 잘 굴러갈 수 있을까?

이 논의에 대한 주요 과정들을 살펴보겠다. **첫 단계**는 오바마 정부가 발행한 '친애하는 동료(Dear Colleague)'라는 말로 시작하는 공문으로, 모든 대학들이 연방 예산을 받으려면 따라야 할 기준이 제시되었다.[162] **두 번째 단계**는 이러한 기준에 반대하는 일련의 반대였는데, 일부는 디보스 장관이 교육부 장관이 되었을 때 발행되었고,[163] 그 전에도 법률 전문가들에 의해 유사한 거부들이 제기된 바 있었다. 그중 가장 유명한 것은 좌파와 우파 양측에서 끌어다 모은 하버드 로스쿨 교수들로 구성된 28인 단체의 거부 성명으로, 맨 처음 《보스턴 글로브》에 발행되었다가 널리 재발행된 편지에 쓰여 있다.[164] 세 번째 단계는 교육부가 입안한 새로운 규칙으로, 모든 행정 규칙이 '입법 예고 및 의견 수렴'을[165] 따라야 한다는 것이었는데, 이 입안은 12만 4000개가 넘는 의견을 받았다.[166] 2020년 5월에 있었던 마지막 네 번째 단계는 교육부가 발행한 '최종 규정'으로서 연방 예산을 받는 모든 대학들에 법적 구속력이 있었다.[167] 이제부터 하나씩 짚어 보고자 한다.

첫 번째로 관련된 모든 이들은 **입증 책임** 기준에 대해 명확히 할 필요가 있다. 이 사안은 막대한 정치적 논쟁들 중 하나였고, 오늘날 미국법률 제도 아래에서는 세 가지 기준이 적용된다. 미국의 형사 사법제도를 관통하여 가장 엄중하게 적용되는 것이 있다면, **그것은 바로 합리적 의심이 없는 수준의 증거다.** 많은 국가들이 형사재판에서 이 기준을 사용하지는 않지만 미국 전통에서는 죄인을 풀어주는 것보다 무고한 사람에게 유죄를 선고하는 것이 더욱 악랄하기에 피해야 하는 일로 판단해 왔다. 이 까다로운 기준과 더불어 미국 형사 사법제도는 피고인에게 '실질상의' 무료 법적 자문이라는 헌법상 권리를 부여한다. 물론 비용 청구 없이 제공되는 국선변호사와 부유한 피고들이 고용할 법한 변호사 간에는 상당한 차이가 존재하지만 말이다. (변호의 질 때문이 아니라 국선변호사들은 대체로 과도한 업무에 시달리며 각 의뢰인에게 헌신할 시간이 충분하지 않기 때문이다.) 하지만 적어도 무료 변론이 존재한다. 더욱이 미국 헌법에는 '반대 신문 조항'이라는 것이 있어서 피고인으로 하여금 자신의 죄에 대해 증언하는 증인에 맞설 수 있는 권리를 부여한다. 시간이 지나면서 다른 권리들이 헌법적 보장으로부터 파생되어 왔고, 그중 가장 유명한 것이 피의자 체포 시 그들이 법적 조력을 받을 권리와 진술을 거부할 권리가 있음을 고지하는 미란다 원칙이다. 미국의 사법제도는 다방면으로 피고인과 피의자를 보호한다.

그 대신 민사재판에서는 '증거 우위' 기준, 즉 무엇이든 50퍼센트를 넘는 개연성의 입증이 기준이 된다. 명백하게도 이는 훨씬 약한 기준이다. 민사사건에서는 무료 국선변호인을 늘 선임할 수는 없다. (어떤 주에서는 가능하지만 대부분은 그렇지 않다.) 그래도 민사소송 제도에는 당사자들을 보호하는 단단한 절차적 구조가 있다. 특히 장기간의 '증거 개시' 기간*으로 양측이 상대측의 증거들을 살필 수 있는 기회를 주기도 한다. 많은 이들이 이런 식의 구조적인 보호 장치와 양측을 보조하는 법적 자문 없이는 많은 이들이 '증거 우위'라는 기준이 판결의 오류를 야기할 수 있으리라 느낀다.

세 번째 중간자적 기준은 '확실하고 설득력 있는 입증'으로, 늘

---

　*　미국 소송법상 양 당사자가 상대방이 가진 증거와 서류를 서로 요청하여 확보하고 공개하도록 함으로써 재판에서 문제가 되는 쟁점들을 정리하는 절차.

관련 주법에 의해 명시되는 방식으로 쓰이며 주로 친자 확인 소송이나 자녀 양육권의 영역에서 쓰인다. 이 기준은 대개 피고가 (원고에 의해) 주장된 바를 행했을 개연성이 75퍼센트 정도일 때 원고가 승소하는 정도의 입증 기준을 의미하는 것으로 알려져 있다.

오바마 정부의 '친애하는 동료'로 시작하는 공문 발급 이전에 대부분 대학들은 '확실하고 설득력 있는 입증'을 성폭행 조사위원회의 기준으로 사용했다.[168] 오바마 정부는 민사소송의 '증거 우위' 기준 사용을 주장했다. 하버드 로스쿨 교수진의 서신과 디보스의 발언은 그 기준이 피고를 충분히 보호하지 않고 있다고 주장했다. 여기까지 보면 누구도 '합리적 의심' 기준을 선호하지 않는 것처럼 보이는데, 이는 '합리적 의심' 기준이 비공식적이기도 하고 증거를 찾는 것이 쉽지 않은 조사위원회 상황에는 적용하기 어렵기 때문이었다. 따라서 다른 두 기준이 선택지가 되었고, 결국 교육부의 최종 규정은 각 대학에 선택권을 주는 것이었다.

대학의 조사위원회가 피고의 자유를 빼앗지 않는다는 사실을 명백히 하는 것은 중요하다. 그 절박한 결과가 미국 형사상 체계가 '합리적 의심' 기준을 선택하게 된 주요한 이유다. 그러나 법정은 교육의 기회란 자유의 문제가 아니라 경제적이거나 재산상의 이해관계임을 반복적으로 판단했다. 그러니 오늘날 민사재판의 '증거 우위'라는 기준을 사용하든 보다 엄격한 '확실하고 **설득력 있는 입증**' 기준을 사용하든 전혀 이상할 것이 없어 보인다. 이 지점에서 논쟁이 발생하는 것이다.

실제로는 양쪽 다 장점이 있다. '증거 우위' 기준을 고수하는 옹호자들은 마땅히 알코올에 의해 촉발된 관계에서는 어떤 더 엄격한 기준도 충족시키기 매우 어렵다고 믿는다. 하지만 재산상의 이해관계를 갖는다 하더라도 교육은 우리 사회에서 본질적인 의미를 규정하는 중요성을 갖는다. 그러므로 피의자를 보호하려는 노력은 중요하다. 그리고 민사재판에서는 항상 구비되어 있는 절차적 보호 장치가 부재한 상황에서 민사적 기준을 적용하는 것은 바람직하지 않은 생각일 수 있다. '확실하고 설득력 있는 입증'이 더 현명한 선택이라고 나는 믿지만, 만약 학교가 '증거 우위' 기준을 선택한다면 내가 언급했듯이 최종 규정이라는 것이 궁극적으로는 기관에 두 가지 선택지를 제공하는 의외의 결과를 낳는다. 신중한 조사위원회라면 50.5퍼센트 정도의 범죄 가능성을 제시하는 사건에서는 누군가를 반드시 유죄로 확정하지 않는, 일종의 '강화된 증거 우위(preponderance plus)'* 같은 방식으로 생각하게 될 것이다. 50.5퍼센트의 접근만으로는 피고발자를 충분히 보호할 수 없다. '증거 우위' 기준에 기반한 많은 조사위원회들이 실제로 그 기준을 훨씬 더 엄격하게 해석한다. 기준이 무엇이든 간에 조사위원회의 구성원에게는 입증 책임과 증거의 문제에 있어서 더 좋은 훈련이 필요하다.

* 형사재판의 경우 증거의 증명도를 80퍼센트 이상 요구하지만, 민사재판은 50퍼센트만 넘기면 된다. 그렇기에 어떤 사건이 그 법적 성격은 민사적이나 사회적 속성이 형사적일 경우 증명도를 형사재판 기준에 준하도록 강화해야 한다는 논지다.

매우 중요한 두 번째 문제는 바로 **성희롱의 정의**다. 대학에서의 절차는 미국 사법제도가 조심스럽게 분리하여 생각하는 두 가지, 즉 성폭행이나 성학대, 그리고 (직장 내) 성희롱을 대체로 함께 다룬다. 보조적 정의들이 명확하게 제시되어 있는 한 이 조합은 나쁠 것이 없다. 성폭행은 일반적으로 단독적인 행위로 정의되며, 행위의 양식을 뜻하지 않는다. 강간 유죄는 한 여성을 한 번만 강간해도 성립한다. 반면 성희롱에는 두 가지 양태가 있다. 대가성이 있는 경우 한 번의 행위로도 충분하다. 하지만 '적대적인 환경' 같은 종류의 성희롱이라면 고소인은 충분히 '심각'하고 '만연'할 뿐만 아니라 일련의 행위들을 '원하지 않았다는 것'을 입증할 필요가 있다. 한 번의 모욕적 언급이나 역겨운 접근으로는 충분하지 않은 것이다. 이 구분은 정당해 보인다.

이러한 법적 배경 면에서 「친애하는 동료」 공문은 적절함과는 거리가 멀었다. 그 문서는 성희롱을 "성적 속성을 가진 달갑지 않은 행위"로 정의하고 있고, 그것이 "원치 않는 성적 접근, 성적 호의 요구, 성적 본성에 의한 다른 언어적, 비언어적, 혹은 육체적 행위"를 포함한다고 말한다. 이는 실제적으로 역겹거나 모욕적인 발언 한 번만으로도, 이전에 발생했던 달갑지 않은 행위에 대한 증거 없이도 소송을 초래할 수 있다는 것을 의미한다. 반면 네 번째 단계에서 교육부의 최종 규정은 미국법률 제도 내 어디에서든 받아들일 수 있는 법적 기준을 매우 밀접하게 준수하고 있다. 성희롱에는 세 가지 범주가 있다는 것인데, (I) 학교 고용인에 의한 모든 **보복성** 괴롭힘의 경우, (2) 합리적인 사람이라면 너무도 심각하고 만연해 있으며, 객관적으로 봤을 때 개인의 동등한 교육적 접근을 부정할 만큼 모욕적이라 판단할 그 어떤 달갑지 않은 행위의 경우, (3) 대학 안전법(Clery Act, 대학 안전을 다루는 연방 법령)에 의해 성폭력으로 규정된 모든 행위 및 여성 폭력 방지법(Violence Against Women Act)에서 정의하고 있는 데이트 폭력, 가정 폭력, 스토킹의 경우들이 그것이다. 다시 말해 단 한 번의 갑작스러운 행위도 성폭력 또는 그에 상응하는 행위가 될 수 있지만, 언어적 괴롭힘은 합리적 관찰자의 관점으로도 분명하게 대법원의 만연성과 가혹성 기준을 충족하는 일정한 패턴을 형성해야만 한다. 최종 규정은 달갑지 않은 점에 대한 사전 고지 없이 매우 모욕적인 발언을 했으나 이를 계속하지 않은 사람을 보호한다.

교육부의 최종 규정은 대부분 오바마 행정부의 규정이나 교육부 자체의 첫 번째 규정안(3단계), 즉 디보스 장관 주재로 만들어졌고 데이트 폭력, 가정 폭력, 스토킹이 포함되지 않은 그 규정안보다 더 개선되었다. 그 최종 규정은 원고가 괴롭힘이 가혹하고 만연했을 뿐만 아니라 객관적으로 보기에도 불쾌했고 당사자의 동등한 교육 접근성에도 해롭다는 것을 입증해야 하는 등 요구 조건이 지나치게 까다로웠다. 학교는 학술적 조직이지만 또한 사회 조직이기도 하다. 사회적 괴롭힘이 누군가의 학업 능력에 언제나 영향을 미치는 것도 아닌데 왜 이것이 증명되어야 할까? 누군가의 대학 생활을 해쳤다는 것만으로는 충분하지 않을까? 다른 문제들이 제기되고 있지만, 전반적으로 '입법 예고 및 의견 수렴' 절차는 잘 작동하고 있는 것 같다.

과거의 규칙과 새로운 규칙들이 충돌하는 과정과 문제가 제기되는 다양한 논점들을 세세하게 말하지는 않겠다. 그 대신 나는 대학의 조사위원회와 관련한 가장 큰 문제들 중 하나임에도 상술한 규칙들 중 어디에서도 거론되지 않았던 문제에 초점을 맞추고자 한다. 바로 **피고인을 위한 무료 법률 자문**에 대한 접근성 문제다. 대부분의 기관들은 피고 측 당사자를 위한 변호사를 제공하지 않을 뿐만 아니라 변호사 선임을 적극적으로 단념시킨다. 대개 피고 측에는 지원자나 조력자 한 명만 허락되는데, 그 한 사람을 변호사로 해도 되는지 요청하더라도 거의 묵살된다. 이것은 잘못된 일이다. '조력자들'은 대개 법률 교육을 받은 적 없는 교수진이나 행정가들이기에 자기 의뢰인의 권리를 보호하기 위해 열정적으로 활동할 수도 없다. 또한 사람들이 변호사를 직접 고용하게 하는 것도 잘못됐다. 무료 법률 지원은 하버드 로스쿨 교수진들이 두 번째 단계에서 우려했던 제도의 부당성에 대한 고민을 불식시키는 데는 유용할 것이다. 콜롬비아대학은 피고에 대한 무료 법적 자문을 제공하고 있고, 이제는 하버드 로스쿨도 (하버드대학의 다른 학과들은 아닐지라도) 그러하다. 내가 재직 중인 대학도 최근 들어 원고와 피고 모두에게 무료 법률 조언을 제공하는 정책을 시행하기 시작했다. 얼마나 많은 다른 기관들이 이런 자문을 제공하고 있는지는 알 수 없지만 몇몇 연방 정부도 보조금으로 주립 대학의 학생 피고들을 지원한다. 그러나 미국 사법 체제에서 법정 변호(법률 조력)는 핵심적이다. 이러한 요구 사항이 음주 상담 정도를 받음 직한 경미한 범죄들에 대해서는 면제될 수 있지만, 피고들이 퇴학을 당할 수 있는 경우라면 의무적으로 법정 변호(법률 조력)를 보장해야 한다. 어떤 값을 치르더라도 말이다. 대학의 급여 대상자 명단에는 많은 의료진, 간호사, 심리학자들이 있다. 게다가 굳이 이런 목적이 아니더라도 고용하고 있는 변호사들이 있다. 그러니 학교는 성폭행 및 성희롱 문제들만을 위한, 학생들에게 도움을 줄 수 있는 변호사들이 포함된 교내 법무팀을 확장해야만 한다.

나는 조사위원회들이 제대로 훈련되지 않았다고 자주 말해 왔다. 이에 가장 좋은 해결책은 조사위원회 위원들이 돌아가며 임용되고 있으니, 모든 교수진과 행정가들에게 성폭력 및 성희롱에 대한 의무교육을 시행하는 것이다. 이 교육들은 이제 대부분의 직군에서와 마찬가지로 대학에서도 대체로 요구되고 있다. 시카고대학에서는 각 교직원 및 교수진들이 매년 온라인 교육을 이수해야 한다. 완벽하지는 않지만 동일한 수준의 각성이 부여되는 것이다.

'타이틀 나인'의 작업

다행히 오늘날 교내에 '타이틀 나인' 사무국이 생기면서 숙련된 전문성이 제공되었다. 이런 사무국들은 (늘 그런 건 아니지만)

216

온라인뿐 아니라 대면 교육도 시행한다. 그들은 또한 의무 신고라는 강력한 기준을 통해 중요한 역할을 수행하여 정보 격차를 좁히는 일을 돕기도 한다. 만약 한 학생이 교수나 교직원에게 성희롱 혹은 성폭행 당한 사실을 밝힌다면, 그 사람은 그 즉시 '타이틀 나인' 간사에게 학생의 이름과 함께 해당 사실을 알리도록 요구받는다. 그런 다음 그 간사는 학생과 접촉해서 피해 학생이 원한다면 완전한 비밀 유지와 익명성을 약속한다. 고소한 학생에게는 보통 자율적 결정권이 있기 때문에, 학생의 승인이 있기 전까지는 고발된 가해자와의 접촉은 물론 그 어떤 절차도 시작되지 않는다. 그동안 간사는 법적 절차에 대한 진행 과정을 학생에게 조언해 줄 수 있다.

의무 신고는 논쟁의 소지가 있다. 많은 이들은 이것 때문에 폭로를 단념하게 될까 우려해 왔다. 신뢰하는 누군가에게 털어놓으면 그 순간 그 정보가 자신이 모르는 누군가에게로 가기 때문이다. 하지만 전반적으로 의무 신고는 현명한 장치인 것 같다. 내 경험에 비추어 볼 때 '타이틀 나인'을 집행하는 담당자들은 자제력과 전문성을 갖고 행동하며 비밀을 지킨다. 교수나 교직원 역시 간사들과 작업해 보고 나면 대개는 그들을 신뢰하게 되었다. 다른 이들도 마찬가지지만 교수는 트라우마를 입은 사람의 사건 후의 삶과 선택이라는 큰 문제를 담당해야 한다는 막대한 부담으로부터 벗어나게 된다. 대부분의 교수진은 아무리 선한 의도를 가지고 있다 하더라도 이러한 짐을 짊어질 만한 능력이 없다.

하버드 로스쿨 교수진 스물여덟 명이 작성한 서신은 '타이틀 나인' 사무국에 중앙화된 권력이 지나치게 집중되는 것을 반대했는데, 이는 오바마 정부의 기준을 제도화하려고 시도했을 때 하버드 로스쿨이 처음 제안했던 기획에 포함된 내용이다. 그들이 짚은 주요 문제점은 '타이틀 나인' 사무국이 조사뿐 아니라 판결까지 담당한다는 점이었다. 서신에서 이런 식의 환경 조성이 부당하고 현명하지 않다고 말한 것은 물론 타당하다. 하버드 로스쿨은 그들의 비판에 재빨리 주의를 기울였고, 두 기능을 분리했다. '타이틀 나인' 사무국의 최우선 업무는 조사와 조언이어야 하며, 이 두 가지는 오늘날 '타이틀 나인' 사무국의 업무 중 가장 많은 부분을 차지하기도 한다. 조사위원회 자체는 대개 교수진으로 구성되어 있으며 간혹 교직원들도 포함된다. 모두 교수 자치권과 교수 관리 구조 절차들에 따라서 임명된다. 그들에게는 많은 결함이 있지만, 하버드 서신이 두려워했던 것처럼 그들이 학교를 침입한 이질적 관료주의자들은 아니다.

다소 고통스러운 논쟁들로부터 우리는 많은 것을 배웠다. 그리고 발전이 이루어졌다. 일부 측면에서 디보스는 양극화를 초래했던 인물이었으나, 그녀 휘하의 교육부가 채택한 최종 규정은 입법 예고 및 의견 수렴 절차 탓에 논란의 여지는 있어도 공정하다. 규정 초안이나 오바마 정부가 만들어 낸 기준들보다도 눈에 띄게 나아 보인다. 이제 우리는 아직 남아 있는 과정들에 존재하는 틈, 특히 법정 변호(법률 조력)라는 영역에 있는 틈을 주지할 필요가 있다.

3부

저항하는 요새들: 사법부, 예술, 스포츠

권력 남용과 책임 의무의 부재

마침내 성폭행과 성희롱에 대한 여성의 시정 요구가 진지하게 받아들여지고 있다. 1991년 토머스 때처럼, 브렛 캐버노 판사의 상원 인준 청문회에서도 그에게 제기된 혐의를 전면적으로 조사하지 못했던 것을 생각해 보면,* 아직 어디서나 모두에게 해당되는 것은 물론 아니다. 하지만 미투 운동은 분명 한 걸음 크게 내디딘 사건이다. 여성에게 가해지는 이 해악이 만연하다는 사실과 그 탓에 여성

* 클래런스 토머스가 대법관 후보로 지명되어 열렸던 상원 청문회 도중, 애니타 힐과 FBI의 인터뷰 내용이 노출되어 인준이 연기된 사건이다. 당시 애니타 힐은 토머스로부터 성희롱을 당했다고 증언하였으나 고소로 이어지지는 않았고, 토머스는 자신의 사생활을 공개하고 싶지 않다는 주장을 견지하여 결국 대법관에 인준되었다. 2013년에 영화로도 만들어졌다.

들이 입는 피해에 대한 각성이 대중적으로 형성됐다.

이제까지 봐 왔듯 이 운동은 결코 유명인들의 내부 고발로만 창조된 것이 아니다. 평범한 여성들과 그들의 변호사들이 수십 년 간 목소리를 높여 왔고, 그들의 노력이 늘 결실을 맺은 건 아니지만 여성들의 고발 또한 진지하게 받아들여질 수 있다는 법적 문화를 형성하는 데 큰 진보를 만들어 냈다. 목소리를 내는 사람이 많아지자 자신감 있게 발언하는 문화가 만들어지기 시작했다. 저런 용감한 여성들이 앞으로 나서는 것을 두려워하지 않는다면 나 역시 흔쾌히 공개적으로 밝혀야 한다고 판단하게 된 것이다. 미투는 책임을 요구하는 연대의 한 방식이다. 미투라는 해시태그는 여성들에게 지지를 보낸다. 홀로 버티지 않아도 된다는 것, 당신은 우리 모두와 함께하고 있으며 우리는 정의를 요구하는 데 서로에게 찬성한다는 점을 말이다.

미투 문화는 우리 사회 전체를 고무시켰으며, 이를 듣는 사람 모두를 각성시켰다. 그러나 여기에는 문제점도 있었다. 제기된 혐의가 너무 오래전에 벌어진 일들이었기 때문에 아주 많은 경우 여성의 고발을 명쾌하게 판결 내릴 수 없다는 것을 증명했으니 말이다. 종종 공소시효가 소송을 가로막았다. 공소시효가 지나지 않은 경우라도 사건 발생으로부터 여러 해가 경과했다는 것은 증거 부족을 의미했다. 성폭력 증거 채취 응급 키트도 목격자도 없는 경우가 허다했고, 있다 하더라도 사라졌거나 잊히기 마련이었다. 고발한 여성이 정의를 찾지 못하게 된다는 점에서 이는 난처한 일이었다. 또한 피고인에게도 나쁜 소식이었다. 이런 약식 고발 행위들로는 정당한 법 절차도 전면적인 조사도 없으리라는 것을 뜻하기 때문이었다. 여성이 정의를 구현하지 못한다 하더라도 가해자로 지목된 남성은 의지할 곳 하나 없이 경력, 생계, 마음의 평화 등 많은 것을 잃을 수 있었다. 이런 안전장치들이 장착된 법 대신에 공개적으로 창피를 주는 문화가 들어서고 말았다. 이는 정의를 이루려던 사람들이 수세기에 걸쳐 법치로 대체하려 했던 문화였는데 말이다. 오늘날에도 수치를 주어 처벌하는 것을 옹호하는 사람들이 있는데, 결론에서 좀 더 자세히 말하겠지만 여기에는 무시할 수 없는 결함들이 있다. 법은 공정하지만, 수치에 기반을 둔 문화는 그렇지 않다. 그리고 우리는 가능한 한 나쁜 행동을 막기 위해 비공식적인 비난이 아니라 법에 맡겨야 한다.

미투는 입법자들은 물론 일반 대중까지 이 행위가 잘못된 것이며 형사상이든 민사상이든 반드시 제재가 이루어져야 한다는 점을 강력하게 환기시켰다. 미투 운동은 기관들에도 메시지를 보냈다. 즉 선명한 규칙을 만들어야 하며, 만약 아직 관련 규정이 없다면 수용 가능한 행동과 그러지 못한 행위를 정의해서 예외 없이 공정하게 집행하라는 메시지다. 이제 우리는 로펌이나 기업, 대학과 같이 제대로 정의되어 있는 직장에서 성희롱이나 성폭행에 대한 명확한 제도적 규칙이 강력한 억제력과 교화적 힘을 보여 준다는 것을 안다. 1970년대 성희롱은 이러한 맥락 속에서 빈번하게 일어났고, 성희롱에 해당하는 행위들을 꺼리는 남성들조차 타인이 성희롱을 저지를 때 알려야 하는지에 대해서는 충분한 확신이 없었다. 피해자들은 기댈 곳이 없었고 정당한 불만조차도 그저 수줍어하는 사람의 약점으로 보였을 뿐이었다. 선의를 가진 남성들도 많은 경우 그러한 행위들 중 몇 가지는 받아들여질 수 있는 것이라고 생각했다. 감독과 피감독 관계에서 동의하에 이루어진 성관계도 많은 이들에게는 성애적 욕망의 '자연스러운' 표현으로 보였지, 권력의 해로운 남용으로는 보이지 않았다.

반면 오늘날에는 직장에서 일반적으로 허용되는 관계와 그러지 못한 관계를 정의하는 명확한 규칙들이 있다. 그리하여 남자들이 어렴풋한 에로스의 후광을 '평소와 다름없는 일'이었던 것처럼 계속하지 못하게 만든다. 사람들은 일반적으로 자신의 행동을 법과 규칙에 맞추고자 하는데, 정해진 규율이 옳다고 생각해서 그러는 사람도 있고 어겼을 경우에 벌어질 상황을 두려워해서 그러는 사람도 있다. 또한 규칙은 다음 세대를 교육한다. 오늘날 성희롱법을 경험한 세대가 한차례 지난 이후로, 명확한 규칙이 자리 잡은 직장의 악인이라고 하면 사이코패스, 약물중독자같이 유달리 선을 지키지 못하는 사람들인 경우가 많다. 일반적으로 규칙이 지배하는 직장에서는 많은 책임의 의무가 주어지고, 쏟아진 미투는 그러한 규칙들을 고수하는 직장 문화에 더 큰 지지를 보냈다. 심지어 막강한 권력을 휘두르는 사람, 예컨대 맥도날드의 CEO 스티븐 이스터브룩과 같은 사람마저도 직원과 동의하에 가진 관계도 회사 규정 위반이라는 이유로 해고되었다. 이제 모두에게 공개적으로 명시된 규칙을 위반한다면 누구라도 해명해야만 하게 됐다.[169] 약 4200만 달러에 준하는 이스터브룩의 퇴직금이 규칙에 의해 지배되는 정의를 약화시키기도 했고 분명 대기업 내에서의 급여 격차를 강조한 면도 있지만, 이스터브룩 사건은 직장 내 규칙을 적용하는 문제에 있어서 공정함을 보여 준 입지적 사건이었다.

그러나 여전히 책임의 의무를 거부하는 영역들이 있다. 그곳의 악인들은 제지당하고 있지도 않고 해명을 요구받지도 않는다. 법은 아직 그들의 행위를 억제하거나 두려움을 주는 역할을 맡지 못하고 있으며, 이 사실은 법이 그 영역에 있는 사람들의 행위를 깊이 교화시키지 못하게 만든다. 이제 내가 들여다볼 사람들은 걷잡을 수 없게 된 교만을 앓고 있다. 그들은 타인에게 적용되는 규칙들이 자신에게는 적용되지 않는다고 믿는다. 교만은 나쁜 행위를 장려한다. 그리고 제도적 명징함의 부재는 그 교만을 부추긴다. 제도들이 약하기 때문에 우리가 연구할 이 남성들은 이론적으로 적용되는 규칙이 있어도 자기 사건에서는 그것이 집행되지 않으리라는 것이 타당하다고 믿는다. 요새화된 이 교만의 영역은 대개 흔치 않은 재능을 지닌 소수의 사람들이 막대한 돈을 벌어 다른 사람들에게 막강한 권력을 휘두르는 곳이다. 그들은 대체하기가 어렵기 때문에 보호받는다. CEO는 아주 높은 지위지만 쉽게 교체될 수 있다. 정치인은 문 앞에서 아우성치는 후임자들이 있다. 하지만 재능 있는 스타 운동선수나 희소한 예술가, 제도적 이유에 따라 영향력 있는 연방 법원 판사들은 그렇지 않다. 3부는 이 세 교만의 요새에 초점을 맞추어 무엇이 그들로 하여금 책임의 의무에 저항하게 만드는지, 그리고 개혁은 어떻게 이루어져야 하는지에 대해 물을 것이다.

세 영역은 각기 다르지만 공통적으로 개혁되어야 할 것이 하나 있다. 바로 명징하게 잘 정의된 공공의 규칙과 확고한 집행 절차다. 이러한 개혁들과 함께 보장되어야 할 것은 내부 고발 문화로, 이 내부 고발자들을 보복으로부터 보호할 정책이 필요하다. 그러나 느슨하거나 존재하는지도 분명하지 않았던 집행의 역사를 생각해보면, 대중의 개입이 필요하다. 우리 모두는 예술이든 스포츠든 엔터테인먼트 미디어의 성공에 큰 영향력을 지닌 소비자들이다. 이익 추구 과정에서 나쁜 행동에 책임을 지운다면, 교만과 탐욕 사이의 결합은 부서질 수 있다. 다시 말해 남성들이 개혁을 원치 않을지라도, 소비자의 행동이 그들을 바른 방향으로 밀어붙일 수 있다는 뜻이다.

세 영역 중 두 영역에서는 결국 이러한 해결책들만으로도 충분하다. 하지만 한 영역, 대학 스포츠계에서는 그 영향력과 보상 구조가 곪을 대로 곪아 있어서 나는 대학 미식축구와 농구 디비전 I (D-I)*은 완전히 해체되어야 한다고 생각한다. 농구계에서는 대학 스포츠를 마이너리그 체제로 대체하는 방향으로 진일보를 이루어 왔지만 말이다. 논쟁적일 수 있는 주장이지만 여기서 나는 변호사

---

* 전미대학체육협회(NCAA)에서는 미식축구, 야구, 농구, 아이스하키 네 종목을 네 개의 분과(Division)로 나누어 관리한다. 그중 디비전 I(DIvision I, D-I)은 대학 스포츠 내 최상위 리그에 해당한다.

이자 시카고대학 로스쿨 졸업생이며 NBA 총재이고 스포츠계에서 가장 영향력 있고 존경받는 인물 중 한 명인 애덤 실버*의 훌륭한 논의를 따르려 한다.

남성들 또한 권력 있는 남성들에 의한 성폭행 및 성희롱의 피해자였다. 성학대는 스스로 법 위에 존재한다고 여기는 남성들에 의해 확장된 권력 남용의 형태다. 오랫동안 여성들은 성학대가 일차적으로는 권력과 권력 남용의 문제이고 성별은 부차적인 것이라 주장해 왔다. 동의한다. 진짜 문제는 타인에게 동등한 인간 존재로서 완전한 존중을 표하지 않는 교만과 대상화이다. 이러한 결함은 남성이라는 성별과 문화적으로 연관되어 있다. 만연한 권력 구조 속에서 남성이 우위를 차지하고 있기 때문이다. 그렇다고 해서 그 구조가 남성만 가해자화한다고 생각할 필요는 없다. 권력의 위계질서 속에서 아래쪽에 자리한 사람들은 학대에 취약하고, 권력자 남성이 동성애 지향을 가졌을 때 그 학대는 성적으로 표출될 수 있다.

반복해 말하는데, 이 책은 여성에 관한 책이지만 실제로는 권력의 위계에 관한 것이며, 특히 스스로 법 위에 존재한다고 생각하면서 다른 사람들은 완전한 실재가 아니라고 생각하게끔 길러진 사람들의 권력 남용에 대한 것이다.

★　애덤 실버(Adam Silver)는 현재 5대 NBA 총재를 맡고 있는 인물로 취임 후 리그 자체를 성장시켰을 뿐 아니라 리그 내 인권 및 복지 차원의 개선을 주도하며 현재 미국에서 가장 영향력 있고 진보적인 스포츠 인사 중 하나로 평가 받는다.

6장   교만과 특권 ─ 연방 사법부

> 다음 문장을 완성하시오. "판사가 된다는 것은……"
> 알렉스 코진스키 판사: "절대로 미안하다고
> 말할 필요가 없다는 것."
>
> ― 연방주의자협회 행사(2015년 11월 14일)
> 관객 질의 중에서

연방법원 판사들은 사실상 미국의 삶 전 영역에서 막강한 권력을 가진다. 판사로 지명되고 확정되기만 하면, 그들은 평생 그 자리를 지킬 수 있다. 직위가 해제되는 일은 아주 드물고, 굉장히 까다롭다. 판사라는 자리에는 간혹 야망이 동반되는데, 특히 대법원에 한자리 갖기를 열망한다면 주의를 기울일 것이고 정치 세력과 대중으로부터 오는 압력에도 민감할 것이다. 만약 그런 야망이 없거나 (진입 연령이나 논쟁적인 의견에 대한 평판 때문에 혹은 그저 당대 정치 상황에 비추어 적합하지 않다는 이유로) 엇나갔다면 다들 자신들이 그저 좋을 대로 말하거나 행동할 수 있다고 느끼게 될 소지는 충분하다.

그것이 연방주의자협회 포럼에서 알렉스 코진스키 판사가 던진 농담의 핵심이다. 그의 수많은 농담처럼 그것이 농담이었다는 사실 자체가 그에 대해 많은 것을 폭로한다. 그의 말은, 연방법원의 판사라면 극도로 악명 높은 행동을 저질러야만 추궁받는다는 뜻이다. 코진스키의 경력은 그의 농담 속에 녹아 있는 진실을 분명히 보여 준다. 그는 몇 년 동안이나 노골적으로 나쁜 행위를 저질러 놓고도 책임을 면했고, 올바른 행위라는 기준을 비웃었다. 여직원을 향한 성애화된 행위는 물론, 모든 직원들을 괴롭히고 거칠게 군 행위까지 전부 포함해서 그랬다. 끝내 그는 은퇴를 종용받았지만 그럼에도 연금 전액을 챙겨서 나갔고 여전히 돈이 되는 법률 업무를 수행하고 있다. 코진스키는 몇 년에 걸쳐 자신의 행위들이 끼친 해악에 대해서 전혀 인지하지 못했다.

나는 6장에서 연방 항소 사법부에 초점을 맞출 것이다. 주 판사들의 고용 문제에 대해서는 매우 다양한 규칙들이 있어서 일반화하기 어렵다. 어떤 이들은 종신으로 지명되고 어떤 이들은 특정 기간 동안만 재직한다. 대개는 선출되며 대다수는 일반 투표를 통해서라도 재소환될 수 있다. 반면 연방법원 판사들은 모두 대통령이 지명한다. 미국 연방 조세 법원(U. S. Tax Court)이나 미국 연방 청구 법원(U. S. Court of Federal Claims) 및 헌법 제1조 재판부(Article I judges) 등 일부 연방법원 판사들은 전문성을 띠고 있고 정치성이 희박하다. 준주법원의 제4조(Article IV) 재판부도 마찬가지다. 연방제에서 가장 강력한 판사들은 헌법 조항이 묘사한 바에 따라 소위 '제3조 재판부(Article III judges)'라 불리는 이들이다. 이들은 모두 대통령이 지명하고 상원 인준을 필요로 한다. 총 세 가지 층위로 나뉘어 있는데, 지방법원 판사(오늘날 673명)와 항소법원 판사(각 순회법원 부속으로 오늘날 179명), 미국 대법원 판사(9명) 들이다.

연방 지방법원에서 판사직은 요직이지만 이목을 끌 정도는 아니며 대중적 지위나 교만이 따르는 경우들도 아니다. 대법원 판사들은 인원이 적기 때문에 계속해서 대중의 시선을 받으므로 그들을 일반화하거나 다른 판사들의 행동들과 비교하기는 어렵다. 우선 업무량이 항소법원 판사들에 비하면 대법원 판사들의 경우에는 굉장히 적으며, 만약 그들이 나쁜 짓을 한다면 사법부 바깥의 대중이 압박을 가할 수 있다. 1969년에 여러 유형의 재정적 부패로 탄핵 위협을 받았던 에이브 포르타스 판사의 사임이 그런 경우였다.

항소법원 판사는 직권 남용에 있어 최적의 자리다. 지명은 흔치 않은 명예이므로 교만해질 수 있는 기회다. 항소법원 판사 자리는 막대한 영향력과 함께 찾아온다. 대법원이 수용하는 사건이 얼마나 드문지 생각해 보면 대부분의 사건들은 항소 단계 너머 대법원까지 가지 않고, 대부분이 연방법에 지배를 받기 때문이다. 즉 법에 의해 우리가 살아가는 대부분의 방식은 항소 단계에서 만들어진다. 그러나 이 영향력은 대체로 잘 드러나지 않으며 대중의 시선으로부터도 멀리 떨어져 있다. 그러니 악인이 알려지는 경우에도 대중의 압박이라는 기제는 거의 가해지지 않는다.

연방법원 판사들과 그들의 권력

연방 항소법원 판사 대부분은 유명한 로스쿨에서 법학 학위를 딴 변호사들이다. 그들은 적어도 한 번쯤은 변호사업을 해봤다. 교수인 사람도 꽤 있어서 요즘에는 어떤 쟁점에 대한 논문 발표가 의무이기 때문에, 상대가 써먹을 만한 소재를 제공하기도 한다. 대통령 지명 전에도 전체 경력이나 인생에 대해 대통령 보좌관들이 매우 꼼꼼히 조사한다. 대법원 지명 예정자 수준까지는 아닐지라도 말이다. 코진스키에 대하여 사람들이 들어 올렸던 경고의 깃발이 자격 심사 도중에 인준 청문회를 다시 열게 하기도 했지만, 궁극적으로 그의 임명을 무산시킬 정도는 못 되었다. (사람은 아마도 코진스키가 대법원의 인준을 받지 못할 것이라고 확신했을 것이다.) 항소법원 판사들의 인준 과정은 분명 간단했지만 시간이 지나면서 굉장히 정치화되었다. 대부분이 지금 와서는 이렇게 고되고 시간을 잡아먹는 전 과정을 다시 겪고 싶어 하지 않는다.

판사는 한번 인준되면 '얌전히 처신하는 한' 종신직이다. 판사 탄핵이 얼마나 어려운지 생각해 보면 자격 요건은 사실 별 의미가 없다. 연공서열은 대체로 시간이 흐르면서 그 영향력도 함께 키운다. 그러므로 그 판사의 의견에 자신들의 정치적, 경제적 지분이 얽힌 사람들이라면, 탄핵이나 새로운 인선을 고르는 더 힘겨운 과정을 거치느니 차라리 그 판사가 언제까지나 남는 것을 선호하게 된다. 이 점이 바로 지금은 여기에 있지만 다음 날이면 사라질 CEO들과 다른 점이다. 투자자들은 회사가 잘되기를 바라고 회사가 어떤 개인의 능력도 초월할 것을 안다. 반면 항소법원 판사들은 개별적 공헌도 귀한 대접을 받는다. 종신직을 받은 판사들은 자신을 지명한 정당이나 정파를 위해 정치적 지분을 키우며, 적합한 판사를 앉힌 후에는 정당이나 정파에서도 그 자리를 넘겨주지 않으려 하고, 인준 과정 중이거나 그 후에라도 어떤 고발이 들어오든 반박할 방법을 찾는다. 가끔 제 일을 제대로 하지 않는 판사들은 어떤 이유로든 조용히 은퇴하게끔 설득된다. 특히 그들의 나이와 근속 연수의 합이 80이 넘거나[170] 연봉 한계선에 도달했을 10년간의 근무 뒤에 그렇다. 이런 식이 아니라면 탁월한 방식이 되었을 타협안이 오히려 사법상 위법 행위라는 구멍을 만들어 내고, 비난에 맞서야 하는 판사에게는 돈벌이가 되는 탈출이라는 선택권을 제공한다.

교수들 또한 보호받는다. 미국에서 종신직인 정교수 제도는[171] 어떤 교수라도 그 자격이 박탈당하기 힘들게 만든다. 그러나 아무리 선임 교수라도 매년 논문 저술과 강의에 대해 검토 받아야 하고, 학장은 기량을 발휘하지 못하는 이들을 은퇴하게 만들 전략을 많이 가지고 있다. 게다가 교수들은 다른 교수진들과 동등한 수준의 동료들이며, 그 누구도 서로에게 절대적으로 필요한 존재가 아니다. 또한 교수들은 정치 권력이나 금전적 이해관계와 직접적으로 연결돼 있지는 않으며, 교수 지명과 종신 보장 과정을 검토하는 동료 교수들이 최소한 정치적 압력으로부터는 자유로울 것으로 예상된다. 그뿐만 아니라 교수들은 매일같이 동료나 학자 집단으로부터 비평을 받는 데에 노출되어 있어, 이런 조건들이 그들을 자만하기 힘들게 한다. 반면 순회법원들은 대개 비평을 교류할 목적으로 만나지 않으며, 판사들은 서로 다른 도시에서 업무를 본다. 시카고 관할의 제7연방순회항소법원에는 상당 부분 교수진이 포함되어 있는데(몇몇 경우 지금도 여전히 정기적으로 강의를 하고 있다.) 이들은 동료간 협력하거나 비평적 교류 등 문화를 발전시킴으로써 연방 사법부 전체를 통틀어 (일반적으로는 실현이 잘 되지 않는) 꽤 좋은 모델[172]로 존재하고 있다.

항소법원 판사들은 가장 재능 있는 직원들을 계속해서 승계받을 수도 있다. 바로 사법부 서기관들이다. 연방 항소법원 판사들은 일반적으로 매년 서기관 두 명을 들인다. 사법부 서기관(혹은 사무 서기관과 구분되는 '판사실 서기관')들의 업무는 전적으로 판사를 돕는 것이다. 젊은 변호사들에게 유용한 기술을 가르치는 것이 업무의 일환이므로 훗날 대법원 직원으로 가든 다른 법조계 조직에 고용되든 간에 연방 항소법원 서기관이라면 자기 평판을 높이기에도 유리하다. (이 직군은 거대 로펌에서 고용 위원으로 근무하기에 매력적이다.) 하지만 이 서기관들이 재능을 키우도록 돕는 판사들은 흔치 않다. 물론 그렇게 하는 사람도 있으며 그들은 인정받아야 마땅하다. 어떤 판사들은 자기들이 해야만 하는 일들, 예컨대 판결문 초안 작성 등과 같은 일들을 서기관들이 하는 것을 원하지 않는다. 하지만 오늘날 대부분의 항소법원 판사, 대법원 판사를 위한 판결문 초안 작성은 사실상 모두 서기관의 일이다. 그들은 단순히 인용문들을 연결하는 것이 아니라 논지를 작성한다. 대부분은 판사와 대화를 나눈 뒤에 판사의 관점을 표현하는 것에 주안점을 둔다. 쓰는 것은 대부분 서기관들의 몫이지만, 자기 의견은 아니다. 수천 명의 명석한 법학생들이 매년 이 직종에 지원한다. 현재 로스쿨 졸업생들 중 가장 우수한 이들이 밤낮 없이 (대부분 근무 시간이 매우 길다.) 일해 주고 있다는 사실을 아는 것만큼 판사들의 우월감과 면제 의식을 강화시켜 주는 게 또 어디 있겠는가? 게다가 그들은 판사들이 할 수 있고 또 판사들이 해야 할 일을 기꺼이 하겠다고 다음 채용 기간이 올 때까지 열렬하게 대기하고 있으니 말이다.

여기에 학계와 법조계 사이의 큰 간극이 있다. 교수에게는 대학원생들이 있지만, 그들은 독립적인 작업을 할 역량을 개발하게 되어 있고 지도교수는 대학원생들을 멘토링해 주고 나중에는 직장을 구하도록 돕는 데 집중한다. 때때로 교수들은 연구조교를 고용하는 자리에 있을 수도 있고 급여를 받는 연구자는 교수를 위해 일할 수도 있지만 근무 시간에 따라 급여를 지불받기 때문에 박사과정을 밟는 것과는 완전히 구별된다. 가끔 일시적인 여름방학 돈벌이 등을 위해 한 사람이 두 역할을 병행하는 경우도 있지만, 대부분의 박사과정생들은 절대 연구조교직을 맡지 않고, 연구조교들은 대체로 박사과정생이 아니다. 박사과정생들은 연구조교 직무를 해도 긴 시간 근무하지 않는데, 그들은 이미 자기 연구에 대한 투자를 받고 있으며 다른 직장으로부터 많은 돈을 받는 것이 금지되어 있기 때문이다. 교수들은 연구조교들로부터 자기 논문의 초안을 작성할 때 쓸 연구 자료를 받기도 한다. 하지만 조교들의 연구물 전체를 사용하고자 한다면 그들은 해당 연구조교를 공동 저자로 등록하게 되어 있다. 사법부 서기관들은 공동 저자로서 인정받지 못하지만, 사실은 그들이 단독 저자들이고 판사들이야말로 도움을 주는 조언자들일 뿐이다.

판사와 서기관 사이의 권력 차는 막대하다. 판사는 앞으로 이어질 서기관의 전체 경력을 좌지우지 할 수 있는 어마어마한 권력을 쥐고 있다. 어떤 서기관이 법률 사무직 대신 학계에서 경력을 추구하기로 하고 논문으로 평가받겠다 하더라도, 로스쿨 고용위원회는 기어코 평판 확인을 위해 그들이 서기관으로 일했던 판사에게 전화를 건다. 그러니 나쁜 평판은 일을 망칠 것이다. 게다가 어떤 판사들은 더욱 큰 권력을 지닌다. 전국적으로 명성을 얻고 있거나 서기관들을 종종 대법원으로 보내는 소위 '공급 판사(feeder judges)'로 알려진 사람들, 혹은 한 명 또는 다수의 대법원 판사들에게 신뢰를 받고 있는 항소법원 판사들이 자신의 서기관들을 대법원 서기관직에 눌러앉히기란 다른 판사들보다 좀 더 쉽다. 코진스키는 이렇게 썼다. "판사와 서기관은 사실 서로의 경력에 남은 나날들 동안 보이지 않는 선으로 이어져 있다."[173] 이 낭만적인 발언은 상호성과 호혜성을 함의하지만 판사와 서기관 관계에 사실 호혜란 없다. 판사 입장에서는 서기관에 대해 자유롭게 마음껏 발언할 수 있지만 서기관은 평생 기밀 유지의 엄중한 서약에 묶여 있기 때문이다. 이 점에서 학계와 또 다른 커다란 차이가 있다. 박사과정생에게는 기밀 유지 의무가 없다. 지도교수에게 의존하는 기간이 짧기 때문이다. 이후에 지도교수는 종신 재직권이나 승진의 평판 조회를 위해 움직여서는 안 된다.

"행동 강령이 기밀 정보를 정의하지는 않지만 기밀 정보라 함은 일반적으로 서기관직을 통해 받는 모든 정보, 공개된 기록의 일부가 아닌 모든 정보를 포함한다."라는 것이 연방 사법부 서기관의 공식적인 윤리 강령이다.[174] 서기관들은 대중에게나 '가족, 친구, 이전 동료들에게' 혹은 서명을 받는 소통 관계에서나 익명의 소통에 있어서도 그들이 서기관으로 있는 판사가 분명히 발설을 허가하지 않는 이상 누구에게도 그러한 정보를 밝힐 수 없다. "이러한 의무는 법정 종사가 끝난 뒤에도 **지속된다.**" 판사실과 관련하여 가십이 될 만한 정보를 흘리는 서기관들은 공개적으로 혹평을 받기 때문에 강령의 언어는 느슨해 보이지만 판사의 처신이나 성격 등에 대한 사실상 거의 모든 보고를 금지하는 것으로 이해되어 왔다. 반면 서기관은 나중에 평판을 조회받을 때 아주 작은 실수로도 책임을 추궁받을 수 있는데, 그것이 실제로는 판사의 실수이고 또 그렇게 보인대도 완전한 어둠 속에 묻혀야만 했다. 그리고 보면 판사로 존재한

다는 것은 정말로 미안하다고 말할 필요가 전혀 없음을 의미하는
것 같다. 하지만 이 느슨한 언어는 최근 들어 재해석되고 있다는 것
을 이제 살펴볼 것이다. 물론 오랫동안 코진스키가 그 면제권을 그
토록 신나게 즐긴 후이긴 하지만 말이다.

부적합한 행동 지침

지침상 혼란은 사법부 서기관들의 관례에만 국한되지 않는다.
판사들을 주관하는 관례들 또한 지독히 부적합하다. 5장에서 살펴
봤듯이, 근래 들어 대기업과 학계는 성행위 관련 공공 규칙을 분명
히 보완해 왔다. 성폭행과 성희롱을 금지할 뿐만 아니라 특정 종류
의 성적 관계들(대체로 상관과 부하 구조의 모든 관계)을 부적절하
다고 규정하거나 그러한 관계들이 현명하지 못한 처사라고 말하기
도 한다. 그러나 이보다 나은 규정이란 그러한 관계들을 허가하지
않는 것이다. 현재의 규정은 악의가 없는 많은 관계들을 배제할 수
는 있겠지만, 문제는 실제로 명확한 권력 차이가 있는 관계들에 악
의가 없기도 어렵다는 것이다. 상관과 부하 직원의 관계에서는 성
적 관계에 들어서든 종료하든 간에 은근한 압박이 동반된다. 또한
다른 직원들에게 영향을 줄 수 있는 편애나 공정성 같은 문제들을
야기하기도 한다. 이러한 관계들에 대해 명확하게 규정해야 직장의
공정함을 보호하고 망가진 관계 이후의 지지와 그 반대 반응에 대

한 끝없는 논쟁들을 방치할 수 있다.

명확한 규정들이 오히려 좋은 관계들을 법적으로 제한할까 우려하는 사람들도 있다. 그러나 보통 선의를 가진 사람들은 규칙에 맞춰 행동할 방법을 찾는다. CEO의 경우에는 그런 식의 조정이 불가능할 수 있는데, CEO는 모든 직원들에게 '상관'이기 때문이다. 하지만 대개 상관은 바뀌고, 절차들은 선임들이 부하 직원의 경력에 개입하지 않을 것을 보장한다. 좋은 합의는 투명해야 한다. (안타깝게도 많은 직장 관계들은 불순하고, 그로 인한 은밀함이 규정 위반의 주요한 근원이다.)

5장에서 언급했듯이, 직장 내 성희롱은 '자연스러운' 것이 아니다. 직장 문화가 만들어낸 결과이며, 이는 명확한 규정에 의해 방지될 수 있다는 걸 뜻한다. 성희롱은 충분히 억제될 수 있는 범죄다. 사람들은 직장 내 규제들에 예민하기 때문에, 대부분 스스로도 바르게 행동하길 원한다. 그래서 규칙이 명료하고 공공연한 경우, 이런 동기들이 자극됨으로써 매우 바람직한 결과를 낳는다.

최근까지만 해도 연방 사법부에는 그런 식의 명료함이 존재하지 않았다. 연방법원 판사들은 「미국 판사 행동 강령(Code of Conduct for United States Judges)」(이하 「판사 강령」)과 「법관 행동 규범과 법관 불능 절차(Rules for Judicial Conduct and Judicial Disability Proceedfings, JCJD)」를 지킬 책임이 있다. 후자는 판사를 고소할 때 쓰는 메커니즘이자 판사가 자신의 직무를 수행할 수 없다는 불만을 제기하는 메커니즘이기도 하다. 2019년 3월 이전에는 이 두 수칙 모두 직장 내 성희롱 문제를 언급하지 않았다. 「판사 강령」은 "언제나 사법부의 진실성과 공명정대함이 대중의 자부심을 고양시킬 수 있는 방식으로 행동해야 한다."라며 "모든 부적절한 행동 및 부적절해 보이는 행동"을 피하라고 지시했다. 그러나 강령은 이 조항들을 위반하는 행위가 무엇인지에 대해서는 열거하지 않았다. JCJD는 물론 관련 「직원 강령(Code for Employees)」은 예시들을 목록화했지만 그 안에 성적 위법 행위들은 포함되지 않았고, 온전히 족벌주의와 부당한 이윤 추구에 초점이 맞춰져 있었다.[175]

그러므로 포르노를 보여 주는 것, 성적 언행을 하는 것, 성적인 내용이 담긴 이메일을 보내는 것, 혹은 부적절한 다른 방식으로 서기관을 괴롭히는 것이 성적 접근인지에 대해서는 개별 판사들이 스스로에게 물어야 할 문제로 남겨져 있었다. 1990년까지는 모두가 판사들이 그런 행동들이 부적절하다 생각하기를 바라 왔고, 실제로 많은 이들이 그렇게 행동했지만 허술한 규정은 나쁜 행동들을 독려했다. 몇 년간 수없이 많은 불량 행위를 저지르고서도 빠져나갔던 한 판사의 경력에서처럼, '나는 빠져나갈 수 있을 거야.'라고 생각하기가 너무도 쉬웠다. 그는 경력 말에 가서야 겨우 처벌을 받았지만 그마저도 가볍고 미흡했다.

메피스토펠레스적 경력

1950년 루마니아 부쿠레스티의 유대인 가족에게서 태어난 알렉스 코진스키는 열두 살에 미국으로 이주했다.[176] 그의 말에는 외국 억양이 남아 있었고, 그는 자신의 이국적인 면모를 즐기는 듯했다. UCLA에서 경제학 학위를 받고 법학 박사 학위를 딴 뒤에, 그는 1975~1976년에 제9연방순회항소법원의 판사였던 앤서니 케네디의 서기관으로 일했고, 1976~1977년에는 대법원에서 대법관 워런 버거의 서기관으로 일했다. 몇 년간 개업 변호사로 일하다가 레이건 정부의 법률 자문단에서 일했고, 1981~1982년에는 미국 실적제 보호위원회(U.S. Merit Systems Protection Board)의 특별 검사로 근무했다. 여기에 지명되어 근무하는 동안 그는 직원들이 광업계 내부 고발자의 해고안을 다시 쓰게 하여 그 회사가 법망을 피할 수 있도록 했는데,[177] 이 사건은 나중에 제9연방순회항소법원을 위한 인준 청문회 때 수면 위로 드러났다. 1982년부터 1985년까지는 미국 연방 청구법원 판사로 근무했다.[178] 1985년 레이건 대통령은 코진스키를 제9연방순회항소법원 내 새 직책에 지목했고, 코진스키는 이후 7년간 항소법원장 직위를 맡은 것을 포함해 2017년까지 근무했다. 인준이 있었을 당시 그는 미국에서 가장 젊은 항소법원 판사들 중 하나였다. 떠오르는 신예였다.

코진스키는 순식간에 사법부 고위직에 올라 미국에서 가장 유명하고 존경받는 항소법원 판사 중 하나가 되었고, 대법원에는 '공급 판사'로서 경력을 만들어 주거나 혹은 부술 수도 있는 사람이 되었다. 코진스키는 그의 지성으로 많은 이들을 현혹시켰다. 그는 제7연방순회항소법원의 개성 강한 상대였던 자유주의자 포스너 판사와는 달랐다. 코진스키는 책도 논문도 쓰지 않았는데도 엄격한 학계의 논쟁 교환이라는 시험을 거치지 않고도 걸출하다는 평판을 받았다. (판사들은 그런 식으로 편안하게 지낸다. 특별한 업적이 없어도 자신들의 지적 우월성에 너무 자주 자부심을 갖는다.) 코진스키는 또한 자신의 매력으로 많은 이들을 자기 편에 서게 했다. 기발하고 위트가 있었고 별났으며, 종종 야한 농담으로 이목을 끄는 그만의 방식이 있었다. 하지만 그 쾌활한 농담들에는 잔인한 구석이 있었다. 2014년 봄, 내가 UCLA에서 강의를 나가던 때, 그가 자신의 평판을 앞세워 처음으로 만난 적이 있었는데,[179] 나는 괴테가 『파우스트』에서 창조한 메피스토펠레스가 꼭 그와 같지 않을까 생각했다. 위험한 인물이자 부정적인 기운("나는 언제나 부정하는 영혼이다.")이 가득했지만, 혐오감을 주는 동안에도 누군가를 끌어당기는 엉뚱함으로 전복적인 재치를 보이기도 하는 사람이었다. 물론 메피스토펠레스는 괴테 자신을 포함해서 사람들을 매혹하면서 동시에 사람들이 자신을 혐오하게 만들었다. 무엇보다도 메피스토펠레스는 끝없는 자아도취로 연민이나 상냥함 같은 것에 여지를 주지 않았다.

경력 초기부터 이미 코진스키의 품행은 상사로서 질이 나쁘다고 알려져 있었다. 코진스키가 제9연방순회항소법원에 인준되었을

때, 처음에는 아주 신속하게 상원 법사위를 통과했지만 코진스키는
"가혹하고, 잔인하고, 비하를 일삼으며, 가학적이며 솔직하지 못한
데다가 연민도 없다."라는 전 OSC(특별검사실) 직원들의 선서 진
술서와 내부 고발자의 폭로로[180] 청문회가 다시 열렸다. (이는 매우
드문 사례다.) 이는 상사에 대한 표현으로서는 놀라울 정도로 공격
적이었지만 코진스키를 각성시키기에는 역부족이었다. 풍문에 의
하면, 서기관들이 흔히 그러하듯 자기들의 미래가 완전히 그에게
달려 있지 않던 직원들(OSC 직원들이 그 예이다.)에 대해 책임 있
게 행동해야 하는 압박으로부터 간신히 풀려나자, 코진스키는 사법
부 경력 내내 그런 식으로 행동했다. 코진스키가 어떤 의미에서는
기회 균등을 악용했다는 점을 기억할 필요가 있다. 성적인 문제에
대한 그의 집착을 상기해 보면 그의 잔인함은 아주 빈번히 반여성
적인 성향을 띠었다.

자신을 성적 존재로 정의하고 거기에 집착했던 코진스키의 면
모는 경력 초기에도 매우 뚜렷했다. 법조계 대표직을 꿈꾸던 이로
서는 의아하게도(그는 당시 열여덟 살이었는데), 그는 「데이팅 게
임」이라는 TV 쇼에 나가 1968년 추수감사절에 방영된 「래번과 셜
리」라는 시트콤 단편에서 스퀴지 역을 맡았던 배우 데이비드 랜
더와 맞붙었다. (해당 편은 유튜브에서 볼 수 있다. https://www.
youtube.com/watch?v=OdjCdbGucCU) 코진스키는 '2번 미혼남'으로
자신의 외국인 억양을 과시하고(그의 목소리는 드라큘라를 성대
모사 하는 것 같았는데, 문제는 그게 그의 실제 목소리라는 점이었

다.) 오래된 뱀파이어 영화에서나 할 법한 시적 표현들을 사용해서 ("내 심장의 꽃"과 같은) 스퀴지를 이겼다. 출연자인 리타라는 여성과 데이트 기회를 획득한 그는 매우 공격적으로 그녀의 입술에 키스를 퍼부었고 위험한 모양새로 그녀의 뒷목을 붙잡았다. 아마도 진부하게 과장된 낭만적 행동으로 보였을 것이다. 그러나 오늘날 그 모습은 그저 오싹한 조짐으로밖에 보이지 않는다.

시간이 지나면서 코진스키는 그의 성적 우월성을 분명히 보여 줄 기회들을 잡았다. 조금은 덜 트란실바니아적*이고 좀 더 유머러스한 방식으로, 나르시시스트적 자기 비하라는 독특한 양식이었다. "법복 속으로(Underneath Their Robes)"라는 '유머러스한' 블로그는 연방 사법부의 가십들을 보여 주었는데, 지속적으로 "연방 사법부의 섹시 남녀(Hotties of the Federal Judiciary)"라는 꼭지를 실었다.[181] 거기 등장한 판사들은 비밀스럽게 우쭐댔을 몇몇을 제외하면 대부분은 당혹스러워했다. 자기 자신을 추천하는 것은 생각조차 할 수 없는 일이었다. 하지만 한 사람만은 예외였다. 2004년 6월 블로그 '내 편지 보내기'란에 자기 자신을 '최고의 섹시남' 후보로 지명한 사람이 있었다. 아주 긴 편지였고, 유머러스해 보이는 자격 요건들로 가득한 목록이기에 간략한 발췌로도 충분할 것이다.

---

*   트란실바니아는 드라큘라 전설의 배경이 되는 루마니아의 지역으로, 너스바움은 코진스키에게 드라큘라처럼 고딕적인 면모 대신 유머러스한 면이 드러난다는 맥락에서 이 표현을 사용했다.

A3G님께(수신명은 '제3조 그루피'라는 편집자 필명의 약어이다.)

사법부 섹시 남녀 콘테스트에 귀하가 내보낸 후보 명부를 보고 심각하게 실망했다고 말씀드리고 싶습니다. 여성 후보자들의 목록은 훌륭하다고 생각하지만, 솔직히 말해서 남성 후보자들의 목록에는 빠진 게 있네요. 바로 접니다.

물론 존 로버츠와 제프 서튼은 젊고 무지막지하게 잘생겼습니다만, 그래서 어떻다는 거죠? 저는 아주 훌륭한 근거를 들어 주장합니다. 안목이 있는 여성과 게이 남성들이라면, 설령 늙어 가고 있는 땅딸막한 중년 남성일지라도 슈워제네거 주지사 같은 악센트의 소유자를 매혹적이라 생각할 거라고요.

따라서 저는 나 자신을 추천합니다…… 저를 지명할 근거에는 다음과 같은 것들이 있습니다.

— 저는 「데이트 게임」에 출연했던 유일한 헌법 제3조 판사입니다. 두 번이나 출연했죠. 한 번은 우승하기도 했고 증명할 테이프도 있습니다.

— 《조지 매거진》에 제 화보가 있습니다. 점프하고 있는 아주 섹시한 사진들이지요. 몇 년 전이기는 하지만, 전 나이가 들면서 귀여워지기만 했습니다.[182]

편지는 이런 식으로 두 장을 빼곡하게 이어진다. 물론 어떤 의미에서는 재미있다. 그리고 어떤 의미로는 농담으로 읽히게 의도된 것이었다. 하지만 누군가의 성적 우월성을 주장하기 위해 이렇게까지 나서는 데에는 어딘가 빗나간 지점이 있다. 아무리 농담이라도 그 '빗나감'은 OSC 직원들이 묘사했던 종류의 사람이 지닌 성격이고, 그런 종류의 사람들에게 타인은 완전한 실재가 아니다. 단테적인 맥락에서 보자면 극도로 교만한 사람인 것이다.

모든 것에 대한 성애화는 계속됐다. 다른 판사 밑에서 근무한 전직 서기관이자 작가인 달리아 리스윅이 1996년 신입 서기관 오리엔테이션에서 처음 만났던 코진스키를 어떻게 묘사했는지 보자.

동료 서기관들 중 한 명과 나는 연회에서 이미 종신 재직권을 가진 전설적인 젊은 판사를 소개받았고, 잠시 대화를 나누었다. 어떤 이야기를 나누었는지는 일일이 기억나지 않는다. 내가 기억하는 것은 꽤 주눅이 들었다는 것, 그리고 매우 지저분했다는 것뿐이다. 나는 아무것도 유도하지 않았지만, 나의 전 동료 서기관은 그 주에 내게 이메일을 보내면서 당시의 대화를 이렇게 묘사했다. "그는 나를 완전히 무시했고 눈으로 너를 홀딱 벗기는 것처럼 보였어. 나는 그렇게 다른 사람에게 추파 던지는 사람을 본 적이 없어. 그 눈길을 내가 받은 것도 아닌데 너무 불편하더라."[183]

몇 주 뒤, 리스윅은 코진스키의 서기관들 중 한 명과 사교 모임에 대한 이야기를 하려고 그의 판사실에 전화했더니 코진스키가 받았다고 했다. 그는 리스윅이 어디에 있느냐 물었고, 그녀가 호텔 방에 있다고 대답하자 "지금 무얼 입고 있나?" 하고 또 물었다. 리스윅은 이 사실을 자기 쪽 판사에게 전했는데, 그 판사는 '충격을 받았으나' 아무 행동도 취하지 않았다.

이런 식의 사건들을 수백 번 곱하고 거기에 가슴을 더듬는다거나 강제로 키스하는 등 원하지 않았던 접촉들을 더해 보라. 판사실에는 불필요한 성적 농담과 포르노를 보라는 요청이 잦았다. 서기관들과 전 서기관들을 포함한 여러 사람들에게 이메일로 보내진 "기둥서방 개그 목록"에는 코진스키가 좋아했던 농담들이 담겨 있었는데, 많은 부분이 성적인 것이었으며 잔인했다. 거기에다가 서기관들의 생활을 완전히 통제하고픈 감정의 빈번한 분출들까지 더해 보라. 여기에 코진스키의 법조계 경력에 대해 명백하지만 어떤 조치도 취해지지 않은 뒷얘기들까지 있다. 그의 질 나쁜 행실들은 정말로 악명 높았다. 몇몇 로스쿨과 많은 교수들이 그의 판사실에 여성을 추천하기를 거부했다. 하지만 그의 권력은 통제되지 않은 채로 지속되었고, 피해자를 꾸준히 만들어 냈다. 그 정도나 빈도 모두 매우 절제되어 표현된 것일 테지만 '적대적인 환경'을 가리키는 두 가지 신호로서 충분히 표현됐다.

코진스키는 판사로서 존경받았다. 그의 탁월함에 대한 전국적인 명성은 거저 얻어진 것이 아니다. 물론 그의 현란함 덕분이기도 한데, 예를 들면 잘 알려진 법률 웹사이트 **법 위에서(Above the**

247

Law)가 여성 혐오적인 유머에도 불구하고 그에게 주목했기 때문이기도 하다. (데이비드 랏*의 후임 편집자 캐스린 루비노는 블로그의 '우상화하는 경향'을 개탄하며 이렇게 말했다. "시간이 지나니 코진스키의 '장난기 많은' 성격 아래에는 음침함이 있었다는 게 드러났다.")[184] 그는 대체적으로 자유주의자로 분류될 수 있었다. 표현의 자유와 예술적 자유라는 대국적 견지를 옹호하면서도 종종 논쟁을 불러일으켰고(스스로는 반대하면서도 낙태 반대론자들의 발언권을 옹호했고, 법적 책임을 지게 될 수도 있을 만한 '진정한 위협'에 반대하면서도 '진정한 위협'의 정의를 축소하려 시도했다.), 때로는 지적 재산권에 대한 광의의 이해에 반하여 패러디나 풍자에 대한 논란이 불거지는 경우 예술적 자유가 옹호되어야 한다는 입장으로 예술가들을 기쁘게 하기도 했다. 그는 상업적인 발언이 정치적 발언과 똑같은 보호를 받아야 한다는 영향력 있는 주장을 했고, 그 효과에 대한 논문을 쓰기도 했다.[185] 많이 인용된 이 논문은 친기업적이라는 그의 명성을 뒷받침할 주요한 근거이기도 하다.

형사 사건에 있어서도 그는 종종 약자 편에 섰다. 예컨대 그는 재판 전의 죄수에게 수갑을 채우는 것이 헌법을 위반하는 차별적 행위라 보았다. 사형제에 대해서는 애매하게 반대하는 의견을 내놓았는데, 치명적인 화학물질들의 혼합물을 사용하는 것은 사형제의

---

*　랏은 서기관으로 일하며 법조계의 가십을 쓰는 익명의 블로그 '법복 속으로'를 운영하다 이후 '법 위에서'라는 웹사이트를 개설한다.

잔인성을 가리려는 시도에 불과하니 사형제를 쓰려거든 총살 집행 같은 방식으로 제도에 내재한 잔인함을 명확히 보여 주어야만 한다는 주장 등이 그랬다. 여기저기에서 그는 예측 불가능한, 종잡을 수 없는 역할을 즐겼다.

그러니 재능 있고 젊은 캐버노 서기관 같은 사람이 코진스키를 존경하고 충성하고, 그의 불명예스러움에도 불구하고 그를 지지했다는 사실은 놀랍지 않다. 하지만 코진스키가 여성들에게 저질렀던 악행들에 대해서 캐버노가 전혀 듣지 못했다는 것은 꽤 대단한 일이다. 캐버노는 코진스키의 대법원 인준 청문회에서 맹세를 하며 "우리는 힘이 없었고 그의 통제 아래 있었습니다."라든가 "비밀 유지에 대한 제 의무가 그의 행동에 대해 언급하지 못하게 한다고 봅니다." 같은 말들을 할 수 있었지만, 이런 그럴듯한 대답 대신에 그는 "아무것도 못 봤습니다."라고 답하는 길을 선택했다. 유감스럽게도, 그가 말했던 모든 것들에 대한 신뢰를 약화시킨 일이었다.[186]

코진스키가 모든 규정보다 위에 있지는 않다는 경고도 결국 있었다. 2008년에 《LA 타임스》는 코진스키가 비공개라 믿었던 그의 개인적 파일 서버가 실은 접근법만 안다면 대중도 찾아볼 수 있다는 사실을 폭로했다.[187] 폴더의 이름은 '그것(stuff)'이며 성적으로 노골적인 이미지들을 담고 있었는데, 그중에는 여성의 얼굴을 한 소 사진이나 '성적으로 흥분한 가축'의 모습을 한 반나체의 남성 사진 등이 있었다.[188] 코진스키는 즉시 자기 자신에 대한 조사를 요청했고 절차에 따라 해당 직무는 다른 순회법원에 의해 수행되었다.

제3연방순회항소법원은 코진스키가 해당 사이트에 대한 모든 대중의 접근을 막았다고 믿고 있었다는 각서를 수락했고 그의 사과를 받아들였지만, 그의 부주의함에 대해 강력히 충고하며 그의 행동이 판사들에게 요구되는 높은 기준을 충족시키지 못했음을 알렸다. 코진스키는 그 이상의 징계는 받지 않았다. 그러나 이 일화는 널리 공론화되어 그를 상당히 공개적인 수치의 장으로 불러냈다. 제3순회법원이 그 정도의 가벼운 충고만을 주었다는 사실은 그의 권력에 대한 상징으로 보인다. 즉 코진스키는 경고를 받지 않았던 것처럼 보인다.

또 다른 경고는 당시 미 연방 청구법원장(United States Claims Court)이었던 코진스키 자신이 몬태나주 연방 지방법원 판사인 리처드 세벌에 대한 고소 조사에 불려갔던 일이다. 세벌은 인종차별적이고 여성 혐오적인 이메일 수백 통을 보낸 사람이었다. (그중 하나는 버락 오바마가 그의 어머니와 개 사이에서 태어났다는 것이었다.) 여기서 고소한 목격자들이 나서서 증거를 제시했는데, 코진스키를 수장으로 한 재판부 다섯은 세벌을 징계했을 뿐 제거하지 않았다. 코진스키의 요구에 따라 대부분의 진행 사항들은 비밀에 부쳐졌다.[189] 여기서 코진스키는 그 결과를 통제했으니 결론적으로 경고를 받은 것도 아니었다. 그에게는 안전하다고 느낄 만한 그럴듯한 이유가 있었다. 결국 모두가 코진스키가 저지른 일을 알았지만 그 누구도 그에 대해 아무것도 하지 않았던 것이다. 세벌은 아무도 아니었던 반면, 코진스키는 특별한 존재였다. 너무도 많은 고소 사유가 있었는데도 어떤 서기관도 그를 고소하는 데 나서지 않았다. 과거나 현재에 자신의 서기관들에 대한 그의 완전한 통제보다 더 중요한 신호가 무엇이란 말인가?

2017년 12월 8일, 수문이 열렸다. 전 서기관들과 외부 연수생들로 구성된 여성 여섯 명이 이름을 걸고 앞장서서 《워싱턴포스트》에 코진스키의 추행에 대한 이야기들을 알렸고, 며칠 뒤에 아홉 명이 더 합류했다.[190] 코진스키의 전 서기관이자 현재 코트니 밀란이라는 가명으로 역사 로맨스 소설을 쓰고 있는 하이디 본드가 이들을 이끌었다. 얄궂게도 밀란과 리스윅처럼 동력을 지닌 여성들은 코진스키가 스스로 몰락의 길을 걸었던 법조계 경력과는 거리를 둔 이들이었다. 본드와 밀란은 자신의 경험은 물론 다른 이들의 이야기까지 광범위하게 증언했고, 여기에는 서기관들에게 검토해 보라고 강요했던 포르노의 세세한 예시들은 물론이고 노골적이거나 암시적인 성적 대화들, 악명 높은 '개그 목록' 이메일 속 농담들이 포함되어 있었다.[191] 이 밖에 유명한 기사는 리스윅과 캐서린 쿠[192]가 쓴 것들이었다. 이들 모두가 원하지 않았던 모든 것들에 대한 성애화, 강요된 성적 대화, 때때로 신체를 더듬었던 일, 여성들이 포르노를 보고 토의하게 만들며 수치를 주었던 일 등 일관된 이야기들을 전해 주었는데, 완전한 통제와 지배라는 넓은 맥락에서 나온 것들이었다. 그러한 환경 속에서 발설해서는 안 된다는 서기관의 의무는 코진스키에 대한 완전한 충성의 의무로 변질되었다. (본드에게: "나는 네가 읽는 것, 쓰는 것, 먹는 것을 통제해. 내가 자지 말라면 못 자는 거야. 넌 내가 말하기 전까지 화장실도 못 가. 알아들었어?")[193]

맨 처음 코진스키는 자신의 변호사를 통해 이 여성들이 들려준 이야기들의 진실성에 이의를 제기했다. 모순적이게도 그 변호사는 강간법 개정안을 설계했던 사람들 중 하나였던 페미니스트 변호사 수전 에스트리히였다. 그는 자신의 '범상치 않은 유머 감각'이 오해를 받았다며 유감을 표시하는 식이었다. 코진스키는 반박하기도 했는데, 첫 고발들이 게재된 뒤 《LA 타임스》에 "그들이 35년 뒤에도 들춰낼 수 있는 것들의 전부가 그뿐이라면 저는 크게 걱정하지 않습니다."라고 말한 것이다. 그러나 본드와 리스윅에 의해 더욱 상세하게 쓰인 고발문과 익명의 고발 등 2차 고발들이 게재되자 문제는 순식간에 다른 국면을 맞았다. 제9연방순회항소법원장 시드니 토머스 판사는 코진스키의 행위에 대한 조사를 명령했고, 평소와 다름없이 수석 판사 존 로버츠로 하여금 다른 순회법원 사법위원회에 해당 조사를 맡기게 했다.[194] 수석 판사의 동의 아래 2017년 12월 15일에 제2연방순회항소법원이 선정되었다.[195] 하지만 12월 18일, 심리가 시작되기 전 코진스키는 그 즉시 발효되는 사임을 발표했고 사법위원회는 그에 대한 사법권을 상실했으며, 문제의 엄중함만이 남겨진 채 고소는 철회됐다.

코진스키는 재빠르게 사임함으로써 평생 봉급을 포함한 연금 전액을 사수했다. 그는 아마 다른 이들이 나서지 못하도록 통제했을 것이다. 공식 조사가 막혔으니 그들이 얻을 것도 많지 않을 것이라는 이유를 들며 말이다. 그는 판사 자격 박탈도 면했다. 그리고 12월 19일, 은퇴 발표 바로 다음 날 코진스키는 캘리포니아 변호사 자격을 다시 살려 냈다. (자발적으로 '비활성화'했던 이들은 회비만 지불하면 언제라도 자격을 다시 활성화할 수 있다.) 변호사 자격의 요구 사항인 '선한 기질'이라는 것은 항상 별로 영향을 끼치지 못한다. 기술적으로 간편한 재활성화 절차로 인해 변호사 자격 재활성화에 앞선 논의는 없었고, 코진스키가 맞닥뜨려야 했던 공식적인 징계 처분 또한 없었다. 캘리포니아의 사법적 원칙이 변호사의 도덕적 기질에 대해서는 절차상 기밀로 하고 있기 때문에 우리야 알 수 없겠지만 말이다. 그는 법률 업무를 수행했고 수익을 누렸다.

2018년 7월, 코진스키는 다시 대중의 시선을 받았다. 대법원 판사인 앤서니 케네디의 은퇴를 맞아 헌사를 바치고 인터뷰도 했기 때문이다. 초기 고발자 중 한 명인 캘리포니아대학교 헤이스팅스 법과대학 교수 에밀리 머피는 이렇게 말했다. "저는 우리 직군이 직장 내 성희롱에 대해 실제로 아무런 신경도 쓰지 않는다는 신호를 여성들에게 보내는 것 같아 두렵습니다. 코진스키가 사임한 뒤에 우리들이 우려했던 바가 구체화되었지요. 제대로 된 조사나 공식적인 절차가 없었기 때문에 그의 행위가 가볍게 여겨지고, 그를 철저하게 조사하지 못한 채 명예를 회복시키리라는 점 말입니다."[196]

코진스키 사건은 연방 사법부와 관련해서 우리를 굉장히 불안하게 만들 사안이 여럿이라는 사실을 보여 준다. 첫째로 그의 사건은 피해를 입은 서기관들의 수만 보더라도 통상적인 기준 수치를 넘어선다. (많은 이들이 개탄했던 점인데 남성 서기관들 역시 위협 뿐 아니라, 강요된 여성 혐오적 분위기로 고통받았다는 것을 기억하자.) 그러니 이 사건은 아무리 지독한 가해자일지라도 명석하고 대담하고 인맥이 좋고 수치를 모른다면 20년은 살아남을 수 있다는 것을 보여 준다. 그뿐만 아니라 구조적 취약성도 보여 준다. 기관의 행동 강령 중 어떤 조항도 여성을 도와줄 수 없으며, 당시 해석에 의하면 비밀 유지의 의무도 여성들에게 불리하게 작동한다는 것을 밝혀 냈다. 또한 고발을 당한 판사는 사임을 선택함으로써 공식적인 절차를 피할 수 있다는 손쉬움까지 보여 주었다. 이 지점에서 변호사 규정이 가진 유사한 구조적 취약성 또한 이 악당에게 퇴직 연금수당 전부에 더해서 그의 생계를 유지할 수 있을 만큼의 돈을 보장해 준다.

이 사건은 자신이 한 짓에 대해 부끄러움을 모르고 선택적으로 악행을 저지르는 악인이 복잡한 사안일수록 어둠 속으로 잠복해 들어가 처벌도 받지 않고 흔들리지도 않을 거라 상상하게 만든다. 이제 우리는 연방법원 판사에 대해서는 아무리 철저하게 조사하여 공식적으로 고소할지라도 매우 극소수만이 고소당한다는 사실을 알게 됐다. 게다가 항소법원 판사들은 여기에 포함되지도 않았고, 지방법원 판사 다섯만이 조사를 받았다. 그나마 조사를 받는 중에도 그들은 모두 사임을 택함으로써 이 틀에서 벗어났다.[197]

개혁을 요청한 로버츠 판사

코진스키의 사임이 있고 나서 존 로버츠 대법원장은 개혁을 요청하며 조치를 취했다. 코진스키가 사임을 발표한 이틀 뒤에, 로버츠는 2017년 연말 보고서에서 "사법부는 2018년을 부적절한 행위를 조사하고 그것을 바로잡는 행동 수칙 및 그 절차가 모든 판사 및 모든 법정 근무자를 위해 모범을 보일 만한 근무처를 보장하기 적합한지를 신중하게 평가하는 일로 시작할 것이다."[198]라고 말했다. 그는 해당 수칙을 연구하고 변화를 권고하기 위한 양당 위원회를 설립했다. 이 위원회는 6개월 뒤의 보고에서 여러 가지 개선안을 권고했다. 2019년 3월 12일, 그 제안들 중 몇 가지가 관련 수칙들에 수용되었다.

특별조사위원회는 연방 사법부에 괴롭힘 문제가 있음을 밝혔다.[199] 위원회는 성희롱에만 제한해서 분석한 것은 아니었으나 보고서 전체를 관통하는 주요 강조 지점은 성희롱이었다. 사법부라는 업무 현장 특성상 축소 신고를 장려하고 있음을 지적하였고, 특히 판사와 서기관들의 비대칭적 관계 및 서기관들이 판사에게 사실상 삶 전반을 의존하고 있다는 점을 지적했다. 또 다른 요인으로는 서기관직의 짧은 재임 기간이 있다. 위원회는 직장의 임기가 길어질수록 직원들이 문제를 제기하는 데 더 편안함을 느낄 것이라고 판단했다. 이에 따라 위원회는 세 가지 영역에서 개정을 권고했는데, (1) 실질 기준, (2) 항의 절차, (3) 괴롭힘을 예방하는 차원의 사전 교육 등이었다. 첫 번째 영역에 있어서는 "인종, 피부색, 종교, 성별, 출신 국가, 나이, 장애 유무, 성적 지향, 젠더 정체성 등에 기반한 그 어떤 형태의 괴롭힘에 해당하는 행위 및 발언들을 그 어떤 경우에도 만들지도, 용인하지도" 않을 것이 판사의 의무임을 명확하게 밝혔다.

판사들은 또한 사법부의 업무 현장에서 벌어지는 괴롭힘과 적극적으로 싸울 의무가 있다. 특히 법정에서 다른 판사들에 의해 괴롭힘이 발생하는 경우는 더욱 그러하다. 위원회는 판사와 서기관의 관계가 강력한 동안에는 괴롭힘을 근절하는 것이 그 관계들을 더욱 강화시켜 줄 거라고 주장했다. 절차에 대해서 위원회는 기밀 유지 조항이 '사법부의 부정 행위를 폭로하거나 보고할 때'에는 적용되지 않는다는 것을 명확히 하기를 권고했다. 공식적인 것들에 더해서 더 많은 비공식적 고충 처리 절차가 필요하다는 사실을 인지한 것이다. 직원들이 마주한 구체적인 문제들을 어떻게 다루어야 할지, 따라야 할 방법은 무엇인지, 그 괴롭힘을 예방하고 또 그걸 경감시킬 수 있는 것은 무엇인지 조언해 줄 수 있도록 말이다. 마침내 위원회는 다른 직장들에 존재하는 것과 유사한 직장 내 규정과 관련한 교육을 필수화해야 한다고 추천했다. 이 훈련은 '방관자의 개입 교육'을 포함한다. 직장 내 분위기 조성에 있어서 수석 판사들이 수행했던 특별한 역할을 생각해 볼 때, 위원회는 수석 판사들을 위한 특별 연수도 권했다.

이러한 권고안들이 시행되었고, 중대한 행위에 있어서는 기밀 유지 의무가 면제되는 사항 역시 포함되었다. 한 가지 더 중요하고 추가적인 변화는, 또 다른 판사의 부정 행위 고발도 실패한다면 그 자체가 사법부 차원의 부정 행위라고 명시한 점이다. 연방 사법부를 이렇게 우리 시대에 적합한 업무 체계로 옮겨 놓기까지 이토록 오랜 세월이 걸렸다는 것은 정말 놀라운 일이며, 이 사실 자체가 사법부의 교만을 상징적으로 보여 준다. 대법원장 로버츠는 이러한 개선안을 주장한 것에 대하여 갈채 받아 마땅하다. 이렇게 명백한 변화들을 이루기 위해 곤란함을 겪지는 않았겠지만 말이다.

라인하르트 스캔들

성학대는 정치도 아랑곳하지 않는다. 2018년 3월 29일, 제9연방순회항소법원의 판사이자 존경받는 '진보의 사자' 스티븐 라인하르트가 심장마비로 사망했다. 라인하르트의 죽음 후 2년이 채 지나지 않아, 그가 성학대자였고 여러 방면에서 여성 혐오자였다는 추악한 과거가 드러났다. 전 서기관 올리비아 워런이 법정 분과위원회, 지적재산과, 그리고 하원 법사위원회 인터넷에서 연 성희롱 및 직장 내 부정 행위로부터 연방사법부 직원들을 보호하기 위한 청문회에서 증언했기 때문이다. 워런이 증언한 성희롱 경험들은 위원회에서 제출한 보고서에 기록되어 있다.[200] 워런이 서기관으로 근무했을 당시 라인하르트가 사망했기 때문에 그녀가 사법청렴국에 제출하려 했던 공식적 항의는 갈 곳을 잃었고, 모교인 하버드 로스쿨을 통해 조사를 요청한 공식적 문제 제기 또한 어떤 결과도 내놓지 못했다. 코진스키의 경우처럼 그녀의 이야기는 수많은 여성들의 증언이 쌓일 수 있는 길을 열었고, 라인하르트의 전 서기관 70여 명이 추가 개혁을 요청하는 공개 항의서에 서명할 수 있게 만들었다.[20] 라인하르트 또한 코진스키처럼 여성들에 대한 추악하고 모욕적인 성적 언급을 한 것은 확실했다.

더 세부적인 사항들은 다를지 몰라도 구체적인 사항들은 울적할 정도로 비슷했다. 일찍이 톨스토이는 『안나 카레니나』에서 불행한 가정은 모두 제각각의 방식으로 불행하다고 말했지만, 라인하르트만의 괴롭힘에 관한 세세한 사항들은 별반 색다르게 보이지는 않는다. 기본적으로 그는 계속해서 여성의 몸을 성애화한 발언을 했고, 특히나 새로운 서기관을 고용할 때면 사진을 보고 평가를 내렸으며, 매력적이지 않다고 생각한 대상을 폄하하곤 했다. 워런은 그들 중 하나였기에 그녀의 남편마저도 워런 같은 여자와 함께하자면 성적으로 제대로 기능하지 못할 약골이거나 게이일 것이라는 등 반복적 모욕의 대상이 되었다. 그는 코진스키 판사를 옹호했으며 하비 와인스타인을 비롯해 성적 부정 행위로 고발당한 다른 남성들을 옹호했다. 그는 레즈비언을 폄하하는 용어들로 페미니스트들을 공격하기도 했다. 이런 일을 참 많이도 저질렀다.

워런은 증언을 통해서 대법원장 로버츠가 도입한 개혁이 연방 사법부의 괴롭힘 문제를 해결해 줄 것이라는 데 회의를 표명했다.

그녀는 기밀 내부 고발자에 대한 보호가 거의 없다고 생각했고, 엘리트 로스쿨들이 젊고 잠재력 있는 서기관들에게 권력 남용에 대해서는 거의 경고하지 않는다고도 보았기 때문이다. 그녀의 증언이 있고 나서 예일, 하버드, 스탠포드 로스쿨에서는 법학도들이 대대적으로 뭉쳤는데, 이들은 (워런이 고발하려 했으나 묵살당한) 추가적인 개혁을 제안하며 사법청렴국이 고발에 집중하기를 주장했다.[202] 중앙화된 거점이 있다면 지금과 같은 단편적인 접근보다 훨씬 더 잘 처리되겠지만, 이 해결책 역시 서기관직이라는 제도 자체에 고질적으로 발생할 수밖에 없는 문제를 해결하기에는 너무도 약했다.

개혁 후 사법부

교만은 끈질기게 이어진다. 오랜 기간 동안 사법부가 사실상 법 위에 존재하도록 만들어 온 인간 본성과 구조적 특징들은 여전하기 때문이다. 문제는 이 반가운 개혁들도 우리가 원하는 효과를 얻을 수 있을 것인가 하는 것이다. 사회적 변화도 물론 중요하다. 코진스키의 몰락과 미투 운동은 적어도 미래의 코진스키들에게 자신들이 사과할 필요는 없을 거라는 추정을 하지 못하도록 경고했다.

라인하르트 판사의 악행들을 공론화해서 이러한 메시지를 더욱 강화해야 한다. 새로운 세대의 판사들은 다르게 교육받아야 하며, 지금까지 그렇게 교육받지 않아 왔다면 적어도 억제는 되어야 한다. 이런 바람에는 그럴 만한 이유가 있다.

가장 곤란한 점은 판사와 서기관의 관계가 갖는 특유의 친밀성이다. 로펌에서는 젊은 변호사가 늘 같은 파트너와 일하지 않는다. 직무 이동과 책임의 공유가 투명성을 만들어 낸다. 학계에서는 박사과정생과 지도교수가 굉장히 비대칭적 권력을 갖지만, 그들의 관계는 기껏해야 3년 정도 지속될 뿐이다. 그러고 나서는 박사후 과정이 이어지고 젊은 학자는 자신의 작업물을 발표하는 등 멘토의 호의로부터 독립적인 존재가 되어 간다. 그러나 서기관들은 로펌으로 옮기더라도 예전 관계에서 벗어나지 못한다. (로펌 소속 변호사들은 대체로 코진스키와의 경험들을 밝히지 않았다.)[203] 게다가 학교에서는 많은 학과들이 지도 과정을 공개하고 학위 후보자와 정기적인 모임을 갖는 등 비등한 권위를 가진 논문 위원회를 서너 명 둔다. 책임의 의무가 분담되어 있어서 고발의 목소리가 들릴 수 있는 환경이 조성된다.

종종 법학도들을 서기관직에 추천하는 외부인으로서 나는 이러한 학계의 방식이 사법부 서기관이라는 직업에도 좋은 방향성을 제시할 것으로 생각한다. 연간 세 명의 판사가 직무 이동된다거나 혹은 세 명의 판사 위원회가 서기관들의 임무를 서로 동의하는 방식으로 분류하는 등의 방식이 투명성을 향상시키고 현재의 비밀스러운 장막에 균열을 낼 것이다. 하지만 나는 현실적으로 이 해결책에 그 누구도 동의하지 않을 것이라 본다. 판사와 서기관의 관계를 낭만화하는 경향과 그 관계가 일생 동안 교육적 이점을 준다는 수상적은 관념이 존재하는 한 그토록 급진적인 개혁은 성공하지 못할 것이다. 그러한 방향 속에서 그나마 실현 가능한 것은 수석 판사가 각 서기관들에게 하나 혹은 둘의 '보조 판사'를 지명해서 서기관의 업무를 관장하게 하며 그로써 잠재적인 장래 추천인이 되게 하는 것이다. 아니면 좀 덜 노동 집약적인 대안으로서 수석 판사가 매년 한두 명의 판사를 지명하여 '서기관 고문' 역할을 수행하게 하고, 서기관들이 근로 환경과 관련된 구체적 문제들에 대해서는 이들에게 찾아갈 수 있게끔 하는 방식이 있겠다. 이러한 변화들은 모두 제7연방순회항소법원 같은 순회법원에서는 실현 가능성이 조금 더 높다. 순회법원들은 지리적으로 모여 있기 때문이다. 순회법원들은 각 법원의 크기와 지리와 역사에 걸맞은 방식으로 이 문제에 접근할 필요가 있겠다.

이 제안들이 어떤 장점, 어떤 운명을 가졌든 간에 판사들은 성희롱 문제를 해결했다고 자축해서는 안 될 것이다. 개혁 의지가 칭찬받을 만했다 하더라도 기본적인 구조는 여전히 제자리이며, 그것이 사법부의 교만을 권력 남용으로 이끈다.

2019년 12월 9일 코진스키는 그가 명예를 손상시킨 순회법원으로 돌아가 저작권 사건에 대한 구두 변론을 했다.[204]

7장   나르시시즘과 처벌 면제 —
공연 예술

> 바이올린을 전공하는 어린 학생이 질문을
> 받았습니다. 만약 지휘자와 어머니 중
> 한 사람만 살릴 수 있다면 누구를 살리겠느냐고.
> 지휘자는 말했습니다. "만약 네가 어머니를
> 선택할 거라면, 이 문을 열고 나가 다시는
> 나를 찾지 말 것. 나를 선택할 거라면 문을 닫고
> 이 집으로 걸어 들어와 나와 평생 함께할 것."
>   — 바이올리니스트 알빈 이프시치가 지휘자
> 제임스 리바인과의 오래전 만남을 회상하며[205]

하비 와인스타인, 빌 코스비, 제임스 리바인, 플라시도 도밍고.* 이 인물들의 공통점은 무엇인가? 모두 공연 예술계에서 막대한 권력을 휘두르며 그 권력을 여성에게 남용한 사람들이다. (리바인은 10대 남성에게도 남용했다.) 또한 모두가 지금 망신을 당하고 있다는 공통점이 있다. 각자에게 쏟아지는 피해자 서사들을 거치면서 점점 이야기가 심각해지자 계약사들이 모두 계약을 종료했다는 공통점도 있다. (와인스타인의 경우는 망해 가는 제작사 일선에서 물러나는 것이었지만.) 하지만 우리는 정의와 약자의 목소리가 승리했다고 안심할 수 없는 또 한 가지 공통점을 발견할 수 있다. 어쨌든 이들 모두 경력의 끝물이 되어서야 가해 사실이 폭로되었다는 점이다. 와인스타인은 68세에 불과했지만 병중이었고 잘 걷지도 못했다. 83세였던 코스비는 시각 장애가 있었고 아팠으며 TV 출연 경력은 이미 과거의 일이었다. 메트로폴리탄오페라단의 경영진이 1980년 초부터 공공연히 퍼져 있던 그에 대한 루머를 믿기로 결심했을 때 77세의 리바인은 이미 파킨슨병으로 사실상 지휘를 하기 불가능한 상황이었다. 도밍고는 좀 더 복잡했다. 80세였고 신체적으로 왕성했으며 그 나이에도 여전히 관객과 비평가들을 놀라게 할 정도로 멋지게 노래했다. 하지만 정확히 언제인지는 몰라도 우리 모두가 그의 활동이 곧 끝나리라는 것을 알았기 때문에 도밍고는 대중과 직원들에게 자신이 약자라는 인상을 주었다. 하지만 중요한

★   하비 와인스타인(Harvy Weistein)은 할리우드의 거물 영화제작자, 빌 코스비(Bill Cosby)는 미국에서 전 국민적 사랑을 받았던 배우이자 코미디언, 제임스 리바인(James Levine)은 메트로폴리탄오페라 단 명예 음악감독으로 클래식계의 거장이다. 플라시도 도밍고(Placido Domingo)는 세계 3대 테너로 손꼽혔던 성악가이다.

것은 현역에 있던 그가 가장 적게 곤욕을 치렀다는 것이며, 미국에서는 모든 계약이 종료되었으나 유럽에서는 30분간의 기립 박수를 받을 수 있었다는 사실이다.[206] 몇 년 동안 이 남성들의 성적 약탈에 대해 신뢰할 만한 기사들이 각각 회자되었다. 코스비의 경우 민사소송도 있었고 악명 높은 녹취록이 근거로 제출되기도 했다. 하지만 사회는 어떤 이유에서인지 피해자들의 목소리를 무시했다. 그 가해자들이 늙고 병들고 더 이상 우리를 감동시키지 못하고 무엇보다도 그들의 어마어마한 재능으로 다른 사람들에게 돈을 벌어다 주지 못하게 될 때까지 말이다. 그러니 지금 그들이 겪고 있는 수치를 낙관적으로 볼 이유는 없다. 문화예술계에서 권력을 가진 사람들이 더 이상 법망을 피하지 못한다는 걸 보여주는 사례가 아니기 때문이다. 그들은 현실적으로 버림받을 상태였기에 버려도 되는 패로 취급받은 것이다. 어린 인재들도 때로 몰락하지만, 그 젊은이들 중 누구도 이 넷과 같이 스타성과 자신의 분야를 장악할 만큼의 권력을 겸비하지는 못했다. 예술계에서는 대스타들이 수명이 다하기 전에 피해자들을 성적 학대에서 보호할 수 없는 것일까?

사례 연구들은 전부 6장에서 논의한 코진스키 사례와 마찬가지로 기형적인 교만의 특정한 유형들이다. 자신의 능력이 다른 사람들을 황홀하게 만든다는 생각으로 인해 자신은 사회적 규칙은 물론 법까지도 초월할 수 있다고 여기는 그 교만들을 이야기할 것이다. 하지만 코진스키와는 달리, 이 저명한 예술가들은 인간 존재에 대한 근본적인 슬픔을 보여 준다. 깊고 섬세한 통찰, 그리고 인간에게 가장 중요한 영역들에서 우리 삶을 밝히는 능력이, 비틀리고 나르시시스트적이며 자비와 연민이 없는 성격과 공존할 수 있다는 거대한 슬픔을 말이다. 만약 코진스키가 이 세상에서 완전히 사라진다고 해도 그가 보여 준 심오한 통찰이 없어졌다며 우리가 안타까워하는 일은 없을 것이다. 반면 리바인과 도밍고는 타인을 잘못 대했다는 사실을 우리가 알게 되었음에도, 그들이 아름다움과 빛으로써 세상에 공헌한 바는 무시할 수 없다.

교만과 예술적 재능

공연 예술은 매력적이다. 공연 내용과 영향력이 뻗어 나가는 방식에서 열정은 핵심적 요소다. 극장과 오페라, 심지어는 교향악에서조차 열정은 항상 있는데, 그 열정은 매우 악용되기 쉽다. "너무 뻣뻣해. 정말로 느낀다는 걸 보여 줘. 전부 다 분출해." 공연 예술은 감정을 표현하기 위해 몸을 쓰고, 몸은 고용 관계 전반을 무시하기가 어렵다.

예술에서 가르치는 일, 코치하는 일, 연출하는 일, (로펌이나 학계에서는 대개 금지되어 있는) 신체를 만지는 일은 흔하고 필요하며, 대개는 올바르게 작용한다. 예컨대 노래를 가르치는 선생님이라면 학생의 등, 가슴, 턱에 손을 댄다. 춤을 가르친다면 다리, 팔 등을 만진다. 게다가 공연 예술에서 찾아볼 수 있는 친밀감이란 선생과 제자에게 있어 **둘만의 시간**을 유용하게 쓴다는 뜻이다. 모든 노래 수업이 전부 단체 수업으로 진행된다면 배울 수 있는 것이 훨씬 적다. 이것은 악기의 경우에도 마찬가지다.

연기는 일반적으로 여러 경계를 넘나든다. 극중 장면은 종종 다른 사람들 앞에 내보이기 전에 두 사람만의 리허설을 거친다. 장면들은 대본이 제시한 대로 다양한 형태의 접촉을 포함하며, 대부분이 그러하다. 나중에는 감독이나 코치들이 끼어들어 이 배우 저 배우와 해당 장면의 일부를 재연하면서 보다 더 진정한 감정 표현을 위해 배우들을 못살게 굴기도 한다. 감정적 경계를 넘는 일도 있다. 배우들은 꽤 자주 에로틱한 사랑이나 성적인 매혹, 혹은 다른 종류의 뒤섞인 정념을 연기한다.

여기에 더해 콘스탄틴 스타니슬랍스키에 의해 미국의 그룹 시어터 설립 초기부터 도입된 메소드 연기* 지도를 생각해 보자. 배우로서 진정성을 획득하기 위해서는 배우 자신의 삶에서 감정적인 순간들의 편린을 사용하라는 이야기인데, 그 순간 배우는 배우 자신으로 존재하면서 자신의 기억들에 기반한 순간의 느낌을 보여 주게 된다는 것이 요지다. 이 방식은 교실에서 선생에게 어떤 감정들을 연기해 보였다면 그 다음에는 무대 위에서도 필요할 때마다 언제든 똑같이 연기해 낼 수 있다는 (보통은 틀린) 가정에 근거한다.

---

* 메소드 연기는 모스크바예술학교의 콘스탄틴 스타니슬랍스키가 처음 고안한 연기법으로, 극중 인물과 자신을 동일시하여 연기의 진실성을 끌어올리는 데 초점을 맞춘다.

그래서 선생은 연기자들로부터 다양한 진짜 감정을 불러일으키는 것이 자신의 과업이라고 생각하게 된다.

나는 뉴욕대 수업 중에 매우 유명한 그룹 시어터 출신의 교수로부터 창피를 당했던 일을 여전히 생생하게 기억한다.[*] 나는 화가 났고, (그가 교실에서 만들어 낸 전체적인 분위기에 휩쓸려서) 그의 뺨을 때렸다. 그는 나의 반응이 배우로서 발전할 만한 돌파구라고 선전했다. 놀랄 일도 아니지만, 그가 진정성을 인정했던 그 감정은 현재 내 감정 표현 목록에는 없다. 이 교수가 성적인 유혹을 써서 비슷하게 '돌파구'를 '찾았다'고 하는 다른 사례에 대해서는 알지 못하지만, 어쨌든 스타니슬랍스키의 이론은 그런 교수법을 지지해 준다. 그리고 만약 그 교수가 당신을 유혹하지 않았다면 아마 당신의 동료 배우가 그랬을 것이다. 우리는 연기라는 것이 현실의 일부라고 믿기 때문에 에로틱한 장면을 연기하기 위한 유일한 방법이 함께 찍는 동료를 향해 에로틱한 감정을 키우는 것이라 믿도록 독려받았다. 과거 1960년대 말에는 많은 사람들이 약물 사용이야말로 더 큰 진정성으로 향하는 열쇠라고 생각했던 때가 있다. 나는 내 연기 동료들 가운데서 누구의 경력이 더 오래 지속되고 누가 그러지 못했는지를 흥미롭게 지켜봐 왔는데, 대부분의 약물 중독자들은 오늘날 사라져 버렸다.

반대하는 사람들도 있었다. 뉴욕대에서 똑같이 유명했던 또 다

---

[*] 너스바움은 학부에서 연극을 전공했다.

른 교수는 과도한 리얼리즘에 충격을 느꼈다. 질투를 표현하는 장면에서 내 상대 배우는 가정 폭력범을 지나치게 내면화해서 내 팔을 꺾고 심한 멍이 들게 했다. 당시에 나는 이것이 멋지다고 생각했고, 진정성의 흔적이라고 착각했다. 그러나 내 멍들을 보면서 그 교수는 내 파트너를 가장 엄중한 용어들로 꾸짖었다. 어떤 선은 절대로 넘어서는 안 된다고 말했다. 우리 신체를 자유롭게 해 주라는 그의 방식이 나는 훨씬 더 마음에 들었고 윤리적인 규범에도 더욱 맞는다고 생각했다. 우리는 그 방식에 따라 연습실을 말처럼 경중경중 뛰어다니며 셰익스피어의 한 장면을 연습했다. 우리는 무대에서 한시도 가만 있을 수 없던 이 격렬한 움직임에 충실했고, 우리의 목소리는 새로운 방식으로 울려 퍼졌다. 하지만 그룹 시어터 출신 남자에게 이런 방식은 이단이자 잘못이었다. 그룹 시어터적이거나 그 비슷한 태도들은 심지어 오늘날까지도 학대에 대한 배우들의 취약성을 키워 가고 있다.

이러한 태도 내지 신화는 클래식 음악계에서는 덜하지만, HD 제작 시대에 연기와 결합되고 적어도 연기를 요구되는 오페라계에서는 연기의 전문성이라는 명목 아래 은근히 정착되고 있다.

가해자들은 '진정성이라는 신화'뿐만 아니라 또 다른 신화에 의해서도 비호를 받는다. 그것은 공연 예술계를 비롯한 예술계 전반에 만연해 있다. 이것은 아주 오래된 신화로, 낭만주의만큼이나 오래됐다. 사회적 규범이나 규칙에 얽매이는 것은 예술가들에게 해롭다는 신화, 관습을 초월하고 규칙을 부수는 것이 가능해야만 하고 그러지 않으면 예술가들의 창의성이 억눌린다는 신화, 천재는 선악을 초월해 있다는 신화. 이 신화는 근본적으로 틀렸다. 세상에는 창작이라는 영역 내에서의 내면적 자유와 그 바깥에서 살아가는 방식 사이의 경계를 완벽하게 유지할 수 있는 많은 예술가들이 있다. 하지만 이 신화는 너무도 만연해서 많은 이들에게 자기충족적인 예언이 되어 버릴 수도 있다. 성공을 위해 사회 규범을 깨뜨리는 것이 필수적이라고 진심으로 믿는 예술가는 규범을 위반하지 않고서는 창조할 수 없는 습관에 물들어 버린다. 흥미롭게도 그 신화라는 것은 압도적으로 남성적 창조성에 관한 것이고, 남성들에 의해서 남성들을 위해 쓰인다. 그 신화가 주로 성적 규범에 관한 것이라는 사실 또한 흥미롭다. 창조적인 존재가 되기 위해 도둑질이나 강도짓을 허용된다고 믿는 예술가는 내가 아는 한 없다. 이는 그저 소수의 재능 있는 남성들이 상습적으로 자신들이 성적 우위에 있으며 다른 사람들의 실재를 인정하지 않는 남성적 교만에 의거해 갈망해 온 결론에 도달하기 위해 쓰는 간편한 방법일 뿐이다.

피해자들은 이 신화로 인해 자주 혼란을 겪는다. 예술과 예술가들은 매혹적이다. 사람들은 '그루피' 같은 현상*에서처럼 카리스마에 쉽게 유혹된다. (「법복 속으로」 블로그에서 '3번 기사 그루피'로 글을 썼던 인물은 예술적인 것과 사법적인 아우라 사이에 존재하는 유사성을 이용했다.) 가끔 예술가들은 주변에 숭배 집단을 만

*   앞서 코진스키가 자신을 연극적으로 과장하여 내보였던 사건을 가리킨다.

들어 내기도 하며 그 집단 전체를 유혹하는데, 그것이 리바인이 반복적으로 벌인 일이었다. 힘 있는 남성들은 기꺼이 섹스에 자원하는 이들을 얻을 수 있고, 그들은 또한 자신들이 원하는 섹스를 완전히 자발적이든 아니든 취할 권리가 있다고 자주 느낀다.

세계의 나머지 부분, 그러니까 관객이자 팬인 우리는 그 힘 있는 이들의 매력에, 그들이 우리에게 비추는 빛에 황홀해하고, 현혹되고, 혼란스러워진다. 우리는 그러한 정열의 힘과 그들이 불러일으키는 에로틱한 감정에 떠밀리는 것을 좋아하고, 그만큼 그들의 행동을 비판하기를 주저하거나 그것을 '자연스럽다고' 생각한다.

또 다른 요인도 있다. 우리가 사랑하는 예술이 흥행하려면 스타 파워가 필요하다. 스타 파워는 티켓 구매력과 기부를 낳는다. 스타 파워와 스타의 영향력을 싫어하고 사랑하는 예술이 계속되고 잘되길 바랄 뿐이라 하더라도 우리는 최악의 잘못을 저지른 스타를 바로 없애 버리기 힘들다. 게다가 건전한 예술에 대한 고려 없이 투자한 데서 돈을 버는 일만 생각하는 이들도 있다. 따라서 스타들이 자신의 재능으로 돈을 벌어 온다는 사실은 나중에 늙고 아파서 다른 이들에게 돈을 벌어다 주지 못할 때가 되어서야 자기들이 저지른 일에 대한 책임을 물을 수 있게 한다.

경계 없는 직장들

우리는 이미 성희롱과 성폭행에 관련해 구성원이 명확한 곳에 서라면 어떻게 해야 하는지 알아 보았다. (대학, 대부분의 기업, 로펌 등) 어떤 직장들은 명확한 규칙을 세워서 교육할 수 있고 사전적으로 나쁜 행위를 억제할 수 있으며 사후 징계를 위한 공정한 기준을 세울 수 있다. 성희롱법의 주요 개념 중 하나인 '적대적인 근무 환경'은 그러한 직장들을 위해 설계되었고, 또 다른 개념은 '대가성'으로, 승진이나 해고에 대한 규칙이 잘 이해되고 있고 적어도 누가 무엇에 합당한지에 대한 이해가 공유되어 있는 곳에서라면 쉽게 적용할 수 있다. 물론 반전도 있다. 예를 들어, 매년 신입생들이 들어오고 고학년들이 떠나는 대학의 경우가 그렇다. 하지만 어느 때라도 누가 학생이고 누가 아닌지는 명확하기에 학생들과 관련한 규칙들을 따라야 하는 게 누구인지는 명확하다. (혹은 명확해야만 한다. 이 쟁점에 관한 돌이킬 수 없는 불명확성은 대학 스포츠 D-I이 갖는 치명적인 결점들 중 하나인데, 다음 장에서 살펴볼 것이다.) 구성원이 명료한 기관에서는 다른 역할들에게도 나름의 규칙이 존재한다.

물론 예외가 있겠지만 공연 예술계는 전혀 딴 세상이다. 예외 사례로는 교향악단 연주자가 있다. 그들은 대개 한 직장에서 오랫동안 근무하고 종신직을 받을 수도 있으며 고용은 조합 계약서에 명시된 규칙을 따르기 때문이다. 오페라 합창단원도 비슷하다. 교향악단이나 합창단에 소속되지 않은 파트타임 구성원을 고용하는 곳에서도 조건들은 계약서에 상세히 설명되어 있다. 무용단 한곳에 장기 고용된 무용수들 또한 예외다. 하지만 연극, 영화, TV, 무용, 독주나 독창(보컬이나 솔로 연주자들, 작은 합주단)의 경우 고용 조건은 대부분 일시적이고, 공연자들이 노조에 가입했더라도 그 보호 사항들에 한계가 있다. 배우들은 단일한 건으로 고용되며, 고용 기간이 변동될 수도 있지만 아주 긴 경우는 거의 없다. 오랫동안 인기를 끄는 성공한 TV 프로그램에 출연하는 스타들마저도 보통은 계약을 매년 재협상한다. 10년 정도 무대에 올려 온 잘나가는 브로드웨이 쇼의 무용수들도 그 쇼의 전체 상연 기간 내내 고용되지는 않는다. 실력이 녹슬 수 있기 때문이다. 물론 오케스트라나 합창단원들도 가끔은 오디션을 다시 봐야 하지만, 그 과정들은 계약서에 명시되어 있다. 연극이나 TV 프로그램들에서는 이러한 경우가 흔치 않다. 어쨌든 장수하는 쇼는 많지 않다.

배우들은 어떻게 계약을 했든지 간에 언제나 오디션을 봐야 하며, 갖가지 불안 요소가 상존한다. 패션디자인 서바이벌쇼 「프로젝트 런웨이」에서 하이디 클룸이 늘상 "당신은 오늘 들어왔지만 내일이면 나가게 됩니다."라고 하던 말과 같다. 세계적인 스타덤에 오르지 못한 이상 유명세는 결코 공고하지 못하다. 그리고 나이와 고착된 역할 이미지가 늘 꼬리표처럼 따라다닌다. 배우들은 인맥에 의지해야만 하고, 보통은 그들이 연극에서든 TV에서든 영화에서든 다음 오디션을 보장받을 수 있게 도와주는 에이전트들에 의해 중개된다. 오디션은 규칙에 의해 돌아가지 않다 보니 예측 불허로 악명이 높다. (다시 한번 말하지만, 이와는 달리 교향악계에서는 오디션 규칙이라는 것이 조합 계약서에 설명되어 있다. 젠더나 인종에 대한 정보 없이 보는 오디션이라 커튼 뒤에서 치러지는데, 적어도 마지막 단계까지는 그렇다. 마지막 단계에서는 오케스트라와 함께 연주해야 할 수도 있다. 그런 관행이 전혀 없는 오늘날 유럽의 경우와 대비했을 때, 이런 절차는 미국 교향악계 구성원에 혁명적 변화를 가져왔다.) 카바레든 오페라든 솔로 음악가들이나 가수들의 경우도 마찬가지다. 기본적으로는 자기 자신을 누군가에게 파는 것이고, 오래가는 요인은 그저 운이다. 유럽의 국립 극단은 종종 종신직 고용을 제시하기도 하고 미국의 극단에도 '정규직' 구성원들이 있기는 하나, 매년 고용을 확신할 수 없는 사람들이 있다. 즉 당신이 어떤 직업에 임하고 있는 동안에도 언제나 두세 개의 다른 일을 염두에 두고 있어야만 한다는 뜻이다. 지금 일자리에서는 학대자가 없다 하더라도 다음 기회를 통제하려는 사람들의 착취를 두려워해야만 한다는 뜻이기도 하다.

즉 문화예술계 전체가 분야마다 경계 없는 하나의 거대한 일터가 된다. 이는 막대한 권력과 재력을 지닌 특정한 사람들이 거의 모두의 기회에 영향을 미칠 수 있다는 뜻이다. 당신이 지금 당장은 와인스타인에게 고용되어 있지 않고 그의 제작사에 고용되기를 간절히 바라는 처지가 아니라 하더라도, 실질적으로 당신은 늘 고용을 원하는 상태이며 언제 그러한 재력과 권력과 막강한 영향력을 가진 사람의 선의를 필요로 하게 될지 모른다는 의미이기도 하다. 당신이 리바인이 지휘하던 교향악단에 직접 고용되지 않더라도 그는 너무나 독보적인 인물이어서 당신을 직접 고용한 사람이 아닐지라도 당신의 음악적 재능에 대한 음악계의 인식에 영향을 끼친다. 젊은 음악가들을 대상으로 많은 프로그램에서 정기적으로 가르쳤고 그들이 위로 올라가는 길을 기획한 사람이기 때문이다. 당신이 지금은 도밍고 곁에서 공연하지 않는다 하더라도 내년에는 함께 공연할 수도 있다. 그가 2019년까지 총괄 감독을 맡았던 로스앤젤레스오페라와 현재 관련이 없더라도 미래에 고용될 가능성을 아예 배제하고 싶지는 않을 것이다. 학계에서도 큰 영향력을 가진 사람들은 누군가가 자신의 대학으로 또는 다른 유망한 곳으로 옮기고 싶어 할 때 길을 막을 수 있다. 하지만 학계의 스타들은 고용에 있어 그렇게 광범한 영향력이 없고, 학계에서 고용은 대부분 전체 학과의 투표로 이루어지며 결국에는 특정 개인에게만 불리하지 않은 안정된 종신직 고용을 얻을 수 있다. 그러나 공연 예술계에서라면 당신은 언제나 오디션을 봐야 하고 언제나 불리해진다.

이런 방식 때문에 빅스타들은 내부 고발자들로부터 스스로를 보호할 수 있게 된다. 그들은 사법부 서기관의 기밀 유지 요구 사항을 필요로 하지도 않는다. 공연자 본인들의 빈곤이 빅스타들을 지켜 준다.

예술계의 두 가지 메커니즘이 스타들을 보호한다. 한 가지는 순전히 그들의 스타 파워가 지닌 박스오피스 가치다. 과거에는 그들이 다른 사람들에 의해 교체될 수 있었다 하더라도 이미 스타가되고 나면 교체가 불가능해 보인다. 늙고 병약하고 아프기 전까지는 그렇다. 제작과 연관된 사람들은 이런 기라성 같은 사람들로부터 소외당하는 것을 두려워한다. 그들의 생계가 스타에게 달려 있다는 사실을 알기 때문이다. 순수 예술은 다른 영역보다 티켓 판매력에는 덜 의존적이지만 기부자들에 좌우되는데, 빅스타들은 종종 기부자 집단의 관대한 개입을 가능케 할 열쇠다. 큰 오페라단 같은 경우에는 티켓 판매보다는 기부로 연간 수익을 충당한다.[207] 클래식 음악계나 오페라의 기부자들은(브로드웨이극장도 마찬가지일 것이다.) 상대적으로 장년의 백인이고 예술적으로나 사회적으로나 보수적이며, (흔하지는 않지만) 더러 음악을 공부한 사람들이다. 말하지면 잘 교육받은 기부자가 자신의 능력에 기반해 지휘자나 연주자의 예술적 성취를 평가한다는 의미로써 기부하는 것이다. 물론 대부분의 전형적인 기부자들은 명성에 대한 인식이나 위신 등을 바탕으로 한다.

일단 유명해지면 많은 것들이 유명한 이들을 보호하기 위해 돌아간다. 하지만 가장 큰 문제는 고용에 대한 신뢰가 낮다는 것이다. 전통적인 성희롱법은 어떤 스타가 임시직 직원이나 잠재적으로 고용될 가능성이 있는 사람에게 범죄를 저질렀을 때 적용하기가 사실상 불가능하다. 공연가라는 직업은 재정적으로나 신체적으로나 영속적인 취약성을 수반한다.

예술과 그들의 차이점

예술은 분야마다 취약함의 종류와 그 정도가 다르다. 클래식 음악계에서는 타고난 재능이라는 변수가 굉장히 강력해 보이나, 연기에서는 그래 보이지 않는다. 만약 당신이 자연이라는 복권에서 음악적 재능에 당첨됐다면, 적어도 강력한 적이 그 재능들을 세상에 내보이는 것 자체를 막아서기는 힘들다. 괴롭힘으로 재능 있는 사람의 인생을 고통스럽게 만드는 것은 가능해도 말이다. 또 다른 커다란 요인은 전문적인 훈련이다. 클래식 음악이나 발레, 혹은 대부분의 현대무용에서는 수년에 걸쳐 열성적인 연구를 하고 연습이 이뤄져야만 일을 얻을 수 있다. 성악가들은 목소리의 성숙도 때문에, 특히 남성 목소리의 경우 시간이 필요해 훈련을 조금 뒤늦게 시작하기는 하지만 대부분 어린 시절에 연습이 시작된다. 일류 오페라 가수들은 (대개 피아노를 연주한다든가 교회 합창단에서 노래를 한다든가 하는 방식으로) 어릴 때부터 음악적 삶을 꾸리긴 하지만 대학에 들어가기 전까지는 전문화된 훈련을 받지 못한다.[208] 많은 성악가들은 이미 가수이긴 해도 그쪽 길을 인도하는 선생이 있기 전까지는 오페라에 서 보지도 못한다. 그러나 대부분의 클래식과 재즈 악기 연주자들은 어릴 때부터 훈련을 시작하며, 뒤늦은 발견 같은 것은 거의 존재하지 않는다.

공급 과잉이기에 재능과 훈련만으로는 충분하지 않다. 하지만 이런 환경은 오히려 고용 기회를 줄여서 재능 없는 신인의 유입을 사실상 불가능하게 만든다. 프리랜서 고용의 불안정성을 원하지 않는 사람들은 무언가 확실한 것을 선택할 수 있다. 블라인드 오디션을 통해 교향악단 연주자가 되거나, 가수로서 재능이 충분하다면 오페라단의 합창단 자리 등을 얻을 수 있다.[209] 또 다른 선택지는 교회나 유대교 회당에서 일하면서 프리랜서 일로 보조하는 것이다. 많은 음악가들은 음악을 가르치거나 다른 종류의 본업을 가지면서 부업으로 연주하거나 노래한다.

클래식 음악계에서마저 공급이 과잉이라면, 연극계, 영화계, TV 방송계에서는 자리를 잡을 만큼의 자격을 갖춘 지원자들이 더 많으리라는 것은 슬프고도 자명한 일이다. 연기에는 목소리나 신체, 상상력이라는 조건들이 요구되지만, 그 조건들은 굉장히 유동적이고 주어진 역할보다 몇 배쯤 더 해낼 수 있는 것들이다. 만약 교향악단 오디션을 본다면 앞에 놓인 악보부터 연주할 수 있어야 하겠지만, 연극이나 TV 방송에서의 역할은 대개 좀 더 열려 있고 다양한 범주의 목소리나 신체적 구현을 수용한다. 게다가 영화계나 방송계에서는 방송 기술이 공연자의 결함을 상당 부분 메워 줄 수 있다. (더 크게 보이게 해 주거나 생생하게 보이게 해 주기도 하며, 호흡이 긴 연기에 필요한 그 많은 대사들을 다 외우지 않아도 되도록 도움을 주기도 한다.) 훈련에도 명확한 요구 사항이 있는 것이 아니다. 배우들은 연기, 목소리, 움직임 훈련을 받지만, 어떤 이들은 그런 것 없이 더 잘하기도 한다. 이렇게 말하는 게 낫겠다. 오디션이 열리는 모든 배역에는 그 역할을 훌륭하게 연기할 수 있는 사람들이 수천 명도 넘게 있다. 그리고 오픈 오디션(cattle calls, 집단 오디션이라고도 한다.)에는 실제로 수천 명이 참가할 수도 있다. 어느 정도 운이 작용하고, 셀프 마케팅과 인맥이 일부 작용하고, 물론 능력도 일부 작용한다. 하지만 클래식 음악계에서보다는 능력이라는 요소가 덜 적용된다.

내게 팝 음악계는 조금 미스터리해 보이는데, 어쩌면 클래식 음악계보다 연기 쪽에 더 가까운 듯하다. 어떤 스타들은 대단히 훌륭하고 자연스러운 목소리나 악기를 다루는 데 재능이 있고 오랜 시간에 걸친 연습과 훈련으로 향상된 능력도 있다. 레이디 가가는 재능과 훈련에 있어서 모든 부분이 클래식 음악계의 재능만큼 매력적이다. 키스 리처드나 에릭 클랩튼의 악기에 대한 천재성도 마찬가지다. 그러나 연주자는 기본적으로는 배우이자 스스로를 파는 사람이어서, 기술에 의해 좀 더 그럴듯하게 만들어진다. 출세를 꿈꾸는 사람은 매우 많지만 성공한 사람은 아주 적은데, 그 차이의 대부분이 운과 인맥에 따른다.

모든 역할에 자격을 갖춘 지원자들의 인력 풀이 너무도 크기 때문에 고용주들은 감독이든 제작자든 간에 이 사람이냐 저 사람이냐를 선별하는 데 막대한 권력을 갖고 있다. 당연히 연기에는 교향악계의 블라인드 오디션 같은 것이 없다. 그러니 막강한 사람과 만든 인맥이 경력을 쌓거나 망치는 데 큰 역할을 한다. 여기서 부패가 생길 커다란 여지가 발생한다. 예를 들어 하비 와인스타인 같은 막강한 고용주라면, 그는 진짜로 수백의 경력을 만들거나 혹은 부술 수 있다. 여기에 근무지의 침투적인 특성을 더하면 타락한 권력자 한 명이 수천 명의 인생에 지장을 줄 수 있다. 현재 그의 피고용인이 아니더라도 거의 대부분의 사람들이 곧 그에게 고용되거나 적어도 잠재적 피고용인이기 때문이다.

이 타락은 종종 상호적이다. 고용의 불안정성 때문에 누군가는 와인스타인에게 이용 당하는 일에 자원하게 된다. 그런 자원자는 아마도 그것이 수많은 인파 속에서 자신을 돋보이게 하고 자신에게 우선권을 줄 유일한 방법이라 생각할 수 있다. 그 사실은 와인스타인이 계속해서 권력을 오용하는 경향에 일조했다. 권력자는 그들이 모두 '원했다'고 착각할 수 있다. 이는 또한 학대당한 여성들의 고발에 대해서도 똑같이 생각하는 다른 많은 이들의 탐탁지 않은 태도를 이끌어 낸다. 와인스타인이라는 인물의 보복 위협은 약하고 불안정한 사람들로 하여금 원치 않을 때조차도 그의 요구를 받아들이도록 할 수 있다. 역할을 얻기 위해 요구되는 잠자리에는 선을 그을 수 있겠지만, 블랙리스트가 될 수 있다는 위협 앞에서는 누군가와 동침하는 데 불행하게 동의해야 하는 경우도 있다. 이러한 경우가 꼭 들어맞는 사례로 **메리터 대 빈슨(Meritor v. Vinson)** 사건이라는 전형적인 성희롱 사건[210]이 있음에도, 이런 일들이 언제나 불법적인 성희롱으로 인지되지는 않는다.

배우라는 직업의 특성상 취업의 단기성은 이러한 문제들을 확대시킨다. 지금은 행복하게 고용되었을지 몰라도 내일은 아니기 때문이다. 그래서 와인스타인은 여전히 당신에게 막강한 영향력을 끼친다.

대부분 착취하는 위치에 있는 권력자는 감독이나 제작자나 지휘자이며, 혹은 와인스타인의 경우처럼 제작사 대표다. 가끔은 다른 배우가 착취하는 경우도 있지만, 대부분의 배우들은 전 경력을 통틀어 고용이 불투명하다. 하지만 이미 말했듯이 실제적인 권력과 안정성을 확보한 몇몇이 분명 있다. 존재만으로 영화의 성공을 이룰 수 있는 스타나 성공적인 방송 프로그램에서 전 국민이 다 아는 역할로 장수하는 스타로 인식되는 이들 말이다. 코스비의 권력이 바로 그런 유였는데, 그의 권력은 배우 지망생들뿐만 아니라 미디어 업계나 관련 산업에 종사하는 사람들에게까지도 뻗쳐 있었다. (그를 고발했던 가장 중요한 사람 중 하나인 안드레아 콘스탠드는 템플대학에서 지인을 통해 그를 소개 받았다.) 그는 불안정한 여성들에게 휘두르던 권력 자체를 보호받았을 뿐만 아니라 투자자나 스폰서들처럼 코스비 본인의 명성을 이용해 돈을 버는 사람들로부터도 비호를 받았다. 이런 종류의 권력들이 서로 얽혀 있는 경우가 간혹 있는데, 리바인이나 도밍고는 잠재적 피고용인들과 당시 직접 고용 관계에 있던 사람들에게 권력을 행사했지만 그들이 돈을 벌어다 준 다른 사람들에 의해서 내부 고발자로부터 보호되고 또 지지받았다.

우선은 공연 예술에 초점을 맞추어 이야기했는데, 회화와 순수예술 분야에서도 이런 불안정함이 매우 크다는 점을 언급해야겠다. 괜찮은 수익을 얻으려면 재능이 있어야 하고, 출세 지향적인 예술가들은 재력 있는 수집가들의 변덕이나 광고 및 셀프 마케팅에 거의 완전히 의존하기 때문에 시선을 끌기 위한 '에지'에 집착한다. 여성들은 성희롱에 대한 고발보다도 배제나 노골적인 차별을 고발하는 경우가 더 많다. 오페라, 발레, 연극계는 여성들을 위한 보장된 자리들이 있고 교향악은 블라인드 오디션을 보지만, 순수예술에는 없기 때문이다. 최근에는 여성 예술가들의 특별 전시들이 늘어나고 있지만, 여성 예술가들은 이것을 돈이 별로 안 되는 일종의 구색 맞추기로 본다. 미술관들이 영구 소장품으로 여성 작가들의 작품을 구매하는 일은 여전히 드문 현실이다.

타락의 윤곽

이제 공연 예술계 중에서도 특히 클래식 음악계를 살펴볼 텐데, 각기 다른 종류의 네 가지 학대 사례의 궤적을 따라 가며 어떤 책임의 의무가 필요한지 보고자 한다. 지휘자 리바인과 샤를 뒤투아, 가수이자 지휘자이자 매니저였던 도밍고, 그리고 가수이자 교사였던 데이비드 대니얼스다.

이들은 뛰어난 클래식 음악가들이었으며 모두 연이은 명백한 성희롱과 성폭행으로 고발당했다. 다들 크게든 작게든 망신을 당했다. 셋 다 몇 년이 지나도록 알려지지 않았던 성 착취에 대한 소문이 돌았다. 그들은 경력 말년에 와서야 무릎을 꿇게 되었다. 더 이상 청중을 매혹시키지도 못하고 사업가들에게 수익을 가져다주지도 못할 때, 어쨌든 이제 그의 시대는 끝났다는 평을 들을 때쯤에서야 가능해진 일이다. 그래도 타고난 재능의 절대적인 필요성 때문에, 아마도 클래식 음악계는 연극계나 영화계보다는 덜 타락했을 것이다.

데이비드 대니얼스

1966년에 태어난 데이비드 대니얼스는 오랫동안 미국에서뿐 아니라 유럽에서도 중요한 오페라 카운터테너였다. 남성 알토라고도 불리는 카운터테너는 일반적인 여성 메조소프라노의 음역대를 부를 수 있는 남성이다.[211] 근래 최초로 호평을 받았던 카운터테너이자 바로크 음악의 지위를 높이기 위해 애썼던 영국의 성악가 앨프리드 델러(1912~1979년)의 인기 덕에, 1980년대부터 미국 오페라하우스에서도 바로크 음악이 인기를 얻기 시작했다. 그 결과 헨델을 비롯한 다른 작곡가들이 쓴 카스트라토 역할을 소화할 가수가 많이 필요해졌다. 카스트라토는 한때 엄청나게 유행했던 거세한 남성 성악가들로, 고음을 소화하는 목소리를 가졌으며 여성 성악가들과 유연하게 어울리는 한편 주로 남성에게 가능한 성량을 함께 가진 성악가들을 일컬었다.[212] 특유의 음색이 인정받고 유명해진 다음에는 동시대 작곡가들이 그 역할을 위해 곡을 쓰기 시작했다.[213]

뛰어난 카운터테너는 매우 희귀하다. 감각적인 예술성과 연기력을 가진 카운터테너는 더욱 드물어서 한 세대에 두세 명 있을 정도다. 그 희귀성이 대니얼스의 수치스러운 경력을 만들었다.

대니얼스는 애초에 테너로 훈련받았지만 큰 성공을 거두지 못했다. 미시건대학교 음대 대학원생이던 그는 스스로를 카운터테너로 창조해 낸 뒤에야 경력을 시작할 수 있었다. 몇 년 동안 전 세계에서 그에 대한 수요가 이어졌고, 그 목소리의 명민함과 표현력은 물론 헨델의 「줄리오 체사레」 주역으로서 보여 준 근사한 극적 묘사력까지 칭송받았다.[214] 오스카 와일드의 만년을 그린 2013년의 오페라 「오스카」는 작곡가 테오도르 모리슨이 그를 위해 쓴 것으로, 최근 가장 열성적으로 기대된 작품 중 하나였고, 산타페오페라(Santa Fe Opera)에서 세계 최초로 상연되었다.[215]

대니얼스는 자신이 동성애자임을 밝혔고 동성애에 친화적인 오페라계에서 게이 아이콘 같은 존재가 되었다. 2014년에는 지휘자인 스콧 월터스와 결혼했고 긴즈버그가 주례를 섰다.

그런데 2015년쯤, 대니얼스의 공연에서 명민함이 사라지고 눈에 띄게 조잡해진 연기가 보이기 시작했다. 그래서 다른 카운터테너들이 그의 자리를 차지하기 시작했다. 앤서니 코스탄자가 2019~2020년에 공연된 필립 글래스의 오페라 「아크나토」에서 타이틀 곡을 불렀다. 대니얼스가 2015년에 모교인 미시건대학 예술대 교수직을 수락한 것은 우연이 아닐 것이다. 2018년 가을, 그는 종신직 교수가 되었고 연간 약 20만 달러에 가까운 연봉을 받았다. 이후에 일어난 사건들은 대니얼스에 대한 고소들과 관련해 미시건대학이 드리워 놓은 기밀 유지의 장막과 대학 내부 자체 조사로 인해 확실히 밝히기가 어렵지만, 종신직 자격은 첫 번째 고소 사건들이 잠잠해진 후에 발표된 것으로 보인다.

2018년에 대니얼스는 미시건대학 대학원생이었던 앤드루 리피안에 의해 미시건대학을 상대로 하는 고소에 기소되었다. 그는 2016년에서 2018년에 이르는 시간 동안 대니얼스에게 받았던 개인 교습 시간을 포함하여 여러 경우에서 괴롭힘은 물론 폭행까지 당했다고 주장했다. 대니얼스가 자위하는 동영상을 보낸 일, 타이레놀이라 속이고 앰비언(졸피뎀의 상호)을 먹인 뒤에 옷을 벗기고 성폭행한 일 등도 포함되어 있다. 리피안은 미시건대학이 이 폭력을 알고 있었음에도 침묵했다고 말했다. 이 소송의 특이점은, 그에게 가해졌던 성적 행위가 원치 않았던 일이라는 리피안의 주장에 반박하기 위해 미시건대학에서 리피안이 게이라는 증거를 얻으려 했다는 데 있다. 리피안이 잠시 외도를 했을 때 그가 이성애자고 기혼이었음을 밝혔다는 것은 사실이지만, 이것은 그 행위를 원치 않았다는 주장과는 무관한 일이다. 리피안의 변호사가 지적했듯이, 미시건대학이 게이들은 성적으로 방종하다는 고정관념을 조성했다는 혐의는 용서받을 수 없어 보인다.[216] 리피안은 기관이 이미 사실을 알고 있었다는 데 대하여 강력한 논거를 가졌는데, 미시건대학이 연루되기 전에 제출된 그의 법적 기록문에는 "대니얼스는 계속해서 섹스에 대해 이야기하고 성적으로 접근하는 등 이미 성적으로 공격적이라는 소문이 있었다."라고 명시하고 있고, 대니얼스가 고용되리라는 것을 알게 된 학과 교수진이 그가 불러올 잠재적 문제에 대해 논의했으며 "학생들에게는 손대지 말아야 한다고 말해야 할 것"이라고 결론 내렸음을 증언한 다른 교수의 말까지 담겨 있었다.[217] 2018년에 리피안이 소송을 걸고 얼마 되지 않아 샌프란시스코오페라단은 새로운 작품인 헨델의 「올란도」에서 대니얼스를 하차시켰다.

그러는 동안 미시건대학 내부 조사단이 대니얼스의 행동에 대해 쉰 명을 인터뷰했고, 대니얼스의 직권 남용에 대한 고발이 스무 명 넘는 사람들을 통해 이어졌다. 여기에는 성적 암시가 깃든 대화에서부터 즉석 만남 앱 그라인더를 통해 두 학생을 성매수하려는 데까지 이르렀는데, 후자는 미시건주에서 중죄로 다뤄진다. 대니얼스는 또한 미시건대학 학생과 졸업생이 앤아버호텔에서 섹스하는 것을 지켜보는 대신 비용을 지불하겠다고 제안했던 것으로도 알려져 있다. (학생들은 마지막 순간에 포기했다.)[218] 조사의 결론은 절대 공개되지 않을 것으로 보이지만, 2019년 12월부로 미시건대학 예술대 교수진에서 대니얼스의 이름은 완전히 사라졌다.[219]

더 심각한 일이 있었다. 2019년 대니얼스와 그의 배우자는 2010년에 있었던 사건으로 기소되었다. 텍사스주에서는 중범죄로 다루는 성폭행 사건인데, 2010년 당시 라이스대학 학생이었던 젊은 바리톤 성악가 새뮤얼 슐츠는 대니얼스와 월터스가 휴스턴그랜드오페라에서 폐막일 파티를 마치고 자신에게 약을 주입한 뒤 강간했다고 주장했다. (슐츠는 사실 리피안이 고발하기 전에 나섰지만, 대배심 기소가 되기까지 시간이 걸렸다.) 슐츠는 이 일로 나서는 것이 장차 그의 유망한 경력을 위태롭게 할 수도 있음을 알았기에, 보복에 대한 두려움 탓에 좀 더 빨리 공론화하지 못했다고 말했다.[220] 슐츠는 그 두 사람이 파티의 연장선에서 그를 자신들의 아파트로 초대했을 때 기뻤다고 말했다. 그다음 음료를 건네받았고 정신을 잃었으며 다음 날 오후 홀로 깨어났을 때는 발가벗겨진 채 "두려웠고, 혼란스러웠고, 피를 흘리고 있었으며" 무슨 일이 일어났는지 기억이 없었다고 주장했다. 그에 의하면 대니얼스와 월터스가 돌아왔을 때 그는 슐츠에게 "콘돔 없이 한 거, 나는 완전 음성이야."라며 걱정 말라 했고 슐츠는 즉시 그 말을 누가 확인해 줄 수 있느냐고 두 사람에게 물었다. 그는 또한 즉시 보건소에 전화했으나 2주가 지나도록 예약을 잡지 못했기에 법의학적인 증거는 남아 있지 않았다. 대니얼스와 월터스는 혐의를 부인했고 동의하에 성관계가 이루어졌다고 주장했다. 그러는 동안 슐츠는 그 트라우마와 두 사람을 보는 것에 대한 공포 때문에 성악 경력을 포기할 정도였다고 말했다. "하지만 저는 멈추기를 거부합니다. 제가 성악을 그만둔다면, 그들이 권력을 쥐게 되겠죠. 두 사람은 저를 강간했습니다. 그러나 제 목소리를 빼앗지는 못할 것입니다."[221]

2020년 3월 28일 대니얼스는 미시건대학에서 해고당했다. 대학의 평의원회가 종신직을 받은 교수를 해고하는 데에 투표한 것은 60년이 넘는 역사에서 처음 있는 일이었고, 위원회장 론 와이저에 의하면 대니얼스는 해직 수당도 받지 못했다. 위원회는 구체적인 사항들을 밝히지 않았지만 대니얼스에 의해 "위태로워진…… 학생들의 안전과 안녕"을 거론할 뿐이었다.[222]

오래전 일이기에 '그가 말했다'라든가 '그들이 말했다'라는 식으로밖에 말할 수 없는 특성상, 대니얼스와 월터스가 형사상의 죄목으로 유죄를 선고받았을 것이라고는 생각되지 않는다. 하지만 미시건대학에 밀려든 정보의 여파로 인해 대니얼스가 형사상의 유죄 판결을 받지 않더라도 그가 애초에 더 광범위한 조사 없이 임명되어서는 안 되는 연쇄 성희롱범이었다는 사실은 충분히 성립될 수 있었으며, 지금이라도 해고당한 건 다행한 일이다. 대학의 비밀 유지라는 유감스러운 정책 때문에 우리가 알고자 하는 것들을 더 알 수는 없지만 말이다.

대니얼스는 몇 년이나 성적 공격성으로 정평이 나 있었지만 어떤 조치도 취해지지 않았었다. 그가 명확한 규정과 항의 절차를 가진 대학에 들어가기 전까지는 말이다. 스타 권력과 희소한 재능, 실력 있는 카운터테너라는 모든 요인들이 사람들로 하여금 눈을 감게 해 왔다는 것은 분명하다. 그의 카리스마가 젊은 피해자들을 꾀어내었으며 보복이 두려운 피해자들은 앞으로 나서지 못했다는 것도 분명하다. 다른 세 경우와 마찬가지로 대니얼스의 사건은 스타의 권력이 갖는 사악한 효과를 보여 주었고, 샌프란시스코오페라단이 성희롱 정책에 대해 아주 상세하게 설명해 주면서 제대로 마무리했던 것처럼 기관들이 준수해야 하는 새로운 기준 제정의 가능성을 보여 주기도 했다.[223] 하지만 그들 모두가 대니얼스가 성악가로서 전성기를 지나지 않았을 때도 이렇게 용기 있는 입장을 취했을까?

샤를 뒤투아

1936년생 스위스 출신의 샤를 뒤투아는 지휘자로서 세계적으로 엄청난 찬사를 받아 왔다. 그는 몬트리올교향악단, 런던로열교향악단, 프랑스국립관현악단의 음악감독이었고 일본, 미국, 러시아를 포함한 다른 국가에서도 명예로운 직책을 맡아 왔다. 그의 수상 경력은 수페이지에 이른다. 무엇보다도 두드러지는 성취는 프랑스 오케스트라 작품들에 대한 명민한 이해 덕이다. 독일 작품들에 먼저 주목하도록 배워 온 다수의 지휘자들은 프랑스 작품을 프로그램으로 잘 올리지 않았으며 제대로 된 세련된 해석을 하지도 못했다. 많은 사람들이 뒤투아가 지휘한 라벨이나 드뷔시 작품이 계시와도 같다고 느꼈고, 이러한 이유로 그는 객원 지휘자로서 엄청난 수요를 창출했다.

뒤투아에 대한 고발은 최소 1985년으로 거슬러 올라가는데, 그만큼 오랜 시간 동안 뒤투아가 여성 음악가들과 다른 오케스트라 직원들을 괴롭힌다는 평판은 있어 왔다. 마치 같은 이야기를 또 듣는 것 같다. 사람들은 여성들에게 그와 단둘이 있지 말라고 경고했지만, 그 누구도 그의 행동에 대해 징계할 생각은 하지 못했고 애초부터 엮이려 들지도 않았다. (다음 장에서 또 살펴보자.)

코진스키의 경우와 마찬가지로 2017년에 고소자들이 집단으로 나서자 수문이 열렸다. 처음에는 넷이었다가 여섯이 더 나타났고 이후 다른 이들도 합세했다.[224] 고발 내용 대부분은 강압적으로 신체를 만졌다는 것이다. 성악가 폴라 라스무센은 1991년 로스앤젤레스오페라에서 그가 "내 손을 자기 바지 아래로 밀어 넣었고 혀를 내 목구멍으로 밀어 넣었다."라고 말했다. 세계적으로 명성이 있는 소프라노 실비아 맥네어는 경력을 막 시작하던 1985년, 뒤투아가 "내 다리 사이에 무릎을 바짝 붙이고 나를 온몸으로 눌렀다."라며 그가 미네소타에서 리허설을 마친 뒤 호텔 엘리베이터에서 그녀를 "자기 뜻대로 하려 했다."라고도 말했다.[225] 슬프지만 다른 이야기들도 다 비슷하다. 뒤투아를 강간으로 고발한 익명의 고발자 한 명을 제외하고 말이다.[226]

형사 고발은 이루어지지 않았다. 대부분의 사건들이 너무 오래전 일이고, 고발자들은 당시 당국을 찾을 준비가 되어 있지 않았다. 하지만 보스턴교향악단과 필라델피아오케스트라가 내부 조사를 벌였고 그 고발들에 신빙성이 있다는 것을 밝혀 냈다.[227] 필라델피아를 포함하여 여러 오케스트라들이 계약을 종료했고, 뒤투아는 시카고심포니, 뉴욕필하모닉, 클리브랜드오케스트라에서도 계약이 해지됐다. 다시 한번 강조하는데, 뒤투아의 나이를 고려하면 오케스트라단들이 이런 결정을 하는 데에는 큰 대가가 따르지도 않았고 딱히 용기가 필요하지도 않았다.

20년 정도 전, 그리고 사실상 2017년에 이르기까지도 젊은 음악가들이 자신들의 길을 이런 식으로 닦아 와야 했던 세계를 생각하면 참 우울하다. 몇몇이 실제로 고발을 했으며, 다른 이들은 어떻게든 비공식적으로라도 이 사실들을 알렸다. 하지만 1985년부터 뒤투아가 은퇴한 것으로 보이는 83세가 된 2017년까지는 침묵과 공포라는 강령이 그를 보호했다. 이건 세대가 다르기 때문이라고 탓할 수 있는 저속한 농담이 아니다. 알려진 행위들은 범죄였고, 그 자신도 그게 범죄라는 사실을 알았을 것이다. 하지만 뒤투아는 코진스키나 대니얼스처럼 자신의 카리스마와 재능이 이 연약한 젊은 예술가의 공개 고발로부터 자신을 보호해 줄 것이라는 사실도 알고 있었고, 그들이 고발한다 하더라도 별반 조치가 취해지지 않으리라는 것도 알았다. 맥네어가 나섰다면 그녀의 훌륭한 경력은 아마도 훼손되었을 것이고, 다른 여성들의 경력에도 길을 열어주는 성취는 이루지 못했을 것이다.

　나는 뒤투아를 부분적으로 포함시켰는데, 그 이유는 그가 훌륭하기는 하지만 예술가들의 경력에 끼친 그의 권력이 리바인이나 도밍고만큼 세계적으로 유명하고 대체 불가능하지는 않기 때문이다. 뒤투아의 이야기는 지휘자로서 권력을 보호받는 자들이 세계적으로 유명한 이들에게만 해당되는 것이 아니라는 점을 암시한다. 그러므로 다른 권위 있는 가해자들, 여전히 전성기에 있는 이들은 지금도 젊은 예술가들을 괴롭히고 있을 가능성이 너무도 크다.

제임스 리바인

　1943년생 제임스 리바인은 1976년부터 2017년까지 40년간 뉴욕 메트로폴리탄오페라하우스(이하 메트)의 오케스트라를 지휘했다. 그는 또한 시카고 인근의 라비니아페스티벌과 보스턴교향악단에서도 2001~2011년까지 음악감독으로 지휘했다. 그는 메트의 린

더만 영 아티스트 프로그램을 설립하기도 했다. 여름이면 그는 미시건의 메도브룩 음대에서 가르쳤고 라비니아페스티벌에서는 젊은 음악가들을 가르쳤다. 1994년에 파킨슨병을 얻은 그는(몇 년간은 이를 부인했지만) 갈수록 장애가 깊어졌으며 더 긴 휴직이 필요했다. 몰락 직전에 그는 자동 휠체어와 특별 제작 지휘대를 요청했는데, 심지어 그때도 그의 박자를 따라가기 힘든 경우가 있었다.

리바인은 우리 시대 가장 위대한 음악가들 중 하나다. 지휘자로서 그는 지도력과 카리스마와 헌신적인 팀워크를 이끌어 내는 특유의 힘으로 메트의 오케스트라를 세계 최고의 오케스트라로 변모시켰다. 그의 해석들은 단순히 기술적인 지시뿐만 아니라 깊은 감정적 통찰까지 보여 준다. 어느 시대라도 인간의 사랑과 자유가 종교와 권위를 항상 이긴다고 믿은 모차르트와 오직 사랑만이 탐욕의 잔인함으로부터 세계를 구원할 수 있다고 암시했던 바그너의 「니벨룽의 반지」를 우리 시대에서 최고로 잘 해석해 내는 이들 가운데 하나인 이 남자가 완벽한 통제 아래 젊은 예술가들을 괴롭히며 그들에게서 미래의 사랑과 기쁨을 빼앗아가는 장본인이라는 사실은 매우 잔인한 역설이다. 리바인의 지휘를 보면,[228] 그는 모차르트적인 인간으로 보인다. 재치 있고 순진한 얼굴에, 연주자들과 그들이 만들어 내는 음악으로 기쁨을 물씬 풍기는 사람. 슬프게도 그는 매우 달랐다. 아니 오히려 그는 보이는 모습이기도 하고 그것과 다른 무언가이기도 한, 둘 다였다.

리바인이 젊은 남자들도 착취한다는 소문은 1970년대 후반부터 돌고 있었다. 나는 1980년쯤 메트 오케스트라 단원으로부터 그 소문을 들었다. 2017년에 시작되던 폭로의 물결로 우리는 진실을 알게 되었다. 몇 십 년 동안 리바인은 자기 자신을 추종하게 만들고 성학대에 대한 허용을 주요 조항으로 하는 자신만의 숭배 집단을 만들어 왔다. 맬컴 게이와 케이 라자르[229]가 2018년 《보스턴 글로브》에 실은 상세하고도 긴 기사 「마에스트로의 노예(In the Maestro's Thrall)」는 리바인의 전 추종자들과 나눈 솔직한 인터뷰들을 근거로 이 숭배가 리바인을 대사제로 삼은 일종의 예술 종교였음을 분명히 했다. (기고가들이 리바인 숭배를 가톨릭교회의 소아성애 범죄와 대놓고 비교하지는 않았지만, 이 문제 또한 《보스턴 글로브》가 폭로한 쟁점이었고, 어쨌든 독자들은 기사를 읽으면서 비교하지 않을 수 없었다.) 하계 프로그램에서 그는 헌신적인 추종자들 집단을 불러 모았는데, 그들은 리바인의 천재성에는 순전한 충성과 복종으로, 그리고 음악의 가치에 대해서는 전적인 헌신으로 결집했다. 3부를 시작하는 인용문에서 등장한 젊은 남성에게 자신과 모친 중 누구를 구하겠는가 하는 리바인의 질문은 충성과 복종에 대한 테스트였다. 전적인 헌신을 테스트하기 위해 리바인은 젊은 음악가에게 베토벤의 「9번 교향곡」의 마지막 한 장 남은 악보와 아기 중 무엇을 선택할지도 물었다.[230] 정답은 하나뿐이었다.

리바인은 학생들을 격려로 유인했다. 그러고 나면 학생들의 방어는 가차 없는 비평과 모욕으로 무너졌다. 거의 그 즉시 섹스가 중요한 주제가 됐다. 개인 교습을 하면서 리바인은 학생들에게 자위

습관에 대해 질문했다. 소그룹에 있던 학생들은 (누군가는 이 시점에 겁을 먹어 쫓겨났다고도 한다.) 리바인에 의해 서로 자위를 해주거나 구강성교를 하도록 강요당했고, 이 일은 학생들과 리바인 사이에서 벌어지기도 했으며, 때로는 집단 행위로 모두가 눈가리개를 하고 두 사람씩 짝을 지어 벌어지기도 했다. 리바인은 섹스와 음악을 뒤섞은 것이 예술에 대한 그의 '성스러운 신념'의 일부라고 변호했다. 성적 각성의 경험을 배우는 것이 자기절제나 주저함을 없애도록 가르친다는 것이다. "기본적인 이론은, 성적으로 덜 억눌려 있어야 더 나은 음악가가 되리라는 것이었다."라고 어느 학생은 전했다. 리바인이 학생들에게 말했던 궁극적인 목표는 완벽한 '천상의' 오케스트라를 만드는 것이었다. 소그룹의 학생들은 외부에서 성적 관계를 가지거나 연애를 해서는 안 됐다. 가족을 사랑하는 것만으로도 집중을 방해한다고 눈총을 샀다.

　관계의 기밀 유지와 당시의 동성애 혐오로 고립된 채, 학생들은 수치와 두려움으로 부모나 친구들에게도 말할 수 없다 느꼈다고 오늘에서야 고백한다. "세상에 저 혼자였어요."라고 과거 그의 학생이었던 제임스 리스톡은 말했다. 이 기밀 유지는 2017년 12월, 우리의 많은 이야기들에 있어 주요한 달이었던 그때, 전 학생 무리가 언론에 나서기 전까지 계속됐다. 베이스 연주자 크리스 브라운, 첼리스트 리스톡, 그리고 바이올리니스트 아쇽 파이 세 명이 나서자, 메트로폴리탄 오페라는 12월 3일, 리바인을 정직시켰고 외부 로펌을 지명해 해당 고발을 조사하게 했다.[231] 라비니아페스티벌과 보스턴

교향악단도 즉시 계약을 취소했고, 보스턴교향악단은 리바인이 "앞으로 결코 보스턴교향악단과 계약하거나 고용되는 일은" 없을 것이라 말했다.[232] 네 번째로는 바이올리니스트 이프시치가 나섰다. 메트의 조사가 이루어지는 동안 다섯 명이 추가로 더 나왔고, 리바인의 명예훼손 소송에 대한 메트의 대응이 여기에 포함됐다.[233] 2018년 3월에 조사가 종료됐고 메트는 리바인과의 관계를 종료하면서 "성적으로 학대적이고 폭력적인 행위"를 이유로 들었다.[234] 명예훼손과 계약 위반에 대한 리바인의 소송에 뉴욕 주 대법원 판사는 리바인의 소송 대부분을 기각했다. 3월에 있었던 한 성명에는 명예훼손적이라는 판결을 내렸으나 어쨌든 이 소송은 2019년 8월에 마침내 마무리되었다.[235]

피터 겔브를 비롯한 메트 오페라의 경영진이 2017년 고발에 대해 못 믿겠다는 듯 놀라며 반응하기는 했지만, 그들은 또한 1979년에 익명의 편지가 (굉장히 악명 높았던) 리바인의 행위에 대해 경고한 바 있었던 걸 인정했다. 그즈음이었던 2016년 10월에 아슉 파이는 수년간 이어진 성학대라는 명분으로 리바인에 대한 형사 고발을 진행하고 있었는데, 당시 메트 경영진은 레이크 포레스트 경찰(일리노이주)과 접촉하였으나 리바인이 고발을 부인한 뒤로는 아무 조치도 취하지 않았다. 파이의 고소는 결국 기각되었는데, 그의 주장에 의하면 그가 16세였을 때 학대가 시작되었기 때문이다. 오늘날 일리노이주의 법적 성관계 승낙 연령은 연장자가 고발자와 감독자의 위치에 있을 때에는 18세지만, 첫 번째 학대가 발생했던 당시에는 그 연령이 16세였기 때문에 파이의 경우에는 고소가 성립되지 못했다.

전면에 나선 피해자들은 다섯 명의 고소인이 포함되어 총 아홉 명이 되었지만, 리바인이 그들을 학대했을 때는 모두 성관계 승낙이 가능한 연령 언저리에 있었다. 하지만 현재 대부분의 주들은 감독 기구가 존재하며, 더 높은 연령을 규정하고 있다. 따라서 과거의 부적절한 법과 공소시효라는 문제가 없었더라면 리바인은 형사적으로 기소될 수 있었을 것이다. 어떤 경우가 됐든 간에 명확한 사실은 리바인이 자기 권위를 남용했다는 점이고, 피해 당사자들은 모두 한결같이 당시에는 안 된다는 말을 어쨌든 할 수 없었다는 것이다. 그들은 피해를 입었다. 브라운과 이프시치는 클래식 음악계에서 성공적인 경력을 쌓았지만, 파이와 리스톡은 음악계를 떠났다. 다들 상처가 남았다. "그게 왜 이렇게까지 트라우마인지 모르겠어요."라고 이제 66세가 된 브라운은 눈물을 글썽이며 기자에게 말했다. "왜 그렇게 우울했는지 모르겠어요. 하지만 그 일 때문에 그랬던 게 분명해요. 그리고 전 학대를 받은 다른 사람들에게 진심으로 마음이 쓰여요. 그 상황에 있던 모든 사람들 말이에요."[236] 리스톡은 이와 비슷하게 몇 년간이나 학대에 따른 고통을 받았다고 했다. 두 사람 다 다른 사람들을 돕기 위해 앞으로 나섰다고 말했다. 리스톡은 "진실이란 매우 유용할 수 있습니다. 진실은 선을 만들어 내지요."[237]라고 말했다.

믿을 수 없을 만큼 슬프고 끔찍한 사건들이다. 뛰어난 예술이 몇 년간이나 악랄한 권력의 남용과 연루되어 있었다는 것, 그리고 예술 그 자체도 남용당했다는 것. 우리는 얼마나 더 많은 사람들이 학대당했는지 알 수 없을 것이다. 리바인이 몰락한 지금은 다른 사람들이 나선다 해도 더 할 수 있는 일이 없다. 분명한 것은 그가 좀 더 일찍 조사를 받았어야 했고, 그 조사가 좀 더 공격적이었어야 했다는 점이다. 메트의 조사는 메트 경영진이 은폐했던 사실들을 밝혔지만, 완전한 조사를 할 수 있었던 많은 기회들은 이미 날아가 버린 뒤였다. 2016년 파이의 주장이 바로 그 예다. 《뉴욕 타임스》 인터뷰에서 리바인의 잘못된 행위들에 대해 말하자, 리바인은 이를 비웃었다. 그리고 10여 년 뒤에 독일에서 있었던 혐의로 다시 한 번 《뉴욕 타임스》와 인터뷰를 하게 되었을 때에 리바인은 이렇게 말했다. "평생에 걸친 내 사생활에 대해 일반적인 대중 시점에서 말할 수는 없습니다."[238] 진중한 오페라 팬들은 메트가 미투 운동의 물결과 다른 오케스트라의 발빠른 조처들에 떠밀려 어쩔 수 없이 손을 쓰게 되었다고 결론을 내릴 수밖에 없다. 그것도 리바인이 오케스트라단에 자산보다는 부담이 되었을 때가 되어서야 말이다. 리바인이 예술적 기량이 뛰어나서 재정적 성공의 주요 원천이었을 때에는 다들 그를 비호하느라 조사를 거부했다. 리바인이 늙고 병들어서 더 이상 돈을 벌어다 주지도 못 하고 예술을 창조하지 못하게 되자, 그래서 다른 누구를 학대하지도 못할 때가 되어서야 그들은 피해자들을 보호했다. 2020년 9월 메트는 리바인에게 합의금으로 350만 달러를 지불했다고 밝혔다.[239] 2020~2021년 시즌 취소와 수많은 이들의 재정적인 고통이 있었던 상황 속에 이 소식은 마땅히 비판을 불러일으켰다.

플라시도 도밍고

1941년에 태어난 스페인 출신 가수 플라시도 도밍고는 역사적으로 가장 훌륭한 오페라 가수 중 한 명이다. 그 유명한 '3대 테너' 중에 유일하게 생존해 있는 가수이며, 바리톤 역할까지 맡으면서 자신의 경력을 연장시켜 왔다. 여든이 되었는데도 그는 정말이지 아름답게 노래하고 (잘 안 되는 날들도 있지만) 여전히 관객들을 놀라게 한다. 매력적이면서도 인생의 기쁨과 사랑을 투영하는 희귀한 재능 덕에 그는 연기와 가창력을 갖춘 몇 안 되는 테너들 중 하나였다. 그의 카리스마는 경력 초기부터 분명히 눈에 띄었다. (나는 운 좋게도, 1968년에 그의 예상치 못한 메트로폴리탄 오페라 데뷔 자리에 있었다. 그는 컨디션이 안 좋아진 가수를 대신하여 예고도 없이 등장했다. 친구 부모님이 주신 티켓으로 갔던 우리는 이 신인에게 압도되었다.)

도밍고는 가창력은 물론이거니와 통찰력 있는 곡 해석으로도 잘 알려진 진정한 예술가다. 그는 흔치 않은 감정 표현력을 갖고 있고, 그의 존재 덕에 사람들은 오페라에 더 매력을 느꼈다. 도밍고는 로스앤젤레스오페라단에서 예술감독이자 지휘자로서 단체에 활기를 가져왔고, 여러 종류의 공연 예술가들을 크게 독려해 왔다. 그는 언제까지나 천재이자 유력자였다. 오페라가 대중 앞에서는 설 자리를 잃고 가능한 한 모든 도움을 얻어야 했기에, 도밍고의 성희롱에 대한 자명한 사실들이 몇 년간이나 묵살되어온 것은 비난받을 일이긴 하지만, 왜 그렇게 했는지 그 맥락은 이해가 된다.

2019년 여름과 가을에 밀물처럼 쏟아진 고소의 물결은 미국에서 그가 맺은 모든 계약들을 종료시켰다. LA오페라단은 예외였는데, 거기서 도밍고는 코진스키처럼 사임함으로써 선수를 쳤다. 오랜 기간 기혼이었음에도 도밍고와 자겠다고 자원하는 여성들이 많았다. 하지만 거기에 만족하지 않았던 그는 동의하지 않는 여성들을 강압적으로 더듬고 괴롭히며 반복적으로 전화를 걸곤 했다. 도밍고의 패턴은 뒤투아와는 다르다. 도밍고는 하룻밤 파트너가 아니라 특별한 관계를 원할 때도 있었다. 말하자면 특정한 개인들에게 매우 집착했는데, 보통은 가수들이었고 늦은 밤에 집으로 전화하기도 했다. 그는 악명 높을 정도로 끈질기게 쫓아다녔지만, 강간으로 고발당하지는 않았다. 클래식음악 산업에서 도밍고의 권력은 엄청났기 때문에 스무 명이 넘는 고발자들은 구체적인 시간, 장소, 상세 사항들을 밝혔음에도 익명을 유지할 수밖에 없었다. 메조소프라노 퍼트리샤 울프와 소프라노 앤절라 윌슨은 구체적으로 이름이 명시된 근거들을 제출한 바 있지만,[240] 대부분은 고발 행위로 인해 오히려 자신들의 경력에 끼칠 악영향을 두려워했다. 또한 그들은 자신감이 없어진다거나 자기 재능을 의심하곤 했다. 어느 고발자의 한 지인은 마치 "누군가 정신적으로 살해당하고 있는 걸 보는 것 같았어요."라고 말했다. "인간적으로 그녀는 더 위축되고 위축되었죠."[241]

맨 처음에 도밍고는 어떤 식으로든 용서하지 않았다. 그는 혐의들을 부인했고, 자기 행동은 언제나 상대를 존중했으며 신사다웠다면서 '규칙과 기준'이 '그들이 말한 과거와 매우 다르다.'고만 덧붙였다.[242] 고소인은 누군가의 가슴을 그렇게 고통스럽게 쥐어짜는 일이 과연 신사다운 일이냐며 도밍고의 변명을 일축했다.[243]

우리가 살펴본 모든 악한들의 경우처럼 도밍고의 행위들도 수년간 악명 높았다. 여성들은 그와 함께 백스테이지에 둘만 남지 말라고 끊임없이 경고받아야 했다. 해야 할 일을 하는 것보다도 빠져나갈 전략을 생각해 내는 데 시간을 써야 했다. 그는 그들을 붙잡고, 더듬고, 그들의 가슴을 쥐고, 강압적으로 키스를 할 터였으니 말이다. 두 사람은 몇 달 동안이나 지속된 괴롭힘과 강압적인 스킨십을 겪었고, 그중 한 사람은 이 사태를 끝내기 위해 그와 잤다고 고백했다. 아무도 그들을 돕지 않았다. 탱글우드에서 고발자였던 인턴 피오나 앨런의 말은 그 누구도 진지하게 들어 주지 않았으며, 사람들은 그와 함께 있지 말라고 조언했을 뿐이다. 그것은 '공공연한 비밀'이었다.

도밍고는 물론 훌륭한 예술가이고, 그의 존재만으로도 관객이 보장되었다. 또 그는 함께하는 다른 이들의 경력을 끌어올려 주는 빅스타였다. 사람들은 그의 예술에 도취되었고, 그와 함께 일했던 많은 이들이 그를 좋아했다. (그를 고발한 사람들마저도 그를 관대한 사람이라고 평가했다.) 앞서 이야기한 세 명과는 달리, 도밍고는 자신을 옹호해 주는 사람들도 있었다. 테너 안드레아 보첼리는 조사가 완벽하지 않았다며 비난하기도 했다.[244] 이 사건에 대해 나는 유명한 프리마돈나와 얘기한 적이 있다. 그녀는 지난 몇 년을 도밍고와 여러 방면에서 함께 일해 온 사람이었다. 나는 실명을 거론하여 그녀를 곤혹스럽게 만들고 싶지는 않은데, 어떤 직업군에서도 그녀만큼 통찰력 있고 점잖은 사람은 없을 것이다. 그러나 그런 그녀도 도밍고가 정력적인 바람둥이지만 절대로 보복을 하겠다며 강압적으로 상대를 위협할 사람은 아니라고 단호하게 말했다. 물론 사람들이 누군가에 대해 부정적으로 얘기하는 일은 드물지만, 어쨌든 이 정보원은 몇십 년간 도밍고의 주변에 있었고 따라서 몇 년간 떠돌던 소문들에 대해 익히 알고 있었다. 사건을 정리하기 위해 내릴 수 있는 첫 번째 결론은 도밍고가 거절을 인정해야 하는 선에서도 반복적으로 상대를 밀어붙였다는 것, 그리고 자신의 스타 파워와 업계 내에서 그가 가진 영향력이 상대로 하여금 자신의 미래 경력을 우려하여 도밍고를 거절하지 못할 정도로 큰 압박이라는 사실에 대해 그가 무감했다는 것, 또 많은 이들이 도밍고라는 사람에게 막대한 투자를 했다는 것이다. 그러므로 그는 대부분의 직장에서 성희롱이라고 정의하는 행위를 저질렀다. 하지만 그의 행위는 리바인의 경우처럼 약탈적이라거나 대니얼스나 뒤투아의 방식처럼 학대처럼 보이지는 않았다.

두 번의 조사가 확정됐다. 첫 번째 조사는 미국 음악인조합(AGMA, American Guild of Musical Artists)에 의해 수행됐다. 그들의 조사 결과는 도밍고가 "실제로 부적절한 행위까지 이르렀고, 그 범주는 추파에서 성적인 시도까지 근무 공간 안팎에서 진행됐다. 많은 목격자들은 업계 내에서 보복당할까 두려워했다."라고 밝혔다.[245] 이 보고서는 원하지 않는 신체적 접촉 그리고 어떤 목격자에게는 '스토킹'이라는 느낌을 주었던 지속적인 만남 요청을 언급했다. 하지만 그가 (원하지 않는 신체적 접촉은 차치하고) 완력을 썼다거나 여성에게 보복하겠다고 위협했다는 혐의는 없음을 주시해보자. 그 대신 우리는 보복에 대한 확산된 두려움을 느끼는데, 오페라하우스가 도밍고에게 얼마나 많은 돈을 투자했는지를 생각해 본다면 충분히 납득할 만하다. 그는 피해 여성들이 느꼈을 위협에 대해 민감했어야 했지만 그러지 않았다. 하지만 그가 공포를 조장했나? 조사 결과서에 이에 대한 근거는 없었다.[246]

그렇다면 문제가 되고 있는 직장이 '적대적인 근무 환경'을 용인했고 이것이 '대가성' 유형이나 형사상의 성학대이기보다는 성희롱의 유형에 가깝다는 증거가 되는 것처럼 보인다. 적대적인 근무 환경의 경우에는 성희롱이 만연하다는 점이 중요하며, 회사가 여성의 항의를 인지하지 않는다는 점이 더욱 주요 근거가 된다. 회사는 관계자 모두 알아야 하고 적절하게 구성했어야 하는 성희롱 대응 메커니즘을 애초에 갖추지 않았다는 점에서, 혹은 있었으나 건설적인 방식으로 적용하는 데에 실패했다는 점에서 과실이 있다. 그의 행동이 코진스키나 라인하르트의 경우처럼 '만연했는가'에 대해서는 오늘날까지 주어진 근거들에 의하면 여전히 불확실하다. 우선,

도밍고에게는 코진스키나 라인하르트가 판사실에 끼친 전반적인 권력이 LA를 제외하고는 없었다. 그의 권력은 예술성과 재정 상황을 개선하고자 도밍고의 눈치를 보던 기업들의 욕망에서 비롯된 것이다.

두 번째 조사는 LA오페라단이 수행한 것인데, 이 조사를 위해 로펌 깁슨, 던, 크러쳐 LLP가 고용됐다. 도밍고는 이 조사에 협조했다. 조사 결과는 요약문으로 발표되었다.[247] 보고서는 고소인의 말에 신빙성이 있다고 결론 내렸다. 도밍고가 접근함으로써 상대를 불편하게 만들었다는 것이다. 그들은 도밍고의 해명이 "진심 어린" 것이었으나 "일부는 신빙성이 약간 떨어지거나 사건에 대한 각성이 부재했다."라고 밝혔다. 광범위한 인터뷰의 결과로 깁슨과 던은 "도밍고 씨가 대가성에 연루되었다거나 로스앤젤레스오페라단에 어떤 여성을 고용하거나 혹은 캐스팅하지 않는 방법으로 그녀에게 보복했다는 증거는 없다."라고도 밝혔다. 그들은 로스앤젤레스오페라단이 조사와 성희롱 고발을 푸는 방식에 있어서는 보다 공식적인 절차를 마련하고, 관리자와 계약자들에 대한 특수화된 성희롱 교육을 제정하는 등 향후에는 좀 더 사전 대책을 강구하여 이러한 문제들을 다루어야 한다고 충고했다.

2020년 2월 24일, AGMA의 조사 결과가 공개되기 직전에 도밍고는 요란스러운 사과를 발표했다.

지난 몇 달간 나의 동료 여럿이 고발한 나의 혐의에 대해 생각할 시간을 가졌다. 나는 이 여성들이 마침내 공론화하는 일을 편안하게 느꼈다는 것을 존중하며, 내가 그들에게 가했던 상처에 대해 진심으로 미안한 감정을 느낀다. 나는 내 행동에 대해 완전히 책임질 것이고, 또한 이 경험으로부터 성장했다.[248]

하지만 사흘 뒤에(로스앤젤레스오페라단의 보고서가 발표되기 두 주 전에) 그는 자신의 사과에 제한을 두는 성명을 또 발표했다.

나의 말이나 행동으로 내가 불편하게 만들었거나 어떤 방식으로든 상처를 주었던 동료들에게 나의 사과는 진정한 것이었고 진심이었다. 반복해서 말하지만, 그 누구도 상처입히거나 불쾌하게 만들려던 의도는 전혀 없었다.
하지만 나는 내가 하지 않은 행동에 대해서도 알고 있고, 그것에 대해서는 재차 부정할 것이다. 나는 누구에게도 공격적으로 대한 바가 없으며 어떤 식으로든 누군가의 경력을 가로막거나 피해를 주려는 행위는 하지 않았다. 반면 나는 반세기에 가까운 내 시간을 이 업계를 지탱하는 오페라에 헌신했고 셀 수 없이 많은 가수들의 경력을 홍보하는 데 노력해 왔다.[249]

그 분석의 두 번째 성명에 대한 일반적인 반응은 그가 사과를 철회했다는 분석이다. 《뉴욕 타임스》의 헤드라인은 "플라시도 도밍고가 성희롱 혐의에 대한 사과로부터 뒷걸음질치다"였다.[250] 나로서는 이런 기사는 좀 부당해 보인다. 도밍고는 여전히 자신이 유발한 고통이나 불편에 대해서는 사과하고 있다. 경력에 대한 보복을 부인하고, 무력 사용을 부인함으로써(그가 "공격적으로 대하다"라는 표현을 통해 의미했듯) 사과의 범위를 제한했다. 그리고 두 주 뒤에 나온 깁슨과 던의 보고서는 도밍고의 두 번째 성명과 궤를 같이 하는 것으로 보인다.

도밍고는 이 업계 전체에서 쫓아다녔던 여성들에게 자신이 얼마나 큰 권력자인지에 대해 아직도 무지해 보인다. 그리고 많은 신체 접촉과 강제 애무 등의 사례를 제외하는 걸로 보아 도밍고가 '공격성'을 너무 협소하게 규정하는 관점을 가지고 있는 것으로 보인다. 그러나 다시 한번, 깁슨과 던의 보고서는 도밍고를 리바인, 뒤투아, 대니얼스가 저질렀던 사악한 행위들과는 다른 카테고리에 기입한다. 도밍고의 두 번째 성명서도 그 차이를 강조한 것이다. 아마도 그는 친구들과 지지자들로부터 두 번째 성명서를 쓰라고 권고받았을 것이다.

명성은 권력을 가져오고 권력은 추가적인 책임을 함께 가져온다. 도밍고는 그 부주의함과 무책임함에 대해서는 확실히 유죄다. 하지만 정확히 해두자. 《워싱턴 포스트》의 말처럼 도밍고의 행동이 '약탈적'이라고 한다면 지나치거나 부정확할 수 있다.[251] 도밍고의 두 번째 성명은 그 공격적인 기사에 대한 반응으로서 나온 것이다.

해결책?

스타 파워가 부패하는 것을 막을 해결책이 있을까? 앞서 본 네 명과 같이 그들의 가해 행위와 그들의 스타 파워가 다 지나간 뒤에야 정의가 구현되는, 다 늙은 스타들을 위한 해결책이 아니라 스타가 여전히 빛나고 있을 때 가해의 싹을 애초에 자를 수 있는 좋은 해결책은 없을까?

#미투. 네 경우 모두 코진스키의 경우에서처럼 십수 년을 거슬러 올라간다. 하지만 책임의 의무는 2017~2019년에나 생겨난 개념이다. 미투 운동이 만들어 낸 항의를 존중하는 새로운 분위기가 이 고소인들을 마침내 앞으로 나설 수 있게 해 준 것은 확실하다. 만약 우리 사회가 계속해서 이 피해자들의 목소리에 귀 기울인다면, 많은 미래의 가해들이 미연에 방지되리라 희망할 수 있다. 하지만 그 경우 피해자들이 나타나야 한다는 의무를 띠게 된다. 공론화했다가 아무것도 얻지 못하고 경력만 손상당했던 시절에 공론화 대신 경력을 택했던 세상의 실비아 맥네어들을 용서해야 한다 해도, 이제 우리는 다른 세계에 살고 있기에 피해자들로부터 더 많은 것을 요구해야만 한다.

형사법. 대니얼스의 경우는 형사법이 법대로 되지 않을 때도 권력자가 심지어 활발하게 공연 중일 때조차도 기소될 수 있다는 것을 보여 준다. 목소리의 특징이나 바로크 카운터테너 분야의 특성상 특히 민감해야 한다는 점에 비추어 볼 때 53세가 된 대니얼스에게 이미 그 장래성은 줄어든 시점이었지만 말이다. 스타 파워나 아티스트의 취약성이 스타의 전성기에 영향을 미치기는 하지만, 아마 대개의 형사 기소장들은 스타들의 전성기에 제출될 것이다. 나아가 이러한 경우, 대부분은 성폭행보다는 성희롱의 패러다임에 더 잘 들어맞는다. '적대적인 근무 환경'이라는 위법 요소처럼 가해를 견뎌 냈다는 혐의를 가할 닫힌 직장 공간이 요구될 뿐이다.

대학 규정. 대니얼스의 경우는 또한 스타가 좀 더 일반적인, 경계가 그어져 있는 직장 공간에 들어서게 되면 '책임의 의무'가 강화된다는 점도 보여 준다. 미시건대학교는 그를 형사 고발하여 텍사스주에 이관하는 것을 도왔다. 학생들의 고발을 미시건대학 자체에서 조사하여 결국 해임에 이르게 한 주요한 열쇠였다.

노동조합. 이상적으로 생각하면, 노동조합은 그 구성원들을 보호할 책임과 지침 및 절차들을 설정하는 적당한 계약서를 보장하는 권력을 갖고 있다. 공연 예술계에서 가장 중요한 조합은 배우노동조합, 미국배우조합(SAG), 미국TV·라디오연기자협회(AFTRA), 미국·캐나다 음악가연맹(AFM), 미국음악인조합(AGMA, 오페라, 코러스, 무용, 피겨 스케이팅을 비롯하여 모든 백스테이지 인력들을 대변한다.), 미국예술가노동조합(AGVA, 카바레, 희극, 레뷔, 서커스, 나이트 클럽에 종사하는 모든 예술가들을 대변한다.)이 있다. 이 모든 조합들은 계약을 맺는 모든 단체와 독립체들에게 구속력이 있는 강력한 차별 방지 및 괴롭힘 방지 정책을 보유한 미국노동총연맹(AFL-CIO) 소속이다. 해당 조합은 그 정책을 다음과 같이 명시한다.

피고용인의 인종, 민족, 종교, 피부색, 성별, 나이, 출신 국
가, 성적 지향, 장애, 젠더 정체성 및 말씨, 혈통, 임신 여부, 혹
은 법이 제한하고 있는 그 어떤 기준이나 차별 금지 조항에 의
해 보호받는 피고용인의 활동들(즉 차별 금지에 반하거나 법
정 고발 절차에 참여하는)에 근거한 피고용인에 대한 그 어떤
괴롭힘도 허용하거나 차별하지 않을 것.[252]

이 정책은 '타이틀 세븐'의 일반적인 지침을 따라 어떠한 행동
이 성희롱에 해당하는지 알 수 있도록 설명을 제공하고 있으며 성
희롱의 예들을 제시하고 있다. 여기에는 성적인 의도가 담긴 농담
이나 몸짓들, 대가성 합의, 포르노를 전시하거나 유통하는 일 등이
포함된다. 또한 고발을 조사할 때 쓰이는 절차들에 대해서도 상세
히 설명되어 있다. 이것들은 각 가입 조합 내부에서 적용되는 절차
들로 고발의 첫 단계는 고용주와 조합 대리인을 접선하는 것이며,
이때 비공식적인 분규의 해결안이나 좀 더 공식적인 절차 모두가
설명된다.

가입 조합들은 대체로 좀 더 구체적인 가이드라인을 정해서
이 정책들을 보완한다. 예를 들어 AGMA는 AFL-CIO와 비슷한 공
식 정책에 덧붙여 회원들에게 도움이 되는 구체적인 조언들을 명시
하고 있고, 고소자들이 항의를 제출하고 비밀 유지를 약속받을 수

있도록 온라인 고발처를 개설하기도 했다.

조합의 정책들은 관련 분야에서 이뤄지는 모든 계약에서 기준이 되었기 때문에 조합에 속한 직장에서는 유효한 억제력과 교정 절차를 제공하게 되었다. 공식적인 오디션 절차에서도 이 정책이 적용된다. 괴롭힘을 당한 피고용인이, 그 괴롭힘이 발생했을 당시에 계약 관계에 있었고 이 조합들 가운데 어디든 소속이 되어 있다면, 이론적으로는 규정된 절차들에 의해 고발을 진행할 수 있다. 뒤투아나 도밍고에게 괴롭힘을 당한 여성들은 근무 중인 상태였기에 관리자와 그들의 조합 대리인을 통해 고소장을 제출할 수 있었다. (그러나 뒤투아가 상근 인력이 아니라 객원 독주자들을 골라 냈다는 점은 조합 차원의 고소가 없었던 사실에 대해 설명해 줄 수 있을 것이다.) 그리고 그들이 반영하는 조합 정책들을 수용한 단체들은 샌프란시스코오페라단이 대니얼스에게 그랬듯이 그 정책을 사용해 예술가와의 계약을 해지할 수도 있으며, 실제로 해지하기도 한다. 그러나 도밍고는 로스앤젤레스오페라단의 경영진이기도 했기 때문에, 그의 행위를 고발한 여성들은 본인들의 이야기가 묵살되리라는 두려움을 고백하기도 했다. (두 남성 모두 그 행위에 대해 알려져 있었음에도 불구하고 말이다.)

좋은 정책이라면 로스앤젤레스오페라단이 도밍고의 사건에서 도입한 것과 같은 독립적인 조사 절차를 포함할 필요가 있다. 조합과 좋은 계약은 도움이 되지만 스타 파워가 문제가 될 때는 불충분하다. 뒤투아가 상대적으로 쉽게 무너졌던 것은(83세가 되어서야 그러기는 했지만) 도밍고만큼은 힘이 없었음은 물론 대체 불가능하지도 않았기 때문이었다는 사실을 보여 준다. 리바인의 피해자들은 제대로 계약 관계에 있지도 않았고(재능 있는 10대들의 여름 연수 같은 것이었다.) 아직 조합에 의해 보호받는 입장도 아니었다.

슐츠가 AGMA의 대표로 선출된 것은 놀랍지 않다. 그는 아마도 대니얼스나 월터스 같은 스타의 가해로부터 다른 이들을 보호할 수 있을 것이다.

스타들은 권력이 있지만 동시에 약하다. 그들은 터무니없는 허위 고발의 표적이 될 수도 있기 때문에 아무리 좋은 정책이라도 정당한 절차와 함께 고발을 당한 사람이 대응할 수 있는 기회가 필요하다. 로스앤젤레스오페라단의 조사는 이런 면에서 모범적이었다. 조사를 진행하기 위해 독립적인 로펌을 보유했는데, 이 전략은 앞으로 표준이 되어야만 한다. 대부분의 교향악단과 오페라단의 법무는 거대 로펌들에 의해 무료로 진행 중이다. 로펌 선임 외에도 중요한 사안을 추가할 수 있을 것이다.[253]

지켜보고 경고하기. 네 명의 남성들 가운데 세 건은 가해에 대해 널리 알려진 평판이 있었고, 많은 사람들이 거장의 행위에 좌지우지될 수밖에 없는 피고용인들을 보호하기 위해 무대 뒤에서 노력했다. (리바인에 대해서는 젊은 남성들을 그에게서 떨어뜨려 놓고자 했다고 주장한 사람은 여태 보지 못했다.) 대니얼스가 미시건대학교에 갔을 때 해당 음대는 비공식적으로나마 학생들을 그로부터 떨어뜨려 놓는 것이 좋을 거라는 말이 있었다. 그리고 실제로 고발이 이루어지면 해당 사건은 진지하고 신속하게 처리되었다.

뒤투아가 필라델피아오케스트라단에 지휘자로 갔을 때에는 그의 부적절한 행위에 대한 소문이 널리 퍼져 있던 터라, 오케스트라 단장에 의하면 지도부는 "필라델피아오케스트라와 함께 일하는 모든 스태프들은 유의할 것을 당부했으며 부적절한 행위는 어떤 것이든 일러 달라는 것을 분명히 했다. 내가 거기 있는 동안은 아무도 그러지 않았다."[254] (하지만 피아니스트였던 제니 차이는 그 시기에 뒤투아에게 성추행을 당했다고 말했다.) 그리고 뒤투아가 객원 지휘자로 있던 탱글우드에서 그의 탈의실에 서류를 가져다주다 추행을 당했던 인턴 행정 직원 앨런은, 절대 그를 혼자 만나지 말라는 경고를 너무 늦게 듣고는 이렇게 말했다. "준비된 체계가 있었어요. 다들 '혼자 들어가지 말 것'이라 불렀죠. 그건 마치 '저 사람이 들어왔으니 두 사람을 함께 들여보내는 수밖에 없지.' 같은 거였어요. '그 사람을 다시는 고용하지 않을 거야.'가 아니었죠."[255] 그 '경계하기'가 설령 가해자의 가해를 막는다 하더라도(막을 수 있었는지도 모르겠지만) '경계하기'를 알리는 것이 필수적이라고는 보이지 않는다. 그 자체가 '적대적인 근무 환경'을 만드는 결과이기 때문이다. 가해에 대응하는 정교한 예방책들 없이는 맡은 일을 해낼 수 없는 것이다.

도밍고의 경우, 그런 전략들은 몇 년에 걸쳐 더욱 정교해졌다. 로스앤젤레스오페라와 휴스턴그랜드오페라 두 군데에서 도밍고와 일했던 제작책임자는 도밍고를 리허설실에 절대로 여가수와 단둘이 두지 말아야 함을 명확히 했으며, 또한 의상 담당을 남성으로 지명하고자 '시도'한 적도 있다고 연합통신사에 말했다. 그녀는 "어떤 여성도 그의 탈의실에 들여보내지 않을 것이다."라고 결론 내렸다는 것이다. 그녀는 또한 도밍고의 부인이었던 마르타 도밍고를 연회에 초대하기도 했는데 "마르타가 주변에 있을 때에는 그가 제대로 처신했다."[256]는 것이 이유였다. 하지만 매니지먼트의 대안들로는 충분하지 않았다. 여성들은 자기들만의 회피 메커니즘을 찾아야만 했다. 마지막 순간에 고개를 돌려 원치 않던 축축한 키스를 피하거나, 탈의실 문을 잠그고 의상 담당자가 이제 안전하다고 말하기 전까지 절대로 나오지 않는 일들 말이다. 다시 한번 말하지만, 이것은 '적대적인 근무 환경'에 준하는 것이다. 여성들은 도밍고가 경영진의 일원이 아닌 곳에서도 경영진을 찾아가 항의하지 않았는데, 이는 불신과 보복에 대한 두려움 때문이었다. (아마도 도밍고가 아니라 도밍고에게 막대하게 투자한 경영진의 보복이 두려웠을 것이다.)

바짝 경계하기라는 전략이 한 번은 통할지 몰라도 제대로 된 근무 환경을 대신하지는 못한다. 깁슨과 던이 도밍고에 대해 제출한 LA오페라단의 보고서가 기관이 수용 가능한 행위에 대해 좀 더 명확한 정책을 세워야 하며 경영진과 스태프들에게 필수 교육을 진행해야 한다고 주장한 것은 옳았다.

기부자의 압박. 예술 단체들에게 규정을 강제하는 효율적인 방안은 기부자가 압박하는 것이다. 공개적으로든 무대 뒤에서든 개인적으로든 이사진을 통해서든 말이다. 클래식 음악계 수입의 큰 부분은 기부자들에게서 오기에 그들은 막강한 힘을 휘두르는데, 당사자가 항의해도 별 소용 없는 이런 문제에 그들이 힘써 주어야 한다. 가능한 일일까? 티켓을 팔고 기부자들에게 돈을 가져다주는 건 명성이다. 도밍고 같은 인사들에 대한 비용 편익 분석은 피해를 입은 예술가들과 진보적인 오페라 팬들의 강한 느낌들도 포함해야 하지만, 이러한 문제들에 대해서 매우 다른 관점을 가지고 있는, 아주 오래전에 형성됐을 기부자들의 의견도 포함해야 한다. 몇 번이고 언급했지만 비용 편익 분석 결과는 도밍고에 불리하게 기울어진 듯 보이는데, 이는 분명 그가 80세였기 때문이다. 리바인의 경우에도 비용 편익 분석이 그로부터 확실히 불리하게 돌아선 것은 단순히 그가 늙고 병 들었기 때문이었다. 이것으로는 충분하지 않다. 기부자들은 악한 행위가 기부자들에게 용인되지 않는다는 것을 알림으로써 여성들이 고발할 수 있도록 독려할 필요가 있다. 이것이야말로 깨어 있는 CEO가 피해 여성들이 제기해 온 문제들을 인지하고 있는 기부자들을 독려하는 일이다. 시카고리릭오페라는 여성 인권 전문가이자 법학을 전공한 시카고대학 로스쿨 교수 실비아 닐을 이사진에 앉히기 위해 급히 등용하기도 했다.

소비자들의 압박. 클래식 음악계는 팝이나 영화계보다는 소비자 압박에 민감하지 않다. 티켓 판매에 덜 의존하기 때문이다. 하지만 티켓 판매량은 물론 중요하고 예술 전반에 걸쳐 아주 필요한 부분이니 집단적이든 개인적이든 간에 소비자들의 항의와 불매는 분명 프로그램을 망칠 잠재성을 가지고 있다. 넷플릭스가 성공한 TV

쇼 「하우스 오브 카드」의 주연 케빈 스페이시와 계약을 해지한 것도 아마 독립적인 도덕적 판단보다는 시청자들을 의식했기 때문일 것이다. 스포츠에서와 마찬가지로 여기서도 우리는 손에 쥔 모든 권력을 사용할 수 있고 사용해야만 한다.

망신당한 스타들과 그들의 작업들

이 스타들은 전부 불명예를 안게 됐다. 셋은 치욕을 당한 상태로 남아 있어야 할 것으로 보이는데, 도밍고의 경우는 다르다. 그는 자신에게 죄가 있다고 보고된 일에 대해서는 사과했다. 그의 막강함 그 자체가 어떤 압박과 위협을 만들어 냈는지에 대해 스스로 완전히 이해했는지는 모르겠지만 말이다. 하지만 자기 방어를 넘어 이 사실을 깊이 이해하고 여성을 제대로 존중하려는 의도가 입증된다면, 오랜 시간에 걸쳐 그의 처신으로 이를 증명해 보인다면, 나는 그가 순수하게 여성들과 젊은 예술가들을 존중하며 도왔던 지난 세월을 보아 그와 대중이 화해하도록(그럴 경우 내가 예로 든 넷 중 유일한 하나가 되겠지만) 촉구할 것이다. 다른 시대의 태도와 다른 나라의 사회 관습들이 그의 행위에 영향을 끼쳤다는 것은 믿을 만한 말이다. 스타 파워가 원래 남의 말을 잘 듣지 못하게 한다는 특성이 필요 이상으로 그에게 영향을 미치기는 했지만, 일단은 지켜보자.

단테의 시는 연옥에 있는 몇 안 되는 교만한 자들을 보여 준다. 연옥에 닿기 위해서는 제일 먼저 자신의 나쁜 행위들을 인정하고 자비를 구해야 하기 때문이다. 하지만 연옥에 머무는 시간은 길고 고되며, 그곳에 온 교만한 자들은 진심을 다해 자신의 성격적 특성을 극복하려 애쓰고 있다는 것을 보여 주어야만 한다. 이것이 교만한 사람들에게 의미하는 바는 무엇보다도 타인의 말을 동등한 이가 말하는 것으로 듣고 그들에게 존중을 표해야 한다는 뜻이다.

수치를 모르는 이들의 작업물은 어떻게 되는가? 나는 많은 음반들을 가지고 있다. 많은 라디오 방송국과 소비자들은 무엇을 해야 하는가? 내가 조사한 바에 따르면 클래식 음악계의 표준적인 녹음 계약은 음악가들에게 일회성 비용을 선불로 지급하고 그것으로 끝이기 때문에 우리가 그들의 작업물을 구매한다고 해서 그들에게 추가로 이익이 돌아가는 건 아니다. 물론 예술의 가치는 존재 그 자체다. 그렇다면 그들의 음악을 듣지 않을 이유는 없다. 적어도 리바인의 작업은 들을 수 있고(뒤투아나 대니얼스의 작업은 안 들을 수 있다.) 거기에서 감동을 받을 수도 경탄할 수도 있다. 듣는 내내 우리는 인간의 마음과 사랑과 웃음이 해로운 잔인함과 어두컴컴하게 상호 연결되어 있다는 것에 대해서 숙고할 수 있을 테니 말이다.

8장 남성성과 부패 —— 병든 대학 스포츠 세계

들여다보면 정말 좋은 것들도 있고
너무도 확연하게 끔찍한 것들도 있다.
—— 탬파베이의 쿼터백 제임스 윈스턴의
2019년 기록에 대한 브루스 아리안스 코치의 말

브루스 아리안스 코치가 운동선수 윈스턴에 대해 한 말이다. 당시 시즌 중 윈스턴은 터치다운 30개에 **더불어** 인터셉션 30개를 달성하며 NFL 역대 기록을 세웠다. 윈스턴을 본 사람은 누구나 아리안스 코치처럼 체력, 긴 패스에서 보이는 간결함과 아름다움(그해 경기에서만 두 경기 연속으로 450야드를 넘겼다.) 같은 것을 본다. 하지만 구제불능일 정도로 지나친 자신감과 정밀도의 부재와 같이 엉망인 지점도 본다. (윈스턴은 아리안스의 논평에 대해 이렇게 말하며 응답했다. "제 기록을 보세요. 전 공을 갖고 놀아요."[257] 그의 인터셉션 횟수가 갖는 의미를 알려 주자면, 같은 시즌 톰 브레이디, 애런 로저스, 카슨 웬츠, 러셀 윌슨의 모든 인터셉션 횟수를 합친 것보다 윈스턴의 인터셉션이 6개 더 많았다.)

아리안스의 언급은 윈스턴의 경력에 대한 묘사이면서 인간 존재에 대한 묘사이기도 하다. 호언장담도 많이 하고 실제로 성취한 것도 많지만 과도하게 버릇없는 오만함, 절도나 비동의 성관계처럼 법에 임하는 불성실하고 반항적으로 무시하는 태도도 만만찮았다. (걱정하지 마시라. 나는 두 유형의 결합이 언제나 같이 가지는 않는다는 것을 안다. 윈스턴과 '같은 반 친구'였던 마커스 마리오타는 2015년 드래프트 선발에서 2순위였는데, 어디에서 들어도 모범적인 인간 유형이었던 그 역시 똑같이 고르지 않은 프로 생활을 했다. 그의 경우에는 부상이 큰 부분을 차지하긴 했다.)

아리안스의 말은 윈스턴이 등장한 2015년, 그가 그 해 드래프트에서 제일 잘나가는 스타였던 대학 스포츠계에 대한 묘사라고도 할 수 있다. 비범한 운동선수로서 재능을 길러 주고 수익을 위해 착취했으나 제대로 대학 교육을 받지는 못하게 했던 세계. 그가 여성을 강간하고 버거킹에서 탄산음료를, 퍼블릭스에서 게 다리를 훔친 것을 덮어 줬던 세계. 아주 최근까지도 자신이 법 위에 있다는 오만한 태도를 가지도록 부추겼던 세계. 그리고 동기를 부여해 줄 연사로 내세워 젊은 남성들이 그를 경외할 수 있게끔 가르쳤던 세계.

인간은 누구나 변하고 성장할 수 있다. 윈스턴이 운동선수로서 장래성을 실현하고, 실현하든 안 하든 간에 좀 더 현명하고 보다 겸허한 인간이 될 수 있으리라는 희망은 있다. 현재 그 희망이 실현되고 있다는 걸 보여 주는 신호들이 몇몇 있기도 한데, 아마도 그가 겪은 역경과 그러한 역경이 으레 불러오는 자아 성찰의 결과 때문일 것이다. 나는 그의 경기를 좋아하기 때문에 이 모든 것이 현실이 되기를 바란다. 하지만 나는 대학 스포츠계에는 희망이 없다고 주장한다. 여기서 말하고자 하는 분야는 바로 미식축구와 농구 D-1이다.

프로 스포츠계에도 성희롱이나 가정 폭력 같은 문제들이 있지만 이 문제들은 예술계와 유사한 방법으로 해결할 수 있다. 경계, 강한 조합, 경영진의 철저한 관리 감독, 고발에 진지하게 주목하는 것. 반면 대학 스포츠계의 D-1은 전체 구조 자체에 뼛속 깊은 문제가 있다. 바로 집단 행동과 외부 기업의 영향력이다. 이 업계 전체를 좀먹는 성적 부패와 학계의 부패는 고칠 수도 없다. 전미대학체육협회(NCAA)가 몇 년이고 시도했지만 허사로 돌아갔다. 선한 사람들이 이 명분에 헌신하지 않아서가 아니다. 문제를 고칠 수도 없게 구조화되어 있어서다. 좋은 것과 끔찍한 것이 분리될 수 없었다. 그러므로 우리는 NBA총재 애덤 실버의 현명한 결심에 따라 체제 자체를 무너뜨려야 한다. 유럽이나 미국 야구처럼 마이너리그 체제로 대체하되, 선수들을 위한 '학습 아카데미'와 결합하는 방식으로 말이다. 그러는 동안 대학은 고질적인 문제들이 잔존하지만 원칙적으로나마 고쳐 나갈 수 있는 체제로서 D-3을 계속 운영할 수 있다.

그러지 않으면 앞으로 이어질 내 주장처럼 많은 사람들이 분노하게 될 것이다.

스포츠와 남성성

경쟁 스포츠들이 미국에서 주요한 오락거리라는 데는 의심의 여지가 없다. 관중 수나 벌어들이는 돈을 보면 그렇다. 그들에게는 공연 예술계와 같은 '책임의 의무' 문제들이 똑같이 있으면서 자기들만의 독특한 문제도 있다. 스포츠는 대중문화 중에서 가장 젊은 층에게 역할 모델의 원천이 되는 분야다. 많은 젊은이들이 연방법원의 판사 이름은 한 번도 못 들어 봤을 테니 코진스키가 아무리 부패했다고 해도 그것이 그들의 남성성에 대한 개념을 형성하지는 않는다. 영화계나 대중음악계에 배우나 가수들이 아무리 많아도 우리 사회에서 그들이 맡고 있는 교육적인 역할은 스포츠 스타들만큼 크지 않다. 과거에는 키스 리처드나 마이클 잭슨을 좋아했거나 범법자가 된 알 켈리를 좋아하는, 팝스타를 흠모하는 이들을 볼 때 우리는 그 젊은이들이 스타들의 행동을 모범으로 삼거나 이 인물들에게서 진정한 남성상을 보고 있으리라는 우려는 들지 않는다. 대중문화의 스타들은 독특한 방식으로 두각을 드러내며 별난 존재들로 이해되기 때문이다. 알 켈리는 여성들을 상대로 한 심각한 범죄들을 저질렀다고 알려졌다. 하지만 열 살짜리 아이가 그를 따라 했다는

말을 한다면 이는 깜짝 놀랄 소리다.[258]

반대로 스포츠 인사들은 평균적인 열 살짜리 아이들의 귀감이
된다. 남성적, 여성적 탁월함, 훈련, 힘과 스피드, 인내의 모델이다.
또한 미국의 자본주의적 성공담에서 그들은 자신의 몸을 어떻게 굉
장한 수익으로 만드는지에 대한 모델이 되기도 한다.

내가 열 살이었을 때 남자아이들의 남자 영웅은 야구에서 나
왔지만 그에 대응할 여자 스포츠 영웅은 없었다. (야구 스타들도 다
모범적이지는 않았으나 아이들도 좋은 인물의 좋은 점에 대해서는
알았다. 재키 로빈슨, 윌리 메이스, 행크 애런 등이 그랬다. 그들은
미키 맨틀의 알코올중독이나 여성을 향한 테드 윌리엄스의 지탄할
만한 태도들에 대해서는 몰랐다.) 오늘날에는 남자 영웅과 여자 영
웅이 탄생할 스포츠 종목이 많다. 하지만 지금까지 전국적으로 가
장 큰 주목을 받는 스포츠로서 가장 영향력이 있는 것은 미식축구
와 농구다. 야구는 사람들이 가장 좋아하는 스포츠 순위에서 3위로
떨어졌다. TV 시청률에서는 여전히 야구가 농구를 앞서지만 둘 다
미식축구에 비하면 한참 뒷전이다. 야구는 더 이상 젊은 층을 열광
하게 하지 못한다.

요즘 열 살짜리 남자아이들이 모방하는 영웅들은 결국 미식축
구와 농구계 출신이고 종종 그 스포츠계의 남성적 문화에 참여하며
영향을 받는다.[259] 이는 곧 그들의 영웅이 대학 체제, 그리고 더 전
에는 고등학교 피더 시스템*을 통해 만들어진 남성들이라는 뜻이
다. 여기서는 단지 직장이나 그 문제만 아니라 남성들의 세대 구성

321

에 대한 이야기를 하는 것이다.

다양한 스포츠 영역에서 저마다 정의한 남성성에 대한 책은 이미 많고, 이에 대해 논할 수도 있다. 하지만 나는 농구와 야구에서 스피드나 능란함, 협동성 등을 포함한 광범위한 기술들이 필요하다는 말 외에는 다른 말은 덧붙이지 않을 것이다. 두 스포츠 모두 경기 자체의 다채로운 진화 덕에 한두 가지 요소(농구에서는 키, 야구에서는 구속과 홈런 수)로 그 스포츠 자체를 환원하려는 시도들이 여러 차례 좌절되어 왔다. 2미터 장신들을 '작은 공'이라는 자기만의 능란함으로 가려 버린 스테판 커리나 공을 독점하지 말고 계속해서 팀원들에게 돌려야 한다고 주장했던 르브론 제임스, 압도적인 스피드 대신 기술이나 교묘한 속임수 등으로 성공했던 저스틴 벌랜더나 C. C. 사바시아 같은 투수들, 혹은 한 투구에 여러 변형을 주면서 정확한 제구력으로 매년 일관되게 훌륭했던 마리아노 리베라, 장신의 상대들을 속도와 기술, 그리고 기개로 눌러 버린 타자들, 과거의 필 리주토와 현재의 호세 알투베(각각 키가 167센티미터, 170센티미터였던), 개인의 능력치를 넘어서려면 팀과 함께해야 하며 강타자이면서도 훌륭한 외야수나 주자가 되어야 한다고 주장한 윌리 메이스 등에 의해서 말이다.

아이들은 이런 운동선수들(요즘 들어서는 특히 축구 선수들)

★   대학리그에 영입할 재능 있는 선수들을 학창 시절부터 일찍이 발굴하여 연령대에 맞게 훈련시키는 장기적 선수 공급 체계를 일컫는다.

의 곳곳에 있는 매력적인 남성성 때문에 그들을 모방한다. 오클랜드 소속 투수였던 1949년생 바이다 블루는 그가 자랄 때 메이스가 "젊은 아프리카계 미국인의 이상형"이었다고 말했다.[260] 얼마나 훌륭한 모델인가. 전방위적 능력(주력, 투구력, 포구력, 타력)을 가졌을 뿐만 아니라 팀워크, 유쾌함, 화합력을 갖추었고 술이나 담배도 하지 않으며, 결정적으로 여성을 존중한다.

그러나 미식축구는 조금 다르다. 그 야수 같은 힘이나 누군가와 세게 부딪쳐야 하는 능력이 최고로 인정받으며 다른 선수의 머리에 치명적인 타격을 주는 것이 미덕이다. 나는 미식축구에 품위와 스피드, 민첩함과 팀워크 같은 훌륭한 특성들이 있다는 것을 절대 부인하지는 않는다. 훌륭한 주자였던 시애틀의 선수 마션 린치가 자기 길을 막아선 모든 선수들을 이기고 달릴 수 있었던 것을 보면 순전한 결의 속에서 계속 나아가는 존경할 만한 유의 투지도 엿보인다. 태클도 기술이기 때문에 단순히 무게나 맹렬한 힘만으로는 절대 성공할 수 없다. 그럼에도 불구하고 이 스포츠가 결국 젊은 층에게 통하는 것이 무엇이냐고 묻는다면 힘과 지배가 전부라는 조금 해로운 메시지를 전할 수밖에 없다.

2017년 2월 22일, 제이미스 윈스턴은 스포츠 선수들이 좋은 사람들이라는 것을 보여 주고 스포츠와 공공관계를 다지기 위한 홍보 행사의 일환으로 플로리다주의 세인트피터스버그초등학교를 찾았다. 그는 아이들에게 동기를 부여하는 연설에서 이렇게 말했다.

남자들은 자리에서 일어나고, 숙녀분들은 앉아 계세요.

하지만 남자들은, 일어나세요. 우리는 강합니다. 그렇죠? 우리는 강해요! 우리는 강해요, 맞죠? 남자들은 한번 말해 봅시다. 나는 내가 마음먹은 일은 무엇이든 할 수 있다! 남자들은 나긋나긋하게 말하면 안 돼요. 무슨 말 하는지 알겠죠? (굵은 목소리로 말하며) 언젠가는 저처럼 굵은 목소리를 갖게 될 거예요. 언젠가는 굉장히, 아주 굵은 목소리를 갖게 될 겁니다.

하지만 숙녀분들, 여러분은 침묵하고, 예의 바르며, 얌전해야 합니다. 우리 남자들, 남자들은 강해야만 합니다.[261]

학교 관계자들과 학부모들은 굉장히 화가 났고 2월 23일 윈스턴은 그의 "좋지 않은 단어 선택"에 대해 사과했다.[262] 수많은 어린 남자아이들의 영웅인 윈스턴은 (비록 졸업은 못했지만) 플로리다 주립대학학이 낳은 산물이었다.

프로 스포츠에서 책임의 의무

프로 스포츠계는 공연 예술계와 비슷하게 협상, 소비자 압박, 스포츠 경기들을 후원하는 기업들을 통해 다룰 수 있으며, 스포츠 후원 기업들은 소비자들로부터 압박을 받는다. 스포츠계는 대부분의 예술보다는 '정상적으로' 닫힌 직장 공간에 가깝고 그 안에서 선수들은 한 팀과 상대적으로 장기 계약을 한다. 상황이 이렇다면 와인스타인 같은 존재가 스포츠계 전체에 영향을 주는 식의 위험은 적어 보인다. (아마도 남성 스포츠계의 극단적인 동성애 혐오 및 여성 선수의 수적 열세, 대부분의 일류 경영진이 관리나 대리인들을 통해 남성 선수나 곧 프로의 세계에 들어올 지망생들의 성희롱을 예방해 왔다는 점 등의 이유도 있겠다.)

미국 프로 스포츠계는 완벽하지 않다. 성폭행, 성희롱, 가정 폭력에 대해서는 리그와 선수 조합 모두 통탄할 정도로 조치가 느리다. 내가 고등학교에 다니던 시절 프로 스포츠계에 대한 진솔한 이야기는 사실상 난잡한 성행위와 약물 남용의 유행과 관련된 것들뿐이었다. 짐 바우튼이 야구계에 대해 폭로한 책『볼 포』[263]는 혹평을 받았다. 야구 때문이 아니라 바우튼 때문이었는데, 스포츠계는 영웅시하는 이들에 대해 진실을 말하는 사람들을 싫어하기 때문이었다. 메이저 리그 최고 책임자 보위 쿤은 이 책을 두고 "야구에 해로운 책"이라고 했으며 그 모든 내용이 허구였다는 성명에 바우튼의 서명을 받으려고도 했다.[264]

바우튼을 비롯한 과거 명선수들이 솔직한 전기에서 관례대로 묘사해 온 선수들의 여성 편력에는 성희롱이 포함되어 있을까? 라커 룸의 분위기가 여성을 존중하지 않았다는 것만은 분명하며, 여성이 스포츠계에서 일했더라면 '적대적인 업무 환경'이라는 개념에 따른 다양한 시각이 적용되었을 것은 분명하다. 클럽하우스가 적대적인 업무 환경이라고 확실히 말하지 못하는 이유는 여성들이 그 업무 공간에 존재하지도 않는 차별로 고통받았기 때문이다. 여성들은 티켓 판매원이나 본부 직원으로 일했다. 여성은 기자로서도 클럽하우스에 출입할 수 없었고 코치나 보조 코치, 경영진의 일원으로서는 더더욱 일할 수 없었다. 여성이 선수가 아니었다는 점은 두말할 것도 없다. 탈의한 운동선수를 볼 수도 있는 공간에 여성이 들어가는 것 자체가 불가능하다는 것 또한 일을 훨씬 더 복잡하게 만들었다.

여성 편력은 근무 공간 바깥에서 이루어졌다. 팀의 숙소인 호텔이나 모텔에서 벌어진 일들이니 완전히 바깥은 아니지만 말이다. 이 때문에 선수들의 여성 편력이 스포츠계와 결부된 문제가 아니라고 생각할 수 있다. 선수의 사생활이기에 고용처는 선수들을 보호하기로 결정했다. 가정 폭력이 눈에 띄었을 때 역시 그들을 보호했다.

성폭행도 때때로 발생했을 것이라는 데에는 의심의 여지가 없다. 배우자에 대한 가정 폭력은 물론 배우자 강간을 저지른 선수도 틀림없이 있었을 것이다. 하지만 경영진이나 선수 조합 양측 다 그런 행동들을 못 본 체하고 대중으로부터 숨겼다. 그러한 학대에 반하는 규정을 집행하지 않고 좋게 포장해 왔다. 경영진이 선수들에게 동료 학생들을 목표물로 삼으라고 부추기거나 같은 교육 기관의 구성원인 동료 학생들의 성학대를 덮어 주겠다고 암묵적으로 약속한 것은 아니었지만 피해 여성 대부분은 팀과는 무관한 해당 지역의 여성들이었다. 이게 바로 대학 기관이 늘상 하는 일이다.

오늘날 여성들은 클럽하우스에서 스포츠 기자로 일하는 경우가 많다. 고위 경영진으로 근무하기도 한다. NBA 리그 사무실 직원의 40퍼센트는 여성이다.[265] 여성들이 보조 코치로 고용되기 시작한 지도 꽤 되었다. 지금까지 NBA에서 일한 여성은 전현직 통틀어 총 열세 명이다. NFL에는 현재 네 명이 있고(두 명은 탬파베이 버커니어스 소속이다. 아리안스는 여성을 코치로 고용에 앞장섰고 그가 애리조나 카디널스를 감독할 때 가장 먼저 고용한 바 있다.) 야구에서는 샌프란시스코 자이언츠가 2020년 1월 최초로 여성을 정규직 메이저리그 코치로 고용했다.[266] NBA에는 여성 심판이 여섯명 있고 그중 네 명이 활동 중이다. 야구에는 현재 마이너리그에서 활동하는 여성 심판이 둘 있다. NFL에는 여성 심판이 하나 있다. 2019년 5월, 실버는 앞으로 고용하는 코치와 심판의 절반은 여성이어야만 한다는 NBA의 목표를 발표했다.[267]

남성들의 프로 스포츠 세계에 여성들이 편입됨에 따라 미국 프로 스포츠 리그 또한 성폭행과 가정 폭력에 대한 명확한 규정과 정책의 필요성을 직시해 왔다. 직장 내 연애는 물론 선수의 '가정사'에 대한 행동 강령이 계약 조항에 명시되었다. 메이저 스포츠의 메이저 선수는 전부 이 정책하에 출장 정지를 당해 왔다. 일관적이지는 않았지만.

책임의 의무를 향해 전환하는 결정적 계기는 2014년 사건이었다. 당시 볼티모어 레이븐스 소속이던 NFL 선수 레이 라이스는 엘리베이터에서 약혼자에게 주먹을 휘둘러서 의식을 잃게 만들었는데, 해당 영상이 공개됐다. 그는 체포되어 기소되었고 계약은 해지됐으며 무기한 출장 정지 상태가 되었다.[268] 항소를 통해 출장 정지는 뒤집혔지만 라이스는 그 이후로 NFL에서 일하지 못했다. 이 사건은 가정 폭력을 둘러싼 대중의 강력한 의견을 스포츠계에 전달하는 역할을 했다. 여성 또한 스포츠 소비자이자 스포츠를 후원하는 기업의 소비자라는 것을 깨달으면서 스포츠 리그는 명확한 정책은 물론 더 큰 책임의 의무를 지향하기 시작했다. 그 결과 메이저 스포츠의 다른 많은 선수들이 징계를 맞닥뜨려야 했다. 일관성 있는 사전 예방 정책과 교육, 실질적인 제재가 실효성 있는 억제책으로 작용한 것이다.

특히 야구가 이런 흐름을 선도했다. 2015년 8월, 야구 메이저리그와 메이저리그 선수 조합은 가정 폭력, 성폭행, 아동 학대에 대한 포괄적인 정책에 합의했는데, 이 정책들은 위반에 대한 조치들을 명시했을 뿐 아니라 사전 훈련 및 교육에 초점을 맞추었다.[269] 팀의 성공을 위해 꼭 필요했던 일류 선수들이 긴 시간 출장 정지 징계를 받았다. 2016년 월드 시리즈 성공에 크게 한몫을 한 시카고 컵스의 애디슨 러셀은 가정 폭력 혐의로 40경기 출장 정지를 당했으며, 새로운 협정을 위한 필수 과정을 이수했다.[270] (그가 돌아왔을 때 시카고 컵스는 그에게 선수로서 가치가 없다고 보았고, 마이너 리그로 강등시켜 떠나보냈다.) 2019년 뉴욕 양키스의 최고 투수가 될 수 있었던 유망주 도밍고 저먼은 공식 시즌 도중에 81게임 출장 정지를 통고받았는데, 이는 분명히 팀에도 피해를 끼치는 일이었다.[271] 결국 야구는 정말 쉽지 않은 결정을 하며 이 일에 대한 의지를 보여 주었다.

농구도 이와 유사하게 선수 조합과 NBA의 공동 정책을 성사시켰고 새크라멘토 킹스의 대런 콜리슨과 론 아테스트를 포함한 인기 선수들의 출장 정지를 명하는 데 망설임이 없었다. (일반적으로 야구보다는 짧았다.) 출장 정지와 분노 관리 치료가 아테스트의 행동을 교정한 것으로 보인다. 나중에 그는 NBA 모범 시민상을 수상했고 2011년에는 자신의 이름을 메타 월드 피스(Metta World Peace)로 개명했다. 어쨌든 최근 NBA 정책은 선수 조합과 합의하여 리그 자체가 선수들의 가정 폭력을 조사할 권리를 가지며, 형사 고발 여부와 관계없이 자체적으로 선수들을 징계할 수 있다. 이 정책은 상담과 신인 훈련, 그리고 모든 NBA 선수, 파트너, 가족 구성원에게 비밀을 보장해 주는 24시간 핫라인 운영을 통해 교육과 사전 예방을 강조한다.[272]

하지만 미식축구의 경우에는 공유된 합의 사항이 없다.[273] 모호하고 미온적인 성명이 있었지만 선수 조합과 단체 교섭 시 거론된 바는 없다. 선수 조합 내에 폭력 예방 위원회가 있지만 하는 일은 없다. 기자 데버라 엡스타인은 2018년 6월 조합에서 나오면서 말했다. "그저 이름만 존재하는 이 단체의 일원으로서 계속 있을 수 없습니다."[274] 가끔 출장 정지가 내려지기는 하지만(윈스턴이 한 번 받았다.) 대부분 리그는 활동을 하지 않고, 징계는 주로 각 팀에게 맡겨져 있으며 팀들은 일관성 없이 사안마다 다르게 처리한다.[275]

내셔널 하키 리그에는 정책이 없고 사안별로 다른 절차가 진행될 뿐이다.[276]

스포츠가 분야를 막론하고 개선되어야 한다는 사실은 명백하다. 정책의 수립은 곧 시행을 뜻한다. 야구나 농구는 꽤 잘해 나가고 있는 것으로 보인다. 스포츠 조합과 경영진은 팬들과 후원자들로부터(맥주 회사와 다른 후원사들의 팬들 또한 포함해서) 압박을 느낄 필요가 있다. 그렇다고 해도 기본적으로는 상대적으로 폐쇄적인 근무 환경이라는 이점이 있을 뿐 예술계와 상황이 같다.[277]

이제 대학 스포츠를 살펴보자. 미국의 대학 스포츠와 달리 유럽은 대학 스포츠 팀을 두지 않는다. 학생들은 재미를 위해 사적으로 모일 수 있지만, 대학 차원에서 전국 규모로 경쟁하는 팀을 후원하지도 않고 TV 시청자를 대거 확보한 것도 아니며 선수들 역시 프로 스포츠 팀에 가기 위해 훈련하는 것이 아니다. 그 대신 리그에서 하위 팀들을 후원하여 선수 훈련 기능을 수행하고 있다. 유망한 선수들은 대개 대학에 가는 대신 하위 팀에 들어간다.[278]

미국 야구도 그렇다. 마이너리그 팀들은 대부분 어느 정도 메이저리그 팀들의 후원을 받으며, 리그의 역사도 길다. 독립적인 마이너리그 팀도 있지만 늘 경제적으로 빈약한 사업이었다. 사첼 페이지, 쿨 파파 벨처럼 뛰어난 선수들을 볼 수 있는 유일한 장소였던 당시의 니그로리그*도 꽤 잘나가던 리그였지만 메이저리그가 마

---

* 19세기 말 프로 야구가 설립되었을 당시 미국에선 인종 분리 정책이 시

침내 마지못해 아프리카계 미국인 선수들에게 문을 열어젖혔을 때 니그로리그는 즉시 문을 닫았다. 대부분이 백인이었던 사업주들에게 더 이상 돈을 벌어다 주지 못했기 때문이다.

오늘날 내가 유럽의 스포츠와 미국 야구를 아울러 마이너리그 시스템이라고 부르는 데에서는 사실상 어린 선수가 메이저리그로 직행하는 일은 거의 없다. 선수들은 조직과 계약을 맺고 AAA든, AA든, A든 간에 마이너리그 내에서 자신의 연령과 성장 단계에 맞는 리그로 배정된다.[279] 미국 야구는 대학 리그도 있고, 메이저리그에서 뛰게 될 선수들 중 대학에서 야구 장학금을 받는 경우가 많아지고 있다. 최근 선수의 4.3퍼센트가 학사 학위를 받았는데, 대체로 경기를 뛰면서 파트타임으로 학교를 다니며 취득한 것이다. 두 교사의 아들이었던 커티스 그랜더슨은 힘들었다고는 말했지만 선수 생활 중 시카고의 일리노이대학에서 경영학 학위를 받았다.[280] 하지만 프로 야구 팀에서 뛰기 전에 대학에 가는 것이 정상적인 루트라고 생각하는 사람은 아무도 없다. 프로로서 경력을 늦추는 경향이 있기 때문이다. 학문적 기반이 있던 재키 로빈슨조차도 학위가 싫어서 UCLA를 떠났다. (올해로 97세가 된 그의 부인 레이철은 대학원을 졸업하고 예일대학교 간호대 교수가 되었다.)

행중이었기 때문에 아프리카계 미국인들의 리그 참여가 배제되었다. 이후 자생적으로 경기 운영을 하던 아프리카계 미국인들은 1920년 공식적으로 아프리카계 미국인들로 구성되어 있는 니그로리그를 설립하였고, 이 리그는 약 30년간 성행하다 1951년 마지막 리그를 가졌다.

마이너리그 시스템에는 눈에 띄는 결점이 하나 있다. 프로 스포츠 경력이 짧거나 혹은 실패했을 때 선수들이 다른 일을 할 수 없다는 것이다. 1950년 초, 브루클린 다저스 선수들의 야구 은퇴 이후 삶을 20여 년에 걸쳐 추적한 로저 칸의 책 『여름의 남자들(The Boys of Summer)』이 보여 준 가장 비극적인 면들 중 하나는, 그들이 야구를 떠난 뒤로 겪었던 극심한 경제적 빈곤이다.[281] 물론 예외도 있다. 칼 어스킨과 조지프 블랙은 경영진 간부가 되었다. (조지프 블랙의 경우는 당시 인종 논의의 분위기에 편승하여 얻은 상징적인 승리였다.) 하지만 대부분은 진짜 경력이라고 할 만한 것이 없고 연금도 거의 없으며, 투자나 저축을 할 천문학적인 금액의 메이저리그 연봉도 없다. 이런 슬픔과 상실은 그들의 과거에 상응하는 미래가 부재한다는 것과 관련이 있다. (칸의 제목은 시인 딜런 토머스의 구절 "나는 폐허 속 여름의 남자들을 본다."를 인용한 것이다. 연금 체계나 효과적인 훈련의 부재를 의미한다기보다 더 이상 야구를 하지 않는다는 것이 곧 궁핍이라는 '폐허'를 뜻한다.) 그렇다면 메이저리그에 진입하는 데 실패한 선수들은 어떻게 되는가? 더 큰 상실감에 빠질 수밖에 없다. 프로 스포츠계는 선수들의 스포츠 경력 이후 벌이를 대비하게 할 의무가 있다.

그러나 성폭행 문제에 있어서는 마이너리그 제도에 큰 이점이 있다. 바로 그곳이 거대한 폐쇄적 일터라는 점이다. 메이저리그는 모든 것에 대해 명확한 규정을 설정할 수 있고, 선수 조합과 협의하에 계약서에 조항을 기입할 수 있다. 대부분의 선수들은 선수로서 급여를 받는 동안은 이 제도의 통치를 받게 된다. 그러므로 야구가 성학대와 가정 폭력에 대한 명확한 기준을 홍보하는 주요 역할을 맡는다고 해도 과언은 아니다. NBA가 이와 유사하게 사전 예방적이었다는 사실, 또한 점점 더 많은 선수들이 고등학교 졸업 이후 바로 NBA에 입성한다는 사실이 이를 반영한다. 그러나 주목할 것은 과거 20년간 메이저리그 드래프트제가 점점 대학 선수들을 주시해 왔다는 사실이다. 그들이 고등학교 출신의 드래프트 후보들보다 더 나은 기록을 가진 것으로 판명되었기 때문이다.[282] 물론 선발된다고 해도 마이너리그에서 몇 년을 보내게 되겠지만 그들을 훈련시키는 비용의 일부를 대학이 감당한다. 지금까지 살펴본 바에 따르면 미식축구나 농구에서 볼 수 있는 기업의 매수나 성적 부패 현상이 야구에서는 아직 형성되지 않았는데, 이는 대학 야구가 그렇게 인기 있지도 않고 방송되는 경우도 드물기 때문이다. 야구계에 부패가 확산될 경우를 대비하며 지금 이 추세를 지켜봐야 한다.

이와 반대로 미국에서 야구가 아닌 분야의 유명 스포츠 선수들은 '정상적인' 폐쇄적 근무 환경에(리그의 힘이 약한 경우에는 팀에 규율을 맡기는 '덜 완벽한' 폐쇄적 근무 환경에) 상대적으로 늦게 도달한다. 선수들은 대학에서 준비 기간으로 몇 년을 보내고, 대학 제도에 들어가기 위해 고등학교에서 또 몇 년을 보낸다. (NBA는 이런 구조에서 갈수록 예외가 되고 있다.) 하지만 대학 스포츠 제도는 부패했고 기량이 뛰어난 선수들은 자신이 법 위에 있다고 믿게끔 설계되어 있으며, 그러는 동안 교내 여성들에게 성적으로 접근해도 제지당하지 않고 여성들의 고발은 너무도 자주 무시된다.

미식축구와 농구의 D-I은 다른 종목보다 제도적 부패가 심하다. D-I 스포츠에는 당연히 학업에 관련한 부패도 있고 섹스 스캔들도 종종 일어난다.[283] 이 두 가지 병폐는 거대 자본의 기업 자금과 학계의 결탁과 연관되어 있으며, 남성성이라는 이미지를 전국적 차원에서 형성한다. 나는 재능에 대한 경쟁 시장과 개별 선수들에 대한 지불을 동반하는 프로 선수 기용 시스템에 반대하지 않는다는 점을 분명히 밝힌다. 이것이야말로 마이너리그 제도가 오랫동안 지켜 온 것이고, 이 제도에는 현재 구조에 대한 최선의 대안 방식으로서 내가 강조하는 투명성과 규칙성이라는 미덕이 있다. 곧 살펴보겠지만, 현재 대학의 문제는 기업 자금이 비밀리에 운용되며 기업 주체가 학계에 필수불가결한 부분이라는 구실로 작동하면서 학교 임원들이 어떤 시도나 통제도 할 수 없게 만든다는 점이다. 급여 또한 개별 운동선수들에게 가지 않는다. 선수들은 제도에 지배되고 착취당하는 볼모이면서도 자신들이 저지른 비행은 숨겨지는 이득을 취한다.

인종에 대해서도 이야기할 수 있다. 미식축구와 농구에서는 아프리카계 미국인들의 재능이 다른 스포츠에서보다 훨씬 더 두드러진다. 재능을 공짜로 착취하는 동안 운동선수들의 지적인 교육은 완전히 방치되며, 무엇보다도 인종적 고정관념에 큰 영향을 미칠 만한 '남성적' 악행들을 하게끔 독려하는 현 제도의 경향들은 우연이 생긴 게 아니다.

대학 스포츠 디비전 I: 병든 구조

디비전 I(D-I) 소속 미식축구 팀이나 농구 팀을 가진 대학들은 팀 운영을 위해 막대한 경제적 부담을 진다. 특히 미식축구는 굉장히 돈이 많이 든다. 프로 경기를 할 수 있을 정도의 경기장을 갖추어야 하고 I급 훈련 시설 및 운동 시설뿐만 아니라 최상급 장비들도 구비해야 한다. 선수들이 이런 화려한 시설들을 요구해서가 아니라, 대학이 스타급 신인들을 끌어오기 위한 유인책이자 기부자의 기대에 부응하기 위한 전략이다. 대학 경기장 중 가장 큰 곳은 10만 개가 넘는 좌석을 보유하고 있다. 가장 큰 프로 미식축구 경기장보다 더 많은 좌석 수를 가진 대학 경기장이 열 개나 된다. 유망 선수들은 최고의 시설을 기대하는데 여기에는 운동장 관리와 유지 등이 포함되어 있으며, 이를 유지하는 데는 막대한 비용이 든다. 대학들은 신인들을 놓고 건물로 경쟁한다. 가장 최근의 전형적인 예는 시카고 부근에 위치한 노스웨스턴대학에서 깜짝 놀랄 만한 연습 시설을 갖춘 해변가 경기장을 지은 것이었다. 유지 보수비를 제외하고 건설 비용만 2억 6000만 달러가 들었다.[284] 현재 빅 텐(Big Ten)*

---

*   각 디비전 안에는 ACC, 빅 텐, Pac 12 등 스포츠로 결성된 컨퍼런스가 있다. 빅 텐 컨퍼런스는 디비전 I에서 가장 오래된 컨퍼런스다. 소속 대학들은 NCAA 산하 모든 종목에서 경쟁하는데, 미식축구의 경우 빅 텐의 우승 팀은 유구한 전통을 가진 로즈볼에 출전할 수 있다. 빅 텐 소속 대학들은 학문적 명망이 있을 뿐만 아니라 많은 학생들을 유치하는 것으로 알려져 있는데 초기에는 중서부 대학 중심으로 운영되다가 2022년 현재는 동부와 서부의 대학들을 포함하여 총 열네 대학이

소속 대학 중 가장 값비싼 미식축구 경기장으로 알려져 있지만 명성을 유지하려면 그 정도로는 안 된다.

다음으로 코치가 있다. 거의 모든 주에서 가장 많은 보수를 받는 주내 피고용인은 주립대학 미식축구팀 코치다.[285] 선두 대학팀 코치의 급여는 500만~900만 달러로, 계약서에 명시된 상여금을 제외한 금액이다.[286] 이는 미식축구 코치가 공립대학과 사립대학을 통틀어서 교정에서 가장 많은 급여를 받는 개인이라는 것을 의미한다. 급여가 가장 높은 대학 총장은 연간 100~200만 달러를 받는다.[287] (대학과 연계된 병원 CEO들은 종종 대학 총장보다 더 많은 급여를 받고 미식축구 코치들과 견줄 만한 급여를 받는 경우도 가끔 있긴 하지만 아주 드물다.) 팀 내 다른 코칭 스태프들의 급여도 이에 준한다. 원정 경기가 있을 때면 먼 거리를 이동해야 하는데 스타 선수들은 칙칙한 버스를 질색하므로 전용 항공기로 이동하는 것이 표준이다. 이외에도 여러 가지가 있다. 농구도 돈이 많이 들지만 미식축구보다는 훨씬 덜 든다. 장비에도 돈이 그다지 많이 들지 않고 농구 시설도 규모 면에서는 적당한 데다가 사실상 대신할 곳들도 많다. 코치들의 급여도 높다고는 하지만, 미식축구와 비교하면 그렇지도 않다. 듀크대학의 마이크 시셰프스키(코치 K라고 불렀다.)와 켄터키대학의 존 칼리파리는 미식축구 코치 수준의 급여를 받기도 했지만 이후에 급격히 감소했다.

소속되어 있다.

일반적으로 대학들은 성공적인 D-I 소속 팀을 소유함으로써 얻을 수 있는 기대수익을 제시하며 이러한 비용들을 학생, 학부모, 졸업생, 기부자 들에게 납득시킨다. 그러나 명성을 두고 경쟁하는 대부분의 대학들에 있어서 수익에 대한 약속은 보통 환상에 불과하다. D-I에 소속된 130개의 팀 중 많아야 20개 팀만이 수익을 기대할 수 있다.[288] 수익은 많은 부분 입장권 판매가 아니라 TV 계약에서 발생하며, 후하게 쳐도 상위 20개 팀만이 방영 가치가 있다고 여겨진다. 눈에 띄는 팀이라면 졸업생들로부터 비용에 비례하여 기부금을 많이 받을 수 있을 것이라는 믿음이 보편적으로 깔려 있지만, 윌리엄 보웬은 면밀하게 분석한 내용을 책 두 권을 통해 이것이 결론적으로는 잘못된 믿음이라 밝혔다.[289]

이 모든 것이 의미하는 바는, 많은 대학들이 아주 적은 영리적 슬롯을 두고 경쟁하고 있다는 점이다. 우승을 거머쥐기 위해서는 가장 재능 있는 선수들을 불러와야만 한다. 하지만 미식축구와 농구에서 탁월한 재능이라는 것은 수요에 비해 공급이 턱없이 부족하다. 이것은 복권이 작동하는 전형적인 방식이다. 프로 리그는 이보다 문제가 훨씬 적다. 그들은 재능 있는 선수들에 대한 독점권이 있고 조직화된 체계가 있으며 드래프트제를 통해 꽤 품위 있는 방식으로 모든 팀에 기회를 분배하기 때문이다. 대학 경기는 그렇지가 않다. 매년 130개 학교가 선수들을 선발하고, 매년 고등학교 기록이 특출나게 뛰어나 핵심 인재로 지목되는 20여 명이 존재한다. 대학이 연습 시설이나 코치의 급여에 그토록 큰 돈을 퍼붓는 것이 어리석다고 믿을 수 있지만 그 방법이 최고의 인재를 모셔 오는 방법이다. 이성적인 선을 긋는 학교는 지게 되어 있다.

이 상황은 고전적인 집단 행동 구조라는 문제도 안고 있다. 개별적으로 보자면 대학은 미식축구와 농구에 돈을 이렇게까지 쓰지 않는 것을 선호할 수도 있다. 하지만 서로 경쟁하는 집단이라고 보았을 때는 더욱더 많이 써야만 한다. 전 NCAA 총재였던 고인이 된 마일스 브랜드는 이를 두고 "군비 경쟁"이라 일컬었다.[290]

실로 군비 경쟁을 방불케 한다. 선발을 위한 경주이고, 대부분 값비싼 건물들과 시설들, 그리고 대학 지원이 시작되기도 몇 년 전부터 전국에 있는 고등학교를 돌아다니며 인재를 찾아내기 시작하는 전체 스카우트·마케팅 팀에 의해 승리하는 경주다. 그러나 선수가 도착한 후에는 두 갈래의 군비 경쟁이 시작된다. 하나는 학문적 수준에 대한 경주다. NCAA는 최소한의 적정 학업 평균선을 자격 요건으로 하는 규정을 두고 있기 때문에 집단 행동 문제는 이 규칙들을 피하기 위한 온갖 종류의 책략들을 낳는다. 교과 과정 위조, 과제물 대리 작성, 내부 고발 억제 등 선수에게 진정한 교육을 시키겠다는 결심을 제외한 모든 것이 포함되어 있다. 플로리다주립대학을 예로 들 때 이 체제를 도박 같은 구조로 만든 노력에 대해 논의할 텐데, 이런 움직임은 사실 많은 곳에서 포착된다. 학업 기준을 성실하고 정직하게 유지하는 학교는 이례적인 경우이며, 다섯 손가락에 꼽힌다. 스탠포드, 노스웨스턴, 노터데임을 비롯한 몇 개 대학만이 그러하며, 정직하게 운영하던 학교도 언제 유혹에 굴복할지 모른다. 코치가 대학 총장의 네 배에 가까운 돈을 버는데, 학업의 가치와 학업적 지도력이라는 것이 수익 가능성을 가진 스포츠의 군비 경쟁 압박을 얼마나 오래 버틸 수 있겠는가?

이런 군비 경쟁에서 특히 내가 걱정스럽게 생각하는 지점은 선수들의 자격을 유지하기 위해서 범죄 수사나 형사 기소로부터 선수들을 보호하려는 시도다. 운동선수들은 불법 약물의 사용이나 판매, 절도, 다른 재산 범죄 및 음주 운전 등 잠재적 형사 범죄들을 많이 저지른다. 지금 우리가 이야기하는 대상은 젊은 남성들이다. 이들은 열 살쯤부터 자신들은 피 끓는 남성성의 아이콘이기 때문에 법은 자기들보다 못한 남성들에게나 적용되는 것이라고 여기며 자랐다. 그러니 많은 선수들이 성폭행, 성희롱, 스토킹 등 성범죄를 저지르는 것이다. 구조상 TV 방송의 승패가 인재 한두 명에 달려 있기 때문에 이 인재들은 성범죄 혐의로부터 열성적인 비호를 받게 되며, 경찰, 기소 검사, 판사인 학교 동문들까지 여기에 동참한다.

집단 행동 문제는 조직적이라는 점에서 어려움이 있다. 개별 당사자는 기준이 지켜져야만 한다고 판단하지만, 구조의 논리는 배신자가 뿌린 것을 거두라고 명한다. 대학 스포츠에서 이 문제는 더욱 심각하다. 실제로 결정을 내리는 사람들은 그 기준이 준수되어야 한다고 판단하는 사람들과 다른 사람들이기 때문이다. (이러한 이유로 나는 이것을 '죄수의 딜레마'의 예시로 보지 않는다. 선수들은 각기 다른 목표를 가지고 있고, 실제로 그들 중 몇몇은 학업이나 성적 타락을 근절해야 한다고 생각할 것이기 때문이다.) 앞서 언급했듯 코치들은 많은 방면에서 대학 총장보다 힘이 세며, 자신들을 거스르는 총장은 해고시킬 수도 있다.

문제는 더 있다. 이에 가담하는 모든 메이저 스포츠 학교에는 지역 팀의 성공에 많은 재정적 지분을 담당하는 기업체가 연계되어 있다. 이 결합은 다양한 형태를 띤다. 나이키와 오리건대학의 경우같이 단일 스포츠 의류 프랜차이즈 기업과 학교가 거래를 터서 수익을 확보하기도 하고, 기업의 CEO가 대학에 영향력 있는 후원자이자 기부자 역할을 맡기도 한다.[29] 간혹 부유한 동문들과 스포츠 의류 프랜차이즈가 복합적인 기업체를 이루는 때도 있는데, 플로리다주립대학의 세미놀 부스터스가 그러한 예다. 어떤 경우든 이 개체들은 우승 팀의 자리를 수호하는 데 드는 막대한 비용을 지불하고 그에 따른 결정적인 영향력을 갖는다.

이 기업체들은 학업 기준 준수라든가 여성 몸의 존엄성 같은 데에는 딱히 관심이 없다. 그들은 승리를 원하고 그 승리에 따르는 수익을 원한다. 승리에 반하는 정책은 전복의 대상이 된다. 이 독립체들은 대학 교수진이나 총장들보다 훨씬 힘이 있다. 법에 있어서는 이들이 불법적인 행위를 덮는 데까지 힘을 미칠 수 있다는 것을 곧 보게 될 것이다.

다시 한번 말하지만, 이 기업체들은 진정한 프로 스포츠 문화를 만들어 내지 않는다. 교육 사업의 일부인 듯 행세하면서 은밀한 방식으로 작동하며 자기들의 목표를 추구한다. 그리고 인재를 위한 시장과 시장 가치에 합당하게 지불받는 개별 선수들이 존재하는 진정한 스포츠 직업화의 모범에 반대한다. 그들은 선수들이 학생이기 때문이라며 가식적으로 행동하면서 실제 교육을 매우 다양한 방식을 통해 적극적으로 무너뜨린다. 실제 프로 리그가 선수들의 행위를 규제하는 것과는 달리 학문적 타락이나 성적으로 방종한 행위 등을 암묵적으로 독려한다. 마치 이런 비행에 대한 허가가 그들이 지급을 보류한 급여에 딱 들어맞는 대체 보상이라는 듯 말이다.

법 위의 미식축구: 플로리다주립대학의 경우

가능한 개혁안을 떠올리는 동안 이 병든 구조의 명확한 패러다임을 눈앞에 두고 보는 것이 효과적이겠다. 성폭행이나 학업적 부패와 지난 20년간 대학 스포츠에 대해서는 많은 연구가 진행되었고, 그중에는 특정 대학에 대한 진지한 연구서들도 있다. 오리건대학에 초점을 맞춘 조슈아 헌트의 『나이키 대학: 기업 자금이 미국의 고등교육을 사들인 방법』,[292] 폴라 라비뉴와 마크 슐라바흐의 『강간당하다: 대학 미식축구의 성폭행 위기 속 베일러대학 강간 사건 폭로』,[293] 마이크 매킨타이어가 플로리다주립대학을 중심으로 분석한 『챔피언의 길』이 그렇다. 세 책 모두 가치가 있고, 대부분은 의견이 일치하며, 내가 이 책에서 서술하고 있듯 대학 미식축구의 구조적 결점에 대해 논한다. 나는 매킨타이어의 꼼꼼한 보도와 기록 문서가 이룬 업적과 그가 받았던 비평들 때문에라도 그의 책에

341

좀 더 주목하고자 한다. 학업과 성적 타락 둘 다에 초점을 맞춘다는 부가적인 이점도 있다.[294] 하지만 플로리다주립대학이 유일한 경우는 아니다. 전체 대학 미식축구의 구조적 특징을 보여 줄 만한 패러다임을 제시하고 있을 뿐이다. 그의 자료는 미식축구 D-I에서 성폭행이 맥이 풀릴 만큼 만연해 있다는 사실과 그에 준하는 회피와 은폐의 고발들도 보여 준다. 148개 대학에 해당하는 미식축구 D-I 프로그램 중 약 58퍼센트가 1990년 이래 성적 위법 행위로 고발당했고, 사건의 42퍼센트가 형사 사법 제도에 의해서 처리되었으며, 그중 26퍼센트가 학생의 체포를 수반했다.[295]

플로리다주립대학은 예산의 큰 비중을 미식축구에 할애했을 뿐만 아니라 세미놀 부스터스라는 준기업체를 갖고 있기도 했기 때문에 그 성공에서 발생하는 수익을 기대했다. (이 논의에 인용된 삽입 어구들은 매킨타이어의 『챔피언의 길』에서 발췌한 부분들이다.) 매킨타이어가 보여 주듯이 이 기업체들에는 오래도록 세금 문제가 있어 왔다. 세미놀 부스터스는 대학의 일부라면서 그 역할이 "교육적인 기능과 연관이 있다."고 주장하며 사기업으로서 세금을 부과받는 일을 우회해 왔다. 세미놀 부스터스는 고급 관람석 대관료나 경기 내 다른 영업권으로 수익을 거두었을 뿐만 아니라 플로리다주립대 스포츠와 연관된 미디어나 라이센스로도 돈을 벌어 2013년 자산이 총 2억 6400만 달러에 이르렀다. 보통 학교로부터 독립적으로 운영되었으며, 이사회도 따로 있었다. 원래대로라면 대학 총장이 그들의 지출을 허가했어야 하지만, 2011년 당시 총장이었던 에

릭 배런은 그 어떤 지출 보고서도 받지 못했다고 말했다. 이보다 보고가 적은 후원 집단들도 있다. 앨러배마대학의 크림슨타이드 재단은 대학과 "혼합된 구성 단위"로 여겨지면서 2004년 이후로는 별도의 보고서를 작성하지 않았다. 플로리다주립대학에서 세미놀 부스터스 사는 총장의 연봉과 수당에도 기여했고 분리된 재단을 통해 현금을 경유시키면서 코치들에게 급여 지불하는 것에 대한 NCAA의 제약을 우회하는 방법을 찾아내기도 했다. 세미놀 부스터스 사는 세금 보조를 받는 부동산 개발 등 대학에 영향을 미치는 사업 거래들도 아무런 책임 없이 진행했다.

플로리다주립대학은 스타 선수들의 불법 행위도 오랫동안 은폐해 왔다. 2003년 한 선수가 절도와 불법 도박으로 재판에 섰는데, 그의 코치가 대신 증언해 주었고 선수는 보호관찰만 선고받고 풀려난 경우가 있었다. 같은 해 또 다른 선수는 성폭행으로 재판을 받았다가 재판정에 가득했던 플로리다주립대학 선수들의 순수한 존중 속에 무죄로 풀려났다. 또 다른 선수인 마이클 깁슨은 특히나 악랄했던 강간으로 유죄를 선고받았는데, 자백한 뒤 법정에서 사과했다. 바비 보든 코치는 깁슨의 형량을 경감시키기 위해 그를 두둔하는 편지를 썼다. 이 시점에서 전미여성기구(National Organization for Women, NOW)의 지역 지부는 대학 총장에게 "플로리다주립대학이 운동선수들에 의한 반여성적 성폭력을 심각하게 받아들일 때까지 대학은 수백 명의 젊은 남성들에게 강간해도 괜찮다는 비열한 메시지를 계속해서 보낼 것이다."라는 말을 서면으로 전달했다. 즉, 플로리다주립대학이 남성의 교만과 성적 대상화의 오랜 스승이었다는 것이다.

학업상의 부패라는 전통도 있다. 많은 교수들은 매킨타이어에게 제대로 교육받지 못한 운동선수들을 통과시키라는 압박을 받은 바 있다고 고백했다. 끝내 그는 《뉴욕 타임스》에도 연재되었던 지독하고 슬픈 이야기에 초점을 맞추기로 하며, 많은 운동선수들에게 권장하는 호텔경영대학의 부패에 대해 논했다. 이 학과의 교육 과정은 대부분 이수 요건이 최소화되어 있고, 모든 운동선수들이 통과하는 것으로 알려져 있다. 매킨타이어는 열두 살짜리 아들이 있는 중년 여성이자 대학원생 조교였던 크리스티 석스의 이야기를 추적했는데, 그녀는 성적을 받지 못한 운동선수들을 수료시키는 데 반대하는 내부 고발자가 되었다. 석스는 이 때문에 조교직을 박탈당했고 박사과정에서도 중퇴하기를 강요받았으며, 다른 직업을 찾지 못해 결국 자살했다. 유난히 추악했던 이 학계의 부패 이야기는 이제 우리가 아는 이야기들과 나란히 둘 수 있다. 특히 노스캐롤라이나채플힐대학의 '리포트 이수 과정' 스캔들로 알려진 이야기를 함께 논할 수 있다. 대학 선수들만을 위해 개설되었던 과목의 유일한 이수 조건이 리포트 작성이었음에도 불구하고 교수들이 학생들 대신 리포트를 작성하여 논란이 된 그 사건 말이다.[296]

그러나 여기서 우리의 화제는 성적 타락이다. 흥미롭게도 윈스턴은 그가 고등학교에는 A급 학생이었다고 말했고, 나 역시 그가 플로리다주립대학에서 학업에 어려움을 겪었다는 증거를 찾지는 못했다. 하지만 윈스턴은 아주 어렸을 적부터 자신이 특별하고 적수가 없는 선수가 되리라는 것을 알고 있었다. 윈스턴이 '붐붐룸'이라고 불렀던 과거 앨러배마의 자기 집 침실에서 만든 비디오에서 그는 트로피가 줄선 벽을 비추며 "아시다시피 저는 꼬마 시절에도 슈퍼스타였어요."라고 말한다. 그가 플로리다주립대학을 택한 것은 학교가 자신에게 제시한 액수 때문이었다고 했다.[297] 그는 미식축구와 야구에 재능이 있었고 대학에서 얼마간은 두 종목에서 모두 뛰었지만, 곧 미식축구에 집중해서 금세 스타가 되었으며 모두가 탐내는 하이즈먼 트로피(대학 미식축구에서 개인에게 주어지는 가장 큰 상)를 1학년 때 수상했다.

하지만 문제가 되는 징후들이 있었다. 한 의대 여학생은 윈스턴과 성적 접촉 후에 트라우마를 얻어서 자신이 유린당했다는 감정 때문에 상담을 받아야 했다. 훗날 윈스턴은 진술 녹취록에서 플로리다주립대학에서 첫 해에만 성적 파트너가 쉰 명 있었고, 이름도 다 기억하지 못한다고 말했다. 그는 룸메이트 크리스 캐셔와 각자 섹스하는 모습을 서로 지켜보기도 했다. 그는 그것이 "실제 라이브 포르노 같은"거라고 말했는데, 캐셔는 그들이 종종 같은 여성과 섹스하려 했다고도 덧붙였다. "미식축구 선수들에게는 흔한 일이었다. 그러니까, 우리는 그녀들을 굴릴 수 있었다. 일종의 우리 방식이었다." 교만과 대상화의 세계에서 살고 있던 플로리다주립대 선수들은 매우 빠른 속도로 여성들은 단순한 사물이며 온전히 실재하지 않는다고 내면화했다.

운동선수를 위한 전용 주택단지에 살던 윈스턴과 캐셔에게는 관리 감독자가 없었다. 그들이 4000달러에 달하는 손해를 입혔을 때 집주인은 그들을 내쫓으려 했지만, 중범죄로 그들의 경력이 망쳐질까 봐 대학 체육 부서에서 어떤 일이든 변상해 줬다. 불법 BB총으로 다람쥐를 쏘다 체포된 것이나 탄산음료를 훔쳐 마셨다는 버거킹의 고발 등, 윈스턴에게 닥쳤던 다른 법적 문제들도 축소됐다. 2014년 퍼블릭스마트에서 게 다리를 훔쳤다는 고발에는 민사 소환장과 20시간의 지역 봉사활동이 선고됐지만, 중범죄가 아니었기 때문에 선수 생활에는 문제가 되지 않았다. 2014년 사건으로 플로리다주립대 학생회관에 섰을 때 그는 테이블 위에 서서 "그년 거기에 박아 버려!"라고 외쳤고(이것은 인터넷 밈이 되었다.) 그 일로 한 경기 출장 정지를 받았을 따름이다.

이제 에리카 킨스먼을 보자. 그녀는 법정에 선 적이 없기 때문에 법적 서류들에서 사실들을 그러모아 그녀 대신 이야기를 진행해 나갈 필요가 있다. 19세의 플로리다주립대 학생이었던 킨스먼은 2012년 12월 어느 날 밤 팻벨리에서 술을 마시고 있었다. 거기에서 매력적인 아프리카계 미국인을 만났고, 그는 그녀의 핸드폰 번호를 물었다. 그녀의 친구들이 놀라며 그 사람이 대학 라인배커*인 크리스 캐셔라고 말해 주었다. 그가 만나자는 문자를 보내 왔고 킨스먼은 그를 포함하여 남자 셋과 함께 택시에 탔다. 택시 기사는 킨스먼

---

* 미식축구에서 수비를 담당하는 역할.

이 취한 것처럼 보였다고 말했다. 그녀는 기억이 중간중간 끊겨 있었는데, 다음 기억은 당시에는 이름도 알지 못했던 캐셔의 룸메이트가 자신을 강간하려던 것이었다. 그녀는 저항했지만 그는 킨스먼을 단숨에 제압하고는 그냥 좀 끝까지 해야겠다며 괜찮을 거라고 말했다. 그후 택시를 함께 탔던 세 번째 남자가 방으로 들어왔고, 킨스먼의 증언에 의하면 그는 "새끼야, 그만하라잖아."라고 말했다. 캐셔는 그 장면을 촬영하기 시작했다. 그러자 룸메이트는 일어나더니 그녀를 화장실로 데려갔고 바닥에 눕히고는 문을 잠갔다. 그런 다음에 그는 끝까지 해버렸고 그녀의 얼굴을 바닥에 밀어 눌렀다. 킨스먼은 많은 친구들과 부모에게 그녀가 강간을 당했다고 말했다. 병원에 가서 성폭력 증거 채취 검사도 받았지만 그다음에는 무엇을 해야 할지 몰랐다. 검사 결과 그녀의 몸에서 멍 자국을 발견했고 그녀의 속옷에서 정액을 채취할 수 있었지만, 가해자의 이름을 몰랐기 때문이었다. 새로운 학기가 막 시작하는 1월, 그녀는 수업에서 그 폭행범을 알아봤고 이름을 바로 알 수 있었다. 바로 제이미스 윈스턴이었다.

이어지는 이야기는 매킨타이어와 많은 미디어에서 말했듯 수치스럽고도 조잡스럽게 이루어진 조사에 대한 것이다. 팻벨리의 무인카메라는 제대로 조사되지 않았다. 택시 기사에게서도 증언 청취를 받지 않았다. 킨스먼이 윈스턴의 이름을 대기 전까지는 그랬다. 그러나 그의 이름이 밝혀진 후에도 경찰은 그를 심문에 소환하지 않았다. 그 대신 그에게 전화를 걸어 약속을 잡으려 했지만, 그는 그

전화에 회신하지 않았다. 그후 통화 기록에 따르면 경찰은 즉시 대학 체육부의 법적 '해결사'에게 전화를 걸었다. 경찰은 세미놀 부스터스 사와 코치 짐보 피셔와 영향력이 큰 형사 변호사에게도 전화했다. 그 이후 사건은 보류되었다. 성폭력 증거 채취 검사 결과가 있었는데도 경찰은 DNA 증거에 대해 묻지도 않았다. 그들은 목격자를 인터뷰하지도 않고 고소를 멈췄다. 2013년 12월, 주 검사인 윌리 메그스는 이 여성의 증언에 "중요한 문제"가 있다면서 소송을 취하한다고 발표했다. 그러는 동안 윈스턴은 승승장구했다. 중범죄로 기소된 운동선수들은 해당 사건이 해결될 때까지 경기를 뛸 수 없지만 윈스턴은 기소된 적이 없었다. 그리고 이때 캐셔 핸드폰에 있던 동영상, 팟벨리의 보안 카메라 영상 등 중요한 증거들은 사라졌다.

《뉴욕 타임스》가 경찰 수사에 문제가 있다고 보도하지 않았더라면 사건은 여기서 끝났을 것이다.[298] 그 지점에서 플로리다대학이 조사를 시작했고 캐셔가 영상을 촬영한 것은 학생 행동 강령을 위반한 것이라고 비난했으며, 윈스턴에 대한 혐의를 놓고 청문회를 개최했다. 킨스먼의 변호사는 경찰 조사관 스캇 앙굴로가 한때 세미놀 부스터스 사에서 민간 경비업자로 일했으며, 그녀에게 이곳 탤러해시는 미식축구로 이름난 지역이니 고소를 계속했다가는 "혼날 거야."라고 경고했다고 밝혔다. 실제로 킨스먼은 소셜미디어에서 심하게 공격을 받았다.[299]

킨스먼은 다른 대학에서 학업을 마치고자 탤러해시를 떠났다. 하지만 청문회 위원회에 구체적인 이야기를 들려주고자 돌아왔다.

윈스턴 측에서는 그녀가 '신음 소리'를 냄으로써 동의를 표했다고 변호했다. 청문회는 윈스턴이 스타 선수로 뛰고 있던 플로리다주립대가 2015년 로즈볼(미국 대학 미식축구 선수권 대회)에 참여하기 직전에 열렸다. 온 학교의 명예가 거기에 달려 있었다. 공식 청문회는 윈스턴의 결백을 입증했다. 플로리다 대법원에서 은퇴한 하딩이 당시 재판장이었는데, 그는 "나는 한쪽 이야기의 신빙성이 다른 한쪽보다 훨씬 더 강하다는 점을 찾을 수 없다. 양측 모두 각각의 강점과 약점이 있다."라고 말했다. 질질 끄는 전략은 먹혔다. 윈스턴은 로즈볼에 참가했다. 플로리다주립대가 오리건대에 59대 20으로 지기는 했지만.

사건은 거기서 끝나지 않았다. 이제 이름이 공개적으로 알려진 킨스먼은 플로리다주립대가 '타이틀 나인'을 위반했다는 혐의로 민사소송을 걸었다. 2016년, 플로리다주립대는 95만 달러에 합의를 보았다. 법정 진술이 막 작성되기 직전이었다. 세미놀 부스터스 사는 막대한 법적 비용을 들였고, 관련한 다른 돈들도 지불했다. 당시 윈스턴은 2015년 드래프트에서 1순위로 선발되었으며 NFL 스타덤으로 향하는 길에 올랐다.

윈스턴은 수없는 NFL 신인 기록들을 달성했으며 이 밖에도 최연소 4000야드 패스, 최다 연속 450야드 이상 패스, 최다 패싱 터치다운 등 인상적인 기록들을 채 스물다섯이 되기도 전에 남겼다. 그러나 그의 기록들은 우리가 나중에 살필 결과들과 뒤섞여 있다. 한 해설자는 윈스턴에 대해 "믿기 어려우면서 동시에 분노가 치민다."

라고 말했다.[300]

　　그러는 동안 윈스턴의 성적 방종이 남긴 궤적은 프로 리그가 대학 리그보다 성폭행만큼은 제대로 처리한다는 나의 주장을 뒷받침해 준다. 2016년 애리조나에서 윈스턴이 여성 우버 기사를 추행했다고 알려졌을 때(이 행위는 그가 플로리다주립대에서 보이던 패턴으로, 상대를 대상화하는 행위였다.) 그 기사는 윈스턴의 소속 팀 탬파베이 버커니어스를 고소했다.[301] NFL 조사관들은 그가 "여성의 동의 없이 그녀를 부적절하고 성적인 태도로 만졌다."라는 이유로 리그의 개인 행동 정책을 위반했다고 결론 내렸다. 처음에는 혐의를 부인하던 윈스턴은 공개 사과를 했고 "내 인생에서 알코올을 지우겠다."라고 선언했다. 그는 2018년 시즌의 첫 세 경기 출장 정지를 받았다.[302] 그는 또한 치료적 개입을 권고받았는데(그의 알코올 문제에 대한 성공적인 치료에 주목하자.) 또다시 위반한다면 더 무거운 처벌을 받게 되리라는 경고를 받기도 했다. NFL 규율의 성격이 미온적이긴 했지만 적어도 이 사건에서만큼은 제대로 작동한 것으로 보인다. 윈스턴은 야심이 있었으니 그러한 제지에 반응했을 것이다. 게다가 윈스턴은 플로리다주립대와는 달리 NFL은 그가 없이도 잘 굴러갈 것이라는 사실을 안다.

　　하지만 윈스턴이 초등학생들 앞에서 내가 앞에서 인용한 그 끔찍한 연설을 한 것이 2017년이었다. 여기서 우리는 기본적으로 아무것도 배우지 못한 사람을 볼 수 있다. 학생들에게 동기 부여를 하기 위해 그가 찾아낸 표현 방식이라고는 고작 남성적 물리력, 남성적 힘, 여성적 침묵과 무저항이라는 성차별주의적 고정관념이었다. 납세자들의 돈으로 운영되는 공립대학이 2016년 윈스턴과 관련한 고소를 뒷처리하는 데 수백만 달러를 쓰고, 그 과정에서 모든 힘 있는 대학 관계자들과 동문들이 사법 체계가 썩어가도록 내버려 둘 때, 윈스턴은 제지를 당하거나 혹은 교육받은 것이라도 있는가? NFL마저도 너무 너그러웠다.

윈스턴은 분명 교만이라는 악에 가득 차 있었고, 대상화와 피해자화라는 악습을 배웠다. 동시에 그 또한 타락한 체제의 피해자였다. 그는 인생 전반에 걸쳐 착취당하며 타인들의 부를 축적하기 위한 도구로 이용당했고 좋은 교육을 받을 여건도 얻지 못했다. 그는 이미 CTE(만성외상성뇌병증)에서 치매까지 진전되어 끔찍한 노년의 삶에 올라선 것 같다.[303] 그를 비난할 수도 있지만 근본적으로는 대학 미식축구 체제가 비난받아 마땅하다. 대학 미식축구 체계는 고칠 수 없을지라도 윈스턴의 인생은 바뀔 수 있었다.

윈스턴 사건은 탤러해시가 상대적으로 작은 공동체이기 때문에 연관된 사람들이 미식축구의 성공을 주시하고 있는 것처럼 보이는 특별한 경우다. 사건마다 지역적 맥락과 그 맥락 속에서 상황이 어떻게 흘러가는지 살펴보는 것도 중요하다. 하지만 플로리다주립대는 전형적인 대학 체제의 구조적 결함을 드러냈다. 베일러대학 또한 끔찍한 범죄들을 은폐한 사례에 해당한다. 도덕성의 귀감이었던 클린턴 기소 검사이자 전 판사였던 케네스 스타마저도 여기에 가담했다가 결국 직장을 잃었다. 처음에는 총장으로서, 다음에는 명예 총장으로서 베일리대학 사건에 개입했기 때문이다.[304] (2019년 1월 그는 트럼프 탄핵 공판의 피고인단으로 서명했는데[305] 아마도 우수했던 그의 은폐 기술 때문에 섭외된 경우로 보인다.) 스타의 역할은 흥미롭다. 그가 유능하고 때로는 꽤 괜찮은 사람이기에 대학 스포츠 구조에 연루된 권력이 어떻게 그런 사람을 조종할 수 있는지, 그가 지키려는 원칙들을 어떻게 (가볍게나마) 위반하게 하는지를 보여 주기에 더욱 그렇다. 내가 언급했던 조사서들은 관련 학교들과 이외의 학교들에서 벌어진 사건들도 밝히고 있다.

농구도 예외는 아니다. 2015년에서 2019년 사이에 루이빌대학에서는 성추문이 있었다. 신인 선수들이 루이빌대학을 선택하게 하려고 대학에서 뇌물성 성매매를 알선한 정황이 드러났다. 이로 인해 루이빌대는 NCAA로부터 무거운 처벌을 받았고,[306] 코치였던 릭 피티노는 결국 계약이 종료되었다. 그는 수상쩍은 금융 사기와 아디다스 및 다른 학교의 체육회 임원들이 연루되어 있는 돈세탁 과정에도 엮여 있었다. 훗날 FBI 조사에 의해 밝혀진 이 사건은 이후 살펴볼 중대한 법 개정을 촉발시키기도 했다.[307]

아직 충분히 논의되지 못했지만, 노터데임대학에서 발생했던 대학 스포츠 부패에 대한 확대 조사 보고서에는 특히나 실망스러운 사건이 있다. 노터데임대학은 운동선수들을 성실하게 교육하고 행동을 도야하는 데 평판이 좋은 학교다. 교직원 체육위원회(최소한 그렇게 불렸던 기관)는 선수와 관련된 문제들을 중점적으로 맡았고, 대학의 학문적이고 윤리적인 과업을 매우 진중하게 여겼다.[308]

앞선 사건들에서 노터데임은 문제적인 운동선수들을 매우 잘 다루었다. 재능 있는 라인배커인 만티 테오의 사건이 대표적인 예시다. 그는 온라인에서 만난 여성과 오랜 기간 관계를 쌓으며 연인으로 발전했는데, 어느날 그녀가 사망했다는 소식을 듣는 사기를 당했다. 이 사건*에서 학교 측의 적절한 개입을 통해 장래가 촉망됐던 테오는 도움을 받았고, NFL에서 생산적인 경력을 계속해서 이어가고 있다. (그는 2020년 시카고 베어스와 계약했다.)

하지만 최근 이 학교는 의류 기업 투자에 발을 들이면서 선발과 멘토링에 조금 소홀해졌다.[309] 이미 평판이 나빴던 프린스 셈보를 기용한 것인데, 그는 고등학교 졸업반 당시 휴대전화를 압수한 교사를 향해 책상을 집어던진 일로 정학 처분을 받은 적이 있었다.[310] 2010년 노터데임대학에서 그는 근처에 있는 여자 예술대학교인 세인트매리대학에 재학 중이던 리지 시버그를 강간한 혐의로 고발당했다. 시버그는 강간당한 후에 셈보의 동료와 친구들로부터 "노터데임 미식축구를 방해하지" 말라는 문자를 받고 정신적 외상을 입어[311] 열흘 뒤에 자살했다. 그녀의 유족들은 노터데임이 해이했고 조사를 진행하지 않았다고 주장했으며, 그들의 주장은 맞았

---

* 만티 테오는 자신의 여자 친구가 자동차 사고로 사망했다는 소식을 듣고도 성실하게 경기를 뛰는 등 당해 하이즈언트로피 후보로 지명되기도 했던 뛰어난 선수였다. 그러나 한 스포츠 블로그가 테오의 여자친구로 알려진 여성이 실제로는 존재하지 않는다는 사실을 보도하면서 테오의 연인 관계가 온라인 사기에 해당한다는 정황이 밝혀지자, 노터데임대학은 곧바로 사건 검사관을 고용하여 진상 파악에 나서 선수가 사기 사건으로부터 피해를 입지 않도록 도왔다.

다. 노터데임은 어떤 폭행이나 괴롭힘도 일어나지 않았다고 부인했다. 사건이 일어나고 두 주가 지날 때(시버그가 자살한 지 닷새 뒤)까지 피고인 진술 청취를 받지 못했으며, 그 뒤로 6개월이 지나도록 어떤 종류의 징계 청문회도 열지 않았다. 그 뒤 대학은 시버그의 자살이 원래 있던 정신적 질병에 의한 것이었다고 주장했는데, 그녀의 상담사는 이를 부인했다.[312] 그동안 셈보는 여자 친구의 반려견을 죽을 때까지 발로 찬 일로 체포되어 애틀랜타 호크스에 선발되었다가 철회당했다. 2.3킬로그램 정도밖에 나가지 않는 요크셔테리어 디올은 둔기에 의한 외상, 갈비뼈 골절, 간 파열, 복부 출혈, 흉부 출혈, 두개관 내 출혈 등 심각한 부상들로 세상을 떠났다.[313] 동물에게 가중된 잔학성에 대한 이 중범죄는 그가 자신의 경범죄를 시인하고 1000달러의 벌금을 낸 뒤에 불기소처리되었다.[314] 셈보는 현재 프로 미식축구팀에 기용되어 있지는 않다. 다만 이 수치스러운 사건은 시스템 자체가 가장 양심적인 D-I 소속 학교마저도 학생들이 엇나간 행실을 하도록 만들 수 있다는 것을 보여 준다.

최근 팬데믹 가운데서 2020년 8월부터 전면 대면 수업을 시작하고 모든 교수진과 학생들에게 학교 측에 보고해야 할 의무를 지운 노터데임의 놀라운 결정은 교수진과 학생들의 안전보다 그들의 탐욕이 우선한다는 것을 보여 준다. 미식축구로부터 수익을 얻기 위해서는 미식축구 팀을 다시 가져와야 했던 것이다. 선수들이 '학생 선수'인 바람에 교수진과 학생들이 학교로 돌아와야만 선수들도 경기를 뛸 수 있었다. 안전 예방책의 부적절함과 함께 교내 활동이 위험하다고 느끼는 교수진 및 학생들에게 선택권이 주어지지 않았다는 내용이 《뉴욕 타임스》에 서한 형식으로 공개된 바 있다.[315]

어린 미식축구 선수들은 범죄를 저지르기 좋은 대학 스포츠 프로그램에 들어서는 것이다. 그들의 교만은 그들이 특별하다고 독려하는 다년간의 사회적 훈련과 그 교만을 더욱 악화시키는 선발 과정에 의해 증폭됐다. 그들에게 타인은 온전한 실재가 아니다. 특히나 여성은 실재하지 않는, 자신들의 자부심을 높여 주는 소품 같은 존재일 뿐이다. 윈스턴의 룸메이트인 캐셔가 잘 알지도 못하는 여성들과의 섹스 장면을 종종 영상으로 찍어서 공유했다고 했을 때, "그건 미식축구 선수들이라면 해도 되는 그런 일"이었던 것이다.

부수적 피해: 소아성애를 비호하는 대학 시스템

대학 스포츠 시스템 내 성폭력은 보통 노터데임대학의 경우처럼 같은 대학의 학생이나 지역 내 다른 대학 학생을 피해자로 삼는다. 하지만 어린 피해자들도 존재한다. 대학 시스템이 연쇄 소아성애자를 보호해 왔기 때문이다. 내가 다루게 될 제리 샌더스키 사건은 유명하니 간략하게 써 보겠다. 샌더스키는 펜실베이니아주립대 미식축구 팀에서 거의 20년간 보조 코치로 근무했고 전설적인 코치 조 파테르노를 보좌하기도 했다.[316] 추문은 2011년에야 밝혀지기 시작했으니, 샌더스키가 문제 소년들의 자립을 돕는 자선 단체

세컨드마일 프로그램을 통해 소년들을 학대한 기간이 18년에 가깝다. 1998년에 이미 분명한 위험 신호가 있었다. 한 부모가 열한 살된 아들이 당한 부적절한 행위를 고발했고 경찰이 수사에 들어갔기 때문이다. 샌더스키는 그 아이와 샤워한 것이 잘못되었음을 시인했고 다시는 그러지 않겠다고 약속했다. 그는 1999년 펜실베이니아 주립대학에서 은퇴했지만 명예직은 유지했으므로 모든 운동 시설에 완전한 접근권이 있었다. 항문 성교를 포함하여 목격자가 있는 성학대 사건들이 연이어 발생했고, 이 행위들은 신고되거나 고발되었지만 조사는 이루어지지 않았다. 2008년이 되어서야 아이들이 연관된 운동 프로그램에서 샌더스키가 제외되었을 뿐이다.

좀 더 세부적인 사항을 알고자 한다면 쉽게 찾을 수 있다. 2011년에 시작된 대배심 조사 이후에도 소통이 계속 가로막혔는데, 알고 보니 판사들 중 하나가 샌더스키의 자선 단체에서 자원봉사를 했던 것으로 밝혀졌다. 결국 지역 내 민사법원 판사 전부가 펜실베이니아주립대 운동선수들과 이해관계가 얽혀 있어 사퇴해야만 했다. (펜실베이니아주립대 또한 플로리다주립대와 마찬가지로 작은 공동체였기에 미식축구 팀에 대한 강렬한 충성심이 쉽게 윤리를 짓밟을 수 있었다.) 파테르노가 오랜 은폐에 연루되어 있었다는 것도 밝혀졌다. 2012년 1월 85세로 세상을 떠나 기소를 당하지 않고 사건은 끝났지만 말이다. 샌더스키는 2012년 6월 마흔다섯 건의 성학대로 유죄를 선고받았다. 한 달 뒤에, FBI 국장인 루이스 프리는 펜실베이니아주립대가 연쇄 가해자를 은폐하는 동안 어린이 성학대 피해자들에게 "전적이고 일관적인 무관심"을 보였다고 발표했다. 물론 그 응답은 통탄할 만큼, 전형적으로 늦긴 했지만 마침내 판결이 난 후에는 NCAA가 펜실베이니아주립대에 벌금을 물렸으며, 이후 4년간 미식축구 팀의 포스트시즌 출전을 금지했다. 게다가 1998년에서 2011년 사이의 모든 승리는 패배 처리되었다. 동시에 빅 텐은 이후 네 시즌 동안 미식축구 경기에서 발생하는 수입에서 펜실베이니아주립대의 몫만큼을 어린이 성학대 예방 단체에 기부하겠다고 결정했다. 펜실베이니아주립대를 상대로 제기된 항소와 소송들은 지금도 진행 중이다. (지속적으로 업데이트되고 있는 기사 "펜실베이니아주립대 스캔들 팩트 체크(Penn State Scandal Fast Facts)"[317]에서 추적해 볼 수 있다.)

엄청나게 충격적인 이 이야기도 놀라울 것이 없다. 대학 제도 연구를 하다 보면 자연스럽게 이런 결말에 다다른다. 대학 스포츠 내에서는 권력과 탐욕이 모든 것들을 추동하는 동력이며, 샌더스키에게 학대 당했던 이들은 경제적으로도 궁핍하고 곤경에 처해 있었기 때문에 용기 있게 나섰던 킨즈먼 같은 여성보다 무력했다. 그들 또한 사물처럼 다뤄졌다.[318]

개혁의 실패

오랫동안 많은 사람들은 NCAA가 좀 더 강력한 규칙을 세우고 그 규칙들을 더 엄격하게 집행하면 타락한 시스템이 개선될 것이라 생각했다. 개혁을 위한 두 번의 시도가 있었다. 2002년부터 2009년 췌장암으로 사망할 때까지 NCAA 총재를 지낸 마일스 브랜드의 긴 재임 기간, 그리고 콘돌리자 라이스가 이끌었던 독립 대학 농구 위원회인 '라이스 위원회'가 바로 그것이다.

철학자이자 오랜 기간 대학 행정가였던 브랜드는 부패한 대학 시스템을 오래 경험하고 나서 NCAA에 부임했다. 그는 덩치 큰 동문들의 영향력과 큰 기부자인 필 나이트(나이키의 공동 창업주이자 긴 시간 CEO를 역임했으며 현재는 명예회장이다.) 덕분에 나이키가 대학의 결정 사항들을 지휘했던 오리건대학의 총장을 역임했고,[319] 그다음에는 인디애나대학에서 총장으로 있었다. 인디애나대학에서 브랜드는 선수들이나 학생들을 향한 폭력적이고 가학적인 행위들에 선을 그었고, 유명했던 남자 농구팀의 코치 밥 나이트가 그 선을 넘자 해고하기로 결심했다.

교내에서는 대대적인 기물 파손 등의 소동이 있었고 2000여 명의 군중이 브랜드의 집으로 행진하며 그의 모형을 만들어 태우기도 했다. 철학과 교수인 그의 아내 페그 브랜드도 당분간 집을 떠나야 했고, 페그는 신변의 위협 때문에 강의도 할 수 없었다. 그렇게 브랜드는 시스템의 결함을 직접 경험으로 알게 되었고 이를 개선하겠다는 강한 동기를 부여받았다. 2001년 내셔널프레스클럽 연설 「학계 먼저: 대학 대항 운동선수들 개혁(Academics First: Reforming Intercollegiate Athletics)」은 세심하게 고심한 개혁안이었고, 연설을 마친 뒤에 그는 인디애나대학을 떠나 NCAA로 갔다.[320] 다른 행정가들과는 다르게 브랜드는 많은 글들을 남기면서 자신의 주장들을 꼼꼼하게 변호했고, 그의 유산은 사후에도 오래도록 NCAA를 장악했던 개혁 모형에 매력적인 청사진을 제시해 주었다.

브랜드는 대학 스포츠를 사랑하는 사람이었고 높은 수준의 대학 스포츠가 교육적 소명의 주요한 부분이라는 사실을 믿었다. 그는 또한 윤리적인 사유라는 것이 대학 스포츠의 중요한 일부이며, 그래야만 한다고 믿기도 했다. 다양성과 포용성이라는 쟁점들 역시 중심이 되어야 한다고 믿었다. 그는 코치를 고용하는 일에 있어서도 인종적 다양성을 더욱 장려할 필요가 있음을 강조했고, 대학 스포츠에서 여성의 평등을 고취하는 '타이틀 나인'의 역할에 찬사를 보냈다. 빌 보웬은 스포츠가 대학 생활의 일부라고 생각했기에 스포츠팀을 예비 프로팀으로 만드는 것을 반대했는데, 그 결과 선수들이 대학 내 다른 학생들과 분리되었고, 또 예비 프로팀이 아닌 선수들은 그 팀에 들어갈 기회가 없었다. 보웬과 달리 브랜드는 명망 있는 대학에서는 스포츠팀을 예비 프로팀으로 만드는 걸 받아들였다. 많은 대학에서 학생들에게 적용되는 전문 뮤지션 양성 프로그램을 운영하는 방식과 비슷하다는 것이다. 하지만 그는 운동선수들도 다른 학생들과 비슷한 학업적 기준을 지켜야 하고, 다양한 학업적 기회를 가져야 한다고도 주장했다. 이런 관점들에 대해서는 일반론적인 견해를 보였지만, 미식축구와 농구 D-I이 의류 사업체나 외부로부터 자금을 지원받으면서 대학 내에서 두 종목이 연명해 온 바에 대해서는 완전히 인정하지 않았다. 좀 더 일반적으로 말하자면, 스포츠계에서 거대 자금의 기형적 역할에 대해서는 완전히 인정하지 않았다.

따라서 뮤지션 양성 프로그램에 대한 그의 비유는 이치에 맞지 않는다. 음대에는 그런 거대 기업의 자본이 들어오지 않으며 국영방송이 대학 오케스트라나 오페라를 방송하겠다고 수익성 좋은 제안을 해 오지도 않는다. 인디애나대학은 미국에서 가장 좋은 음대가 있는 오랜 학교이며, 오페라나 뮤지컬 연극에서는 최고의 명성을 가지고 있기 때문에 브랜드는 그의 비유가 가진 결함을 알았어야 하고, 인디애나대학 음대생들에게 요구된 과도한 학업 프로그램에 대해서도 숙지했어야 했다. 하지만 그는 자신의 비유를 고수했다. 프로가 되기 전의 선수들도 좋은 대학에 자리가 있어야 한다는 것이었다. 그러나 그는 선수들을 대상으로 강력한 규칙이 만들어질 필요가 있고 선수들의 학업에 그 기준이 시행되어야 하며 D-I 소속 팀이 있는 학교들에서는 특히나 총장들이 그 분위기를 조성하고 궁극적으로는 책임을 져야 한다고 자주 반복적으로 주장했다. (그는 수백만 달러를 받는 코치나 사기업의 막대한 자금 앞에 대학 총장이 상대적으로 얼마나 무력한지 알지 못했다.)

그는 연설에서 대체적으로도 여성의 평등에 대해 강조했지만 이상하게도 성폭력 문제에 대해서는 한 번도 언급하지 않았다.[321] 음주, 도박, 육체적 폭력과 같이 많은 문제적 행위들을 예시로 들면서도 그 많은 연설들에서 대학 스포츠가 반드시 치료해야만 하는 병폐로서 성폭력은 유독 언급하지 않았다. 브랜드 휘하의 NCAA는 미국 원주민들을 적대적이고 모욕적으로 재현한 마스코트를 사용하던 대학 교정에서 챔피언십 리그를 개최하지 못하게 했다. 플로리다주립대와 같이 원주민들이 승인해 준 곳을 제외하고는 개최하지 않았던 것이다. 하지만 이런 상징적인 승리는 협회 권력의 한계를 보여 준다. 상징적 변화는 기업에 대가를 거의 요구하지 않는다. 성폭력이나 학계의 타락을 덮으려는 사람들의 윤리 관념에 겉치레를 한 것에 불과하다.

브랜드는 학업적인 면에서 규정 시행을 강화하고자 매우 노력했다. 또한 그는 졸업 비율을 산정하는 데 있어서 좀 더 명확한 방법을 고안해 NCAA가 구체적인 과정을 파악할 수 있게 만들었다. 대학 스포츠를 진심으로 사랑하던 이상주의자로서 그는 자신이 지닌 권력을 될 수 있는 한 최선의 것을 만드는 데 썼다. 하지만 그의 지위에서 행사할 수 있는 권력은 크지 않았다. 알다시피 이미 상업화와 부패가 진행된 정도에 비해 그의 개혁은 너무 작고 늦었다.[322]

브랜드의 이력은 명예로운 NCAA의 수장이 청렴성을 재확립하는 데 얼마만큼 나아갈 수 있는가를 보여 준다. 사실 그는 그다지 멀리 나아가지 못했다. 브랜드가 제시했던 개혁들은 D-3에서는 여전히 가능하고 바람직하며, 보웬의 저서 역시 D-3에 초점을 맞추며 실천 가능한 의제를 제시하고 있다. 하지만 브랜드의 이력은 D-I의 문제들은 NCAA를 통해서는 해결되지 않는다는 것을 암시한다.

아디다스를 비롯한 수많은 대학 농구 D-I 프로그램들이 연관된 금융 사기와 돈세탁 사건의 발발 속에서 스포츠 애호가들은 위기가 코앞에 닥쳤음을 보았고, 콘돌리자 라이스를 수장으로 하는 독립적인 위원회가 형성되었다. 2018년 4월에 발표된 보고서는 존경스러울 만큼 솔직하다. "대학 농구의 위기는 다른 무엇보다도 실패한 책무와 느슨한 책임의 문제다. (……) 부패와 기만의 수준이 우리가 아는 대학 경기의 존폐를 위협할 정도에 와 있다."[323] 위원회는 이것들을 고치려는 (필연적으로 오래 걸리고 어려울) 노력에 과연 가치가 있을지 묻고, 그 물음에 가치가 있다고 주장한다. (스포츠를 사랑하는 라이스가 상황이 이 정도로 절망적이라는 것을 알았더라면 자신의 시간을 이런 식으로 허비하는 데 동의하지 않았을 것이 확실하다.) 보고서의 논점은 대학 학위가 우리 사회에서 매우 높은 가치를 지니며 많은 사람들에게 운동은 그 학위를 얻을 수 있는 유일한 방법이라는 것이다. 여자 경기는 오가는 금액이 작으니 상대적으로 부패가 덜 진행되었으리라 보고[324] 남자 대학 농구에 초점을 맞추어 보자면, 위원회는 대학 농구 D-I 소속 팀 선수들의 59퍼센트가 NBA에 갈 것이라고 믿는 데 반해 고작 1.2퍼센트 정도의 낮은 비율만 NBA에 진출한다는 점을 지적한다. "자신에게 NBA라는 미래가 없다는 사실을 알게 되는 선수는 원통해하며 그제야 대학에서 경험을 쌓거나 미래를 위한 다른 계획을 강구한다."이 때문에 대학 관련 모델은 여전히 가치가 있다고 보고서는 주장한다. 진지하게 대학 모델을 개혁할 마지막 기회라고도 명시한다.

중요한 것은 이 보고서가 예비 대학 프로그램을 포함한 모든 곳에 책임을 묻고 있다는 것이다. "코치, 감독, 대학 총장, 이사회, NCAA 수장과 직원들, 의류 사업체, 에이전트, 예비 대학 리그 코치, 물론 학부모들과 운동선수들까지도 모두 우리가 현재 있는 바로 이곳에 이르게 한 책임을 받아들여야 할 시간이다."[325]

　　보고서는 선수들이 장래에 학업을 선택할 가능성을 높이고자 몇 가지 제안을 한다. 선수들이 드래프트에 선발되지 않았을 때도 학업적으로 자격을 잃지 않으면서 NBA 드래프트를 신청할 수 있도록 허가하는 것, 학생들이 학교를 옮기더라도 대학원에 입학하면 경기를 뛸 수 있게 하는 것, 선수들이 프로 에이전트들과 계약할 수 있게 하는 것. (현재는 NCAA에 의해 금지되어 있으나 젊은 선수들에게 프로 가망성에 대해 많은 피드백을 줄 수 있는 제안이다.) 그 중에서도 (대학이 지급하는 것처럼 보이겠지만) NCAA가 기금을 설립해서 운동 프로그램을 떠나거나 진로를 바꾸는 선수들이 학위를 마칠 수 있게 비용을 지불하자는 제안은 아주 중요하다. "대학은 경쟁 스포츠의 장을 마련할 뿐만 아니라 교육을 제공함으로써 학생인 선수들에게 한 약속을 이행해야만 한다." 마침내 위원회는 젊은 농구 선수들이 연령 규정에 의해 1년간 대학에 다녀오는 '원 앤 던(one and done)' 시스템을 끝내기를 추천했다. 열여덟에 대학에 가고 싶지 않다면 NBA에 바로 진출하라는 것이다.

　　열여덟 살에 대안이 될 만한 직업 없이 바로 표류하는 것이 두렵기는 하지만 이 모든 것은 한참 전에 행해졌어야 하며, 대부분은 현명한 대안으로 보인다. 하지만 부패는 어떻게 척결한단 말인가? 여기서 위원회는 강력하게 말하지만 요점은 같다. NCAA는 '강력한 억제 효과'를 지닌 강화된 징계를 마련해야 한다. 새로운 요소들도 있다. NCAA는 '복잡한 문제들'을 다룰 독립적인 수사기관을 설립해야 하고, 대학 총장과 코치, 다른 규정 위반자들 개인의 책무도 확장시켜야 한다. 물론 부패에 대한 정보를 얻는 데 있어 엄청난 장애물들을 마주할 것이다. 금융 사기 문제를 적발해 내는 데 FBI가 그토록 오랫동안 조사해야 했던 것처럼 말이다.

라이스위원회의 강력한 보고서는 매우 존경할 만하며 문제의 시급성을 적절하게 전달한다. 하지만 이 보고서는 실패했다는 비난을 받는 것처럼 보인다. 무엇보다 뭉칫돈과 부패가 존재하는 미식축구에서 이 제안을 받아들일 의지가 없다는 것이다. 농구 혼자서 대학 스포츠 체제 자체를 개혁할 수는 없다. 나는 이 보고서의 배경에서 어떤 일이 벌어졌는지는 모르지만(라이스는 미식축구에 꽤 조예가 깊었으니 그녀가 공유한 일련의 제안들은 분명 말이 되는 것들이었을 것이다.) 미식축구가 빠진 제안들은 보고서를 무용하게 만들었다. 게다가 대학 입장에서는 이 해결책에 막대한 비용이 든다는 맹점이 있다. 가장 수익성이 좋고 비용이 많이 드는 스포츠가 개혁에 참여하지 않는다면, 대학이 그 제안을 적극적으로 수용할 이유가 어디 있겠는가?

둘째로, 보고서는 현재의 기업 자금 구조와 그것이 만들어 내는 왜곡된 인센티브 제도를 바꿀 방법은 제시하지 못했다. 벌금이 있기는 하다. 하지만 지금까지 학교에 가장 큰 수입이 된 것은 TV 계약이다. 그러므로 이 위협적인 포스트시즌 금지 조치는 수익에 큰 영향을 주지도 못하며 극소수의 학교들에게만 먹히는 전략이다.

　　마지막으로 보고서는 긴급하게 논의되어야 하는 문제인 성폭행에 대해서는 이상할 정도로 침묵한다. '복잡한 경우'라고 일반화된 이 문제들은 새롭고 강력한 규정들이 성폭행 문제를 그 심각성에 걸맞게 다룰 수 있을 것이라는 확신을 주지 않는다. 게다가 경찰들이 실패하거나 막혀 버린 곳에서 NCAA 조사원들이 성공할 것이라고도 생각되지 않는다. 억제력에 대해서라면 두말할 것도 없다. 지금까지 연대순으로 기록한 유형의 행동들을 제지할 수 있는 것은 과연 무엇일까? 어떤 프로그램들이 이 수익성 좋지만 부패한 방식을 존속하기 위해 일정 수준의 위험을 안고 기꺼이 운영될 수 있을까?

　　보고서가 징계 방식을 엄중한 세부 사항들과 함께 풀어 썼다는 점은 인정한다. 경기 참여 징계는 5년간 포스트시즌 진출 금지까지, 재정적 징계는 포스트시즌 경기 수입 몰수까지도 제안한다. 하지만 당사자 자신이 규정을 초월해 존재한다고 확신한다면, 이러한 억제적 지침들이 실제로 억제력을 얼마나 행사할 수 있을까? 대학 스포츠 선수들과 관련 인사들은 자신이 형사법과 민법 위에 있다고 본다. 그러니 이빨 빠진 NCAA 같은 것을 왜 두려워하겠는가?

시스템 폐기: 그다음에는?

이제 어디로 갈 것인가? 애덤 실버도 말했듯이, D-3은 그대로 남겨 두고 가능한 빨리 현재의 대학 농구 제도를 마이너리그 체제로 대체하면 된다. 농구의 미래를 현재적 관점에서 보아야 하는 이유는 두 가지다. 첫째로, 농구는 재능과 신체적 능력이 상대적으로 빨리 성숙하는 종목이다. 그러니 대학에서 의미 없는 1년을 보내기보다 열여덟 살에 NBA에 입성하게끔 독려해야 한다는 데 전반적인 합의가 있다. 미식축구의 경우, 선수의 체질량이 발달하는 데 시간이 더 오래 걸리기 때문에 열여덟에 프로의 길을 선택하기란 어렵다. 그 다음으로 중요한 쟁점은, 농구는 세계적인 스포츠라 마이너리그를 통과해 프로 리그로 오려는 선수들이 유럽, 호주, 중국 등다른 국가에도 있다는 점이다. 그러니 NBA는 야구가 오랫동안 한국과 일본의 프로팀에서 재능 있는 선수들을 스카우트해 온 것처럼, 사실상 다른 나라의 프로팀들이 선수 공급처가 되어 주며 그 팀들의 마이너리그에서도 선수들을 영입할 수 있다. NBA는 FIBA(국제 농구 연맹)와 함께 세계적인 엘리트 선수들을 양성하기 위한 국경 없는 농구 캠프(Basketball Without Borders)를 운영함으로써 이 일에 박차를 가한다. 이 프로그램에는 132개국 3200여 명이 참여해 왔으며, 필라델피아 세븐티식서스의 카메룬 출신 선수 조엘 엠비드가 이 프로그램 출신이다. 게다가 NBA는 NBA만의 글로벌 아카데미를 운영한다. 호주, 중국, 멕시코, 세네갈, 인도 등지에서는 NBA

에서 훈련받은 코치들이 최고 유망주들에게 게임의 기본은 물론 "몸과 마음을 어떻게 돌보는지, 그리고 경기의 가치를 코트 밖에서 하는 모든 행동에 어떻게 적용할 것인지" 가르친다.[326]

한편 미국에는 NBA G리그라는 것이 마이너리그처럼 오랫동안 존재해 왔다. 데이비드 스턴 휘하에서 발전하기 시작했고, 실버 밑에서 상당히 확장되었다.[327] 올해는 멕시코시티 팀이 추가될 것이다.[328] G리그는 고등학교 이후 NBA 입성이 준비되지 않은 엘리트 선수들에게 새로운 '프로 트랙'을 제공한다. 5개월 시즌에 12만 5000달러 연봉 계약을 맺게 되는데, 여기에는 연중 교육 프로그램과 선수 생활 이후 대학 진학을 원하는 선수들을 위한 장학 프로그램도 포함되어 있다. 선수들로부터 이익을 취할 수 있는 이들이 모든 선수에게 도움이 되도록 이 프로그램들은 상당히 확장될 필요가 있다. 특히 대학 장학 프로그램에 자금을 제공하는 것은 라이스위원회 보고서가 제기했던 우려에 응답하는 차원에서도 매우 중요하다. 대학 학위는 높은 가치가 있으며 NBA 경력을 시도하는 이들 중 극소수의 선수들만 끝까지 학위를 따낼 수 있기 때문이다. NBA와 농구 팬들은 후원자들(G리그의 이름을 따온 게토레이 같은 기업)이 이 목표에 기여하도록 설득해야 한다. 지금까지는 조짐이 모두 좋다. 이제 G리그는 선행 투자 시장의 방식으로 돈을 더 주면서 최고의 신인들을 끌어들인다.[329] 올해 최고의 고등학교 농구 신인 선수는 G리그와 계약했다.[330]

하지만 여기에는 또 다른 문제가 남는다. 부패하고 절망적인 대학 시스템 없이는 좋은 대학에 입학할 수 없었을 많은 선수들이 이 시스템으로 인해 대학에 합격할 수 있게 되었기 때문이다. 새로운 마이너리그 제도에서는 이 관행이 어떻게 될까? 두 가지 우려가 있다. 하나는 마이너리그에서 계약한 엘리트 선수들과 관련이 있고, 다른 하나는 농구 장학생으로 대학에 갔을 법한 선수들에 대한 문제다. 마이너리그에서 계약한 엘리트 선수들이 만약 대학에 갈 만한 인재들이 아니라면 대학 진학 대신 직업 교육을 받아야만 하며, 가급적이면 NBA의 재정적 지원을 받아야 한다. 엘리트 선수는 아니지만 농구 장학생으로 대학에 간 선수들에게는 여전히 학생 운동선수에게 딱 맞게 장학금을 많이 주는 D-3가 있다. D-3 제도에는 입학 기준이 낮다는 실제적인 문제가 있고 이것은 보웬의 저서에 매우 상세하게 기술되어 있다. 그 문제들은 보웬이 권고하는 방식들로 개선될 수 있다. D-3만 다루도록 새롭게 정비된(D-1이 더 이상 존재하지 않게 될 것이기 때문에) NCAA의 도움을 받는 것이다. (보웬은 몇 안 되는 엘리트 대학들이, 다행스럽게도 여기에 시카고대학도 포함되어 있는데, 향상된 입학 기준을 이미 수용했으며, 이 기준은 입학을 보장하는 학생 리스트를 만들곤 했던 코치들의 권력을 허용하지 않는다고 말한다.)

따라서 NBA의 열성적인 작업으로 대학 농구 D-1이 역사의 뒤안길로 사라지고 시장 경쟁을 비롯해 개인 선수들에 대한 선행투자와 리그 규정이 도입된 진정한 프로주의로 대체된다면, 그날은 곧 온다. 문제들은 여전히 남아 있을 것이다. 하지만 그 문제들은 야구

사에서 줄곧 있던 문제들이다. 선수 생활을 못 한다면, 혹은 선수 생활을 마치면 그 후에는 어떻게 돈을 벌 것인가?

미식축구도 이와 같은 방향으로 움직일 수 있을까? 미식축구에는 심각한 장애물들이 있다. 하나는 미식축구가 캐나다 리그를 제외하면 순전히 북미 스포츠이기 때문에 국제적으로 인재를 공급해 줄 다른 나라 팀이 없다는 것이다. 여기에 더해 미식축구의 몸집이 커져 NFL 마이너리그 시스템이 상대적으로 비용이 많이 들게 되리라는 점도 있다. 하지만 가장 큰 장애물은 기업 투자자들과 대학 관계자들에게 개혁 의지가 전혀 없다는 것이다. 그들이 시스템의 부패를 인지하지 못하고 있거나 그 부패가 학교 생활이나 사회 생활의 온전성을 약화시키는 방식들이라는 것을 몰라서가 아니다. 오히려 체제를 운영하는 사람들(기업체들과 그들의 봉이라 할 수 있는 대학 관계자들)이 신경 쓰지 않기 때문이다. 10만여 개의 경기장 좌석을 채우는 열성 팬들도 관심이 없어 보인다는 말을 덧붙이고 싶다. 내가 여기 기록한 사실들은 의지만 있으면 누구나 알 수 있는 것들이었고, NCAA의 무력함과 NCAA 역시 이 체제에 공모하고 있다는 현실은 모두에게 공개된 사실이었다. (브랜드 부부의 경우를 떠올려 보자. 브랜드가 나이트를 해고했을 때 두 사람은 기업 투자자들이 아니라 팬들로부터 위협을 받았다.) 확실한 것은 라이스위원회를 대학 미식축구에 임명할 정도로 신경 쓰는 이는 아무도 없다는 것이다. 하지만 팬들을 과하게 비난할 수는 없다. 경기를 사랑하고 자기 대학을 사랑하는 이들이라면 누구보다도 이런 체제를 개혁하고 싶어 하지만, 팬들은 이 문제를 해결할 수 없다. 집단 행동에 내재하는 구조적인 문제 때문에 도저히 뜯어고칠 수가 없는데, 무엇보다 승리를 얻어내려는 사람들의 탐욕이 문제다.

그러나 최근에 법은 이러한 대학 제도에 치명타를 날릴 것으로 보이는 안들을 내놓았다. 2019년 9월, 캘리포니아 주의회는 대학 선수들이 홍보에 대한 돈을 받을 수 있게 하는 '페어 페이 투 플레이 법(Fair Pay to Play Act)'을 개빈 뉴섬 주지사의 서명을 받아 통과시킴으로써 몇 년간 이 제안에 반대하던 세력에 저항했다.[331] NCAA는 대학 운동선수들은 학생이며, 이 법이 대학 스포츠를 망칠 것이라고 반대했다. 또한 이 법이 헌법에 위배된다고도 했지만 그렇게 주장하는 법적 근거는 모호하다. 다른 주들도 따르고 있다. 만약 NCAA가 캘리포니아의 학교들은 경기 자격을 박탈하겠다고 선언하며 밀어붙였더라면, 그리고 다른 주들이 캘리포니아를 따랐더라면 그러한 전략은 지속되지 않았을 것이다.

대학 미식축구 리그 전체 시스템의 부패는 젊은 선수들이 자기 몫을 벌지 못하도록 그 시스템에서 이득을 취하는 이들이 벌이는 절박한 투쟁에서 더 잘 드러났다. (나는 추악한 인종차별주의의 유산에서 기인한 미식축구의 위계질서가 선수들을 경멸하게 만드는 오점을 남겼다고 생각한다. 교가를 부르며 무릎을 꿇는 것에서 드러나기도 한다.) 이 결정은 겉으로 보기에는 D-I의 종말을 의미한다. 즉 이 선수들이 다른 이들의 이익을 위해 착취되는 몸이 아니라 교육을 받는 학생들이라 말하던 위선에 끝장이 난 것처럼 보인다.

예상대로 NCAA는 아마추어리즘이라는 허구를 보존하고 대학 운동선수들의 삶을 제어하려는 절박한 시도로 반응해 왔다. 특별 조사위원회가 2020년 4월에 발표한 보고서는 D-I 소속 선수들의 이름, 이미지, 초상 등이 홍보에 이용될 경우 돈을 받을 수 있게 하는 범위를 제한적으로나마 허가하며 규제를 느슨히 할 것을 권고했다.[332] (NCAA는 또한 뒤늦게 성폭행 정책도 업데이트했다.[333]) NCAA는 학생들이 학교 로고나 유니폼을 사용해 홍보에 동원되는 것을 특히 금지함으로써 선수들이 피고용인이 아니라 학생이라는 허상을 지키려 한다. 하지만 이 모든 것이 의미하는 바는 선수들이 여전히 급여를 받지도, 재능에 대한 공정한 시장 가치를 인정받지도 못하고 있다는 사실이며, 이것이 진짜 쟁점이다. 그 누구도, 최소한 선수들은 이에 속지 않는다. 현재 제도를 바꿀 수 있는 유일한 방법은 프로 선수 기용 제도 도입과 선수들을 위한 시장 개방뿐이며 '학생 운동선수'라는 허구적 세계 내에서는 변혁이 더욱더 불가능하다. 마이너리그 시스템이 제대로 구축되지 않는 한 프로 세계의 미덕은 전달되지 못할 것이다. D-I의 아마추어리즘이라는 허구의 종말은 매우 가까이에 있는 것 같다. 2020년 12월, 미국 대법원은 2021년에 NCAA가 대학 선수들이 받아야 할 것을 제한함으로써 연방독점금지법을 위반했는지 여부를 결정하는 데 동의했다. 이전에는 제9연방순회항소법원에서 다뤄지던 것이었다. 2020년 5월 선수들에게 유리한 결정이 났다.[334]

미식축구의 다음은 무엇일까? 농구와 달리 대학 미식축구 시스템은 무너질 기미가 보이지 않는다. 미래에 대한 몇 가지 가능성 중(대학 시스템의 유의미한 개혁은 불가능하므로 제외한다.) 최우선은 신속하게 NBA가 간 방향으로 움직이는 것인데, 진짜 돈이 존재하는 유의미한 마이너리그 체제를 만드는 것이다. 돈이 많이 드는 방법이다. 그리고 젊은 선수들의 재능으로 수익을 내던 이들이 택할 길처럼 보이지는 않는다. 둘째로는 선수들이 대학의 비호 아래 프로 선수가 되도록 허가하여 그들을 학생으로 취급하지 않는 것이다. 선수들은 소속이 있는 연예인같이 될 것이다. 이것은 현재의 시스템과는 별개로 최악의 선택으로 보인다. 부패를 낳을 여지가 많으며, 프로 선수의 길 대신 다른 직업을 고려하고 싶어 하는 선수들은 도울 수 없을 것이기 때문이다. 셋째로, 많은 학부모와 다른 종목의 뛰어난 선수들이 말해 왔듯이, 미식축구는 청소년의 몸에, 특히 두뇌에 위험하다. 르브론 제임스가 자신의 아이에게는 미식축구를 하는 것을 허락하지 않겠다고 말했는데도 미식축구의 종말은 아직 멀었을까?[335] 물론 그렇다. 많은 사람들이 미식축구를 좋아하기 때문이다. 빨려들 것 같은 전략들이며 아름다운 순간들은 사실 안 보고 배기기 힘들다. 아마도 종래에는 많은 초등학교와 중고등학교가 대체하고 있는 플래그 풋볼과 같은 경기로 살아남게 될 것이다. 그러나 그 경우에도 부패 문제는 해결할 필요가 있다. 나는 마이너리그로 향하는 길만이 해결책이라고 본다.

제이미스 윈스턴의 다음은 어떠했는가? 2020년 3월 20일 탬파베이 버커니어스는 스물여섯이었던 윈스턴의 자리를 대신할 스타팅 쿼터백으로 마흔두 살의 자유계약선수인 톰 브레이디를 영입했다. 3월 21일 윈스턴은 팀에 작별을 고했다. "버커니어스에서 보낸 다섯 시즌은 엄청났습니다. 모두에게 사랑과 존경을. 2월에 다시 만나기를 고대합니다."[336] 정말 윈스턴다운 발언이었다. 그는 다음 시즌의 슈퍼볼(2월에 열리는 유일한 NFL 경기)에서도 뛸 수 있으리라고 지나치게 자신만만했다. 윈스턴에게 스타팅 쿼터백 자리 제안이 들어오지 않는 날들이 흘러가는 동안, 다른 팀들은 결정을 내렸다. 방황 속에서 눈에 띄게 좌절감을 느낀 윈스턴은 무게가 3톤에 이르는 2020 포드 익스페디션 SUV를 멈춘 상태에서 오르막으로 밀어붙이는 30초 정도 길이의 동영상을 올려 자신의 위대한 힘을 내보였다. 그러고는 아무 일도 하지 않았다는 듯 터덜터덜 가 버렸다.[337]

4월 초, 윈스턴은 여전히 방황하고 있었다. 탬파베이 버커니어스의 코치 아리안스는 윈스턴이 다른 팀들이 자기에게 오퍼하도록 종용했다고 주장했는데, 윈스턴의 노력과 시즌 마지막 두 경기에서 보인 '후퇴'를 동시에 암시하는 모호한 태도를 보였다. (리시버 두 명이 부상을 입어 두 게임을 뛰지 않았기 때문인데, 윈스턴을 업신여기는 듯한 아리안스의 태도가 윈스턴에 대한 동정심을 유발한다.) 윈스턴에 대한 결정을 내리는 것을 피하며 그의 과거 성격 문제 때문에 일단은 협상 테이블에 '앉아야' 하는데, 코로나19 위기 속에서는 불가능하다고 말하는 팀도 있었다. (비대면 화상회의는 안 되었을까?) 이 모든 것들이 펼쳐지는 중에 눈에 띄는 것은 윈스턴이 부패한 대학 스포츠 제도의 생생한 사례로 선택되었다는 것이지만, 이제 그는 또 다른 문제의 사례가 된 것 같다. 바로 쿼터백 자리와 관련한 NFL의 오랜 인종차별주의다.[338] 백인이 우세한 미식축구 세계의 왜곡된 남성성을 부추기는 대학 스포츠 제도의 잘못된 인센티브 체계가 흑인 선수를 인종적으로 폄하하는 인종차별주의와 오래 결부되어 있었다는 점은 아무리 강조해도 지나치지 않다.

드래프트 이후 4월 말, 윈스턴은 (오래된 약혼녀와 막 결혼한 후에) 전설적인 드루 브리스의 두 백업 쿼터백으로 뉴올리언스 세인츠와 1년짜리 계약을 맺었다. 그는 경기의 대가로부터 배울 수 있게 된 기회가 기쁘다며 현명하게 말했다.[339] 브리스 역시 인종적 불평등에 대해 아는 게 없음을 보여 주는 몰이해한 발언을 했다가 세 차례나 사과했으니[340] 윈스턴이 이 대가의 스승이자 학생이 되기를, 그가 잘해 나가기를 바란다.

8장에서는 성폭력을 넘어서는 이야기들을 다루면서 교만과 탐욕에 의해 추동되어 오래도록 학문적, 사회적, 성적인 삶을 효과적으로 타락시켜 온 거대한 부패 기업들을 해체하는 데 찬성하는 논지를 펼쳤다. 하지만 계속 말해 왔듯이 성학대는 권력 남용으로부터 분리하여 생각할 수 없는 문제다. 법과 규정을 효과적으로 집행하고 낡은 구조를 새것으로 대체함으로써 궁극적으로 부패한 권력 구조를 해체할 때에야 성학대는 사라질 것이다. 개혁은 실패했지만, 미래를 위한 좋은 모델은 존재한다. 우리는 이제 서둘러 지금까지와는 다른 일을 해야 할 필요가 있다.

결론

나아갈 길 ──
악의 없는 책임의 의무,
굴복 없는 너그러움

특수하고도 강력한 이해관계

내가 이 문장을 처음 쓰던 날 하비 와인스타인이 강간죄로 유죄를 선고받았다. 어떤 재판도 완벽하지 않고 이 재판 또한 예외는 아니었으며, 권력을 가진 한 남자에 대한 여성의 목소리를 받아들이는 데 신중했던 사례였다. 그럼에도 이 판결은 앞으로 올 것들에 대한 징조로서, 꾸준히 노력하면 만들어 낼 수 있는 동등한 존중과 배려의 문화에 대한 청신호였다. 일곱 명의 남성과 다섯 명의 여성으로 이루어진 배심원단이 부가적인 신체적 증거나 직접 목격 증거 없이도 고발자들의 말대로 그에게는 합리적 의혹을 넘어선 죄가 있다고 보았다. 배심원단 역시 자세히 귀를 기울였으며, 이념에 휘둘리지 않았다. 다른 죄목들에 대해서는 유죄를 판결하기에 증거가 충분하지 않다고 느꼈다. 이 평결은 남자들이 멸종 위기종이라는 사실을 보여 준 것이 아니라, 극도로 교만한 한 남자가 무례와 자기 중심주의로 점철된 삶에 값을 치르기 시작했다는 것을 보여 준다.

이 책은 성적 대상화와 성학대에 대한 것이다. 하지만 더 큰 의미에서 이 책의 주제는 '교만'이라는 악이다. 자기 자신이 타인 위에 있다고 생각하는 습관적인 경향과, 다른 사람들은 사실상 의미 있는 존재가 아니라는 전제 아래 온전한 자율권을 부정하며 타인의 목소리를 무시하는 경향 말이다. 권력의 남용은 여러 형태를 띤다. 여성들에 대한(더러는 다른 남성들과 남자아이들에게 가해지는) 남성들의 성적 지배는 교만에서 비롯된 지배 구조의 구체적 형태다. 이는 인종적 교만에 의한 왜곡된 지배 구조와 악덕으로 가득한 이 세계의 다른 교만과는 차이가 있다. 내 작업은 각기 다른 형태의 지배들을 비교하고 추적하기보다 미국의 최근 역사 속에 존재하는 한 가지 형태에 집중하는 것이었고, 그 사태에 대해 무엇을 해왔고 또 무엇을 더 해야 하는가를 묻는 일이었다.

인종적 지배는 끔찍한 악덕이고 별개의 주제이지만, 내가 말하려는 것과 완전히 동떨어진 문제는 아니다. 흑인 여성들은 자주 특수하게 성애화된 지배와 학대의 피해자가 되었기 때문이다. 링컨이 노예제를 두고 "특수하고도 강력한 이해관계"에서 자라났다고 했던 것처럼, 남성들이 자행하는 성적 대상화와 여성 학대도 몇 세기에 걸쳐 이루어진 결과물이다. 그러니 가장 단호한 태도로 장기적으로 노력해야만 개선할 수 있는 문제다.

이 노력의 대부분은 가정과 학교에서 이루어져야 한다. 젊은 여성들과 남성들이 자기 자신의 자율성과 온전함을 소중하게 여기고, 타인에 대해서도 각각의 평등함을 소중히 여기며, 학대에 맞설 수 있게 독려해야 한다. 젊은 남성들이 여성을 동등한 존재로 존중하고 소중히 여기며, 적극적 동의라는 조건 없이 다른 여성 혹은 남성과 섹스할 권리가 없음을 남성들이 이해하도록 교육해야 한다. 하지만 또래로부터 받는 압박은 강력하기 때문에 비(非)성차별주의적 가치를 전해 주려는 가족들의 노력이 언제나 성공할 수는 없다. 우리는 또한 동등한 존중과 비(非)교만의 가치를 반영하는 더 넓은 문화를 만들도록 최대한 노력해야 한다. 이는 어려운 숙제다. 다만 대상화와 교만에 대한 나의 진단이, 왜 그토록 변화가 어려운지를 이해하고 어떻게 해나가야 할지를 고민하는 데 도움이 되기를 바란다.

바로 여기가 법이 들어서는 지점이다. 만약 법에 동등한 존중과 비(非)대상화를 지향하는 가치가 적절히 반영되고, 좋은 법이 집행된다면 선한 사람들은 이 진 빠지는 투쟁을 개인적으로 벌일 이유가 없다. 법은 우리 각자의 분투 속에서 방어벽이 되어 주기 때문이다. 물론 법은 이상적이지 않고 가끔은 구멍이 나지만, 직장 내 성희롱이 단순히 개인적이고 불운했던 사건에 불과한 것이 아니라 불법이기도 하다는 단순한 인식이 만들어지고 난 후에 그 차이는 굉장했다. 이 책이 개인의 특성과 법에 초점을 맞춘 이유가 거기에 있다. 그 둘은 좋든 나쁘든 공생적 관계에 놓여 있었고, 오랫동안 대부분 나쁘게 작용했다. 부적절한 법이 남성적 특권을 독려했고,

여성들이 자신의 목소리를 가치 있게 여기고 평등함을 위해 싸우는 일을 좌절시켰다. 이제 법은 서서히 문젯거리에서 벗어나 해결책의 일부가 되어 가고 있다. 이 작업에 수년간 공헌해 온 모든 사람들 (변호사, 원고, 판사, 정치인)에게 우리는 고마움을 빚지고 있다.

옳은 편에서 굳은 확신을 가지고

법학 전공인 내 학생들은 종종 사회 변화와 더 나은 세상을 꿈꾸며 로스쿨에 입학한다. 하지만 법이라는 것이 항상 더 나은 세상을 만들어 온 것이 아니라 어떤 면에서는 진보를 방해하기도 했다는 사실을 알게 된다. 나는 여러 해에 걸쳐 법학생들에게 '페미니스트 철학'을 가르쳐 왔는데, 이제는 여성 평등에 관해서만큼은 미국 여성들이 법과 법 실무를 통해 꽤 훌륭한 진보를 이끌어 냈다는 것을 보일 수 있게 됐다. 법조인들의 에너지와 투자, 때로는 굉장한 불평등에 맞섰던 의뢰인들 덕분이다. 나는 신입생들에게 영화 「피고인」을 보여 주기 좋아하는데, 1980년대의 강간법이 어땠는지, 그리고 잘 알려지지 않았던 변호사들과 노동자 계층의 원고가 여성들에게 더 나은 세상을 만들기 위해 어떤 일들을 했는지 상기시켜 주기 위해서다. 그런 진보를 이루기 위해서는 "옳은 편에서 굳은 확신"을 갖는 일이 필요했고, 또 필요하다. 이는 사건마다 개별적으로, 장소별로 그려져야만 한다. 지금 우리는 분명 어딘가에 서 있다.

다이앤 우드 판사가(5장에서) 상기시켜 주었듯 성희롱법은 판사들에 의해 적용되었다. 판사들이 언제나 옳은 판단을 하는 것도 아니고, 한 여성이 맞닥뜨려 온 희롱의 강도에 대해서 완전히 이해한 것도 아니었다. 그럼에도 나는 여러 면을 고려해 보았을 때 오늘의 동향이 분명 긍정적이라고 생각한다. 우드가 방대한 법적 지식과 직업 윤리뿐 아니라 법원 심의에 내재한 성차별주의와 차별에 대한 이해를 바탕으로(루스 베이더 긴즈버그가 대법원에서 꼭 그랬던 것처럼) 제7연방순회항소법원장이 되었다는 사실이야말로 로스쿨에 입학했던 여성들에게는 꿈꿀 수조차 없었던 변화였다. 오늘날 법학도들은 여성이든 남성이든 변호사뿐만 아니라 판사가 되기를 갈망할 수 있게 되었다. 우리는 장기적으로 연방법원과 주법원이 성범죄 피해자들의 목소리를 더 잘 듣기를(기정사실화 할 수는 없지만) 희망해야만 한다. 의회 내 여성들의 숫자가 최근 크게 늘어났다는 사실 또한 입법 단계에서 여성들의 목소리가 더욱더 커지리라는 희망을 준다.

하지만 "특수하고도 강력한 이해관계"가 여전히 남아 있다. 악은 끈질기고 사람들은 너무도 쉽게 약해진다.

링컨이 "옳은 편에서 굳은 확신"을 가져야 한다고 말했을 때, 그는 인종적 정의를 위한 투쟁이 얼마나 어렵고 얼마나 오랜 시간이 필요할지 상상하지 못했을 것이다. (비극적이고 끔찍한 결과들을 보면, 애석하게도 오늘날까지 이 투쟁은 여전히 끝나지 않았다). 남북전쟁 이후 재건 시대에는 감동할 만한 노력과 희망이 가득했고, 심지어 법률 분야도 희망적이었다. 하지만 그에 따른 반작용 역시 너무도 강력했고, 백인들의 특권은 다시 확고해져서 100년 동안 그 기반이 다져졌다. 그리하여 마틴 루서 킹 주니어가 "흑인들의 정당한 불만으로 허덕이는 그 여름에" 링컨의 노예 해방령 100주년을 가리키는 "100년 전에⋯⋯"로 시작하는 그 위대한 연설*을 할 수 있었던 것이다. 지금도 우리는 끈질긴 인종차별주의와 구조적인 불평등에 직면하고 있으며, 이를 철폐하고자 했던 위대한 노력들이 아직 완전한 결과를 이루지 못했음을 안다. 킹은 "도덕의 우주가 그리는 공전은 길지만, 그 길은 정의를 향해 기울어져 있습니다."라는 유명한 말을 남겼다. 그는 진보가 얼마나 더디게 진행될 수 있는지 알았지만, 역사의 전반적인 움직임은 정의로운 인종 평등으로 나아가리라 희망했고 나 역시 그러하다.

이러한 정의를 향한 움직임이 여성의 평등에 관해서만 패배하지는 않을 것이다. 나는 여성들이 당면한 백래시에 패배할 것이라 생각하지 않는다. 나는 미국의 삶 여러 분야에서 힘 있는 자리에 앉은 여성들을 본다. 여성의 교육적 성취는 이제 세계 어느 나라에서나 중등과정 이상 수준에서 남성들을 능가하는데, 이 추세가 여성의 역량을 강화하고 완전한 평등의 방향으로 갈 불가역적 흐름을

---

* "나에게는 꿈이 있습니다."라는 유명한 구절을 남긴 이 연설은 링컨 대통령이 노예해방에 서명한 지 꼭 100년이 되던 해인 1963년 8월 28일, 마틴 루서 킹이 인종차별을 법으로 금지하는 미국민권법(Civil Rights Act) 통과를 촉구하는 워싱턴 대행전에서 가진 것이다.

예고하는 것으로 보인다. 그러나 태평하게 낙관해서만은 안 된다. 1865년에 KKK단의 유린과 끝날 것 같지 않던 짐 크로 시대가 도래하리라는 것을 상상하기는 힘들었을 것이다. 인종차별주의와 성차별주의는 둘 다 비이성적으로 보여서 합리적이고 도덕적인 사람들은 그 정도를 가늠하기조차 힘들다. 때때로 자기 자신 안에 있는 차별주의도 짐작하지 못할 정도다. 단테의『연옥』이 보여 주는 심오한 지점이 바로 여기에 있다. 주인공 베르길리우스는 자신의 순회가 악에서 멀리 떨어져 있다고 생각하고 길을 떠나지만, 결국 그 여정이 자기 자신에 대해서 인식하는 과정이라는 것을 깨닫는다.

여성들의 미래도 어려울 가능성이 크다. 지배욕은 인간의 중요한 욕구이며, 우리 모두가 어느 정도는 가지고 있다. 그리고 너무 오랫동안 관습, 법, 문화가 남성들에게 교만이라는 악을 키워 온 탓에 무너뜨리기 힘든 단단한 지배 구조를 상대하며 동등한 존중을 향한 고투를 이어가야 한다. 거기에는 불평등한 가사노동 및 돌봄노동 분담이 있고, 자신을 잃어 가는 배우자에게 삶의 고단함을 (불균형하게) 지지받고자 하는 흔한 남성들의 욕망이 있고, 어떤 상호성이나 공감도 주어지지 않았을 때도(누군가에게는 특히 주어지지 않았을 때에) 여성에 대한 자신의 성적 매력과 성적 지배력을 확고히 하려는 욕구가 있다.

하비 와인스타인이 역겹고 꼭 그만큼 한심하다는 것을 알게 되었을지라도, 그의 내면세계나 그가 부당한 착취로 얻은 것들에 대해서는 상상하기 어렵기 때문에 세상에는 그 같은 사람이 드물다고 생각하기 쉽다. 또 다음 세대에는 그런 인물이 양산되지 않으리라 막연히 가정하는 것은 쉬운 일이다. 우리는 상호 존중과 호혜의 이상을 구현하는 아이들을 키우기 위해 애써야만 하고, 운 좋게도 선생이 될 수 있다면 아이들을 그 이상으로 키워 갈 뿐만 아니라 아이들의 본보기가 되어야 한다. 하지만 이 이상이 다음 세대에서 실현될 것이라 막연히 추정만 해서는 안 된다.

최선을 꿈꾸지만 최악을 예상하면서, 우리는 세상에 그토록 많은 악이 없었더라면 필요하지 않았을 법이라는 제도에 좀 더 매달려야만 한다. 나는 성폭행과 성희롱에 관한 법을 더욱 실효성 있게 만들기 위해 우리가 나아가야 할 구체적인 방향들을 제시했다. 그리고 법에 저항하는 '교만의 요새'에 갇힌 자들에 대해서는 다른 형태의 구조적 변화를 추구해야 할 필요가 있다. 서기관 관리 구조 개혁(6장), 예술계에서 성희롱과 성학대를 감시할 더 큰 힘을 조합에 실어 주기(7장), 그리고 대학 미식축구와 농구 D-I을 없애고 법과 단체 교섭의 감시를 받을 수 있는 마이너리그 체제로 개혁하는 것(8장) 등 말이다.

누구에게도 원한 갖지 말고

부분적으로나마 권한이 생긴 여성들이 보복으로 돌아서거나 그간의 투쟁 속에서 보복적인 분노를 찾기란 쉽다. 요란한 보복도 꽤 많이 눈에 띈다. '콜 아웃' 문화*에 필수적인 맹렬한 공개 비난이 터질 때 소셜 미디어와 인터넷에서 너무도 자주 보이는 종말론적 말투, 그리고 잘못을 저지른 힘있는 남성들을 정당한 절차(법적으로든 사회적으로든) 대신 공개적 망신으로 벌주고 싶어 하는 가장 위험한 종류의 욕망 속에서 보복은 빛을 발한다. 그간 여성의 강력한 목소리가 공적 영역에서 들리는 일이 드물었기 때문에 다음과 같은 두 가지 착각에 빠지기 쉽다. 첫째는 보복적인 분노가 페미니스트 투쟁의 주요한 도구라 여기는 것이고, 둘째는 여성이 강하게 말하면서 정의를 요구할 때는 언제나 보복적인 분노를 표현하고 있으며 지배적 남성들에게 고통을 안기려 한다는 생각이다.

고통을 주는 데 목적이 있는 보복적 분노와 정의에 대한 강력한 요구를 구별하기가 정말 어려울 때가 있다. (정의는 종종 고통을 준다.) 예를 들어 2020년 2월, 초회 민주당 토론에서 엘리자베스 워런은 마이클 블룸버그에 맞서 그가 여성에 대해 발언한 내용을 비난하고, 그의 회사를 고소한 여성들을 그들이 서명한 비공개 계약

* 우리말로 '지적하다' 혹은 '문제삼다' 정도로 의역할 수 있는 '콜아웃' 문화는 지난 몇 세기 동안 주변부화된 집단이 경험하는 불평등을 드러내고 관련 개혁을 요구하는 도구로 쓰여 왔다. 그러나 오늘날 온라인 소셜 미디어 문화에서 콜아웃은 개인간의 대치를 가리키는 용어로 그 의미가 변질되었으며, 미국의 전 대통령인 오바마는 온라인에서 타인의 잘못을 지적함으로써 자신이 얼마나 우월한지 경험하는 것은 큰 변화를 이끌어내지 못한다는 면에서 결코 액티비즘이 아니라고 일갈한 바 있다.

으로부터 놓아주라고 맞섰다.* 내게 워런은 강해 보였지만 분노한 것처럼 보이지는 않았다. 워런은 확고했고 변호사의 방식으로 자신의 주장을 밀어붙였다. 하지만 이후 미디어에서는 그녀를 두고 화가 나 있었다고 표현했고, 사람들은 그 분노에 종종 찬동했다. 워런은 자신의 주장에 근거를 댔고, 그녀는 근무 환경을 더 나은 세상으로 이끌 미래 지향적인 비차별의 원칙과 연결지었다. 같은 뜻을 가진 지지자라고 해도 정당한 주장에 분노라는 혐의를 씌우면, 그 주장은 근거가 없으며 미래를 개선하려는 노력과 무관한 어린아이의 투정처럼 보이게 된다.

많은 페미니스트들이 보복적 분노가 투쟁에서 큰 도움이 된다고 믿는다. 비록 리사 테스먼처럼 이런 분노가 인격을 왜곡한다는 것을 믿고 있는데도 말이다. 그러나 나는 여기 비극적인 긴장은 없다고 주장했다. 보복적 형태의 분노**, 소급하여 고통을 주기 원하

---

    * 2020년 2월 19일 마이클 블룸버그는 차기 대통령 후보 선출을 위한 민주당 경선 토론에서 엘리자베스 워런을 만났다. 워런은 사회자의 질문에 대답하는 대신, 블룸버그를 향해 다음과 같이 말했다. "지금 경선에 함께 참여하고 있는 사람에 대해 이야기하고 싶습니다. 억만장자인 이 사람은 여성을 '퉁퉁하고 넓적하며 (fat broad)', '말 상을 한 레즈비언들(horse-faced lesbians)'이라 일컬은 바 있습니다. 저는 도널드 트럼프를 가리키는 게 아닙니다. 블룸버그 시장에 대한 것입니다." 워런은 여기서 그치지 않고 블룸버그의 불투명한 소득 신고, 여성에 대한 성희롱 전력, 인종차별적인 뉴욕 경찰 프로그램 묵인, 가난한 지역의 특정 경계 지역화 정책 등을 조목조목 짚었다.
    ** 너스바움은 3장에서 피해자의 보복주의가 자신의 인격에도 영향을 미친다는 것을 알면서도 체제 변화를 일으키는 데 도움이 된다고 말한 테스먼의 주장

는 유형의 분노는 페미니스트 투쟁에 도움이 되지 않기 때문이다. 나는 마틴 루서 킹의 편에 서 있다. 이런 종류의 분노는 "혼란스럽지"만 "급진적이지" **않다.** 킹의 표현대로라면 그것은 "여성과 남성이 함께 살 수 있는 세계를 만들어 내는" 데 도움 될 일을 묻는 대신 맹목적인 반격 충동을 따를 뿐이다.

형편없는 정책을 비난하고, 높은 직위를 유지하기 위해 그 정책들을 고수하는 사람들에게 저항하는 것은 좋은 미래를 만들기 위한 일이다. 물론 대선 선거운동 같은 경우에는, 개인의 특징이 드러날 때면 상대를 누르고 이기고자 하는 단순한 욕망과 원칙에 입각한 정당한 고발이 별개라고 생각하기란 쉽지 않다. 이 구별에 대해 곰곰이 생각할 필요가 있다. "정말 충격적이고 형편없는 사건이었다. 다시 벌어져서는 안 된다."라고 말하게 하는 이 미래 지향적인 분노를 갖기 위해 함께 노력하자. 나는 이것을 '이행 분노'라고 부른다. 원칙에 기반한 분노의 표현을 보복적 분노라 부르는 것은 안타까운 일이며, 사람들이 그렇게 프레임 씌운 감정을 여전히 우러러보는 것은 더욱 슬픈 일이다.

소셜 미디어는 창피를 주는 공적 처벌이라는 형태로 우리에게 마녀재판과 칼을 다시 돌려주었다. 사회학자 어빙 고프먼이 "훼손된 정체성"이라 말한 것을 어떤 정당한 법적 절차도 복구의 가능성도 없이 가할 수 있는 문화 말이다. 나는 가해가 입증된 사람의 차,

에 대해 논의한 바 있다.

그 본인에게 혹은 소유지 내에 간판이나 플래카드를 걸게 하는 경우처럼 형법에서 공개적으로 창피 주는 일을 오랫동안 비판해 왔다.[341] 이러한 유형의 처벌을 비판하는 사람들은 다섯 가지 주장을 펼친다. 이러한 처벌은 (1) 그 사람의 독립적인 행위가 아니라 인격 자체에 결함이 있다고 낙인찍음으로써 인간의 존엄성을 공격한다. (2) 대중에게 처벌을 집행하라는 행위이므로 법치주의라는 이상에서 벗어난다. (3) 잘못을 저지른 사람이 아니라 단순히 평판이 안 좋은 사람으로 만들기 때문에 역사적으로도 신뢰할 수 없는 해결책이다. (4) 절박한 유형의 보복을 선동하는 절망감을 만들기 때문에 사회 내 폭력의 총량을 키울 뿐이다. (5) 불법적이지 않은 행위들까지 처벌함으로써 사회가 통제해야 할 양을 늘리는 "그물 넓히기"에 기여할 뿐이다.[342]

이 모든 주장들에는 취할 점이 있어 보인다. 하지만 최근 범죄학자들에 의해 제안된 창피 주기 처벌의 형태에는 참작 요인이 있다. 그 사람이 먼저 기소되고, 재판에 서고, 유죄판결을 받아야만 한다는 점이다. 수치는 오직 처벌 단계에서만 들어선다. 그렇다 하더라도 이러한 처벌들은 내가 위에서 제기한 다섯 가지 반론에 의해 반박당할 여지가 있다. 하지만 인터넷 문화에서는 차꼬나 칼, 처벌용 문신이나 낙인을 사용해 온 많은 시대처럼, 재판이 우선하지 않는다. 대중이 지방검사이며 판사이며 배심원단이며 처벌자이다. 대중적 분노와 보복적 창피 주기라는 새로운 지배적 지위는 품위 있는 상호 존중의 세계를 만드는 데 커다란 걸림돌이다. (역사적으

로는 마녀사냥 등 여러 형태의 여성 혐오와 연결된다.) 유감스럽게
도 이러한 전략이 얼마나 추악한지 알아야 할 몇몇 페미니스트들마
저도 요즘은 때때로 남성이나 이의를 제기하는 다른 페미니스트들
을 대중적으로 창피 주는 것에 찬성하는 것처럼 보인다.

모든 이를 '사랑하는' 마음으로

'적의'를 비판하면서 링컨은 분명 "정당하고 지속적인 평화"
라는 목표를 잃은 보복주의를 비판했다.* 그가 '사랑'이라는 단어
로 말하고 싶었던 것은 무엇인가? 링컨의 성서적 언어 속에서 '사
랑'은 라틴어 카리타스(caritas)와 그리스어 아가페(αγάπη)의 번역
어로, 「고린도전서」(13장 1절)에서 바울이 찬사한 위대한 미덕이다.
현재는 '사랑'으로 번역된다. 하지만 '사랑'의 의미에 대한 질문에
마틴 루서 킹이 자주 대답했듯, 이는 성애적이거나 낭만적인 사랑
은 아니다. 사람들을 좋아하라고 요구하는 다정한 사랑 또한 아니
다. '아가페'는 관용적이고 보편적이며 모든 사람들의 가치나 선의
핵심을 향한다. 인간 존엄성에 대한 존중과 밀접한 관련이 있지만
더 따뜻하다. 자매애와 형제애까지 가닿는다.

★   너스바움이 결론에서 소제목으로 차용하고 있는 모든 문장들은 링컨의
두 번째 취임사에서 인용한 것이다. 이 연설은 당시 남북전쟁으로 양분되어 있던
미국을 통합하고 또 치유하고자 했던 링컨 자신의 의지를 녹여낸 글로 유명하다.

교만이라는 악에 맞서는 미덕은 자기 자신을 타인보다 낮게 생각하는 흄이 말한 겸손 같은 것이 아니다. 그 미덕은 존중에 가까우며, 우위에 있는 이들의 목소리를 차단하기보다 다른 사람들의 목소리를 들으려는 의지를 수반한다. 모든 사람들에게서 존엄과 가치중심을 보는 것, 나아가 누군가의 행위로 인해 가려지고 황폐해진 변화와 성장의 잠재성을 보는 것이다. 행위와 그 너머의 사람 사이에 아주 강력한 구분선을 그어야 한다. 행위는 강력하게 비판받을 수 있지만 인간에게는 항상 잠재력과 변화 가능성이 있다. 이 점이 단테의 지옥이 무서운 이유다. 단테의 지옥에 갇힌 사람들은 잠재성을 빼앗기고 그로 인해 희망마저 빼앗긴 존재들이다. 살아 있는 사람들이 지옥으로 넘겨질 때 인간은 자율성, 주체성, 가능성을 모두 빼앗겨 매우 치명적인 대상화를 겪는다.

정당화된 비난과 끝없는 경계의 시대에 나는 페미니스트들이 무엇보다도 사랑하는 사람들이 되어야만 한다고 믿는다. 자신의 목소리를 들어주기 바라는 여성들처럼, 우리는 차이를 인정하고 서로에게 귀를 기울이기로 마음먹어야 한다. 우리에게 동의하거나 어쩌면 동의하지 않는 남성들의 목소리도 들어야 한다. 행실이 좋았던 이들과 안 좋았던 이들 모두가 공감할 수 있는, 상상력의 문화인 대화의 문화를 만들어 가야 한다. 인간의 잠재력을 존중하는 문화 속에서 우리는 듣고 귀 기울이기 위해 노력해야 한다. 잠재성이라는 것은 눈으로 볼 수 없는 경우도 종종 있기 때문에 우리는 실천하는 믿음의 사람들이 되어야 하며, 어느 정도는 아직 정당하지도 않고 정당화될 수도 없는 신뢰를 가져야 한다. 이성이 지지해 줄 희망이 없는 곳에서도(사실 희망은 언제나 이성에 의해 완벽하게 지지받지 못한다.) 페미니스트들은 희망하는 사람들이 되어야만 한다. 상호성과 자율성의 존중이 점차 교만을 쫓아내면서 오랫동안 지배에 기반을 두었던 여성과 남성의 관계가 링컨이 "새로운 자유의 탄생"이라고 일컬었던 것을 누릴 수 있을 것이라고, 희망을 가져야 한다.

그 새로운 자유만이, 그리고 그 사랑만이 정의롭고 지속되는 평화를 진정으로 만들어 낼 수 있을 것이다.

감사의 말

　몇 년간 나는 시카고대학 로스쿨과 철학과에서 '페미니스트 철학'이라는 정규 수업을 진행해 왔다. 가장 먼저 학생들에게 감사의 말을 전하고 싶다. 여성이든 남성이든, 학부생이든 대학원생이든, 그들의 사려 깊고 도전적인 질문들이 내 주장을 형성해 주었다. 내 동료들도 이상적인 환경을 만들어 주었다. 지지해 주면서도 끈질기게 의문을 제기했으며 많은 시간을 할애해 주었고 코멘트도 아끼지 않았다. 달콤한 말만 받아들이는 대신 어려운 질문들에 맞서도록 독려해 주었다. 시카고대학에 부임한 초기, 저명한 형법 이론가 슈테펜 슐호퍼는 매주 귀중한 통찰의 원천이 되어 주었다. 나는 그의 형법 수업을 청강했고, 나중에는 그와 '성적 자율성과 법'이라는 세미나 강의를 함께 가르쳤다. 우리가 제시한 종신재직권을 수락하지 않은 캐서린 매키넌도 시카고대학의 정기 방문교수였다. 영감을 주는 교수이자 동료로서, 나아가 놀라울 만큼 긍정적인 존재로서 그녀는 늘 어떻게 하면 더 나아질 수 있을지에 대한 사유에 모두를 초대했다. 또 여학생에게 한 것과 마찬가지로 남학생들에게도 이 세상을 보는 새로운 방식에 기여한 공로를 인정해 주었다. 서로 자주 의견을 달리하기는 했지만, 그녀 덕분에 많은 것을 배웠다. 한편 동료 교수였던 두 명의 판사가 내 사유를 정립하는 데 도움을 주었고, 실제 법이 어떻게 돌아가는지에 대해서도 많이 가르쳐 주었다. 제7연방순회항소법원에서 은퇴한 리처드 포스너 판사와 최근까지 같은 법정의 법원장이었던 다이앤 우드 판사에게도 감사한다. 그들이 법을 구성하고 결함을 지적하는 것을 볼 때면 나의 추상적인 철학적 성찰에 현실성이 찾아왔다. 훌륭한 협력자이자 친구인 솔 레브모어는 여성 혐오적인 목적으로 인터넷을 사용하는 것에 대한 학회를 함께 조직했다. 그리고 그 결과물이 『불편한 인터넷(The Offensive Internet)』(하버드대학출판, 2010)이다. 그 작업은 물론 이 책의 많은 장에서도 확고한 코멘트를 남겨 준 것에 감사의 말을 전한다.

이 책은 킹스 칼리지 런던의 딕슨 푼 법과대학 내 여 티옹 레이 정치철학법 센터(Yeoh Tiong Lay Centre for Politics, Philosophy, & Law) 개관식에서 발표해 달라는 청탁에서 시작됐다. 새로 개관하는 센터가 여성의 평등을 주된 논점으로 삼겠다는 것을 보여 주고자 하니 페미니즘에 대해 이야기해 달라는 구체적 요청이었다. 나를 초대해 주고, 내 강의(이 책 4장의 초고가 되었다.)에 대해 논의해 줄 훌륭한 페미니스트 사상가들을 토론자로 초청해 준 존 타시울라스에게 진심으로 감사의 말을 전한다. 그들의 근사한 의견과 거기에 응답하려 했던 나의 시도들은 온라인에 남아 있다. 타시울라스는 당시를 "당신 책을 두고 정치적 적군들이 함께했다."라고 퇴고하는데, 모두의 의견을 합치시켰다는 의미는 아니고 단테가 '겸손'이라 부르던 정신 속에서 서로 경청했다는 의미였다. 나는 그러한 경험이 미래에도 여러 번 반복되기를 희망한다. 글의 편집 작업은 나의 연구조교 중 하나인 에밀리 듀프리의 전문적인 손길에 힘입었고, 나의 소중한 친구 조시 코언을 위한 기념 논문집 『중요한 사유들: 민주주의, 정의, 권리(Ideas That Matter: Democracy, Justice, Rights)』(옥스퍼드 대학출판, 2019)에 데브라 사츠와 애너벨 레버의 편집이 더해져 발간되었다. 코언은 3장에서도 중요한 역할을 해 주었다. 뎁 채스먼과 《보스턴 리뷰》의 편집자들은 분노라는 주제에 대한 특별 에세이 모음집에 내 초고의 편집본을 팸플릿 버전과 온라인 버전 모두 출판해 주었다. 그들의 편집은 큰 도움이 되었고 나는 원고를 교정하면서 그들의 제안을 거의 다 받아들였다.

2장은 노터데임대학 철학과에서 필립 퀸 기념강연으로 냈던 것이다. 필은 브라운대학의 동료였고 존경스러운 친구이며, 그는 옮겨 가기로 결심한 가톨릭 기관에서도 열정을 다해 최선을 끌어내려고 항상 노력하는 사람이다. 그리하여 나는 이 강연의 품격을 높이고자 가톨릭 철학 전통에서 가장 값진 면이라고 믿는 연옥에 대한 단테의 설명에 내 생각들을 빗대기로 선택했다. 폴 웨이스먼에게도 감사하다. 나를 초빙해 주었고, 자리를 비웠을 때에도 담당 강의를 진행할 수 있게 일정을 조정해 주었다. 사실 지정된 강의일은 내 딸이 세상을 떠나기 바로 직전 주였다.

8장 스포츠 관련 부분에서는 특히 NBA 총재이자 로스쿨 동문인 애덤 실버에게 고마움을 표하고 싶다. 많은 참고 자료와 함께 자신의 생각과 계획에 대해서도 말해 주었다. NCAA총재 마일스 브랜드의 아내 페그에게도 출판되지 않은 많은 브랜드의 연설문들을 보여 준 것에 감사를 표한다. 노터데임대학의 정치과학 교수 에일린 보팅은 학계와 운동계에 대한 노터데임대학의 자료들을 제공해 주어 고마운 마음이다. 레브모어와 앨런 너스바움에게는 초안에 대한 코멘트에 대해 고마운 마음이다. 2020년 4월, 모든 스포츠 경기가 연기되었을 때 진행 중인 워크숍에서 도전적이면서 도움이 되는 코멘트를 준 로스쿨 교수진 모두에게 감사하다.

하버드 철학과의 지나 스하우턴은 2020년 3월 18일로 예정되어 있던 브라운대학 워크숍에서 발표하기로 한 6장과 7장에 관해 훌륭한 코멘트들을 작성해 주었다. 코로나19 팬데믹으로 인해 워크숍은 열리지 못했지만 나는 그 코멘트들을 여전히 보관하고 있으며, 감사한 마음이다.

2019년 여름과 2020년을 지나며 나는 운이 좋게도 훌륭한 연구조교 둘을 만났다. 두 사람은 이 책의 2부와 3부에서 논의된 다양한 쟁점들의 자료들을 조사해 주었다. 세라 허프와 자레드 메이어, 두 사람의 도움이 아니었다면 이 책을 끝마칠 수 없었을 것이다.

나의 에이전트 시렐 크레이머와 노튼의 뛰어난 편집자 알레인

메이슨에게도 정말로 감사하다. 그들의 격려와 빼어난 편집, 그리고 도움이 되면서도 종종 가혹했던 비판들에 감사할 뿐이다.

　　나의 딸 레이철은 2019년 12월 3일, 성공적인 이식 수술 끝에 찾아온 약물 저항성 감염으로 세상을 떠났다. 2부와 3부를 작업하던 대부분의 시간 동안 레이철은 병원에 입원해 있었고, 레이철이 세상에서 보낸 마지막 주에 나는 연방 사법제도에 관한 6장의 초고를 쓰고 있었다. 레이철은 동물권에 굉장한 열정을 가졌던 변호사였다.(레이철의 경력은 여기서 살펴볼 수 있다. https://hd-ca.org/news/in-memoriam-rachel-nuissbaum-wichert) 진행 중인 나의 다음 작업은 딸이 약속했던 것들, 생각했던 것들을 이어 가려는 것이다. 이 책도 레이철의 관심사와 관련이 있다. 모든 생명체의 존엄과 권리, 특히 가장 약한 이들을 옹호하려는 열정이 있기 때문이다. 레이철은 언제나 권력 남용과 나르시시스트적인 자화자찬에 치를 떨었다. 사법제도와 코진스키에 대한 글을 쓰는 시간 동안, 나는 레이철의 병실에 앉아서 코진스키야말로 레이철이 맞서 싸웠을 대표적인 인물이라는 생각으로 추진력을 얻었다. 코진스키의 악독한 행동들은 (업적을 높이 사기는커녕 업적이 있다는 것조차 반대하게 하는 이상한 방향으로) 내 딸 레이철의 비극적인 죽음을 견디고 그녀를 애도할 수 있는 길을 찾게끔 도왔다. 레이철의 온화함, 품위, 심오한 진실함은 권력의 남용과 교만이 여전히 성공을 거머쥐는 세상 속에서 투쟁해야 하는 우리 모두에게 지침을 준다. 이에 나는 이 책을 헌정하여 그녀를 기리고자 한다.

주(註)

1   페미니스트로서 나는 오랫동안 개발도상국에서, 특히 인도에서 작업해 왔는데 그곳의 페미니스트 활동가들은 법에 의지한다는 발상에 놀라움을 표시했다. 나는 실제로 인도의 여성들이 법을 통해, 용기 있는 법적 운동을 통해 많은 것들을 성취했다고 생각하지만, 일상적인 법 집행의 지연과 부패가 현장의 많은 여성들을 회의적으로 만들었다. 강간 사건을 법정에 세우는 데에 9년이 걸린다든가, 필수적인 증거가 소리 소문 없이 사라진다든가 하는 일들이 벌어졌기 때문이다.

2   최근 젊은 페미니스트 철학자 지나 스하우턴(Gina Schouten)이 돌봄 문제에 대한 감탄스러운 작업 *Liberalism, Neutrality, and the Gendered Division of Labor*(Oxford UP, 2019)를 발간했다. 가정 폭력에 있어서는 레이철 스나이더(Rachel Louise Snyder)의 『살릴 수 있었던 여자들(No Visible Bruises: What We Don't Know about Domestic Violence Can Kill Us』(Bloomsbury, 2019) 참고. 가정 폭력은 이 책의 주제와 상당 부분 겹치지만 많이 다루지는 않기에 이 인상적인 책들을 독자들에게 소개할 수 있어 기쁘다. COVID-19 팬데믹 동안 가정 폭력 건수가 하늘로 치솟았다는 증거가 누적되고 있다. *American Journal of Emergency Medicine*에 실린 브래드 보스럽(B. Boserup), 마크 매케니(M.

McKenney), 아델 엘크불리(A. Elkbuli)의 논문 "Alarming Trends in US Domestic Violence during the COVID-10 Pandemic" 참고.

https://www.ajemjournal.com/article/S07356757(20)30307-7/fulltext&

3 창피 주는 방식의 처벌에 반대하는 나의 주장은 『혐오와 수치심(Hiding from Humanity: Disgust, Shame, and the Law)』(Princeton UP, 2004)과 본 책의 결론 참고.

4 수치가 만들어 내는 "훼손된 정체성"에 대해서는 어빙 고프먼(Erving Goffman)의 고전인 『스티그마(Stigma: Notes on the Management of Spoiled Identity)』(Simon and Schuster, 1963) 참고.

5 린다 알코프(Linda Martin Alcoff)가 편집한 Stinging in the Fire: Stories of Women in Philosophy(Rowman and Littlefield, 2003)에 실린 너스바움의 글 "'Don't Smile So Much': Philosophy and Women in the 1970s" pp. 99~108 참고.

6 2016년 1월 15일자 《허핑턴 포스트》에 실린 너스바움의 글 "Why Some Men Are above the Law" 참고. 당시 나는 웨이트의 이름을 대지 않았다. 나는 그 논쟁이 가십으로 소비되는 것을 원하지 않았고 보다 일반적인 문제라는 점을 지적하고 싶었기 때문이다.

https://www.huffpost.com/entry/why-some-men-are-above-the-law_b_8992754

7 여기서 '자율성'은 보다 광범위하고 널찍하게 정의된다. 종교적 권위 또한 중요한 선택의 원천일 수 있음을 부정하지는 않으며, 이에 대해서는 제롬 슈니윈트(Jerome Schneewind)의 The Invention of Autonomy(Cambridge UP, 1997) 참조.

8 본 문단 내 모든 인용은 밀의 『여성의 종속(The Subjection of Women, ed. Susan Moller Okin)』(Hackett, 1988) pp. 15~16 참고.

9 1866년, 밀은 여성의 투표권에 대한 최초 법안을 영국 의회에 제출했다. 1851년 해리엇 테일러(Harriet Taylor)와 결혼했다는 이유로 밀은 자신의 것이 되었을 모든 불평등한 권리들을 포기한 바 있다.

10 비비언 고닉(Vivian Gornick)의 The Solitude of Self: Thinking about Elizabeth Cady Stanton(Farrar, Straus, and Giroux, 2005) 참고. 나는 고닉의 책에 대해 2006년 2월 27일 《네이션(Nation)》에 "In a Lonely Place"(pp. 26~30)라는 제목으로 서평을

남긴 바 있다.

11 그러나 이 연설은 파벌적이지 않았고, 오히려 널리 퍼져 있던 일련의 미국적 사유들을 대표했다. 개인의 선택과 행위자성을 강조한다는 점에서는 프로테스탄티즘과 긴장 상태에 있었으나 보편적인 미국적 전통과는 궤를 같이한다.

12 윌리엄의 논지를 재구성한 나의 입장에 대해서는 내 책 *Liberty of Con-science: In Defense of America's Tradition of Religious Equality*(Basic Books, 2008) 참조.

13 1868년 워싱턴 DC에서 열린 여성 참정권 대회에서 한 스탠턴의 연설 "The Destructive Male" 참조. https://www.historyplace.com/speeches/stanton.htm

14 1857년 7월 20일 엘리자베스 스탠턴이 수전 앤서니(Susan B. Anthony)에게 보낸 편지 참조. 출처는 *Elizabeth Cady Stanton as Revealed in Her Letters, Diary and Reminiscences*, ed. Theodore Stanton and Harriet Stanton Blatch 2권(Harper, 1922) pp.29~70.

15 케이트 만(Kate Manne)의 *Down Girl: The Logic of Misogyny*(Oxford UP, 2018) 참조.

16 너스바움의 『타인에 대한 연민(The Monarchy of Fear: A Philosopher Looks at Our Political Crisis)』(Simon and Scshuster, 2018) 6장 참조.

17 캐서린 매키넌의 *Feminism Unmodified: Discourses on Life and Law*(Harvard UP, 1987) 262n1 참조.

18 아니면 지각이 있는 존재들을 의미할 텐데, 인간은 종종 비인간 동물들을 대상화하기 때문이다. 하지만 이 문제는 다른 기회에 다룰 주제다.

19 너스바움의 "Objectification," *Philosophy and Public Affair* 24(1995) pp. 249~291 참조. 너스바움의 *Sex and Social Justice*(Oxford UP, 1999) pp. 213~239에 같은 글이 수록되기도 했다.

20 랭턴의 *Sexual Solipsism*(Oxford UP, 2008) 참조.

21 랭턴은 "외모로의 환원"과 "몸으로의 환원"을 추가했다. 나는 전자가 자율성과 주체성의 부인으로 정확히 포착된다고 생각한다. 나는 후자가 문제적이라고 생각하는데, 우리 모두는 몸이기 때문에 이것이 잘못됐다거나 저급하지는 않기 때문이다.

22   샤론 스미스(Sharon G. Smith) 등이 작성한 *The National Intimate Partner and Sexual Violence Survey(NISVS) 2010~2012 State Report*(National Center for Injury Prevention and Control, Centers for Disease Control and Prevention, 2017) 참조.
https://www.cdc.gov/violenceprevention/pdf/NISVS-StateReportBook.pdf

23   에드워드 라우만의 *The Social Organizations of Sexuality*(University of Chicago Press, 1994)와 에드워드 라우만, 로버트 마이클(Robert T. Michael), 존 가뇽(John H. Gagnon), 지나 콜라타(Gina Kolata)의 *Sex in America: A Definitive Survey*(Warner, 1995) 참조.

24   라우만 등의 *Sex in America*, p. 223 참조.

25   라우만 등의 *Sex in America*, p. 229 참조.

26   라우만 등의 *Sex in America*, p. 229 참조.

27   포르노와 "실제 세계"의 인과관계에 대해서는 앤 이튼(Anne Eaton)의 "A Sensible Antiporn Feminism" *Ethics* 117(2007) pp. 674~715 참조, 그러나 이 글은 인터넷으로 인해 포르노가 일파만파 퍼지기 전에 쓰였다. 포르노에 대한 매키넌의 주장을 합리적으로 비평한 글들은 포르노가 여성과 LGBTQ를 비롯한 사람들에게 힘을 주는 가치가 있음을 주장하기도 했다. 하지만 오늘날 정량적 면에서 다른 유형의 포르노가 존재한다 할지라도, 인터넷은 여성을 대상화하는 포르노로 포화 상태에 있다.

28   이러한 움직임과 주요한 범죄들에 대한 논의는 만의 *Down Girl* 참조.

29   미국에서 단테의 영향력에 대해서는 싱클레어 루이스(Sinclair Lewis)의 『배빗(*Babbitt*)』(1922) 참조. 단테로부터 영감을 얻어 미국 중서부의 "죄의 풍경(sinscape)"에 대해 그리고 있는 글로, 이 작품에서는 교양 교육을 경멸하는 사람조차도 단테에 대해 알고 있고 대부분이 그의 삼부작에 대한 일반적 개요에 매우 익숙하다. 틀림없이 1921년 있었던 시인의 사망 600주기에 대한 당대의 강조에 힘입었을 것이다.

30   데이비드 흄의 『인간 본성에 관한 논고(*A Treatise of Human Nature*)』, ed. L. A. Selby-Bigge, 2nd ed., revised by P. H. Nidditch(Clarendon Press, 1978), p. 291 참조. 이 논의에서 모든 인용구는 이 에디션에서 가져왔다.

31 도널드 데이비슨의 "Hume's Cognitive Theory of Pride" *Journal of Philosophy* 73(1976) pp. 744~757 참조.

32 타니카 사카르의 "Conjugality and Hindu Nationalism: Resisting Colonial Reason and the Death of a Child-Wife" *Hindu Wife, Hindu Nation: Community, Religion, and Cultural Nationalism*(Permanent Black, 2001) pp. 191~225 참조.

33 하지만 사실 그녀는 "fammi vendetta"라고 말하면서 정의에 대한 요구와 보복이 혼란스레 뒤섞여 있다. 그리스와 로마 철학이 처벌을 보는 관점은 억제와 개선에 있고 전통적인 종교의 보복주의를 삼가고 있으나 기독교 철학의 관점은 종종 가혹하게 보복적이다.

34 로버트 프랭크의 『경쟁의 종말(The Darwin Economy: Liberty, Competition and the Common Good)』(Princeton UP, 2011) 참고.

35 헨리 아벨로브(Henry Abelove)의 "Freud, Male Homosexuality, and the Americans" *The Lesbian and Gay Studies Reader*, ed. Henry Abelove, Michèle A. Barale, David M. Halperin(Routledge, 1993) pp. 381~393, p. 387 참고. 이 논문에는 더 많은 자료가 담겨 있다.

36 헨리 아벨로브가 존스의 자서전에서 인용한 부분이다. 존스의 *Free Associations: Memories of a Psycho-analyst* 참고.

37 헨리 아벨로브의 "Freud, Male Homosexuality, and the Americans" 참고. 이 문단과 이전 문단은 *Power, Prose, and Purse: Law, Literature, and Economic Transformation*, ed. Alison L. LaCroix, Saul Levmore, Martha C. Nussbaum(Oxford UP, 2019) pp. 95-124에 실린 나의 글 "The Morning and the Evening Star: Religion, Money, and Love in Sinclair Lewis's Babbitt and Elmer Gantry"에 실린 부분과도 유사하다.

38 이것에 대해서는 『타인에 대한 연민(The Monarchy of Fear: A Philosopher Looks at Our Political Crisis)』(Simon and Schuster, 2018) 6장에서 논의한 바 있다.

39 앤 이튼(Anne Eaton)의 "A Sensible Antiporn Feminism" *Ethics* 117(2007) pp. 674~715 참고.

40 케이트 만의 *Down Girl: The Logic of Misogyny*(Oxford UP, 2018) 참고.

41 케이트 만의 *Down Girl*에 훌륭하게 논의되어 있고, 이 점은 나도 『타인에 대한 연민(*The Monarchy of Fear*)』의 6장에서 자세히 설명한 바 있다.

42 너스바움의 『혐오와 수치심(Hiding from Humanity: Disgust, Shame, and the Law)』 (Princeton UP, 2004)과 『혐오에서 인류애로(From Disgust to Humanity: Sexual Orientation and Constitutional Law)』(Oxford UP, 2010) 참고.

43 시의 대부분은 너스바움의 『타인에 대한 연민(*Monarchy of Fear*)』 4장에 인용되어 있다.

44 조야 하산(Zoya Hasan) 외의 *The Empire of Disgust: Prejudice, Discrimination, and Policy in India and the US*(Oxford UP, 2018) 참고. 인도와 미국, 두 국적의 학자들이 공동 연구한 것으로 하산과 비두 버마(Vidhu Verma)가 인도 부분을, 아지즈 후크(Aziz Huq)와 내가 미국 부분을 맡았다.

45 예시 목록은 너스바움의 『타인에 대한 연민(*Monarchy of Fear*)』 6장 참고.

46 이 연극에 대한 자세한 분석은 *The Fragility of Goodness: Luck and Ethics in Greek Tragedy and Philosophy*(Cambridge UP, 2001)의 마지막 장에서 볼 수 있다.

47 물론 나는 이러한 관점을 공유하지 않는다. 일반적인 의미의 '짐승 같은' 것들을 보는 관점, 특히 개에 대한 견해에는 더욱 동의하지 않는다. 실제로 이런 식의 배신 행위는 오직 인간만 저지른다.

48 이 변화에 대해서는 너스바움의 『타인에 대한 연민(The Monarchy of Fear: A Philosopher Looks at Our Political Crisis)』(Simon and Schuster, 2018) 3장을 참고.

49 아리스토텔레스의 『니코마코스 윤리학』 1110b33~1101a10 참고. 이와 관련된 문단들에 대한 분석은 너스바움의 *Fragility of Goodness* 11장 참고. 그러나 아리스토텔레스는 『수사학』에서 나이 듦에 대해 논하며 나쁜 경험들을 시간이 흐를수록 신뢰와 자신감의 부재를 낳을 수 있기에 미덕을 악화시킨다고 주장했다. *Fragility of Goodness* pp. 338~389 참조.

50 언스트 에이브럼슨의 "Euripides' Tragedy of Hecuba" *Transactions of American Philosophical Association* 83(1952) pp. 120~129 참고. 연극에 대한 공격들을 논의하는 글은 너스바움의 *Fragility of Goodness*, p. 505 참고.

51 이마누엘 칸트(Immanuel Kant)의 『윤리형이상학 정초(Grounding for the

Metaphysics of Morals: On a Supposed Right to Lie Because of Philanthropic Concerns)』, trans. James W. Ellington, 3rd ed.(Hackett, 1993), Akad. p. 394 참고.

52 메리 울스턴크래프트의 『여성의 권리 옹호(A Vindication of the Rights of Women)』, ed. Miriam Brody(Penguin, 2004) 참고.

53 욘 엘스터의 Sour Grapes: Studies in the Subversion of Rationality(Cambridge UP, 1983) 참고.

54 욘 엘스터, 아마르티아 센을 비롯한 다른 이들에 대한 나의 논의는 너스바움의 Women and Human Development(Cambridge UP, 2000) 2장 참고.

55 피해자를 탓하는 전통에 대한 훌륭한 논의는 리사 테스먼의 Burdened Virtues: Virtue Ethics for Liberatory Struggles(Oxford UP, 2005) 2장 참고.

56 리사 테스먼의 Burdened Virtues, p. 45에서 셸비 스틸(Shelvy Steele)에 대한 논의 참고.

57 설득력 있는 평가와 비평을 위해서는 로사 테를라초(Rosa Terlazzo)의 "Conceptualizing Adaptive Preferences Respectfully: An Indirectly Substantive Account" Journal of Political Philosophy, 23, no. 3(2016), pp. 206~206 참고. 그녀는 이 주제에 관한 다른 가치 있는 논문들도 많이 발표했는데 로체스터대학 철학과 사이트에서 볼 수 있다.

58 저스틴 울퍼스(Justin Wolfers), 데이비드 레온하르트(David Leonhardt), 퀼리(Kevin Quealy)의 "1.5 Million Missing Black Men" New York Times, 2015년 4월 20일 자 기사 참고. https://www.nytimes.com/interactive/2015/04/20/upshot/missing-black-men.html

59 로런스 토머스의 "Sexism and Racism: Some Conceptual Differences." Ethics 90(1980) pp. 239~250 참고.

60 버나드 윌리엄스의 "Ethical Consistency" Problems of the Self: Philosophical Papers 1956~1972(Cambridge UP, 1973) pp.166~186 와 왈저(Michael Walzer)의 "Political Action and the Problem of Dirty Hands" Philosophy and Public Affairs 2(1973) pp. 160~180 참고.

61 바버라 허먼의 "Could I Be Worth Thinking about Kant on Sex and Marriage?" *A mind of One's Own: Feminist Essays on Reason and Objectivity*, ed. Louise Antony and Charlotte Witt(Westview, 1993) pp. 49~67 참고.

62 샌드라 바트키의 "Feminine Masochism and the Politics of Personal Transformation" (1984) 참고, 이 글은 바트키의 저서 *Femininity and Domination: Studies in the Phenomenology of Oppression*(Routledge, 1990) pp.45~62 에 실리기도 했다.

63 샌드라 바트키의 "Foucault, Femininity, and the Modernization of Patriarchal Power" *Feminism & Foucault: Reflections on Resistance*, ed. Irene Diamond and Lee Quinby(Northeastern UP, 1988) pp.61~85 참고.

64 클로디아 카드의 "Gender and Moral Luck", Virginia Held, ed., *Justice and Care: Essential Readings in Feminist Ethics*(Westview, 1995) pp. 79~100 참고. 또한 카드의 저서 *The Unnatural Lottery: Character and Moral Luck*(Temple UP, 1996) 참고.

65 토머스 힐의 "Servility and Self-Respect" *Monist* 57(1973) pp.87~104 참고.

66 특히 마샤 호미약의 글 "Feminism and Aristotle's Rational Ideal" *A Mind of One's Own: Feminist Essays on Reason and Objectivity*, ed. Louise M. Antony and Charlotte El. Witt(Westview, 1993) pp. 1~18 과 호미약의 다른 글 "On the Malleability of Character" *On Feminist Ethics and Politics*, ed. Claudia Card(UP of Kansas, 1999) 참고.

67 리사 테스먼의 *Burdened Virtues* 와 *Moral Failure: On the Impossible Demands of Morality*(Oxford UP, 2015) 참고.

68 미란다 프리커(Miranda Fricker)의 *Epistemic Injustice: Power and the Ethics of Knowing*(Oxford UP, 2007) 참고.

69 CNN 국제 TV 뉴스, 2013년 12월 13일.

70 이 주제에 대한 나의 분석은 『분노와 용서(Anger and Forgiveness)』(Oxford UP, 2016) 5장을 참고. 이 문제에 대한 다양한 법률 서적에 대한 참고 자료가 있다.

71 이 복수형은 중요하다. '서구 전통'은 매우 다른 목소리들을 담고 있다. 인도에서는 힌두교, 불교, 이슬람교, 기독교 전통을 모두 다루어야 하며, 힌두 전통은 매우 복수적이되 지역적으로는 특정적이라는 것을 기억해야 한다.

72   제임스 워싱턴(James A. Washington)이 편집한 ed., *A Testament of Hope: The Essential Writings and Speeches of Martin Luther King, Jr.*(Harper Collins, 1986) p. 32 참고.

73   예를 들어, 린다 히르쉬만(Linda Hirshman)의 *Reckoning: The Epic Battle against Sexual Avbuse and Harassment*(Houghton Mifflin, 2019)는(결함이 있는) 성희롱법의 역사를 그것이 마치 강간법과 성범죄법의 역사인 것처럼 제시한다. 두 영역 사이에 있는 거대한 차이에 대해서는 알려 주지 않는다.

74   여전히 혼란스럽게도 같은 법령의 '타이틀 나인'은 대학에 적용되며 성폭력을 다른 형태의 성희롱과 함께 다룬다. 대학들이 성희롱과 성폭력에 대한 자기들만의 규정을 만들고, 실제로 둘 다 개인에 의한 가해로 함께 다룬다. 이에 대한 심화된 논쟁은 이 책의 「인터루드」 장 참고.

75   스티븐 슐호퍼의 *Unwanted Sex: The Culture of Intimidation and the Failure of Law*(Harvard UP, 1998) 참고.

76   수전 에스트리히의 *Real Rape: How the Legal System Victimizes Women Who Say No*(Harvard UP, 1987) 참고.

77   "싫다면 싫은 것이다."를 일반적인 법적 기준으로 형성하는 데 결정적으로 기여했던 이 사건은(영화 「피고인」의 실제 사건) 4장에서 다루고 있다. 지역 검사들이 입증했던 매사추세츠 주의 사건이었다.

78   스티븐 슐호퍼의 *Unwanted Sex: The Culture of Intimidation and the Failure of Law*(Harvard UP, 1998) p. 24 및 *N.Y, Penal Law: § 130.00(8)*(McKinney 1965) 참고.

79   People v. Hughes, 31 A.D. 2d 333(N.Y. App. Div. 1973)

80   People v. Warren, 446 N.E.2d 591(Ill, App. 1983). 이 사건과 이 장의 다른 사건들은 슐호퍼의 *Unwanted Sex*의 pp.1~10, pp.33~34 에 유익하게 논의되고 있다.

81   People v. Warren.

82   State v. Rusk, 289 Md. 230, 424 A.2d 720(1981)

83   State v. Rusk.

84   State v. Thompson, 792 P.2d 1103(Mont. 1990).

85   State in Interest of M.T.S., 609 A.2d 1266, 1267(N.J. 1992)

86   조지프 라즈의 *The Morality of Freedom*(Clarendon, 1986) p. 374 참고. 라즈는 정
      확히 성폭력을 조준하여 예를 들지는 않았다. 피해자의 젠더는 단순히 균형
      을 위해 선택된 것이다. 그가 주로 이야기한 것은 가난이 어떻게 선택을 앗아
      가는가 하는 것이지만, 그의 주장은 일반적인 것이다.

87   제임스 보스웰의 *The Life of Samuel Johnson, L.L.D.*(John Murray, 1835) 3:47 참고.

88   이에 대한 탐구로는 저스틴 드라이버(Justin Driver)의 "Of Big Black Bucks and
      Golden-Haired Little Girls: How Fear of Interracial Sex Informed Brown v. Board
      of Education and Its Resistance", *The Empire of Disgust: Prejudice, Discrimination, and
      Policy in India and the US*(Oxford UP, 2018) pp. 41~61 참고.

89   에슬린 러네이 십(E.R.Shipp)의 "Tyson Gets 6-Year Prison Term for Rape
      Conviction in Indiana" *New York Times*, 1992년 3월 27일 자 기사 참조. https://
      www.nytimes.com/1992/03/27/sports/tyson-gets-6-year-prison-term-for-rape-
      conviction-in-indiana.html

90   Commonwealth v. Lefkowitz, 20 Mass. App. 513, 481 N.E.2d 277, 232(1985)

91   문제의 신화에 자극받은 젊은 하층 계급의 나쁜 평판을 가진 여성을 집단 강
      강한 것에 대한 생생한 묘사는 조이스 캐롤 오츠(Joyce Carol Oates)의 『멀베이
      니 가족(We Were the Mulvaneys)』(Plume, 1996) 참고.

92   People v. Libereta 474 M.E. 2d 567, 572(N.Y. 1984)

93   영화 「피고인(The Accused)」, 조너선 캐플란 감독 작.(1988, 파라마운트 픽
      처스)

94   Commonwealth v. Vieira, 401 Mass. 828, 830(Mass, 1988)

95   Commonwealth v. Vieira

96   1984년 3월 1일 《뉴욕 타임스》의 기사 "Witness's Testimony Implicates Two
      Men in Tavern Rape Case" 참고. https://www.nytimes.com/1984/03/01/us/
      witness-s-testimony-implicates-two-men-in-tavern-rape-case.html

97   이 인용문의 출처는 2000년 당시에는 접속 가능했으나 더 이상 찾을 수 없게

되었다.

98   제이 파테아코스(Jay Pateakos)의 "After 26 Years, Brothers Break Silence" *Wicked Local*. 2009년 10월 26일 자 기사 참고. https://www.wickedlocal.com/article/20091026/NEWS/310269486

99   예를 들어, 샬린 뮬렌하드(Charlene Muehlenhard)와 리사 홀라버그(Lisa Hollabaugh)의 논문 "Do Women Sometimes Say No When They Mean Yes?" *Journal of Personality and Social Psychology* 54(1988) pp. 872~879 참고. 논문에서 그런 혼동이 얼마나 자주 등장하는지는 보여 주지 않는다.

100 스티븐 슐호퍼 *Unwanted Sex*, p. 39 참조. 사람들은 여전히 강간이 폭력 범죄라고 생각한다.

101 스티븐 슐호퍼의 "Taking Sexual Autonomy Seriously" *Law and Philosophy* 11, no.1/2(1991) pp. 35~94 참고.

102 앨런 뷰캐넌(Allen E. Buchanan)과 댄 브록(Dan W. Brock)의 획기적인 저서 *Deciding for Others: The Ethics of Surrogate Decision-Making*(Cambridge UP, 1989) 참고.

103 이 연령들은 주마다 16세에서 18세 사이로 각기 다르다. 많은 주들이 이성간 성관계보다 동성간 성관계에 좀 더 높은 연령을 설정했는데, 이러한 비대칭은 미국에 더 이상 존재하지 않는다.

104 미란다 프리커(Miranda Fricker)의 *Epistemic Injustice: Power and the Ethics of Knowing*(Oxford UP, 2007) 참고.

105 레브모어와 너스바움의 "Unreported Sexual Assault" *Nebraska Law Review* 97(2019) pp. 607~627 참고.

106 MIT 교수 메리 로우(Mary Rowe)의 보고서 "The Saturn's Rings Phenomenon" (1973) 참고. 비록 로우는 이 용어가 70년대 여성 집단들 사이에서는 사용되고 있던 것이라 주장하고 있지만 말이다. 종종 매키넌이 이 용어를 만들어 냈다고 인정받지만, 그녀의 책 *Sexual Harassment of Working Women*(Yale UP, 1979) 에서 매키넌은 이를 부인하고 이전 세대 페미니스트들에게 그 공을 돌린다. '성희롱'이라는 이름을 고안해 낸 것이 코넬대라는 주장도 있지만 그들의 작

업은 로우보다 약간 늦다. 아마도 당시 대학에서 독립적으로 만들어 낸 용어였을 것이다. 어쨌든 코넬 집단에 관련해서는 린 팔리(Lin Farley)가 1975년 뉴욕 인권 위원회(Commissions on Human Rights in New York)에서 이 용어를 사용해 증언했던 일이 있었는데, 당시 그녀는 직장의 성희롱이 "극도로 널리 퍼져 있고…… 말 그대로 유행하고 있다."라고 말했다. 카일 스웬슨(Kyle Swenson)의 《워싱턴 포스트》 2017년 11월 22일 자 기사 "Who Came Up with the Term 'Sexual Harassment'?" 참고. https://washingtonpost.com/news/morning-mix/wp/2017/11/22/who-came-up-with-the-term-sexual-harassment/
매키넌은 이 주제에 천착하게 된 공을 코넬 여성 지원 센터(Cornell Women's Resources Center)에 방문했던 경험에 돌린다(그녀는 여기서 노래를 불러 돈을 모은 적이 있었다). 매키넌은 당시 여성 직원이 스트레스성 질병을 얻을 정도로 괴롭힘을 당했으나 실업 수당을 거부당했고, 그 까닭은 그녀가 '개인적인 이유로' 퇴사해서였다는 사건에 대해 들었다. 매키넌은 "그 이야기를 읽고는 머리가 터져 버렸어요! 오늘까지 기억합니다."라는 말을 남겼다. 사샤 아루티우노바(Sasha Arutyunova)의 "Catherine MacKinnon and Gretchen Carlson Have a Few Things to Say," *New York Times*, 2018년 3월 17일 자 기사 참고 https://www.nytimes.com/2018/03/17/business/catharine-mackinnon-gretchen-carlson.html

107 캐서린 매키넌의 *Sexual Harassment of Working Women*, p. 173 와 논문 "Reflections on Sex Equality under Law" *Yale Law Journal* 100(1991) pp. 1281~1328 참고.

108 사샤 아루티우노바의 글 "Catherine MacKinnon" 속 글로리아 스타이넘(Gloria Steinem)을 인용.

109 법이론가들은 법의 몇 가지 기능들을 정의한다. 보복적인 면(내가 비판하고 반대하는), 억제적인 면, 교육적인 면, 선언적인 면(사회적 가치에 대한 성명을 낸다는 의미). 너스바움의 『분노와 용서(Anger and Forgiveness)』(Oxford UP, 2016) 6장 참조.

110 폴리 머리의 경력에 대해서는 사비나 마예리(Sabina Mayeri)의 *Reasoning from Race: Feminism, Law, and the Civil Rights Revolution*(Harvard UP, 2011) 참조. '타이틀 세븐'에 대해서는 pp. 22~23 참조.

III   Bostock v. Clayton County, Georgia, 590 U.S. ___(2020) 2020년 6월 15일 판결.

II2   성적 지향과 젠더 정체성 문제에 대한 하급법원 사건들 가운데, 성희롱과 나
      란히 간 사건은 Hively v. Ivy Tech Community College, 853F 3d 339(7th Cir.
      1990)에 특히나 유려하게 기술되어 있다. 제7순회법원은 8대 3으로 성 지향
      에 근거해 차별하는 것이 성차별이라고 판결했다. 항소법원장 우드는 원문주
      의자적인 주장을 냈고, 반대했던 판사들은 법령을 만들었던 의회는 성적 지
      향을 근거로 차별하려는 의도가 없었다고 주장했다. 이 사건은 항소까지 가
      지 않았기에 대법원 결정에 유의미한 영향을 끼치지 않았다.

II3   다이앤 우드의 "Sexual Harassment Litigation with a Dose of Reality" *University of
      Chicago Legal Forum 2019*, art.23(2019). 완성하기 전 논문을 보여 준 우드 판사
      에게 감사의 마음을 전한다.

II4   Williams v. Saxbe, 413 F. Supp. 654, 657~8(D.D.C. 1974).

II5   Barnes v. Costle(1977), Tomkins v. Public Service Electric & Gas Co.(1977),
      Miller v. Bank of America(1979).

II6   Alexander v. Yale University, 631 F.2d 178(2d Cir. 1980)

II7   앤 사이먼의 "Alexander v. Yale University: An Informal History" *Directions in
      Sexual Harassment Law*, ed. Catharine A. MacKinnon and Reva B. Siegal(Yale UP,
      2004) pp. 51~59 참고.

II8   당시 나와 같은 직업을 가진 예일대 고전학과 소속 구성원들과의 사적인 대
      화에서 나온 말이다.

II9   Reed v. Reed, 404 U.S. 71(1971)

I20   Craig v. Boren, 429 U.S. 190(1976)

I2I   허시만의 글 *Reckoning: The Epic Battle against Sexual Abuse and Harassment*(Houghton
      Mifflin, 2019)에 묘사되어 있다.

I22   매키넌은 1982년 미네소타대학에서 조교수직을 임명받고 1989년 마침내
      미시건대학에서 종신직을 받았다. 매키넌은 《뉴욕 타임스》에서 "사막을 헤
      매는 것 …… 종신직을 향한 과정이 꼭 그랬다."라고 말했다. 필립 갈란스
      (Philip Galanes)의 글 "Catherine MacKinnon nd Gretchen Carlson Have a Few

Things to Say" *New York Times*, 2018년 3월 17일 참조. https://www.nytimes.com/2018/03/17/business/catharine-mackinnon-gretchen-carlson.html

123 사비나 마예리의 *Reasoning from Race* 참고.

124 Brown v. Board of Education, 347 U.S. 483(1954)

125 Loving v. Virginia, 388 U.S. 1(1967)

126 웩슬러(Herbert Wechsler) "Toward Neutral Principles of Constitutional Law" *Harvard Law Review* 73(1959) pp. 1~35 참고. 웩슬러와 그 방식에 대한 이어지는 사유는 너스바움의 "Constitutions and Capabilities: 'Perception' against Lofty Formalism," Supreme Court Foreword, *Harvard Law Review* 121(2007) pp.4~97 참고.

127 웩슬러의 "Toward Neutral Principles," p. 34 참고.

128 웩슬러의 "Toward Neutral Principles," p. 33~34 참고.

129 필립 갈란즈의 글 "Catherine Mackinoon and Gretchen Carlson."에서 인용된 선댄스 영화제의 연설 부분.

130 이 판사의 이름은 대지 않을 것인데, 그가 병에 걸려 이런 식의 찬사를 써도 되는지 허가해 줄 수 없었기 때문이다.

131 Meritor Savings Bank v. Vinson, 477 U.S. 57(1986).

132 Oncale v. Sundowner Offshore Services, 523 U.S. 75(1998).

133 매키넌이 주지하는 또 다른 요점은 차이 이론과 달리 평등 이론은 위계질서를 뿌리 뽑는 것을 목적으로 하는 차별적 대우인 소수집단 우대정책을 지지한다는 점이다. 매키넌의 "Reflections on Sex Equality," p. 1287 참고.

134 매키넌에 대한 또 다른 잘못된 관점은 그녀가 인종적 위계질서와 유색인종들의 교차적인 권리 침해들을 무시하고 있다는 점이다. 이 관점은 명백히 잘못되었다. 매키넌의 책은 교차성에 대해 빈번하게 논의하고 있고, 그녀가 자신의 이론에 대한 첫 번째 시험으로서 대법원에 가져갔던 사건은 메셸 빈슨(Mechelle Vinson), 흑인 여성 사건이었다.

135 Meritor, 477 U.S. 57.

136 이 사건에 대해 빅토리아 바텔스(Victoria Bartels)가 쓴 훌륭한 법적 비평 논문 "Meritor Savings Bank v. Vinson: The Supreme Court's Recognition of the Hostile

Environment in Sexual Harassment Claims," *Akron Law Review* 20(1987), pp. 575~589 참고.

137 Harris v. Forklift Systems, 510 U.S. 17(1993).

138 Baskerville v. Culligan, 50F.3d 428(1995).

139 King v. Board of Regents of the University of Wisconsin, 898 F. 2d 533(7th Cir. 1990). 나의 분석은 너스바움의 "'Carr,' Before and After: Power and Sex in 'Carr v. Allison Gas Turbine Division, General Motors,'" *University of Chicago Law Review* 74, Special Issue(2007) pp. 1831~1844 참고.

140 Carr v. Allison Gas Turbine Division, General Motors, 32 F.3d 1007(7th Cir. 1994)

141 Oncale, 523 U.S. 75.

142 다이앤 우드의 "Sexual Harassment Litigation" 참고.

143 Baskerville, 50 F.3d 428. 이 사건에 대해 내가 논의한 바는 "'Carr,' Before and After." 참고.

144 Wetzel v. Glen St. Andrews Living Community, LLC, et al., 901 F.3d 856(2018). 너스바움의 "Harassment and Capabilities: Discrimination and Liability in Wetzel v. Glen St. Andrew Living Community" *University of Chicago Law Review* 87(2020), pp. 2437~2452 참고.

145 다이앤 우드의 "Sexual Harassment Litigation" 참고.

146 Bostock, 590 U.S.___(2020) 참고.

147 Altitude Express, Inc. v. Zarda, 590 U.S. ___(2020).

148 R. G. and G. R. Harris Funeral Homes, Inc. v. Equal Employment Opportunity Commission, 590 U.S.___(2020).

149 이 분열은 3대 1이 아니라 2대 1이었다. 제7순회법원이 제2순회법원, 제6순회법원과 똑같이 판결했기 때문이다. 하지만 제7순회법원은 항소로 가지 않았다. Hively, 853 F.3d 330.

150 Phillips v. Martin Marietta Corp., 400 U.S. 542(1971).

151 Los Angeles Dept. of Water and Power v. Manhart, 435 U.S. 702(1978).

152 Bostock, 590 U.S.___(2020).

153 반대 의견 하나는 새뮤얼 알리토(Samuel Alito) 판사가 쓴 것으로 여기에 클래런스 토머스 판사가 합세했다. 브렛 캐버노(Brett Kavanaugh) 판사는 독립적인 반대문을 썼는데, 사실상 같은 주장이었지만 그 자리를 빌어 LGBTQ 구성원들의 투쟁과 그들의 존엄에 대한 개인적인 존중을 표했다. 그는 그들이 입법을 통해 자신들의 목표를 성취하기를 원했다.

154 닐 고서치의 *A Republic, If You Can Keep It*(Crown, 2019) 참고.

155 물론 직장에는 화장실이 있지만 고서치 판사는 그 문제는 나중의 판결을 위해 일반적인 맥락의 화장실 문제와 함께 내버려 두었다.

156 Wetzel, 901 F.3d 참고.

157 Bostock, 590 U.S.___(2020)

158 중요한 점은 매키넌이 포르노를 금지하자는 제안을 단 한 번도 하지 않았다는 것이다. 대신 그녀는 포르노의 사용으로 인해 상해를 입은 여성들을 위한 시민 조직 행동을 만들어 내고자 했고, 포르노 제작자와 배급자들에 반대했으며 그녀의 제안을 '위험 제품' 관련 소송으로, 예컨대 담배 회사에 반대하는 소송으로 모형화했다.

159 닉 앤더슨(Nick Anderson), 수블러가(Susan Svrluga), 스콧 클레멘트(Scott Clement)의 "Survey: More than 1 in 5 Female Undergrads at Top Schools Suffer Sexual Attacks." *Washington Post*, 2015년 9월 21일 기사 참고. https://www.washington post.com/local/education/survey-more-than-1-in-5-female-undergrads-at-top-schools-suffer-sexual-attacks/2015/09/19/c6c80be2-5e29-11e5-b38e-06883aacba64_story.html

160 샬린 므엘렌하르(Charlene L. Muehlenhard) 외 "Evaluating the One-in-Five Statistic: Women's Risk of Sexual Assault While in College." *Journal of Sex Research* 54, no.4(2017년 5월 16일) p. 561 참고.(https://www.tandfonline.com/doi/full/10.1080/00224499.2017.1295014) 여기서 논의되고 있는 증거는 대학생들이 더 많은 성폭력을 경험한다는 추측을 뒷받침하지 않는다.

161 이 영역에 있어서는 내 연구조교들이 아주 자연스럽게 상당히 관심을 갖게

된 이 주제에 대해 훌륭하고 섬세한 작업을 해 주었고, 그 자체로도 언급할 가치가 있다고 말하고 싶다. 파일로도 따로 보관되어 있다. 수전 허프(Susan Hough)의 미발표 논문, "Legal Approaches toward On-Campus Sexual Violence in the US: A Brief Overview," 2019년 7월 1일, 재러드 메이어(Jared I. Mayer)의 미발표 논문 "Memo on De Vos's Changes to Campus Title IX Proceedings," 2020년 5월 20일.

162 국가 성폭력 지원센터(National Sexual Violence Resource Center)의 "Deal Colleague Letter: Sexual Violence"(US Department of Education, Office of Civil Rights, 2011), https://www.nsvrc.org/publications/dear-colleague-letter-sexual-violence 참고. NSVRC 홈페이지는 도움이 되는 참고 자료들을 많이 보유하고 있다.

163 "Department of Education Issues New Interim Guidance on Campus Sexual Misconduct" 미연방교육부 2017년 9월 22일 참고. https://www.ed.gov/news/press-releases/department-education-issues-new-interim-guidance-campus-sexual-misconduct

164 "Rethink Harvard's Sexual Harassment Policy"(Opinion), *Boston Globe*, 2014년 10월 14일 자 기사 참고. https://www.bostonglobe.com/opinion/2014/10/14/rethink-harvard-sexual-harassment-policy/HFDDiZN7nU2UwuUuWMnqbM/story.html 참조.

165 법률 제정의 입법 예고 및 의견 수렴 체제에 대한 개괄은 "A Guide to the Rulemaking Process," 연방관보국 2011년 1월 자료 참고. https://www.federalregister.gov/uploads/2011/01/the_rulemaking_process.pdf

166 "Nondiscrimination on the Basis of Sex in Education Programs or Activities Receiving Federal Financial Assistance," *Federal Register*(2018년 11월 29일) 참고. https://www.federalregister.gov/documents/2018/11/29/2018-25314/nondiscrimination-on-the-basis-of-sex-in-education-programs-or-activities-receiving-federal

167 U.S.C.§ 1681(a)(2018) 참고. 최종 규정이라는 주제에 대한 좀 더 선명하게 도움이 되는 기록은 아팔라 초프라(Apalla U. Chopra) 외, "Analysis of Key

Provisions of the Department of Education's New Title IX Regulations," *O'Melveny & Myers LLP*(2020년 5월 15일), 참고.

168 국가성폭력지원센터의 「Dear Colleague Letter」.

169 데이비드 야프 벨라니(David Yaffe-Bellany)의 "McDonald's CEO Fired over a Relationship That's Becoming Taboo", *New York Times*, 2019년 11월 4일 자. https://www.nytimes.com/2019/11/04/business/mcdonalds-ceo-fired.html

170 이 급여 조정은 보통 변호사가 판사가 됐을 때 발생하는 재정적 감소에 대한 부분적인 보상이다. 판사들은 대부분의 개업 변호사들보다 적은 돈을 번다. 또한 연설료나 사례비 등을 받는 것이 금지되어 있다. 업무량을 줄이되 은퇴를 하고 싶지는 않은 판사들을 위한 선택지도 있는데, '선임' 지위를 선택하는 것이다. 이는 사건을 맡지만 적게 맡는다는 것을 의미한다.

171 대부분의 국가들은 종신직이 거의 없거나 있더라도 법으로 정해진 은퇴 연령에 의해 제한되는데, 그 연령은 빠르면 65세가 될 수도 있다. 다른 국가들은 대부분 국가가 정해 놓은 판사 은퇴제가 있다.

172 제7연방순회항소법원은 운이 좋게도 지리적으로 중앙에 위치하기 때문에 시카고에서 벌어지는 모든 구두 변론을 열 수 있다. 다른 순회법원들은 보통 각각 다른 구심점들을 갖고 있어서 협력 관계를 발전시키기 어려운 면이 있다.

173 알렉스 코진스키의 "Confessions of a Bad Apple," *Yale Law Journal* 100(1991), pp. 1701~1730 참고. 여기서 '고백'이란 성희롱이나 괴롭힘과는 아무 상관도 없다. 그는 그저 공식적인 마감일 전에 서기관을 미리 고용해 버리는 것에 대해 이야기하고 있을 뿐이다. 숱하게 개정이 시도됐음에도 여전히 만연한 관행이다.

174 *Maintaining the Public Trust: Ethics for Federal Judicial Law Clerks*, 4th ed.(Federal Judicial Center, 2013)

175 또 다른 강령 Model Employment Dispute Resolution Plan(2010)은 고발할 수 있는 대안적인 길을 제공한다. 이 강령은 인종, 종교, 성별에 근거한 모든 차별을 금지한다고 언급하고 있고 임신에 의한 차별과 성차별 예시로서 성희롱을 포함한다. 그러나 이 강령은 국가 사법회의(Judicial Conference)에 의해 제

안된 모델로, 어떤 순회법원에도 구속력이 없다. 각 순회법원은 각각의 방침을 만들어야만 한다.

176 그의 아버지는 제2차 세계대전 당시 강제 수용소에서 생존했다.

177 다프네 와이샴(Daphne Wysham)의 "Mining Whistleblower Speaks Out against Massey," *Institute for Policy Studies*, 2010년 7월 23일.
https://ips-dc.org/mining_whistleblower_speaks_out_against_massey/

178 "Kozinski, Alex," 연방재판소 2014년 10월~2020년 2월 접속. https://www.fjc.gov/history/judges/kozinski-alex

179 이 강의는 법 이론의 거물 중 하나인 허버트 모리스(Herbert Morris)를 예우하는 자리였고, 그가 참석한 자리이기도 했으며, 동시에 미국과 인도 양국 동성애 혐오자들에게서 수행되는 혐오의 역할에 대해 논의하는 성과 관련된 자리이기도 했다. 코진스키의 참석은 이 두 가지 사실들 중 하나로, 혹은 그 둘 다로 설명될 수 있을 것이다.

180 크리스 크리스털(Chris Chrystal)의 "Senate Panel to Reopen Kozinski Hearing," *UPI*, 1985년 10월 31일 자 글에 인용됨. https://www.upi.com/Archives/1985/10/31/Senate-panel-to-reopen-Kozinski-hearing/3933499582800/

181 데이비드 랏(David Lat)은 굉장히 영향력 있던 준전문적 법률 블로그 법 위에서(*Above the Law*)에서 편집을 하다가 나중에 이 블로그를 열게 되었다.

182 코진스키가 제3조 그루피에게 "Courthouse Forum: The Hot. Alex Kozinski," *Underneath the Robes*(blog), 2004년 6월 28일. https://underneaththeirrobes.blogs.com/main/2004/06/courthouse_foru.html

183 달리아 리스윅의 "He Made Us All Victims and Accomplices," *Slate*, 2017년 12월 13일 자 기사 참고.

184 캐스린 루비노의 "Above the Law's Dangerous Love of Federal Judges: Did We Help Support Sexual Harassment?", *Above the Law*, 2018년 9월 10일.

185 "Who's Afraid of Commercial Speech?" *Virginia Law Review* 76(1990), p. 627 참고.

186 아켈라 레이시(Akela Lacy)도 "What Did Brett Kavanaugh Know about His Mentor Alex Kozinski's Sexual Harassment? A Timeline Suggests an Awful Lot,"

(*Intercept*, 2018년 9월 20일 자)에서 비슷한 결론에 도달했다.

187 제3순회법원, "In Re: Complaint of Judicial Misconduct," 사법위원회 no.
03-08-90050(Judicial Council of the Third Circuit, 2009). 이 이야기는 《LA 타임스》에 실린 스콧 글로버(Scott Glover)의 글 "9th Circuit's Chief Judge Posted Sexually Explicit Matter on His Website"에서 2008년 6월 11일 폭로되었다.
https://www.latimes.com/local/la-me-kozinski12-2008jun12-story.html

188 제3순회법원, "In re: Complaint," JC no. 03-08-90050.

189 제3순회법원의 "Proceeding in Review of the Order and Memorandum of the Judicial Council of the Ninth Circuit," JC nos. 09-12-90026, 09-12-90032(2014년 1월) 참고.

190 맷 자포토스키(Matt Zapotosky)의 "Prominent Appeals Court Judge Alex Kozinski Accused of Sexual Misconduct," *Washington Post*, 2017년 12월 8일 자 기고 글과 자포토스키의 "Nine More Women Say Judge Subjected Them to Inappropriate Behavior, Including Four Who Say He Touched or Kissed Them," *Washington Post*, 2017년 12월 15일 글 참고.

191 하이디 본드가 자신의 블로그 Courtney Milan 에 올린 글 "Me Too," "Thinking of You," "Gag List Emails Received between 2006 and 2007" 참고.(www.courtneymilan.com)
하이디 본드, "I Received Some of Kozinski's Infamous Gag List Emails. I'm Baffled by Kavanaugh's Responses to Questions about Them," *Slate*, 2018년 9월 14일 자.

192 달리아 리스윅의 "He Made Us ALl Victims" 와 캐서린 쿠의 "Pressuring Harassers to Quit Can End Up Protecting Them," *Washington Post*, 2018년 1월 7일 글 참고.

193 하이디 본드의 블로그 *Courtney Milan*.

194 제9순회법원, "In Re: Complaint of Judicial Misconduct," JC no. 02-17-90118(Judicial Council of the Ninth Circuit, 2017) 참고.

195 존 로버츠 주니어(John F. Roberts Jr.)의 "Letter to Judge Robert Katzmann," 연방

대법원, 2017년 12월 15일.

196 맷 자포토스키의 "Judge Who Quit over Harassment Allegations Reemerges, Dismaying Those Who Accused Him," *Washington Post*, 2018년 7월 24일 자 기사 참고.

197 판사들은 텍사스주 서부지방법원의 월터 스미스(Walter Smith) 판사(2014년에 서기관을 성적으로 희롱한 혐의로 고발), 콜로라도주 지방법원의 에드워드 노팅엄(Edward Nottingham) 판사(2007~2008년에 술에 취해 스트립 클럽에 가 성매매를 시도한 것을 포함한 다양한 혐의로 고발), 몬타나주 지방법원(2012년 위에서 언급된 일)의 리처드 세불(Richard Cebull) 판사, 텍사스주 남부 지방법원의 리처드 켄트(Richard Kent) 판사(2017년 사법부 직원을 성적으로 희롱한 일로 고발되었으나, 증거에 의하면 상습적인 패턴을 보였음), 콜롬비아주 지방법원의 리처드 로버츠(Richard Roberts) 판사(사법부에 임명되기 전 연방 기소 검사로 근무하던 중인 2017년, 16세의 증인에게 성행위를 시연하라고 강요한 일로 고발)가 있다. 마지막 사건에서는 로버츠의 은퇴에도 불구하고 그의 행위에 대한 심리가 열렸으나 조사 결과 그의 사법부 복무 전 행위들은 사법부 강령에 의거 재판에 회부되지 않는다고 결론 내렸다.

198 존 로버츠, "2017 Year-End Report on the Federal Judiciary," *Federal Judiciary Workplace Conduct Working Group to the Judicial Conference of the United States*, 2018년 6월 1일, 부록 2번 참고.

199 존 로버츠, "2017 Year-End Report," p. 6 참고.

200 *Protecting Federal Judiciary Employees from Sexual Harassment, Discrimination, and Other Workplace Misconduct: Hearing before the Subcommittee on Courts, Intellectual Property, and the Internet*, 116th Cong.(2020, 워런의 증언 참고). https://judiciary. house.gov/calendar/eventsingle.aspx?EventID=2791

201 데브라 와이스(Debra Cassens Weiss)의 "Over 70 Former Reinhardt Clerks Urge Judiciary to Change Reporting Procedures and Training," *ABA Journal*, 2020년 2월 21일 자 기사 참고. https://www.abajournal.com/news/article/former-reinhardt-clerks-urge-judiciary-to-change-reporting-procedures-and-training

202 "To the Judicial Conference(Honorable Chief Justice John G. Roberts, Jr., Presiding)," https://ylw.yale.edu/wp-content/uploads/2020/02/Judicial-Misconduct-Letter.pdf

203 비비아 첸(Vivia Chen)의 "The Careerist: Why Haven't Women in Law Firms Called Out Kozinski?" *Connecticut Law Tribune*, 2017년 12월 20일 자 기사 참조. https://www.law.com/therecorder/2017/12/20/why-havent-women-in-law-firms-called-out-kozinski/?slreturn=20210712052617

204 로스 토드(Ross Todd)의 "Alex Kozinski Set to Return to 9th Circuit as Oral Advocate," *Recorder*, 2019년 12월 5일 자 기사 참고. https://www.law.com/nationallawjournal/ 2019/12/05/alex-kozinski-set-to-return-to-9th-circuit-as-oral-advocate/

토드의 다른 글 "Alex Kozinski Makes Post-retirement Debut at Ninth Circuit in 'Shape of Water' Case," *Am Law Litigation Daily*, 2019년 12월 9일 자 기사 참고. https://www.law.com/litigationdaily/2019/12/09/kozinski-contends-playwrights-due-process-rights-are-at-stake-in-copyright-case-against-shape-of-water-filmmakers-407-11110/

205 맬컴 게이(Malcolm Gay)와 케이 라자르(Kay Lazar)의 "In the Maestro's Thrall," *Boston Globe*, 2018년 3월 2일 자.

206 Associated Press, "Opera Star Plácido Domingo Receives Standing Ovation for 50th Anniversary in Milan," USA Today, 2019년 12월 16일 자.

207 시카고리릭오페라(Lyric Opera of Chicago)를 예로 들자면 2018년에서 2019년 사이 수익의 43퍼센트가 기부자들에게서 왔고 31퍼센트만이 티켓 판매에 의한 수익이었다. 메트로폴리탄오페라단(Metropolitan Opera)도 유사한 명세서를 갖고 있다.

208 유명한 경우가 바소였던 새뮤얼 라미(Samuel Ramey)의 경우다. 그의 능력을 알아본 교사의 도움으로 새뮤얼은 캔자스주립대(Kansas State University)에서 음악 교사가 되기 위한 훈련을 받고 있었다. 그때까지 그는 오페라에 가 본 적도 없었다.(약 12년 전 미국 바그너협회의 한 강연에서 그렇게 말했다). 테너 로런스 브라운리는 오하이오주 영스타운의 한 교회 성가대 감독의 눈에 띄었

는데, 그는 오페라가 너를 위한 것이라는 말을 해 주고 심지어 구체적인 음역 대도 짚어 줬다.(정확히는 벨칸토 테너를 추천했다.). 현재 그는 누구 못지않게 노래한다.(2017년 봄, 시카고대학 오페라에 관한 내 수업 중 브라운리 인터뷰에서)

209 최상급에서라면 오페라 합창단에서 일하는 것은 매우 돈벌이가 된다. 메트로폴리탄오페라 전임 합창단은 평균적으로 20만 달러를 벌고, 10만 달러의 수당을 더 받는다. 메트로폴리탄오페라 오케스트라 단원들의 평균 임금도 이와 비슷하다. 최근 협상에서 연봉과 연금 제도와 관련해 난제가 있기는 했지만, 굴지의 교향악단들도 거의 비슷하다.

210 Meritor Savings Bank v. Vinson, 477 U.S. 57(1986)

211 카운터테너들이 어디까지 가성(falsetto)을 쓰고, 누가 쓰고 누가 안 쓰냐에 대한 논쟁이 있지만 이 쟁점은 이 장에서는 무관하다.

212 카스트라토들은 거세의 결과로 매우 키가 크고 두툼했다. 하지만 앨프리드 델러(Alfred Deller)가 '정상적인' 남성의 성적 발달로도 그런 역할을 노래할 수 있다는 걸 보여 주었다. 세 아이를 가진 기혼 남성으로서 자신이 이성애자임을 강조하여 그는 의심 많은 오페라 팬들과 젊은 가수들을 위해 카운터테너 경력에 대한 편견을 깨기 위해 힘썼다. 카운터테너 창법의 교사이자 옹호자로 또 알려진 사람은 미국의 러셀 오벌린(Russell Oberlin, 1928~2016)으로 그의 바흐와 헨델 녹음은 내 세대의 젊은 사람들에게 독특한 소리를 들려주었다.(그리고 그는 모두가 동의했듯 가성을 쓰지 않았다.)

213 벤저민 브리튼(Benjamin Britten)의 「한여름밤의 꿈(Midsummer Night's Dream)」에서 오베론역과, 토머스 아데스(Thomas Adès)의 「템페스트(Tempest)」의 트린쿨로역, 글래스(Philip Glass)의 「아크나텐(Aknaten)」의 주연 역 모두 남성 카운터테너를 위해 쓰였다.

214 데이비드 대니얼스는 벤저민 브리튼의 오베론과 토머스 아데스의 트린쿨로역을 맡은 바 있다.

215 이 오페라는 오스카 와일드의 위트나 성취보다도 그의 재판과 죽음에 대해 쓰인 것으로 일반적으로는 실패작이라고 평가받았다. 독실한 체하는 대본과

평범한 음악성 때문이다. 비판받지 않았던 것은 내가 알기로 와일드 역에 카운터테너를 캐스팅했다는 특이한 선택이었는데, 사람들의 말에 의하면 와일드는 깊게 울리는 목소리로 콜로라도주 리드빌의 광부들마저도 매료시킬 정도였다고 알려져 있기 때문이다. 오페라는 게이 남성에 대한 고정관념을 공격하고자 하는 목적이 있었지만 그 목소리의 스타일은 하나의 우스꽝스러운 고정관념을 재확인시켰다.

216 데이비드 제스(David Jess)의 "U-M Trying to Out Former Graduate Students as Gay, Court Filing Claims," *Detroit Free Press*, 2019년 7월 31일 자 기사 참조.

217 구스 번스(Gus Burns), "Report Reveals New Misconduct Claims against University of Michigan Professor David Daniels," *MLive*, 2019년 8월 14일 자. https://www.mlive.com/news/2019/08/report-reveals-new-misconduct-claims-against-university-of-michigan-professor-david-daniels.html

218 구스 번스의 "Report Reveals New Misconduct CLaims"와 Anastasia Tsioulcas의 "Memos Lay Out Sexual Misconduct Allegations against Opera Star David Daniels," *NPR*, 2019년 8월 8일 자 기사 참고. https://www.npr.org/2019/08/08/749368222/memos-lay-out-sexual-misconduct-allegations-against-opera-star-david-daniels

219 이소벨 그랜트(Isobel Grant), "Findings of David Daniels Investigation May Be Kept from the Public," *Michigan Daily*, 2019년 9월 19일 자 기사. https://www.michigandaily.com/news-briefs/findings-david-daniels-investigation-may-be-kept-public/

220 새뮤얼 슐츠의 이야기에 대해서는 노먼 레브레흐트(Norman Lebrecht)의 "A Baritone Writes: I Was Raped," *Slipped Disc*, 2018년 7월 15일 자 기사 참고. https://slippedisc.com/2018/07/a-baritone-writes-i-was-raped/
또한 D. L. 그루버(D. L. Groover)의 "#MeToo at the Opera, the Samuel Schultz Story," *Houston Press*, 2018년 8월 27일 자 기사 참고. https://www.houstonpress.com/arts/samuel-schultz-says-he-was-drugged-and-raped-after-an-hgo-performance-10798013

221 그루버의 "#MeToo at the Opera."

222 마이클 리벤슨(Michael Levenson)의 "Opera Star, Charged with Sexual Assault, Is Fired by University of Michigan." *New York Times*, 2020년 3월 26일 자. https://www.nytimes.com/2020/03/26/us/david-daniels-michigan-opera-singer-fired.html

223 조슈아 코스먼(Joshua Kosman)의 "SF Opera Removes David Daniels from Production amid Sexual Assault Allegations," *San Francisco Chronicle*, 2018년 11월 8일. https://datebook.sfchronicle.com/music/sf-opera-removes-david-daniels-from-production-amid-sexual-assault-allegations

224 조슬린 게커(Jocelyn Gecker)의 "Famed Conductor Charles Dutoit Accused of Sexual Misconduct," *AP News*, 2017년 12월 21일 자 기사. https://apnews.com/article/278275ccc09442d98a794487a78a67d4
조슬린 게커와 제이니 하(Janie Har)의 "Famed Conductor Dutoit Faces New Sex Claims, Including Alleged Rape," *Boston Globe*, 2018년 1월 11일 자 기사 참고. https://www.bostonglobe.com/arts/2018/01/11/famed-conductor-faces-new-sex-claims-including-rape/I6e3hq3rDlqaCBdYXGCoAO/story.html

225 조슬린 게커(Jocelyn Gecker)의 "Famed Conductor Charles Dutoit Accused of Sexual Misconduct," *AP News*, 2017년 12월 21일 자. https://apnews.com/article/278275ccc09442d98a794487a78a67d4

226 게커와 하의 "Philly Orchestra Latest to Break Ties with Dutoit amid Scandal," *Philadelphia Tribune*, 2017년 12월 23일 자.

227 게커와 하의 "Philly ORchestra Latest to Break Ties"와 "BSO: Sexual Misconduct Claims against Dutoit Credible," *WAMC*, 2020년 1월 접속. https://www.wamc.org/wamc-news/2018-03-02/bso-sexual-misconduct-claims-against-dutoit-credible

228 내가 그를 마지막으로 본 것은 2016년 여름이었다. 이 시점에서는 과거 시제를 쓰는 게 최선으로 보인다.

229 게이와 라자르의 "In the Maestro's Thrall."

230 이 질문은 형편없이 고안된 것이다. 9번 교향곡 자체가 사라질 위험에 처해 있다는 것이 요점인가? 아니면 베토벤의 손이 닿은 귀중한 악보가 위험에 처

했다는 것인가? 분명한 것은 많은 에디션과 카피, 수없는 녹음 공연들이 그 작업을 보존하고 있다는 사실이다.

231 마이클 쿠퍼(Michael Cooper)의 "Met Opera Suspends James Levine after New Sexual Abuse Allegations," *New York Times*, 2017년 12월 3일 자.

232 제러미 아이흘러(Jeremy Eichler)의 "Levine Allegations Prompt BSO Review of Sex Harassment Policies," *Boston Globe*, 2017년 12월 5일 자 기사 참고. https://www. bostonglobe.com/arts/music/2017/12/05/levine-allegations-prompt-bso-review-sex-harassment-policies/hLqts5V0h9pxqKI9v8okRN/story.html

233 Anastasia Tsioulcas, "James Levine Accused of Sexual Misconduct by 5 More Men," *NPR*, 2018년 5월 19일 자. https://www.npr.org/sections/therecord/2018/05/19/612621436/james-levine-accused-of-sexual-misconduct-by-5-more-men

234 도널드 블럼(Ronald Blum), "Levine Fired by Met After It Finds Evidence of Sexual Abuse," *AP News*, 2018년 3월 12일 자. https://apnews.com/article/music-north-america-ap-top-news-sexual-misconduct-james-levine-1f1d30df52ca447db82a0fd1db691a5f

마이클 쿠퍼, "James Levine's Final Act at the Met Ends in Disgrace" *New York Times*, 2018년 4월 12일 자. https://www.nytimes.com/2018/03/12/arts/music/james-levine-metropolitan-opera.html

235 아나스타시야 티시울카스(Anastasia Tsioulcas)의 "Majority of James Levine's Defamation Claims against Met Opera Dismissed," *NPR*, 2019년 3월 27일 자. https://www.npr.org/2019/03/27/707147886/majority-of-james-levines-defamation-claims-against-met-opera-dismissed

236 마이클 쿠퍼의 "Met Opera Suspends James Levine." 같은 책에 실린 파이의 성명도 참고, "It has really messed me up."

237 마이클 쿠퍼의 "James Levine's Final Act."

238 마이클 쿠퍼의 "Met Opera Suspends James Levine."

239 스튜어트(James B. Steward)와 쿠퍼의 "The Met Opera James Levine, Citing Sexual Misconduct. He was Paid $3.5Million," *New York Times*, 2020년 9월 20일,

https://www.nytimes.com/2020/09/20/arts/music/met-opera-james-levine.html

240 조슬린 게커(Jocelyn Gecker)와 조슬린 노벡(Jocelyn Noveck)의 "Singer Says Opera's Domingo Harassed Her, Grabbed Her Breast," *AP News*, 2019년 9월 7일 자에서. https://apnews.com/article/opera-us-news-ap-top-news-music-ca-state-wire-3baf2ccc59144284b227f29eb7d44797

조슬린 게커의 "Women Accuse Opera Legend Domingo Sexual Harassment," *AP News*, 2019년 8월 13일, https://apnews.com/article/europe-los-angeles-dc-wire-va-state-wire-nyc-wire-c2d51d690d004992b8cfba3bad827ae9

241 조슬린 게커의 "Women Accuse Opera Legend Domingo."

242 조슬린 게커와 노벡의 "Singer Says Opera's Domingo Harassed Her."

243 Associated Press, "Plácido Domingo's Accusers: Nothing 'Chivalrous' about Groping Women," *Hollywood Reporter*, 2019년 12월 3일 자. https://www.hollywoodreporter.com/news/music-news/placido-domingo-s-accusers-nothing-chivalrous-groping-women-1259453/

244 아드리아나 리콘(Adriana Gomez Licon)의 "Andrea Bocelli Questions Shunning of Accused Opera Star Plácido Domingo: 'This Is Absurd,'" *USA Today*, 2019년 11월 12일 자 기사. https://www.usatoday.com/story/entertainment/celebrities/2019/11/12/andrea-bocelli-appalled-absurd-treatment-placido-domingo/2578364001/

245 제시카 겔트(Jessica Gelt)의 "Plácido Domingo Apologizes for 'Hurt That I Caused' as Investigation Finds Misconduct," *Los Angeles Times*, 2020년 2월 24일 자. https://www.latimes.com/entertainment-arts/story/2020-02-24/placido-domingo-allegations-apologizes-opera-guild-investigation

246 애초에 기밀로 만들 예정이었던 AGMA 보고서를 대중에게 공개하느냐에 대한 논쟁이 있었다. 일부에서는 도밍고가 기밀 유지에 대한 대가로 50만 달러를 지불하는 계약이 성사되었다고 주장했고 반대 입장에서는 그런 계약이 존재하지 않았다고 부인했다. 여기서 이 쟁점을 더 끌고 가지는 않을 것이다.

247 "LA Opera Independent Investigation: Summary of Findings and Recommend-

ations," *LA Opera*, 2020년 3월 10일 자. https://www.laopera.org/about-us/press-room/press-releases-and-statements/statement-summary-of-findings/

248 켈트의 "Plácido Domingo Apologizes."

249 아나타시야 티시울카스의 "Plácido Domingo Backpedals on Public Apology; Meanwhile, Union Seeks Leakers," *NPR*, 2020년 2월 27일, https://www.npr.org/2020/02/27 /809995613/pl-cido-domingo-backpedals-on-public-apology-meanwhile-union-seeks-leakers

250 알렉스 마셜(Alex Marshall)의 "Plácido Domingo Walks Back Apology on Harassment Claims," *New York Times*, 2020년 2월 27일 자. https://www.nytimes.com/2020/02/27/arts/music/placido-domingo-apology.html

251 필립 케니콧(Philip Kennicott), "Plácido Domingo's Reputation as a Performer Enabled the Opera World to Ignore His Predatory Behavior,"《워싱턴 포스트》, 2020년 2월 26일 자. https://www.washingtonpost.com/entertainment/music/placido-domingo-apologizes-after-union-finds-he-engaged-in-inappropriate-activity/2020/02/25/19ac42ac-57e9-11ea-ab68-101ecfec2532_story.html
케니콧이 헤드라인을 직접 작성하지는 않았을 법하다. 왜냐하면 그는 기사에서 도밍고의 도덕적 판단은 심각하지만, 그의 명성과 대담하고 혁명적인 공연자로서의 공헌도 인정하고 있기 때문이다. "약탈자"라는 이름표를 정당화할 수 있는 유일한 행동은 한 원고에 의해 '스토킹'과 같은 것으로 묘사된 것 단 하나로 보인다. 지적했듯이 도밍고가 끈질기게 반갑지 않은 접근을 했던 것은 "적대적인 환경"의 요소로서 충분하나, 그것이 진짜로 스토킹인지 아니었는지는 사실들에 대한 좀 더 완전한 선고 없이는 결정하기 어렵다.

252 "AFL-CIO Anti-Discrimination and Anti-Harassment Policy," 2020년 1월 접속, ALF-CIO. https://aflcio.org/about-us/afl-cio-anti-discrimination-and-anti-harassment-policy

253 무료 변론이라는 전반적 방침에 대해서는 시카고리릭오페라의 총괄이사이자 CEO인 앤서니 프로이드(Anthony Freud)의 강의 "Careers for Lawyers in the Performing Arts"에 묘사되어 있다.(Law Students for the Creative Arts, University of

Chicago Law School, 2019년 4월)

254 피터 도브린(Peter Dobrin)의 "Philadelphia Orchestra Has Played 650 Concerts with Charles Dutoit, the Conductor Accused of Sexual Misconduct," *Philadelphia Inquirer*, 2017년 12월 21일 자 기사. https://www.inquirer.com/philly/entertainment/arts/charles-dutoit-philadelphia-orchestra-sexual-harrassment-montreal-20181108.html

255 마이클 쿠퍼(Michael Cooper)의 "Charles Dutoit, Conductor Accused of Sexual Assault, Leaves Royal Philharmonic," *New York Times*, 2018년 1월 11일.

256 게커와 노벡의 "Singer Says Opera's Domingo Harssed Her."

257 조지프 주커(Joseph Zucker)의 "Jameis Winston After 30 INT Season: 'You Look at My Numbers, I'm Ballin'," *Bleacher Report*, 2019년 12월 29일 자. https://bleacherreport.com/articles/2868964-jameis-winston-after-30-int-season-you-look-at-my-numbers-im-ballin

258 누군가는 그래도 폭력을 미화하는 래퍼들과 힙합 아티스트들에 대해서 우려 해야 한다고 주장할 수 있겠다. 나는 이 우려가 과장되었다고 생각하지만 이 자리에서 논할 주제는 아니다.

259 축구는 갈수록 인기를 얻고 있지만 관중 면에서는 훨씬 뒤처져 있다. 마케팅 차트 참조. "How Many Americans Are Sports Fans?" 2017년 10월 23일. https://www.marketingcharts.com/industries/sports-industries-80768 미국인들의 50퍼센트 이상이 야구팬이라고 대답했고, 60~70퍼센트가 프로 미식축구 팬 이라고 했다. 40퍼센트가량이 프로 농구 팬이라고 대답한 반면, 오직 28퍼센 트만이 프로 축구 팬이라고 대답했다. 젊은 여성들은 여자 축구에서 영웅성 을 발견하지만 적어도 미국에서 남자들과 남자 축구에 있는 전혀 아닌 것으 로 보인다.

260 윌리 메이스와 존 시아(John Shea)의 *24: Life Stories and Lessons from the Say Hey Kid*(St. Martin's, 2020)에 인용. 메이스는 넬슨 만델라(Nelson Mandela), 마틴 루서 킹(Martin Luther King Jr.), 네자와할랄 루(Jawaharlal Nehru)와 나란히 내 영웅들 중 하나이다.

261 바지아뇨스(Alanna Vagianos)의 "NFL Player to Elementary School Class: Girls Are 'Supposed to Be Silent'" *Huffington Post*, 2017년 2월 23일, https://www.huffpost.com/entry/jameis-winston-accused-of-rape-to-elementary-class-girls-are-supposed-to-be-silent_n_58af20a2e4b0a8a9b78012e6

262 바지아뇨스의 "NFL Player to Elementary School Class."

263 보튼의 *Ball Four: MY Life and Hard Times Throwing the Knuckleball in the Big Leagues*, ed. Leonard Schecter(World, 1970).

264 존 파인스타인(John Feinstein), "Jim bouton Opened the Lid on the Closed Ol' Boy Network of Baseball," *Washington Post*, 2019년 7월 12일 자. https://www.washingtonpost.com/sports/jim-bouton-opened-the-lid-on-the-closed-ol-boy-network-of-baseball/2019/07/12/4580a4c8-a442-11e9-bd56-eac6bb02d01d_story.html

265 실버가 저자에게 보낸 메일, 2019년 1월 14일.

266 스티브 알마지(Steve Almasy)와 호메로 푸엔테(Homero De la Fuente)의 "San Francisco Giants' Alyssa Nakken Becomes First Female Full-Time Coach in MLB History," *CNN*, 2020년 1월 17일 자 기사. https://edition.cnn.com/2020/01/16/us/san-francisco-giants-female-coach-spt-trnd/index.html

267 질 마틴(Jill Martin)의 "NBA Commissioner Adam Silver Wants More Women as Referees and Coaches," *CNN*, 2019년 5월 10일 자 기사. https://edition.cnn.com/2019/05/10/sport/adam-silver-wants-more-women-as-referees-and-coaches-in-nba-trnd/index.html

268 루이스 비엔(Louis Bien)의 "A Complete Timeline of the Ray Rice Assault Case," *SB Nation*, 2014년 11월 28일 업데이트, https://www.sbnation.com/nfl/2014/5/23/5744964/ray-rice-arrest-assault-statement-apology-ravens

269 폴 하겐(Paul Hagen)의 "MLB, MBLPA Reveal Domestic Violence Policy," *MLB Advanced Media*, 2015년 8월 21일 자. https://www.mlb.com/news/mlb-mlbpa-agree-on-domestic-violence-policy/c-144508842

270 마크 곤잘레스(Mark Gonzales)의 "Cubs' Addison Russell Addresses Domestic Violence Suspension: 'I Am Not Proud of the Person I Once Was,'" *Chicago*

Tribune, 2019년 2월 15일 자. https://www.chicagotribune.com/sports/cubs/ct-spt-cubs-addison-russell-speaks-20190215-story.html

271 타일러 케프너(Tyler Kepner)의 "Yankees' Domingo German Suspended 81 Games for Domestic Violence," *New York Times*, 2020년 1월 2일 자. https://www.nytimes.com/2020/01/02/sports/baseball/domingo-german-suspension.html

272 실버의 이메일, 2019년 1월 14일.

273 알 닐(Al Neal)의 "Which of the Big 4 Has the Best Domestic Violence Policy?" *Grandstand Central*, 2018년 8월 24일 자. https://grandstandcentral.com/2018/society/best-domestic-violence-policy-sports/

274 알 닐의 "Which of the Big 4."

275 팀들과 리그 간의 불편한 관계에 대해서는 타이릭 힐(Tyreek Hill)과 캔자스시티 치프스(Kansas City Chiefs) 사건이 있었다. 2014년 힐은 경범의 가정 폭력으로 유죄를 인정했는데(목을 조르는 일이 수반된 소름 끼치는 사건이었다.) 그의 대학 팀 오클라호마주(Oklahoma State)는 그와 관계를 끊었고, 그는 하위 팀인 웨스트 앨라배마(West Alabama)로 갔다. 2019년, 치프스팀(그를 5순위로 드래프트한)과의 경기에서 그는 아동 폭력으로 같은 여자 친구에게 고발을 당했다. 치프스팀은 그를 출장 정지시켰고 몇 달 뒤 NFL은 의학적 증거들을 살펴본 뒤, 그의 아동 폭력 혐의를 벗겨 주었으며 현재 그는 치프스팀에 복귀했다.

276 알 닐의 "Which of the Big 4."

277 유럽 프로 축구팀의 성적 부패에 대해서는 조사되지 않고 있고, 피파(FIFA)는 분명 많은 면에서 부패되어 있으나 선수들의 범법 행위를 은폐하는 부패를 포함하고 있는지 여부에 대해서는 조사가 필요하다. 어쨌든 이 점은 확실하다. 시스템은 성폭력에 대한 명확한 공공 규범을 채택할 수 있었고, 집행할 수 있었다. 전반적인 구조가 미국의 프로 리그들과 비슷하기 때문이다.

278 유럽 축구 아카데미에 대한 두 개의 좋은 글이 있다. 데이비드 콘(David Conn)의 "'Football's Biggest Issue': The Struggle Facing Boys Rejected by Academics," *Guardian*, 2017년 10월 6일. https://www.theguardian.com/football/2017/oct/06/football-biggest-issue-boys-rejected-academies 와 소코러브(Michael

Sokolove)의 "How a Soccer Star Is Made," *New York Times Magazine*, 2010년 6월 2
일. https://www.nytimes.com/2010/06/06/magazine/06Soccer-t.html

279　실제 시스템은 그보다 훨씬 더 복잡하지만 그 세부는 본 논지와 무관하다.

280　벤 말러(Ben Maller)의 "College Graduation Rates of MLB Players," *The PostGame*,
2012년 5월 18일. http://www.thepostgame.com/blog/dish/201205/grandy-man-
only-educated-bronx-bomber

281　로저 칸의 *The Boys of Summer*(Harper, 1972)

282　보다 포괄적인 연구는 리처드 카처(Richard T. Karcher)의 "The Chances of a
Drafted Baseball Player Making the Major Leagues: A Quantitative Study," *Baseball
Research Journal* 46, no. 1(2017년 봄). https://sabr.org/journal/article/the-chances-
of-a-drafted-baseball-player-making-the-major-leagues-a-quantitative-study/

283　유명한 사건 중 하나가 브록 터너(Brock Turner)의 것으로, 그는 정신을 잃은
여성을 강간한 스탠포드 대의 백인 수영 스타였다. 그는 세 건의 성범죄로 유
죄를 받았으나 판사는 그를 관대하게 처벌했는데, 선수의 재능과 밝은 미래
를 운운하며 6개월 징역을 선고했다.(그는 3개월만 복역했다.) 이 사건은 광
범위한 분노를 일으켰고 2019년 피해자인 샤넬 밀러(Chanel Miller)는 자신의
경험을 논하는 회고록 *Know My Name: A Memoir*(Viking)을 출간했다.

284　리처드 존슨(Richard Johnson)의 "Northwestern's New Football Pratice Facility is
Literally on a Beach," *SB Nation*, 2018년 4월 10일 자. https://www.sbnation.com/
college-football/2018/4/10/17219292/northwestern-new-practice-facility

285　몇 개 주의 최상위에는 농구팀 코치가 있고, 또 다른 주에는 대학교 의대 교
수들이 있다. "Who's the Highest-Paid Person in Your State?: *ESPN*, 2018년 3
월 20일, 참고 https://www.espn.com/espn/feature/story/_/id/28261213/dabo-
swinney-ed-orgeron-highest-paid-state-employees

286　"NCAA Salaries," *USA Today*, 2019년 11월~2020년 2월 접속, https://sports.
usatoday.com/ncaa/salaries/

287　바우만(Dan Bauman), 데이비스(Tyler Davis), 오리어리(Brian O'Leary)의
"Executive COmpensation at Public and Private Colleges," *Chronicle of Higher*

Education, 2020년 6월 17일, https://www.chronicle.com/article/executive-compensation-at-public-and-private-colleges/#id=table_private_2018

288 이 수치는 보웬의 분석으로 보강된다. 보웬과 레빈(Sarah A. Levin)의 *Reclaiming the Game: College Sports and Educational Values*(Princeton UP, 2002)과 매킨타이어(Mike McIntire)의 *Champions Way: Football, Florida, and the Lost Soul of College Sports*(W. W. Norton, 2017) p.90 참고.

289 보웬과 레빈의 *Reclaming the Game*, 슐먼과 보웬의 *Game of Life* 참조.

290 브랜드(Myles Brand)의 "Academics First: Reforming College Athletics"(연설, National Press Club, Washington DC, 2001년 1월 23일)

291 헌트(Joshua Hunt)의 *University of Nike: How Corporate Cash Bought American Higher Education*(Melville House, 2018) 참고.

292 헌트의 *University of Nike*.

293 라비뉴와 슐라바흐의 *Violated: Exposing Rape at Baylor University amid College Football's Sexual Assault Crisis*(Center Street, 2017) 참고.

294 나는 매킨타이어의 책에서 구체적인 페이지들을 인용하며 본문 내에서 괄호로 처리했는데, 그의 주장들은 뉴스 기사, 참여자들과 한 인터뷰, 법정 문서 등 방대한 인용문들로 보강되어 있다. 관심이 있는 독자들은 거기서 출처들을 찾아볼 수 있다.

295 내 연구조교 메이어가 관련한 데이터를 완전하게 엮어 두었는데, 이 자료는 나의 교수진 페이지에서 접속할 수 있다. JD expected 2021, 시카고대 로스쿨.

296 제러미 바우어 울프(Jeremy Bauer-Wolf)의 "NCAA: No Academic Violations at UNC," *Inside Higher* Ed, 2017년 10월 16일. https://www.insidehighered.com/news/2017/10/16/breaking-ncaa-finds-no-academic-fraud-unc 유죄를 주지하는 사실들에도 불구하고 이빨 빠진 NCAA는 학교가 무사히 지나가게 내버려 두었다.

297 윈스턴은 인터뷰를 시도했던 매킨타이어의 요청을 거절하였지만 모든 내용은 그가 소셜 미디어 계정에 올린 스스로 쓴 단어들이거나 언론 인터뷰로부터 나온 것들이다. 이야기의 내용들은 출처가 여럿이지만 몇 가지는 기밀이

다.

298 월트 보그다니히(Walt Bogdanich)의 "A Star Player Accused, and a Flawed Rape Investigation," *New York Times*, 2014년 4월 16일 자 기사. https://www.nytimes.com/interactive/2014/04/16/sports/errors-in-inquiry-on-rape-allegations-against-fsu-jameis-winston.html?mtrref=www.google.com&gwh=E65FE561D06A0CCBCE356E7F47CED255&gwt=regi&assetType=REGIWALL

299 보그다니히의 "Star Player Accused,"

300 크리스토퍼 녹스(Kristopher Knox)의 "The Best Potential Landing Spots for Jameis Winston Next Season," *Bleacher Report*, 2020년 1월 7일 자 기사. https://bleacherreport.com/articles/2926412-the-best-potential-landing-spots-for-jameis-winston-in-2021

301 제나 레인(Jenna Laine)의 "Uber Driver Sues Jameis Winston over Alleged Groping Incident," *ESPN*, 2018년 9월 18일 자 기사. https://www.espn.com/nfl/story/_/id/247 26850/jameis-winston-tampa-bay-buccaneers-sued-uber-driver-alleged-2016-incident

302 톰 샤드(Tom Schad)의 "James Winston Suspended for Three Games, Apologizes for Uber Incident," *USA Today*, 2018년 6월 28일 자 기사. https://www.usatoday.com/story/sports/nfl/buccaneers/2018/06/28/jameis-winston-suspended-tampa-bay-buccaneers-uber/742691002/

303 가장 최근의 증거는 데니스 톰슨(Dennis Thompson)의 "Nearly All NFL Players in Study Show Evidence of Brain Disorder CTE," *UPI*, 2017년 7월 25일 자 기사 참고. https://www.upi.com/Health_News/2017/07/25/Nearly-all-NFL-players-in-study-show-evidence-of-brain-disorder-CTE/7201500998697/ 이 증거에 대한 그럴듯한 은폐에 대한 책임의 의무는 많은 이들에게 있지만, 앞서 논의해 온 재정적 문제에 연루된 이들은 어떤 처벌도 받을 것 같지 않다. 전 NFL 선수의 99퍼센트가 CTE의 흔적을 보인다! 이 문제에 대한 책임은 어마어마한 문제이지만 본고의 범위를 넘어선다.

304 라비뉴와 슐라바흐의 *Violated* 와 Associated Press의 "Ken Starr Leaves Baylor

after Complaints It Mishandled Sex Assault Inquiry," *New York Times*, 2016년 8월 19일 자 기사 참고. https://www.nytimes.com/2016/08/20/us/ken-starr-resigns-as-professor-cutting-last-tie-to-baylor-university.html

305 존 바그너(John Wagner), 조쉬 다우지(Josh Dawsey), 마이클 브라이스 새들러 (Michael Brice-Saddler)의 "Trump Expands Legal Team to Include Alan Dershowitz, Kenneth Starr as Democrats Release New Documents," *Washington Post*, 2020년 1월 17일 자 기사 참고. https://www.washingtonpost.com/politics/impeachment-trial-live-updates/2020/01/17/df59d410-3917-11ea-bb7b-265f4554af6d_story.html

306 NCAA의 "Louisville Men's Basketball Must Vacate Wins and Pay Fine," ("Decision of the National College Athletic Association Division I Infractions Appeals Committee"), *Louisville Cardinals*, 2018년 2월 20일, https://www.ncaa.org/about/resources/media-center/news/louisville-mens-basketball-must-vacate-wins-and-pay-fine 제프 그리어(Jeff Greer)의 "A Timeline of the Louisville Basketball Investigation: From 2015 to 2018," *Courier-Journal*(Louisville, KY), 2018년 2월 20일, https://www.courier-journal.com/story/sports/college/louisville/2018/02/20/louisville-basketball-ncaa-investigation-timeline/1035815001/

307 마크 트레이시(Marc Tracy)의 "N.C.A.A. Coaches, Adidas Executive Face Charges; Pitino's Program Implicated," *New York Times*, 2017년 9월 26일 자 기사. https://www.nytimes.com/2017/09/26/sports/ncaa-adidas-bribery.html

308 대중적으로 알려진 사실들에 더해진 노터데임대학에 대한 나의 주장들은 2019년 8월 24일에 있었던 노터데임대학의 사회과학 교수인 에일린 보팅 (Eileen Hunt Botting)과 나눈 장문의 인터뷰 및 서면 진술을 바탕으로 하고 있다. 그는 몇 년간 교직원 체육위원회의 일원이었다.

309 보팅과의 인터뷰. 2019년 8월 24일. 그녀의 경험과 감상들을 기록.

310 랜디 걸지(Randy Gurzi)의 "2017 NFL Draft: Each Team's Biggest Draft Bust in Past 5 Years," *Fansided*, 2019년 8월과 9월 접속. https://nflspinzone.com/2017/01/26/nfl-draft-2017-biggest-bust-each-team-last-5-years/24/

311 보팅의 진술로부터 인용.

312 멀린다 헤네버거(Melinda Henneberger)의 "Why I Won't Be Cheering for Old Notre Dame," *Washington Post*, 2012년 12월 4일, https://www.washingtonpost. com/blogs/she-the-people/wp/2012/12/04/why-i-wont-be-cheering-for-old-notre-dame/

토드 라이티(Todd Lighty)와 리치 캠벨(Rich Campbell)의 "Ex-Notre Dame Player's Remarks Reopen Wound," Chicago Tribune, 2014년 2월 26일 자 기사. https://www.chicagotribune.com/news/ct-xpm-2014-02-26-ct-seeberg-interview-met-20140226-story.html

313 라이언 글래스피겔(Ryan Glasspiegel)의 "Atlanta Falcons LB Prince Shembo Allegedly Kicked and Killed Girlfriend's Dog," *The Big Lead*, 2015년 5월 29일 자 기사. https://www.thebiglead.com/posts/atlanta-falcons-lb-prince-shembo-allegedly-kicked-and-killed-girlfriend-s-dog-update-01dxmnaqm85g

314 다린 갠트(Darin Gantt)의 "Felony Charges against Former Falcons Dog-Killer Prince Schembo Dropped," *NBC Sports, Pro Football Talk*(blog), 2015년 8월 12일 자 기사. https://profootballtalk.nbcsports.com/2015/08/12/felony-charges-against-former-falcons-dog-killer-prince-shembo-dropped/

315 데릭 위트너(Derek Wittner)의 "The Risks When Colleges Reopen"(Opinion), *New York Times*, 2020년 6월 13일 자 기사. https://www.nytimes.com/2020/06/13/opinion/letters/coronavirus-college-reopening.html

나의 소식통인 보팅(Eileen Botting)은 이 교류에서 노터데임 대의 총장인 젠킨스 신부(Father Jenkins)에게 안전을 지키기 위해 학교를 다시 여는 것을 미루거나 유예하는 것으로 진정한 도덕적 용기를 보여 달라고 했다. 그녀는 이 편지가 총장과 교무처장에게 진지하게 받아들여졌다고도 말했다.

316 "Penn State Scandal Fast Facts," *CNN*, 2020년 7월 1일 자. https://edition.cnn.com/2013/10/28/us/penn-state-scandal-fast-facts/index.html

317 "Penn State Scandal Fast Facts."

318 미시건대학의 스포츠 전문의 래리 나사르(Larry Nassar)에 의한 악명 높은 사

건은 젊은 운동 선수들에 대한 학대에 대한 것이었는데, 이 사건은 미국 올림픽 운동(Olympic Movement)의 체조계 비호하에 들어섰기에 여기서 다룰 주제는 아니다. 그럼에도 불구하고 미시건대학은 굉장히 형편없이 응대했으며 미식축구 프로그램 또한 이즈음에 큰 섹스 스캔들이 있었다. 나사르 사건은 2017년 의회에서 「어린 피해자에 대한 성학대 보호 및 안전한 스포츠 기구 설립에 관한 법안」(Protecting Young Victims from Abuse and Safe Sport Authorization Act)을 통과시켰는데, 이 법안은 대학 교직원들에게 분명한 신고 조건을 설정해 주었다. 또 다른 스포츠계의 실세인 서던캘리포니아대학(University of Southern California, USC)도 2016년 다른 팀의 부인과 전문의를 통해 은폐에 참여한 바 있다.

319 이 영향력에 대해서는 헌트의 *University of Nike* 에 상세히 묘사되어 있다.

320 브랜드의 부인이자 철학자인 페그 브랜드(Peg Brand Weiser)는 그의 연설문 모음을 친절하게 보내 주었고 내가 본고에 참고한 것은 이 모음글에 근거한 것이다. 내가 놓친 무언가가 있다면 그녀가 선별해 놓은 주요한 글에 속해 있지 않은 것이겠다.

321 적어도, 페그가 내게 주었던 그의 연설문 모음글에는 없었다.

322 윈스턴이 연루된 사건들이 브랜드의 죽음 이후에 벌어졌다 하더라도 매킨타이어의 책 *Champions Way*는 플로리다주립대학의 부패가 이미 역사가 오래된 것이고 다른 학교에서의 대부분의 성적, 학문적 부패 또한 이와 같다고 설명한다.

323 "Commission on College Basketball: Report and Recommendations to NCAA Board of Governors, Division I Board of Directors and NCAA President Emmert," 2018년 4월 18일 접속, https://wbca.org/sites/default/files/rice-commission-report.pdf

324 그러나 노스캐롤라이나대학의 학계 스캔들에는 여자 선수들과 그들의 지도교수들도 포함되어 있다.

325 보고서를 소개하는 라이스의 준비된 언급으로부터.

326 2019년 1월 14일 실버의 메일.

327 G리그의 역사와 리그 소속 팀들에 대한 포괄적인 설명은 위키피디아에서 찾을 수 있다. s.v. "NBA G League," 2020년 1월 접속, https://en.wikipedia.org/wiki/NBA_G_League

328 벤 골리버(Ben Golliver)의 "NBA's G League to Add Mexico City Franchise in 2020: 'A Historic Milestone,'" *Washington Post*, 2019년 12월 12일 자 기사. https://www.washingtonpost.com/sports/2019/12/12/nbas-g-league-add-mexico-city-franchise-historic-milestone/

329 조 노세라(Joe Nocera)의 "If NCAA Won't Pay High School Players, the NBA Will," *Bloomberg*, 2020년 4월 17일 자 기사. https://www.bloomberg.com/opinion/articles/2020-04-17/if-ncaa-won-t-pay-top-high-school-players-the-nba-will

330 크리스 헤인즈(Chris Haynes)의 "Why the Nation's Top Prep Player Is Opting for the G League," *Yahoo! Sports*, 2020년 4월 16일 자 기사. https://sports.yahoo.com/why-the-nations-top-prep-player-is-opting-for-the-g-league-170038681.html

331 앨런 블라인더(Alan Blinder)의 "N.C.A.A. Athletes Could Be Paid under New California Law," *New York Times*, 2019년 9월 30일 자 기사. https://www.nytimes.com/2019/09/30/sports/college-athletes-paid-california.html

332 "NCAA Board of Governors Federal and State Legislation Working Group Final Report and Recommendations," 2020년 4월 17일, https://ncaaorg.s3.amazonaws.com/committees/ncaa/wrkgrps/fslwg/Apr2020FSLWG_Report.pdf

333 일전에 NCAA는 이론적인 논고를 발행한 바 있다. 데버라 윌슨(Deborah Wilson) et al., *Addressing Sexual Assault and Interpersonal Violence: Athletics' Role in Support of Healthy and Safe Campuses*(NCAA, 2014년 9월) 최근에는 일련의 실천적인 규칙서가 발행되기도 했다. *Sexual Violence Prevention: An Athletics Took Kit for a Healthy and Safe Culture, 2nd ed.*(NCAA and Sports Science Institute, 2019년 8월)

334 애덤 립탁(Adam Liptak)의 "Supreme Court to Rule on N.C.A.A. Limits on Paying College Athletes," *New York Times*, 2020년 12월 16일 자 기사. https://www.nytimes.com/2020/12/16/us/supreme-court-ncaa-athletes-pay.html

335 토니 만프레트(Tony Manfred)의 "LeBron James Explains Why He Won't Let His Kids Play Football," *Business Insider*, 2014년 11월 13일 자 기사. https://www.businessinsider.com/lebron-james-explains-kids-football-2014-11

336 릭 스트라우드(Rick Stroud)의 "Jameis Winston Says Goodbye to the Bus," *Tampa Bay Times*, 2020년 3월 21일 자 기사. https://www.tampabay.com/sports/bucs/2020/03/21/jameis-winston-says-goodbye-to-the-bucs/

337 서맨사 프레비트(Samantha Previte)의 "James Winston Pushes SUV Uphill in NFL Free-Agency Desperation," 2020년 3월 23일 자 기사. https://nypost.com/2020/03/23/jameis-winston-pushes-suv-uphill-in-nfl-free-agency-desperation/

338 이 시기에 사인하지 않은 또 다른 스타는 캠 뉴튼(Cam Newton)으로 또한 흑인이다. 6월 28일, 뉴튼은 패트리어트와 계약했다. 오늘날 NFL에서 가장 성공한 흑인 쿼터백들인 시애틀의 러셀 윌슨(Russell Wilson)과 캔자스시티의 패트릭 마호메스(Patrick Mahomes)는 둘 다 상당히 부유한 중산층 환경 출신이고 피부색도 밝다. 마호메스의 어머니는 백인이다. 윌슨의 경우 위키피디아에서 그의 DNA가 36퍼센트 유럽인이라고 계산한 바를 보고하고 있다.(Wikipedia, s.w., "Russell Wilson,: 2020년 3월 접속. https://en.wikipedia.org/wiki/Russell_Wilson 그리고 이 사실이 이미 떠들썩하게 회자되었다는 사실 자체가 많은 것을 말해 준다. 하지만 이렇게 하는 것은 NFL에게 조금도 명예롭지 않다.)

339 존 드샤즐러(John Deshazler)의 "Jameis Winston Finds Fit, Looking to 'Serve' with New Orleans Saints," *New Orleans Saints*, 2020년 4월 19일 자 기사. https://www.neworleanssaints.com/news/jameis-winston-finds-fit-looking-to-serve-with-new-orleans-saints

340 앤드루 비튼(Andrew Beaton)의 "Drew Brees Apologizes after Backlash to Anthem Remarks," *Wall Street Journal*, 2020년 6월 4일 자 기사. https://www.wsj.com/articles/drew-brees-apologizes-after-backlash-to-anthem-remarks-11591281201
낸시 아무어(Nancy Armour)의 "As Protests Rage over Racial Inequality, Drew Brees' Tone-Deaf Comments Show Saints QB Is Willfully Ignorant." Opinion, *USA Today*, 2020년 6월 3일 자 기사. https://www.usatoday.com/story/sports/

columnist/nancy-armour/2020/06/03/drew-brees-saints-willfully-ignorant-flag-national-anthem-george-floyd/3137613001/

341 너스바움의 『혐오와 수치심(Hiding from Humanity: Disgust, Shame, and the Law)』(Princeton UP, 2004) 참고.

342 『혐오와 수치심(Hiding from Humanity: Disgust, Shame, and the Law)』의 5장에서 나는 이 다섯 주장을 모두 살피며, 수치에 기반한 처벌의 법적 지지자인 댄 카한(Dan Kahan)의 주장에 반하는 반대 의견들을 마련했다.

박선아 한국외국어대학교에서 현대 미국시의 모성시 연구로 박사학위를 받았다.
옮김   뮤리얼 루카이저의 『어둠의 속도』를 번역했고, 주로 여성 작가들과 학자들의
        저작을 번역하고 연구한다.

이상현 숭실대학교 법대 국제법무학과 교수이자 숭실대법학연구소 법학논총
감수   편집위원장. 서울대학교 법대를 졸업하고 고려대학교에서 형법을
        전공했으며, 뉴욕대학교 로스쿨을(LL.M)을 졸업했다. 뉴욕주 변호사,
        골든게이트대학교 법학박사(SJD)이며, 대법원 재판연구관(영미법)을 지냈다.

교만의 요새

I판 I쇄 찍음 2022년 I2월 I일
I판 I쇄 펴냄 2022년 I2월 5일

지은이 마사 너스바움
옮긴이 박선아
발행인 박근섭 · 박상준
펴낸곳 ㈜민음사

출판등록 1966. 5. 19. 제16-490호
주소   서울특별시 강남구 도산대로I길 62(신사동)
          강남출판문화센터 5층 (우편번호 06027)
대표전화 02-515-2000 | 팩시밀리 02-515-2007
홈페이지 www.minumsa.com

한국어 판 ⓒ ㈜민음사, 2022. Printed in Seoul, Korea

ISBN 978-89-374-2745-9 (03800)